ES GING ALLES SO SCHNELL, DASS SIE KAUM BEGRIFF, WAS GESCHAH. Eben war sie noch gut gelaunt an der Wasserkante entlanggeschlendert, nachdem sie ihr Rad auf dem Parkplatz beim Leuchtturm abgestellt hatte. Schon von Weitem hatte sie das Lagerfeuer gesehen, verboten natürlich, doch hier oben am Ellenbogen war es nachts so einsam, dass sich niemand daran störte.

Sie hatte die Schuhe ausgezogen und war barfuß durch den feinkörnigen Sand gelaufen, der immer noch warm war. Es war ein heißer Tag gewesen, und erst jetzt, nachdem die Sonne im Nordwesten im Meer versunken war, kühlte es ein wenig ab. Über dem Strand und der Wasserfläche, auf der sich sanfte Wellen kräuselten, schwebte noch die Abendröte. Ein lauer Wind wehte herüber und brachte den salzigen Geruch nach Freiheit mit, die Freude auf das ganze lange Leben, das vor ihr lag.

Die Angreifer mussten irgendwo in den Dünen gelauert haben. Sie hatte keine Schritte gehört und spürte ihre Anwesenheit erst, als ihr jemand von hinten die Hände in den Rücken stieß. Der Schrei löste sich wie von selbst von ihren Lippen, während sie die Arme reflexhaft nach vorn streckte, um den Sturz abzufangen.

Der Sand glitt ihr durch die Finger, und ein kurzer, scharfer Schmerz schoss ihr in die Handgelenke. Sie fiel auf den Bauch, konnte aber zumindest die Hände noch schützend vors Gesicht reißen. Die Luft wurde aus ihren Lungen gepresst, ein kurzer, gequälter Seufzer drang aus ihrem Mund.

Für eine Sekunde war sie erleichtert. Dann fielen sie über sie her.

Die Hände waren überall, zerrten ihr die Arme auf den Rücken und fesselten ihr die Handgelenke mit einem rauen Seil. Sie verbanden ihr die Augen und verschlossen ihr den Mund mit einem festen Klebeband. Anschließend zogen sie sie auf die Füße und trieben sie mit unsanften Stößen vor sich her.

Sie taumelte, unsicher, und heulte auf, weil ihr eine Muschelschale in die linke Fußsohle schnitt. Die Angreifer drängten sie weiter, zehn oder zwanzig Meter vielleicht, bis der Sand unter ihren Füßen fester und kühler wurde. Griffen dann plötzlich nach ihrer Schulter, damit sie stehen blieb.

Ein paar endlose Sekunden lang geschah überhaupt nichts. Dann schlossen sich zwei Paar kräftige Hände rechts und links um ihre Oberarme. Die beiden Angreifer hoben sie hoch und trugen sie zwei, drei Schritte, ehe sie sie wieder hinunterließen. Doch dort, wo der feste Sand unter ihren Füßen hätte sein sollen, war nichts mehr.

Panik überschwemmte sie. Sie strampelte mit den Beinen und erhielt als Antwort einen Schlag gegen die Schienbeine, mit einem Stock vielleicht, einem Besenstiel oder auch einem Baseballschläger. Der Schmerz war so heftig, dass ihre Beine erschlafften.

Die Finger der Angreifer bohrten sich in ihre Achselhöhlen, während sie immer tiefer ins Nichts sank. Ihr Gehirn versuchte vergeblich, die Informationen, die ihr Körper ihr lieferte, zu einem stimmigen Ganzen zusammenzusetzen. Sie konnte sich nicht mit den Füßen unterhalb der Strandfläche befinden. Oder doch?

Endlich spürte sie wieder festen Boden unter den Fußsohlen. Die Hände der Angreifer lösten sich von ihren Oberarmen. Sie hörte das Geräusch von Schaufeln. Gleich darauf spürte sie, wie Sand von allen Seiten auf sie herabrieselte. Er fiel auf ihre Füße, sammelte sich um ihre Beine herum und türmte sich schließlich weiter über Hüften und Oberkörper bis zum Hals. Dabei verdichtete er sich immer mehr, als würde der Raum um sie herum ausgestopft.

Mit einem Mal wusste sie genau, was geschah.

Die Angreifer buddelten sie in einem Loch im Sand ein. Aber warum?

Das Schaufeln und Rieseln hörte abrupt auf. Jemand riss ihr das Klebeband vom Mund und entfernte die Augenbinde. Sie versuchte, den Kopf zu wenden, konnte ihn aber nicht weit genug drehen. Die Angreifer befanden sich in ihrem Rücken, und den leisen Schritten im Sand nach zu urteilen, entfernten sie sich.

Sie richtete den Blick wieder nach vorn.

Das Abendrot war verschwunden; lediglich ein dünner, hellblauer Streifen Tageslicht lag noch über dem Meer. Die Wasserkante war nur ein paar Meter von ihr entfernt – und sie befand sich auf Augenhöhe. Die Angreifer hatten sie tatsächlich eingegraben. Sie steckte bis zum Hals im Sand und konnte sich nicht rühren.

Ihre Gedanken begannen zu rasen.

War gerade Ebbe oder Flut? Kam das Wasser auf sie zu, oder entfernte es sich? Und wenn es kam – wie lange würde es dauern, bis es sie erreicht und ihren Kopf überspült hätte?

Magensäure schoss in ihrer Kehle nach oben, und ihr ganzer Körper wurde heiß vor Panik. Sie begann zu schreien, obwohl sie wusste, dass niemand außer ihren Peinigern sie hören würde.

Eine Welle rollte heran und leckte über den Sand; deutlich näher, als es bei den vorhergehenden der Fall gewesen war. Der nächste Schrei blieb ihr in der Kehle stecken, weil sie das

Bild plötzlich ganz klar vor Augen hatte. Am späten Nachmittag war Niedrigwasser gewesen. Jetzt kam die Flut.

Die Angst schnürte ihr die Luft ab. Ihr Puls hämmerte, das Blut rauschte in ihren Ohren.

War das hier schon das Ende?

Sie war doch viel zu jung. Sie wollte noch nicht sterben.

1. Der Nebel war so dicht, dass man kaum die Hand vor Augen sah. Nur schemenhaft war die Umzäunung des Golfplatzes zu erkennen, dahinter eine einzelne Metallstange mit einem roten Fähnchen, die aus dem Boden ragte. Jasper blieb stehen und schüttelte den blonden Lockenkopf.

»Das hat keinen Sinn«, sagte er. »Da passiert heute nichts.«

Lukas stimmte ihm sofort zu. Leonie verdrehte die Augen.

»Nun sind wir hier«, widersprach sie. »Lasst uns wenigstens eine Runde um den Platz gehen. Wozu sind wir sonst die ganze Strecke gefahren? Und was sollen wir stattdessen machen? Der Film geht bis sechs, vor halb sieben brauchen wir nicht nach Hause zu kommen.«

Sie hatten ihren Eltern gesagt, sie würden ins Kino gehen, waren aber nicht nach Westerland geradelt, sondern nach List. Auf dem Gelände zwischen dem Ort und der Wanderdüne war vor zwei Jahren ein neues Golf-Resort entstanden. Jaspers Schwester Finja hatte sich oft darüber aufgeregt. Es gab bereits mehrere Golfplätze auf Sylt. Ihrer Meinung nach hätte die Inselverwaltung den Antrag ablehnen und dem Naturschutz den Vorzug geben sollen.

Jasper, Lukas und Leonie waren allerdings aus einem anderen Grund hergekommen. Vor ein paar Tagen hatten sie in der Zeitung gelesen, dass der Schauspieler Mike Förster, für den Leonie schwärmte, im Golf-Hotel abgestiegen sein sollte, und sie hatten gehofft, sie könnten vielleicht einen heimlichen Blick erhaschen. Weil sie nicht bei den Reportern vor dem

Eingang hatten herumlungern wollen, waren sie am Zaun entlanggegangen. Vielleicht spielte Förster ja eine Runde Golf?

Den Schauspieler hatten sie nicht entdeckt. Stattdessen hatten sie einen grausigen Fund gemacht.

Eine tote Möwe mit blutigen, verklebten Flügeln.

Sie hatten einen Zweig genommen und versucht, die Ursache für das Blut zu finden, jedoch ohne Erfolg. Jasper hatte das Tier mit dem Handy fotografiert und die Bilder seinem Vater gezeigt.

Jonas Voss hatte auf einen Kampf mit einem Artgenossen oder einen Angriff durch einen Raubvogel getippt. Doch Jasper war mit der Erklärung nicht zufrieden. Je öfter er mit seinen Freunden darüber diskutiert hatte, desto sicherer waren sie sich geworden: Jemand hatte die Möwe abgeschossen!

»Diese reichen Schnösel auf dem Golfplatz«, hatte Leonie gesagt und dabei vergessen, dass auch Mike Förster dazugehörte. »Die glauben doch, sie könnten sich alles erlauben.«

Also hatten sie beschlossen, Beweise zu suchen. Leonie hatte nicht viel tun müssen, um die beiden Jungen zum Mitkommen zu bewegen. Sie war ein echter Kumpel und gleichzeitig ein tolles Mädchen. Jasper wäre ihr blind überallhin gefolgt.

»Also gut«, sagte er, und die kleine Gruppe setzte sich wieder in Marsch.

Lukas seufzte, widersprach aber nicht. Das tat er nie. Seit einiger Zeit war er ständiger Gast im Hause Voss und bemühte sich um Jaspers Freundschaft. Jasper hatte schnell begriffen, dass es dabei nicht in erster Linie um ihn, sondern um seine Schwester Finja ging. Lukas war total verknallt in sie.

Jasper, der Finja sein ganzes Leben lang kannte, hatte Mühe, sie mit anderen Augen als denen des Bruders zu sehen, doch vermutlich hatte Lukas recht. Seine Schwester war hübsch, mit ihren glänzenden schwarzen Haaren, den dunklen Augen und dem ernsten Gesicht. Aber natürlich hatte Lukas keine Chance bei ihr. Finja wurde in diesem Sommer achtzehn, Lukas war gerade erst fünfzehn, genau wie Jasper und Leonie.

Doch auch, wenn es nur in zweiter Linie um ihn ging, war Jasper froh, dass Lukas sein Freund geworden war. Er mochte den schmalen, stillen Jungen. Und Lukas' Anwesenheit sorgte dafür, dass die Leichtigkeit zwischen Leonie und Jasper nicht verlorenging. Leonie war schon seit dem Kindergarten Jaspers Freundin, doch in den letzten Monaten hatte sich etwas verändert. Plötzlich war da ein Knistern, das ihm Unbehagen bereitete. Jasper wollte das nicht. Es sollte einfach alles so bleiben, wie es war. Und solange Lukas dabei war, passierte auch nichts.

Ihre Freundin legte ein schnelles Tempo vor. Jasper und Lukas mussten sich beeilen, um nicht den Anschluss zu verlieren. Mit ihrer Tarnjacke und der Khaki-Hose drohte Leonie, optisch mit dem kleinen Gehölz zu verschmelzen, durch das sie sich bewegten. Das rotblonde Haar, meist ebenso verstrubbelt wie Jaspers Locken, hatte sie unter ein schwarzes Basecap gestopft.

Jasper fand ihren Look cool, auch wenn er selbst lieber bei T-Shirt, Jeans und Turnschuhen blieb. Lukas dagegen trug nur schwarze Sachen, Hemd, Stoffhose und Boots. Mit seinem modisch geschnittenen dunklen Haar sah er aus wie ein trauriger Dichter. Wäre er ein bisschen älter, würde er wirklich gut zu Finja passen. Aber seine Schwester interessierte sich bisher ebenso wenig für das andere Geschlecht wie Jasper. Sie hatte ihren Naturschutz, er seinen Fußball.

Rasch erreichten sie die Stelle, an der vor ein paar Tagen der blutige Tierkadaver gelegen hatte, doch die tote Möwe war verschwunden. Beseitigt von den Menschen, die sie abgeschossen hatten? Oder aufgefressen von Raubvögeln oder anderen Tieren?

Leonie duckte sich plötzlich hinter einen Baum und hob die Hand. Rasch verbargen sich Jasper und Lukas ebenfalls. Leonie deutete über das Grün des Golfplatzes.

In einiger Entfernung schälten sich Schemen aus dem Nebel; drei Personen, die sich durch das dichte Grau in Richtung Zaun bewegten. Sie verharrten, und Jasper sah, das sie etwas in die Luft reckten. Waren das Gewehre?

Jaspers Herzschlag beschleunigte sich, und seine Hände wurden feucht. Hektisch fummelte er das Smartphone aus der Hosentasche. Die Sicht war so schlecht, dass man auf den Bildern vermutlich nichts erkennen würde, aber er musste es zumindest versuchen.

Über ihnen in den Ästen raschelte es. Ein Vogel flog auf. Im selben Moment zerriss ein Knall die Stille. Im Abstand von ein paar Sekunden folgte ein zweiter, dann ein dritter. Wieder raschelte das Laub, die Zweige knackten, und ein lebloser dunkler Vogelkörper landete direkt vor Jaspers Füßen. Gleichzeitig hörte er ein paar Meter hinter sich einen Aufschrei.

Erschrocken fuhr er herum und sah, wie sich Lukas den Arm hielt. Blut spritzte zwischen seinen Fingern hervor. Sein Gesicht war leichenblass. Im nächsten Moment verdrehte er die Augen und stürzte zu Boden.

Wieder ertönte ein Schrei. Dieses Mal war es Leonie.

»Ihr verdammten Schweine!«, brüllte sie. »Ihr habt Lukas erschossen.«

Einen Augenblick lang verharrten die Schemen auf dem Golfplatz in ihren Bewegungen, ein Standbild, wie in Eis gegossen. Dann kam Bewegung in die Gruppe, und die Gestalten liefen eilig davon.

Jaspers Puls raste. Er konnte kaum atmen. Mit einem Gefühl, als würde er durch Morast waten, taumelte er zu Lukas und fiel neben ihm auf die Knie. Er rüttelte seinen Freund an den Schultern und rief seinen Namen, bis Lukas die Augen öffnete. Einen Moment lang irrten sie orientierungslos umher, dann fiel Lukas' Blick auf seinen blutenden Arm, und er begann zu schreien.

Jasper legte ihm die Hände auf die Schultern. »Keine Panik. Ich helfe dir.«

Lukas biss tapfer die Zähne zusammen. Jasper konzentrierte sich. Er knöpfte das schwarze Hemd auf und zog es Lukas von den Schultern. Aus der Wunde am Oberarm sprudelte das Blut. Jasper nahm den Stoffgürtel aus seiner Jeans und band damit Lukas' Arm ab, so wie er es von seinem Vater gelernt hatte. Anschließend sah er zu Leonie auf.

»Wir müssen ihn zum Parkplatz bringen«, sagte er so ruhig, wie er konnte. »Einen Krankenwagen rufen. Und die Polizei.«

Leonie hatte bereits ihr Handy in der Hand. Ihre Augen funkelten.

»Die kriegen wir«, versprach sie Lukas, der sich mit Jaspers Hilfe vorsichtig aufsetzte. »Dafür werden sie büßen.«

Eine Woche später

2. »Ist das nicht wunderschön?«

Lydia Cordes, seit einigen Tagen die neue Arbeitskollegin von Kari Blom, schaute verträumt auf die weiße Kutsche, die vor dem Restaurant vorfuhr. Zwei hübsche Apfelschimmel waren davor gespannt, mit sorgsam gestriegelten Mähnen, in die bunte Perlen eingeflochten waren. Der Mann auf dem Kutschbock trug einen Frack, eine violette Fliege und einen schwarzen Zylinder. Er gab ein leises »Brrr« von sich, und die Pferde blieben stehen.

Der Wirt sprang herbei und öffnete die Tür der Kutsche. Das Brautpaar kletterte heraus, sie im aufwendigen weißen Kleid mit Schleier und Schleppe, er im vornehmen dunkelgrauen Cut mit hellgrauer Hose und Weste. Sein Zylinder war dem des Kutschers nicht unähnlich, hatte aber sicher ein Vielfaches gekostet.

»So möchte ich auch heiraten«, fuhr Lydia fort, ohne eine Antwort abzuwarten. Kari meinte, einen feuchten Schimmer in ihren Augen zu sehen.

Sie betrachtete die Kellnerin von der Seite. Lydia war einunddreißig, das wusste Kari aus den Unterlagen, die ihr Chef im Landeskriminalamt für ihren Einsatz zusammengestellt hatte. Eine kleine Frau mit Rundungen an den richtigen Stellen, herrlichen dunklen Locken und einer ausgesprochen sinnlichen Ausstrahlung. Seltsam, dass sie noch keinen Partner gefunden hatte, dachte Kari. Die Männer müssten sich doch um sie reißen. Aber vielleicht suchte Lydia etwas, das es nicht gab.

Das Hupkonzert, das die Ankunft des Gespanns begleitet hatte und schon lange vorher zu hören gewesen war, verstummte nach und nach. Die Gäste stellten ihre Autos auf dem Parkplatz ab und umringten den Zweispänner. Robin Pohl, der Wirt, dirigierte das Brautpaar zu zwei Holzböcken, auf denen ein kleiner Baumstamm lag. Er war ein großer, schlanker Mann Anfang dreißig mit modisch geschnittenen blonden Haaren, bekleidet mit weißem Hemd und schwarzer Hose und Weste. Kari wusste bereits, dass er die Braut und den Bräutigam gut kannte, ebenso wie seine Kellnerin. Sie kamen aus unterschiedlichen sozialen Schichten, waren aber alle vier gemeinsam zur Schule gegangen.

Pohl reichte dem Brautpaar eine lange Säge mit Griffen an beiden Enden und forderte sie auf, den Stamm gemeinsam durchzusägen. Unter dem Beifall der Gäste machten sich die frisch Vermählten ans Werk. Sie brauchten eine Weile, um einen Rhythmus zu finden; das Sägeblatt verhakte sich mehrfach. Die Miene des Bräutigams wurde ungeduldig, während die Braut herzlich lachte. Dann kamen die beiden in Schwung; die Säge arbeitete sich Zentimeter für Zentimeter in den Stamm, und das Gesicht des Bräutigams hellte sich wieder auf.

»Du nicht?«, bohrte Lydia.

Kari schaute in ihre warmen braunen Augen, die sie neugierig musterten. Von Anfang an hatte sie zu der zehn Jahre jüngeren Frau eine seelische Verbindung verspürt. Etwas, das Kari selten passierte. Sie war rational, verließ sich lieber auf ihren Verstand als auf ihre Gefühle und mochte es nicht, die Kontrolle abzugeben. Aber Lydia hatte bei ihr eine Tür eingerannt, die Kari seit dem Tod ihres Mannes fest verschlossen geglaubt hatte.

Vielleicht lag es daran, dass Lydia sie so sehr an ihre beste Freundin aus der Mittelstufe erinnerte. Maja war ein Wirbelwind gewesen, abenteuerlustig, wo Kari zauderte, überschwänglich, wo Kari sich zurückhielt. Sie hatte ebenso herrliche dunkle Locken gehabt wie Lydia und ein ebenso strahlendes Lächeln.

Maja hatte sie mitgerissen und ihre Jugend lebendig und aufregend gemacht. Kari war sich sicher gewesen, dass sie bis ins hohe Alter beste Freundinnen sein würden.

Aber das Leben hatte ihre Pläne durchkreuzt. Maja hatte an Asthma gelitten, und kurz vor ihrem neunzehnten Geburtstag war sie bei einem Anfall gestorben, weil sie ihr Spray nicht dabeigehabt hatte.

»Ich weiß es nicht«, erwiderte sie auf die Frage nach der Traumhochzeit und fixierte einen Punkt hinter Lydias Kopf. »Bisher habe ich den Richtigen noch nicht gefunden.«

Es fiel ihr schwer, Lydia etwas vorzumachen. Doch natürlich konnte Kari ihr nicht verraten, dass sie in wenigen Tagen tatsächlich heiraten würde.

Ihr Blick schweifte über den Platz vor dem Restaurant und blieb an den Einsatzkräften hängen, die sich dort abseits der Gästeschar versammelt hatten. Zur anstehenden Feier wurden hochrangige Persönlichkeiten aus Wirtschaft und Politik erwartet, und neben Beamten der Schutzpolizei und einem privaten Sicherheitsdienst waren auch die Kollegen der Sylter Kriminalpolizei für die Veranstaltung abgeordnet worden.

Kriminalhauptkommissar Jonas Voss war unter den Uniformierten leicht auszumachen, mit seinen Chinos, der abgewetzten braunen Lederjacke, bei der er wie immer die Ärmel bis zu den Ellenbogen hochgeschoben hatte, und den verwuschelten braunen Locken. Sie waren seit mittlerweile vier Jahren ein Paar, doch Karis Herz machte immer noch einen Satz, wenn sie ihn sah. Seine Lebensfreude, seine entspannte, ehrliche Art und nicht zuletzt seine Geduld, obwohl sie sich seinem Wunsch nach Nähe immer wieder entzog, hatten eine tiefe Liebe in ihr wachsen lassen. Im letzten Sommer hatte er ihr einen Antrag gemacht, und sie hatte ihn angenommen, obwohl sie furchtbare Angst davor hatte, sich noch einmal so tief auf einen Menschen einzulassen wie auf Björn, der viel zu früh verstorben war und eine schreckliche Leere hinterlassen hatte.

Es würde keine große Hochzeit werden, denn wenn sie weiterhin in ihrem Job als Undercover-Ermittlerin arbeiten wollte, durfte niemand etwas davon wissen, schon gar nicht auf Sylt. Sie würden sich in Karis Heimatstadt Kiel standesamtlich trauen lassen und nur im kleinsten Kreis feiern. Nach außen hin würde sich nicht viel verändern. Sie würden weiterhin an getrennten Orten leben und ihre Beziehung verheimlichen. Aber es ging ja auch nicht um die Öffentlichkeit, sondern um das Bekenntnis zueinander. Und das würde sehr wohl etwas ändern.

»Ich schon«, sagte Lydia in ihre Gedanken hinein. »Ich habe den Richtigen gefunden. Aber er hat sich für eine andere entschieden.«

»Das tut mir leid.« Kari legte der Kellnerin spontan die Hand auf den Arm. Es war wirklich ein Jammer, dass Lydia Teil ihres aktuellen Falls war. Wie oft traf man Menschen, mit denen man komplett auf einer Wellenlänge war?

Nachdem Jaspers Schulfreund Lukas von einem Querschläger am Arm getroffen worden war, hatten Jonas und seine Kollegin Hannah Behrends umgehend die Ermittlungen aufgenommen. Zunächst hatten sie zusammen mit den Kollegen vom Festland alle offiziellen Schützenvereine und sämtliche Sportschützen auf Sylt und in der Region Nordfriesland überprüft. Dabei hatte sich schnell herausgestellt, dass die Schuldigen nicht aus diesem Kreis stammen konnten. Die Waffen waren offenbar illegal, und alle Spuren führten hierher, zum Golf-Resort List. Jonas und Hannah hatten daraufhin im Golfclub nach dem Schützen und nach Waffen gesucht; jedoch ohne Erfolg. Der Besitzer und der Vorstand des Clubs hatten sich von allen Vorwürfen distanziert. In ihrem Verein wurden Bälle geschlagen und kultivierte Gespräche geführt. Man schoss nicht auf Vögel und erst recht nicht auf Menschen, und selbstverständlich gab es auch keine illegalen Waffen. Jonas und Hannah hatten die Beteuerungen nicht geglaubt, doch sie waren nicht weitergekommen. Weil der Schuss auf den Schüler hohe Wellen schlug, hatten sie das Landeskriminalamt eingeschaltet, und dort hatte man rasch entschieden, dass die Sache ein Fall für Kari Blom war.

Da im Hotel-Restaurant des Golf-Resorts für die anstehende Hochzeit zusätzliches Personal gesucht wurde, war es kein Problem gewesen, sie einzuschleusen. Entdeckt hatte sie bisher allerdings nichts. Aber vielleicht würde die Feier neue Erkenntnisse bringen.

▪ ▪ ▪

Jonas Voss strich sich eine widerspenstige Locke aus der Stirn und schaute versonnen über den Hotelvorplatz. So eine Kutsche würde ihm auch gefallen, und der dunkelgraue Cut des Bräutigams sah wirklich adrett aus. Aber Kari hatte darum gebeten, die Vermählung bescheiden zu halten. Kein weißes Brautkleid, keine kirchliche Trauung, keine pompöse Feier. Sein Hochzeitsanzug war ebenfalls grau, jedoch ohne jeglichen Schnickschnack. Karis Kleid hatte er selbstverständlich noch nicht zu Gesicht bekommen, aber von ihrer besten Freundin gehört, dass es schlicht war, in einem dezenten Cremeton. Sie hatte auch versichert, dass Kari umwerfend darin aussah. Jonas war überzeugt davon, dass es stimmte.

Er betrachtete die Frau, die er in wenigen Tagen heiraten würde. Im Augenblick trug sie die Kellnerinnen-Uniform des Hotel-Restaurants, einen mehr als knielangen schwarzen Rock und eine weiße Bluse mit Rüschen an Ausschnitt und halben Ärmeln; dazu ein weißes Häubchen auf dem Kopf. Vermutlich fühlte sie sich nicht sonderlich wohl darin. Kari bevorzugte einen dezenten Stil. Von Schmuck und Accessoires hielt sie nicht viel, von Pailletten, Rüschen oder Glitzersteinen erst recht nicht. Tatsächlich hatte die Uniform etwas leicht Gestriges, was vermutlich ebenso am Alter der Besitzer – beide um die siebzig – wie auch an der gediegenen Klientel des Golfclubs lag. Trotzdem, fand Jonas, stand seiner zukünftigen Ehefrau das Outfit. Es betonte ihre gute Figur, und das Häubchen saß keck auf der blonden Kurzhaarfrisur.

»Freust du dich?«, fragte Kriminalkommissarin Hannah Behrends, die neben ihm stand.

Jonas wandte sich ihr zu. Hannahs blaue Augen leuchteten, und auf ihren Lippen lag ein Lächeln. Die Zeiten, in denen sie gehofft hatte, aus Jonas und ihr könnte ein Paar werden, waren zu seiner großen Erleichterung vorbei. Sie hatten sich ausgesprochen, und Hannah war mittlerweile seit zwei Jahren mit Maximilian zusammen und offensichtlich glücklich. Jonas und sie waren nur noch Arbeitskollegen – und Freunde.

»Ja. Sehr«, sagte er und spürte, wie sich etwas Warmes von seiner Brust aus in seinem gesamten Körper ausbreitete.

Lange genug hatte er gewartet. Schon bei ihrer ersten Begegnung hatte er sich in Kari verliebt, doch sie war wie ein Schmetterling, der sich nicht fangen lassen wollte. Als er sie im letzten Jahr gefragt hatte, war er nicht überrascht gewesen, dass sie seinen Antrag zunächst abgelehnt hatte. Wirklich verblüfft war er gewesen, als sie schließlich doch Ja gesagt hatte.

Er richtete seine Aufmerksamkeit wieder auf das Brautpaar, das sich mit der Säge und dem Baumstamm abmühte. Die Kräfte schienen nachzulassen; der Rhythmus, den sie nach anfänglichen Schwierigkeiten gefunden hatten, ging verloren. Ein ums andere Mal verhakte sich das Sägeblatt, und das Gesicht des Bräutigams nahm wieder einen grimmigen Ausdruck an. Die umstehenden Gäste begannen zu klatschen und feuerten die beiden an.

Jonas überlegte, wie ihm selbst dieses Spiel gefallen würde. Es war eine erste Bewährungsprobe für das frischgebackene Ehepaar, eine Schwierigkeit, die es gemeinsam zu meistern galt. Schon auf diesen ersten Metern der Ehe könnte sich abzeichnen, ob es gelingen würde, mit Konflikten umzugehen. Ob es gut war, das ausgerechnet am Hochzeitstag zu erfahren?

Er schielte zu Kari, die den beiden mit einem feinen Lächeln zusah. Vermutlich machte sie sich ähnliche Gedanken. Schließlich war ihre Mutter Psychotherapeutin, und Kari konnte gar nicht anders, als immer auch hinter die Fassade zu sehen.

Braut und Bräutigam legten sich noch einmal ins Zeug, und endlich durchtrennte das Sägeblatt die letzten widerspenstigen Holzfasern. Der Stamm zerfiel in zwei Teile, die von den Böcken auf den Boden polterten. Die Miene des Bräutigams entspannte sich. Er nahm seine Frau in die Arme und küsste sie.

Jonas betrachtete das Paar, den Mann mit den blonden Haaren und der verwegenen Tolle, die ihm in die Stirn fiel, und die deutlich kleinere und ebenfalls blonde Frau. Eine Schönheit war sie nicht, eher ein wenig unscheinbar. Sie hatte ein Gesicht, das man schnell wieder vergaß, dazu glatte, halblange Haare. Der Mann dagegen war ein Frauentyp; seine selbstbewusste Präsenz war sogar auf die zwanzig Meter Entfernung zu Jonas spürbar. Aber das Aussehen war ja auch nicht alles.

Erst recht nicht in diesem Fall, wusste Jonas. Adrian Hoffmann, der Bräutigam, war der jüngere Sohn des Bauunternehmers Hans-Peter Hoffmann, der vor zwei Jahren das Golf-Resort List gegründet hatte. Und die Braut Sarah Jessen war die Tochter von Dorothea Jessen, Besitzerin eines erfolgreichen Baustoffhandels. Die Ehe verband also nicht nur persönliche, sondern auch wirtschaftliche Interessen. Doch das musste ja nicht bedeuten, dass nicht trotzdem echte Liebe im Spiel war und die beiden glücklich wurden.

Wieder wanderte Jonas' Blick zu Kari. Bei ihnen war es genau andersherum. Ihre Berufe verboten eigentlich eine Beziehung. Kari durfte als Undercover-Ermittlerin auf keinen Fall mit einem Kriminalbeamten wie ihm in Verbindung gebracht werden. Das war einer der Gründe, warum sie sich so lange gegen ihre Gefühle für ihn gewehrt hatte. Aber die Liebe war stärker gewesen.

Jonas merkte, dass sich ein entrücktes Lächeln auf seinen Lippen ausbreitete, und bemühte sich rasch wieder um eine angemessene Miene. Immerhin war er dienstlich hier. Die Familien Hoffmann und Jessen hatten Verbindungen, und entsprechend exklusiv war die Gästeliste. Als Vertreter der Staatsgewalt hatte er Seriosität auszustrahlen. Schlimm genug, dass er nicht einmal zu diesem Anlass auf seine geliebte Lederjacke verzichtet hatte, aber wenn er Ruhestörer oder Paparazzi jagen sollte, brauchte er Bewegungsfreiheit. Hannah dagegen hatte sich für einen dunklen Hosenanzug entschieden, der ihr sehr gut stand. Mit ihrem frisch geschnittenen blonden Bob und dem dezenten Make-up hätte sie auch eine Mitarbeiterin des Landeskriminalamts oder der Staatsanwaltschaft sein können.

Der Applaus verebbte, das Brautpaar ging Hand in Hand ins Hotelrestaurant, gefolgt von den Gästen und Angestellten. Jonas sah zu, wie Kari mit dynamischen Schritten durch die Tür verschwand. Hannah und er würden zusammen mit den anderen Sicherheitskräften draußen bleiben. Im Inneren drohte keine Gefahr. Es galt, die Umgebung zu beobachten und zu verhindern, dass sich Journalisten oder politische Fanatiker hineinschlichen.

Es war auch eine gute Gelegenheit, das Vereinsgelände erneut unter die Lupe zu nehmen. Bei ihren Ermittlungen zum illegalen Schusswaffengebrauch hatten sie auf Granit gebissen. Der Vorstand des Golfclubs hatte ihre Arbeit nur widerwillig unterstützt und ihnen auch eine Durchsuchung verweigert. Ob aus Borniertheit oder weil eines der Vorstandsmitglieder selbst etwas mit den Schüssen zu tun hatte, wusste Jonas nicht. Er hatte gehofft, dass der zuständige Staatsanwalt einen Durchsuchungsbeschluss erwirken könnte, doch der Amtsrichter hatte abgelehnt. Die Beweislage sei zu dünn, hieß es in der Begründung. Jonas argwöhnte, dass der Bauunternehmer Hans-Peter Hoffmann in irgendeiner Weise seine Finger im Spiel gehabt hatte. Auf der anderen Seite stimmte es natürlich, dass das Gelände zwar umzäunt, aber nicht abgeriegelt war. Prinzipiell könnte sich jeder auf den Golfplatz begeben und von dort auf Möwen schießen, nicht nur die Mitglieder des Golfclubs.

Sie hatten die betreffenden Personen trotzdem befragt und ein paar Tage lang sogar das Golf-Resort beobachten lassen. Jonas war davon überzeugt, dass die Waffen zusammen mit anderen Lieferungen an das Hotel-Restaurant oder den angegliederten Golf-Shop aufs Gelände kamen, weil sie sich auf diese Weise am besten tarnen ließen, aber er konnte es nicht beweisen. Stichprobenartige Fahrzeugkontrollen waren ergebnislos geblieben. Kein Wunder; wenige Tage, nachdem Lukas von einer Kugel am Arm getroffen worden war, hielten die Verantwortlichen natürlich die Füße still.

Jonas war froh, dass Kari jetzt vor Ort war. Wenn es etwas

zu entdecken gab, würde sie es finden. Trotzdem konnte es nicht schaden, wenn auch Hannah und er sich noch einmal umsahen.

3.

Zwei Stunden später taten Kari nicht nur Arme und Beine, sondern auch die Ohren weh. Der Geräuschpegel im großen Saal des Hotel-Restaurants war hoch, es wurde laut geredet und gelacht, Besteck und Porzellan klirrten, und dazu kam die Musik, die der DJ an der Rückseite des Raums auflegte. Wenn sie geglaubt hatte, eine Feier bei den Schönen und Reichen laufe gesetzter und dezenter ab als in anderen Bevölkerungsschichten, so hatte sie sich getäuscht. Eher war das Gegenteil der Fall.

Ihre Kollegin Lydia hetzte mit hochrotem Gesicht an ihr vorbei.

»An Tisch fünf fehlt Rotwein«, rief sie. »Und die Herrschaften möchten Espresso.« Kurz blieb sie stehen. »Den Zucker nicht vergessen!« Sie blinzelte Kari zu und verschwand in der Küche.

Kari atmete einmal tief durch. Sie hatte als Undercover-Ermittlerin schon in den verschiedensten Jobs gearbeitet, aber keiner davon war auch nur annähernd so anstrengend gewesen wie dieser. Mühsam verbiss sie sich eine gequälte Grimasse und lächelte freundlich, während sie den Dessertwagen weiterschob und den Nachtisch verteilte. Nötig wäre es nicht gewesen. Niemand beachtete sie oder erwiderte die Geste – nur die Besitzer der Gaststätte, die hinter der Theke standen, Bier zapften und die Arbeit des Personals mit Argusaugen überwachten.

Es war die perfekte Tarnung; Kari hätte unbemerkt sämtliche Gespräche belauschen können – wenn sie eine Sekunde Zeit dafür gehabt hätte. Doch genau die gab es nicht. Wie sollte sie auf diese Weise etwas über die illegalen Waffen im Golfclub herausfinden? Sie konnte nur hoffen, dass es nach dem Essen ruhiger wurde und sie sich unauffällig unter die Gäste mischen könnte.

Wie in einem Tunnel eilte sie von Tisch zu Tisch, räumte schmutziges Geschirr ab, nahm Getränkewünsche entgegen und gab sie an die Gastwirte weiter. Sie bugsierte den vollen Wagen in die Küche und schnappte sich einen neuen, belud ihn mit Tassen und Gläsern und lief zum wer weiß wievielten Mal durch den großen Saal. Nur am Rande registrierte sie, dass ihre Füße mittlerweile wie Feuer brannten und sich in ihren Waden ein Krampf ankündigte. Dabei hatte sie immer geglaubt, hervorragend in Form zu sein; schließlich joggte sie jeden Tag eine Stunde lang. Aber das hier war eine andere Art von Belastung, auf die ihr Körper ganz offensichtlich nicht vorbereitet war.

Wieder kam Lydia an ihr vorbei, in den Händen ein großes Tablett mit Sektgläsern, das sie geschickt balancierte. Kari sah ihr nach, wie sie sich leichtfüßig zwischen den Tischen hindurch schlängelte, und verspürte einen Anflug von Verzweiflung. Würde sie die Feier überhaupt durchstehen? Wenn sie hier eine schlechte Figur machte, würden die Gastwirte sie nach der Hochzeit womöglich nicht weiter beschäftigen. Wie sollte sie dann herausfinden, wer hier im Golfclub auf Möwen schoss?

Aber noch war es ja nicht so weit.

Sie konzentrierte sich ganz auf die Arbeit und versuchte, alles andere auszublenden, den Lärm, die schlechte Luft und ihre schmerzenden Waden. Selbstdisziplin war schon immer ihre Stärke gewesen. Sie konnte sich gut fokussieren, und es gelang ihr auch jetzt. Irgendwann war der letzte Kaffee ausgeschenkt, das letzte Dessert aufgegessen und der letzte Ruf nach einer neuen Flasche Wein verstummt.

Der DJ unterbrach seine musikalische Untermalung. Ein Mann betrat die Bühne, die an der Rückseite des Raums aufgebaut war. Er war groß und schlank, hatte volle, gewellte graue Haare, eisblaue Augen und ein schmales Gesicht mit einer geraden Nase. Der maßgeschneiderte dunkelgraue Anzug saß perfekt und unterstrich seine distinguierte Ausstrahlung. Es war Hans-Peter Hoffmann, der Vater des Bräutigams. Der Bauunternehmer hob nur knapp die Hand, und sofort wurde die Hochzeitsgesellschaft still.

Hoffmann war ein eindrucksvoller Charakter. Er wirkte ein wenig unnahbar und kühl, nicht untypisch für einen erfolgreichen Geschäftsmann, aber Kari wusste, dass es auch einen großen persönlichen Schmerz hinter der Fassade gab. Hoffmanns Frau war vor fünfzehn Jahren früh gestorben, mit Mitte fünfzig. Der Bauunternehmer war allein geblieben mit seinen beiden Söhnen Hendrik und Adrian, die damals neunzehn und sechzehn waren. Er hatte nie wieder geheiratet, und dem Material zufolge, das Karis Chef beim LKA ihr zu Verfügung gestellt hatte, besuchte er immer noch zwei- bis dreimal die Woche das Grab seiner Frau.

Das berührte Kari. Auch sie ging noch oft zu Björn auf den Friedhof, und sie trauerte nach wie vor, aber nach sechs Jahren hatte sich der Schmerz abgeschliffen. Sie war eine neue Beziehung eingegangen, und in wenigen Tagen würde sie wieder heiraten.

War das richtig? Oder verriet sie ihren verstorbenen Mann damit?

Kari schob den Gedanken beiseite, als Hans-Peter Hoffmann ans Mikrofon trat und das Wort an die Hochzeitsgäste richtete. Niemand rührte sich; es war kein Geräusch mehr zu hören, weder das Rascheln von Kleidung noch das Klirren von Gläsern oder leises Gemurmel. Die gesamte Aufmerksamkeit war gespannt auf den Vater des Bräutigams gerichtet. Hoffmann genoss offensichtlich bei allen Gästen hohen Respekt.

Mit tiefer, sonorer Stimme beglückwünschte er das Brautpaar und erzählte ein paar Anekdoten aus dem Leben von Adrian und Sarah. Die beiden frisch Vermählten lächelten. Adrians Bruder Hendrik dagegen, ein schmaler, blasser Mann mit schütterem blonden Haar, sah mit verkniffener Miene zu seinem Vater auf. Vom Äußeren her kam man nicht auf den Gedanken, dass die beiden Männer Brüder waren – Adrian, der fast wie ein Model aussah, und Hendrik, den Kari ohne Kenntnis der Familienverhältnisse für einen langjährigen Angestellten gehalten hätte, der aus Höflichkeit eingeladen worden war.

Hans-Peter Hoffmann wartete den Beifall und die Lacher ab, die der Erzählung von einem gekenterten Segelboot bei einem romantischen Rendezvous des Paares folgten, und wechselte dann vom leichten zum ernsteren Teil seiner Rede.

»Vor zwei Jahren habe ich das Golf-Resort List aufgebaut«, erklärte er. »Es ist, wenn ich das in aller Bescheidenheit sagen darf, eine großartige Anlage geworden. Die Krönung des jahrzehntelangen Schaffens unseres Unternehmens, das seit Generationen in Familienbesitz ist.« Er lächelte leicht. »Meine Söhne glauben vermutlich, dass ich die Firmenleitung bis zu meinem Tod nicht aus der Hand gebe, aber ich beabsichtige, meinen Lebensabend zu genießen. Deshalb werde ich noch in diesem Jahr die Firma an die nächste Generation übergeben.«

Kari sah, wie sich Hendrik Hoffmann auf seinem Stuhl aufrichtete. Er war der ältere der beiden Söhne, arbeitete seit vielen Jahren als Buchhalter in der Firma seines Vaters und war als studierter Betriebswirt der perfekte Kandidat für den Vorstandsvorsitz, während sein jüngerer Bruder Adrian als Architekt vermutlich in der Exekutive tätig sein würde.

Hans-Peter Hoffmann schaute zu Adrian und Sarah.

»Das ist mein Hochzeitsgeschenk für euch«, erklärte er. »Ab dem nächsten Ersten wirst du, Adrian, die Leitung der Hoffmann Bau AG übernehmen. Dein Bruder wird dich als Chef der Buchhaltung unterstützten. Ich selbst ziehe mich aus der Firma zurück und werde mich in Zukunft ausschließlich dem Grün auf unserem Golfplatz und meinem Handicap widmen.«

Er erntete Applaus und Gelächter. Adrian und Sarah sahen sich an, erst ungläubig, dann strahlend. Sie fielen sich in die Arme. An den Tischen standen die Gäste auf, kamen auf sie zu und gratulierten. Nur einer blieb stocksteif auf seinem Stuhl sitzen, während die Feiernden um ihn herum wogten wie die Wellen einer stürmischen See, die ihn verschlingen wollte.

Hendrik Hoffmann war kreideweiß im Gesicht. Sein Blick war starr auf seinen jüngeren Bruder gerichtet, seine Augen waren dunkel, fast schwarz vor Enttäuschung und Wut. Sein geöffneter Mund formte stumme Worte, doch Kari brauchte sie auch nicht zu hören. Sie konnte sehen, dass der vermeintliche Thronfolger bis ins Mark getroffen war, weil man ihn übergangen hatte.

▪ ▪ ▪

»Möchten Sie nicht kurz hereinkommen?«

Die Frau, die in der Tür des Restaurants stand und zu ihnen herübersah, war Dorothea Jessen, die Baustoffhändlerin und Brautmutter. Eine hagere Frau im flaschengrünen Kostüm mit passenden Pumps und kurzen, blondierten Haaren, die in Wirklichkeit vermutlich längst grau waren. Ihr Gesicht war von einer dicken Schicht Make-up bedeckt, die Haare wirkten wie festbetoniert von einer großen Menge Haarspray. Eine Frau, die auf ihr Äußeres achtete und sich eine jugendliche Ausstrahlung erhalten wollte, für Jonas' Geschmack mit ihren übertriebenen Bemühungen aber eher das Gegenteil erreichte.

Dabei war sie gerade erst zweiundsechzig. Jonas erinnerte sich, dass die Sylter Nachrichten ein Foto von ihr abgedruckt hatten, als das Golf-Resort List vor zwei Jahren eröffnet worden war. Ihre Firma war maßgeblich an den Bauarbeiten beteiligt gewesen, und die Feier fiel mit ihrem sechzigsten Geburtstag zusammen. Auf dem Bild hatte Hans-Peter Hoffmann ihr einen riesigen Blumenstrauß überreicht.

Dorothea Jessen kam mit energischen Schritten auf Hannah und ihn zu, die Schultern gerade, das Kinn leicht gehoben. Eine Frau, die es gewohnt war, Befehle zu erteilen und die sich auch in einer Männerdomäne durchzusetzen wusste. Jonas schämte sich plötzlich für seine abgewetzte Lederjacke. Vielleicht hätte er doch auf Kari hören und sich einen neuen Anzug anschaffen sollen, nachdem der alte, den er zu sämtlichen feierlichen Anlässen getragen hatte, einer unsachgemäßen Reinigung zum Opfer gefallen war. Aber er hatte gerade erst den Hochzeitsanzug gekauft, den er anschließend zu diesen Gelegenheiten nutzen konnte, und einen zweiten wollte er nicht.

Die Baustoffhändlerin sah über sein Outfit hinweg.

»Ich habe Ihren Kollegen von der Schutzpolizei gesagt, dass sie Feierabend machen können«, erklärte sie. »Die Reporter sind alle gegangen, und falls sich doch noch jemand draußen herumschleicht, wird der Sicherheitsdienst damit fertig.«

Jonas stimmte ihr zu. Es war alles bestens organisiert gewesen. Einige ausgewählte Journalisten hatten die Trauung und den Beginn der Feier begleitet. Es gab Bilder aus der Kirche und von der Kutsche, ebenso wie vom Zersägen des Baumstamms. Anschließend hatte der private Teil der Feierlichkeiten begonnen. Die Zeitungen und das Regionalfernsehen hatten sich zurückgezogen, und Störenfriede waren keine aufgetaucht. Inzwischen waren auch die hochrangigen Politiker und Wirtschaftsvertreter gegangen. Übrig war nur noch die übliche Sylter Klientel. Es bestand kein Anlass mehr für verstärkte Sicherheitsmaßnahmen. Zwischenfälle waren nicht zu befürchten, schließlich verkehrten auf Sylt ständig Prominente. Man war daran gewöhnt, das Besondere hatte sich verloren.

Jonas schaute über das weitläufige Grün nach Norden. Die Sonne war bereits untergegangen, nur ein zart rosafarbener Wolkenschleier schwebte noch über dem Land. Auf der anderen Seite war es bereits dunkel.

»Ich denke, wir fahren nach Hause«, sagte er. »Wir möchten Ihre Feier nicht stören.«

»Das tun Sie nicht.« Dorothea Jessens Lächeln wirkte künstlich, doch ihre Worte schienen ehrlich gemeint. »Wir wissen es zu schätzen, dass Sie heute Abend hier waren. Lassen Sie sich als kleinen Dank zumindest ein Bier zapfen. Alkoholfrei, wenn es sein muss.«

Jonas wechselte einen Blick mit Hannah, die ihm zunickte. Wann hatte man schon die Gelegenheit, bei einer Hochzeitsfeier der High Society dabei zu sein, wenn auch nur als Zaungast? Außerdem konnte er auf diese Weise Kari bei der Arbeit zusehen, ohne dass sie ihm einen Vorwurf machen konnte, und auch dieser Gedanke gefiel ihm.

»Also gut«, stimmte er deshalb zu. »Danke für die Einladung.«

Dorothea Jessen nickte knapp und machte auf dem Absatz kehrt. Offensichtlich war sie keine Freundin großer Gesten.

Jonas und Hannah folgten ihr in den großen Saal des Hotel-Restaurants, und Jonas stellte fest, dass sich eine Hochzeit bei den Schönen und Reichen in keiner Weise von anderen Feierlichkeiten dieser Art unterschied.

Die Luft war dick, erfüllt von lauten Stimmen und Musik, dem Geklirr von Gläsern und dem Duft schwerer Parfüms und teurer Zigarren. Da es eine private Feier war, griff das Rauchverbot in Gaststätten nicht, und einige ältere Herren hatten es sich mit ihren Tabakwaren in einer Ecke des Raums gemütlich gemacht, unter ihnen Hans-Peter Hoffmann, der Vater des Bräutigams, und Günther Pohl, der Besitzer des Hotel-Restaurants, ein stämmiger und handfest wirkender Mann, der ebenso wenig wie Jonas zu den vielen schick gekleideten Menschen passte, sich aber dennoch wohl zu fühlen schien. Er hob sein Glas, in dem sich eine braun schimmernde Flüssigkeit befand, und prostete Hoffmann zu, der die Geste erwiderte.

Die jüngeren Gäste vergnügten sich auf der Tanzfläche, und als plötzlich Kari ganz in seiner Nähe mit einem Tablett voller Sektgläser vorbeilief, erfasste ihn eine schmerzliche Sehnsucht. Wie schön wäre es, wenn sie einfach zu den Gästen der Feier gehören würden und die ganze Nacht hindurch tanzen könnten. Er lachte überrascht auf, als ihn Hannah spielerisch in die Seite boxte und ihm ihre Hand hinhielt.

»Los. Zieh deine Jacke aus«, forderte sie ihn auf und hängte ihren schwarzen Blazer über eine Stuhllehne. »Das ist mein Lieblingslied.«

Jonas kam ihrer Bitte nach, und gleich darauf mischten sie sich unter die Tanzenden. Hannahs blaue Augen strahlten, und ihr blonder Bob schwang im Rhythmus der Musik um ihren Kopf. Wie einfach mit ihr alles war, und wie schwierig mit Kari. Aber Kari war nun einmal die Frau, die er liebte.

Als der DJ eine Pause machte, ging Jonas mit Hannah an die Bar. Es waren nur drei Lieder gewesen, doch er war bereits ins Schwitzen geraten und stürzte das alkoholfreie Bier, das ihm serviert wurde, in einem Zug hinunter. Aus dem Augenwinkel sah er, wie sich eine Seitentür des Gastraums öffnete und drei Personen eintraten, die von Kopf bis Fuß in weiße Gewänder gehüllt waren und aussahen wie Mitglieder des Ku-Klux-Klans.

Alarmiert stellte er sein Glas beiseite. Seine Hand zuckte zu seiner Dienstwaffe. Er wollte aufspringen und auf die drei zustürzen. Hannah erwischte ihn in letzter Sekunde am Arm.

»Setz dich wieder hin«, raunte sie.

Jonas schaute auf ihre Finger, die sich in seinen Hemdsärmel krallten.

Hannah lachte. »Das gehört zur Feier dazu«, klärte sie ihn auf. »Die Entführung der Braut.«

»Okay.« Jonas ließ sich zurück auf den Barhocker sinken. Von diesem Brauch hatte er selbstverständlich gehört, auch wenn er noch nie auf einer Hochzeit gewesen war, bei der so etwas stattgefunden hatte. Trotzdem war er misstrauisch. »Woher weißt du, dass es nicht irgendwelche Störenfriede sind?«

Hannah deutete auf die Schuhe, die unter der weißen Baumwollkleidung der Eindringlinge hervorsahen. Ein Paar Herrenschuhe aus Lackleder, ein Paar derbe schwarze Boots und ein Paar dunkelblaue Pumps mit einer silbernen Schleife.

»Wem die Lackschuhe gehören, weiß ich nicht«, sagte Hannah. »Aber der Mann mit den Dockers ist Robin Pohl, der Wirt, und die blauen Pumps trägt seine Frau Denise. Die beiden sind mit dem Brautpaar befreundet. Und wozu sie sich verkleidet haben, ist nicht schwer zu erraten.«

Jonas entspannte sich wieder. Hannah war eine gute Beobachterin und eine hervorragende Polizistin. Trotzdem hatte sie sich getäuscht. Die Person, die unter großem Gejohle und Applaus der Gäste vom Tisch der Familie entführt wurde, war nicht die Braut, sondern der Bräutigam. Die weiß gekleideten Gestalten zogen den bereits etwas angetrunkenen Adrian Hoffmann vom Stuhl hoch, verbanden ihm die Augen und trieben ihn mit recht unsanften Stößen aus dem Saal. Einige Gäste machten Anstalten, der kleinen Gruppe zu folgen, doch die Person mit den Lackschuhen blieb mit ausgebreiteten Armen in der Tür stehen und hinderte sie daran.

»Nicht jetzt«, sagte der Mann mit tiefer Stimme. »Gebt uns ein bisschen Zeit. Wir wollen noch etwas vorbereiten. In einer Stunde könnt ihr euch auf den Weg machen und nach ihm suchen.«

Die Neugierigen zogen sich bereitwillig zurück, und die Tür fiel hinter dem letzten Entführer ins Schloss. Jonas bestellte ein weiteres alkoholfreies Bier.

»Was meinst du?«, fragte er seine Kollegin. »Wollen wir nach dem Drink nach Hause fahren? Oder sollen wir uns später an der Suche beteiligen? Vielleicht gibt es ja etwas zu gewinnen?«

»Nein«, erwiderte Hannah und lachte. »Zu gewinnen gibt es nichts. Aber ich bleibe gerne hier. Das wird sicher noch ein interessanter Abend.«

■ ■ ■

Plötzlich waren alle weg. Der große Saal war beinahe leer. Nur ein paar Betrunkene hingen noch auf ihren Stühlen. Günther und Ilse Pohl, die Besitzer des Hotel-Restaurants, beide solide, bodenständig und stämmig, räumten zusammen mit einigen Aushilfskellnerinnen die Tische ab. Lydia war verschwunden; wahrscheinlich hatte sie sich zusammen mit ihren alten Schulfreunden auf die Suche nach dem Bräutigam gemacht.

Kari zögerte nur kurz. Dann ging sie in den Raum hinter den Toiletten, der dem Personal vorbehalten war. Sie tauschte die Pumps, mit denen sie in den vergangenen acht Stunden ihre Füße malträtiert hatte, gegen ihre bequemen Laufschuhe. Anschließend nahm sie ihre leichte Windjacke aus dem Spind, steckte ihr Smartphone ein und trat durch die Hintertür ins Freie.

Es war eine helle, sternenklare Nacht. Ein leichter Wind wehte vom Meer herüber und brachte die salzige Luft mit, die Kari so liebte. Über dem Golfplatz stand ein Halbmond, die Umrisse so klar, als hätte ihn jemand mit einer Schablone ausgestanzt. Das milchige Licht schimmerte auf dem gepflegten Rasen.

Überall auf dem Gelände waren Menschen unterwegs. Kari sah Paare und kleinere Gruppen, die mit Taschenlampen oder Handys leuchteten. Sie blieb stehen und dachte nach. Wo würde sie den entführten Bräutigam verstecken? Es gab zahlreiche Möglichkeiten auf dem riesigen 18-Loch-Platz, Schuppen und Unterstände, kleine, bewaldete Flächen und dichtes Gebüsch, dazu mehrere sogenannte Bunker, mit Sand gefüllte Senken, eine besondere Herausforderung für den Golfer, dessen Ball dort landete.

Die Entführer hatten das Resort sicherlich nicht verlassen; das Gelände war ringsherum von einem stabilen, zwei Meter hohen Zaun umgeben, gekrönt mit drei Reihen Stacheldraht, die ungebetene Gäste abschrecken sollten. Die Prominenz, die hier spielte, legte Wert darauf, unter sich zu sein.

Bei Menschen, die sich verbergen wollten, gab es im Grunde nur zwei bevorzugte Strategien. Entweder, man wählte einen Platz, der möglichst weit vom Ort des Verschwindens entfernt war – oder man blieb bewusst ganz in der Nähe, weil dort erfahrungsgemäß als Letztes gesucht wurde. Den Bräutigam in seinem teuren Anzug würde man überdies wohl eher in einem geschützten Gebäude als in einem Gebüsch unterbringen.

Also nahm sich Kari zunächst die Schuppen und Gerätehäuser rings um das Clubhaus, das Hotel-Restaurant und den Golf-Shop vor. Auch das Clubhaus selbst käme natürlich in Frage, doch sämtliche Türen waren verschlossen, und Kari konnte im Inneren keinen Lichtschein ausmachen.

Vor dem Gebäude, in dem sich die Golfcarts befanden, entdeckte sie Jonas und Hannah, die sich offenbar dieselben Gedanken gemacht hatten wie sie. Kari zögerte nur kurz. Dann ging sie in die andere Richtung davon. Die Gefahr war zu groß, dass irgendjemand sie beobachtete, wenn sie mit Jonas und Hannah sprach, und daraus seine Schlüsse zog.

Ein paar dünne Wolken zogen über die Insel und schoben sich vor den Mond. Der silbrige Glanz auf dem Rasen verschwand, und um sie herum wurde es finster. Kari tastete nach ihrem Smartphone und schrak zusammen, als sich plötzlich direkt vor ihr die Umrisse eines Unterstands aus dem Dunkel schälten. Sie war so in Gedanken versunken gewesen, dass ihr gar nicht aufgefallen war, wie weit sie sich von den Lichtern und den anderen Suchenden entfernt hatte.

Sie aktivierte die Taschenlampenfunktion ihres Telefons und leuchtete die offene Hütte aus, doch außer einem Tisch, zwei massiven Holzbänken und einem gemauerten Grill gab es nichts zu sehen. Stattdessen bemerkte sie auf der anderen Seite des kleinen, mit dichten Büschen bewachsenen Waldstücks hinter dem Unterstand mehrere helle Punkte, die sich bewegten, und der Wind trug leise Stimmen zu ihr herüber.

Kari lächelte. Offenbar hatte sie den Bräutigam und seine Entführer entdeckt.

Sie schaltete die Taschenlampe aus, bahnte sich einen Weg durch das Unterholz und schlich sich an die Gruppe heran. Es waren drei Personen, die Golfkappen trugen, an denen sie Stirnlampen befestigt hatten. Ein paar Meter weiter blieben sie stehen, und eine der Gestalten hob ein längliches Objekt mit einer klobigen Spitze. Im selben Moment verschwanden die Wolken, und Kari sah die Personen deutlich im Mondlicht. Der Gegenstand, den der Mann über den Kopf erhoben hatte, war ein Golfschläger, den er jetzt im eleganten Boden schwang. Ein kleines, rundes weißes Objekt flog davon.

Kari lachte auf. Sie hatte nicht die Entführer entdeckt, sondern die Brauteltern, die eine nächtliche Golfpartie austrugen.

Ihr Lachen machte die drei auf sie aufmerksam. Dorothea Jessen drehte sich um und winkte ihr zu.

»Hallo! Sie sind doch eine der Kellnerinnen?«

»Ja.«

Kari ging auf die Gruppe zu. Hans-Peter Hoffmann, der den Ball geschlagen hatte, spähte mit zusammengekniffenen Augen ins Dunkel. Er schien nicht recht zufrieden mit seinem Schlag. Der Dritte im Bunde war Albert Franke, Hoffmanns Fahrer, den man Kari bereits vorgestellt hatte. Wie immer trug er seine schwarze Chauffeurs-Uniform, nur die Schirmmütze hatte er durch die Golfkappe ersetzt. Von Lydia wusste Kari, dass er bereits achtundsiebzig war, aber trotzdem noch für den Bauunternehmer arbeitete, so wie er es seit fünfzig Jahren tat, seit der damals zweiundzwanzigjährige Hoffmann ins Baugeschäft seines Vaters eingestiegen war. Soweit das aufgrund ihrer unterschiedlichen Stellung möglich war, waren die beiden Freunde, doch die Distanz und die Förmlichkeit waren geblieben.

»Seien Sie so gut und bringen uns etwas zu trinken«, sagte Dorothea Jessen. »Eine Flasche Champagner und ein paar Gläser.« Höfliche Worte, doch ihr Tonfall machte unmissverständlich klar, dass es keinesfalls eine Bitte, sondern ein Befehl war.

Kari hätte beinahe geknickst.

»Selbstverständlich«, sagte sie und begab sich auf den Weg zurück zum Restaurant. Die gewünschte Bestellung bedeutete einen erheblichen Fußmarsch, den sie sich nach dem langen Abend gerne erspart hätte. Aber mit dem Vorstand des Golf-Resorts durfte sie es sich auf keinen Fall verderben. Eine Frau wie Dorothea Jessen würde sicher umgehend für ihre Entlassung sorgen, wenn sie mit ihrer Arbeit nicht zufrieden war, und dann wäre ihr Einsatz vorbei, ehe sie auch nur den Hauch einer Spur zu den Waffenlieferanten und Möwenjägern entdeckt hatte. Also tat Kari das, was sie auch machte, wenn ihr beim Marathon die Beine schwer wurden. Sie verengte den Blick, fokussierte sich auf das Ziel und blendete die Schmerzen aus. Ihr Hang, alles kontrollieren zu wollen, hatte schließlich auch seine Vorteile.

Sie war bereits ein gutes Stück von dem kleinen Gehölz entfernt, als in ihrem Rücken ein gellender Schrei ertönte. Kari blieb stehen. Das war keine wütende Reaktion auf einen misslungenen Schlag, auch kein plötzlich ausgebrochener Streit. Was sie hörte, waren Angst und Entsetzen.

Kari machte auf dem Absatz kehrt und rannte den Weg zurück, den sie gerade gekommen war. Sie sah die drei Gestalten mit den Stirnlampen, erstarrte Silhouetten im fahlen Mondlicht. Zu ihren Füßen lag ein dunkles Bündel auf dem Grün.

Nein, kein Bündel, ein menschlicher Körper, erkannte Kari, als sie näher kam. Ein Mann, gekleidet in einen dunkelgrauen Cut mit Weste und Krawatte. Den Zylinder hatte er bereits abgenommen, als er nach dem Zersägen des Baumstamms mit seiner Braut ins Restaurant gegangen war, und die Entführer hatten ihn ohne Kopfbedeckung mitgenommen.

Jetzt klaffte dort, wo bei der feierlichen Kutschfahrt der Zylinder gesessen hatte, ein Loch. Die Augen des Bräutigams waren weit aufgerissen und blicklos in den Sternenhimmel gerichtet. Neben seinem Kopf lag ein Golfschläger, der mit einer rötlich-braunen Flüssigkeit verschmiert war.

Kari spürte, wie sich ihr Herz verkrampfte. Sie eilte zu dem Mann am Boden, kniete sich neben ihn und tastete nach seinem Puls. Als sie nichts fand, aktivierte sie die Taschenlampe ihres Handys und leuchtete ihm in die Augen. Sie waren stumpf und leer. Kari legte trotzdem noch die Finger an seine Halsschlagader und hielt ihr Ohr über seinen Mund, doch es war kein Lebenszeichen mehr zu spüren. Adrian Hoffmann, frischgebackener Ehemann und designierter Firmenchef der Hoffmann Bau AG, war tot.

Kari stand auf und trat ein paar Schritte zurück. Sie wollte etwas sagen, doch ehe sie dazu kam, ertönte ein schriller Schrei neben ihr. Etwas Weißes flog an ihr vorbei wie ein riesiger, aufgescheuchter Vogel. Es war die Braut, Sarah Jessen. Sie warf sich über den toten Bräutigam, presste seinen zerschmetterten Kopf an ihre Brust und weinte laut und herzzerreißend.

Kari brauchte einen Moment, um wieder zur Besinnung zu kommen. Dann trat sie zu dem engumschlungenen Brautpaar und löste Sarahs Finger vorsichtig vom dunkelgrauen Cut des Bräutigams.

»Bitte«, redete sie auf die völlig aufgelöste Frau ein. »Tun Sie sich das nicht an.« Sanft half sie ihr auf die Füße und führte sie von dem Toten weg. Sie empfand tiefes Mitgefühl für die Braut, doch zugleich arbeitete ihr professioneller Verstand auf Hochtouren. Dies hier war ein Tatort, und sie musste dafür sorgen, dass keine Spuren zerstört wurden.

Die drei nächtlichen Golfer lösten sich aus ihrer Starre, und Dorothea Jessen zog ein Mobiltelefon hervor.

»Ich rufe die Polizei«, sagte sie mit tonloser Stimme.

Sarah Jessen schluchzte auf. Kari zog sie weiter und drehte sich erst zu ihr um, als sie einen Unterstand erreicht hatten, neben dem eine Laterne brannte.

In ihrem Beruf hatte sie schon viel Schreckliches gesehen, doch nie zuvor hatte ein Anblick sie so tief berührt wie dieser: die Braut in ihrem weißen Kleid, dessen Vorderseite komplett mit Blut verschmiert war. Beginn und Ende einer Hoffnung, eines Lebens, zu einer grausigen Momentaufnahme geronnen.

Sie war froh, als hinter ihr Stimmen laut wurden.

Hendrik Hoffmann kam mit großen Schritten auf den Unterstand zu und nahm seine Schwägerin in die Arme.

»Danke, dass Sie sich um sie gekümmert haben«, sagte er zu Kari und wies auf die Personen, die ihm gefolgt waren. »Die Herrschaften sind von der Kriminalpolizei«, erläuterte er. »Sind Sie so freundlich ...« Seine Stimme brach, er musste sich ein paarmal räuspern. »Zeigen Sie ihnen, wo Sie meinen Bruder gefunden haben?«

»Selbstverständlich.« Sie wandte sich Jonas Voss und Hannah Behrends zu, die hinter Hendrik standen.

»Kommen Sie«, sagte sie und lief den beiden wie in Trance über das kurz geschnittene Grün voraus.

Warum konnte Kari nicht ein einziges Mal auf Sylt ermitteln, ohne dass es einen Toten gab?

4.

Sarah Jessen saß wie versteinert auf der Bank in einem der Unterstände, die es überall auf dem Golfplatz gab. Die Rettungssanitäter, die kurz nach Jonas und Hannah am Tatort eingetroffen waren, hatten ihr eine Rettungsdecke umgelegt. Das matte Licht der unter der Decke montierten Lampe spiegelte sich darin. Es war ein verstörender Anblick, die hübsch herausgeputzte Braut mit ihrem aufwendigen Hochzeitskleid und dem goldenen Umhang, der an eine Königin erinnerte, dazu ihr entsetztes Gesicht und das Blut, mit dem der weiße Stoff besudelt war. Jonas Voss konnte sich an keinen Fall erinnern, bei dem Freud und Leid so dicht beieinander gelegen hatten.

Dorothea Jessen, die Mutter der Braut, hatte neben ihrer Tochter Platz genommen. Jonas registrierte, dass in der dicken Make-up-Schicht auf ihrem Gesicht keine Tränenspuren zu sehen waren und das flaschengrüne Kostüm noch immer keine einzige Falte hatte. Spontan schoss ihm der Begriff »Contenance« in den Sinn. Besser ließ sich die Ausstrahlung der hageren Frau mit den kurzen, blondierten Haaren kaum beschreiben.

Es irritierte ihn, dass Sarah und Dorothea Jessen stocksteif auf der Bank saßen, ohne einander zu berühren. Er selbst hätte seiner Tochter in einer solchen Situation den Arm um die Schultern gelegt oder zumindest ihre Hand gehalten. Aber er hatte schon des Öfteren erlebt, dass Dinge, die ihm selbstverständlich erschienen, in der besseren Gesellschaft anders gehandhabt wurden. Dort fand man es wichtig, Haltung zu bewahren. Die glänzende Fassade war ein Teil der Identität und durfte nicht beschädigt werden. Auch dann nicht, wenn dahinter alles in Trümmern lag.

Für Hans-Peter Hoffmann galt wohl dasselbe. Der große, schlanke Mann mit den eisblauen Augen hatte zusammen mit seinem Fahrer auf der Bank Platz genommen, die sich im rechten Winkel zum Sitzplatz der beiden Frauen befand. Sein dunkler Anzug saß ebenfalls tadellos, und auch seine Miene hätte besser zu einer schwierigen Vorstandssitzung als zum tragischen Tod seines Sohnes gepasst. Auf dem Golfplatz, beim Anblick des Toten, hatte Jonas noch Entsetzen in den Augen des Vaters gesehen, doch jetzt schien es, als hätte Hoffmann eine zentimeterdicke Plexiglasscheibe hochgefahren, die kein Gefühl mehr durchdringen konnte. Seinem Fahrer Albert Franke dagegen, der neben ihm Platz genommen hatte, war der Schock nach wie vor deutlich anzumerken. Die Mundwinkel des beinahe kahlköpfigen Mannes zuckten, und seine Hände zitterten.

Voss blieb in der Mitte der offenen Schutzhütte stehen, weil es nur die fest an den Wänden montierten Bänke gab, keine Stühle, die man verrücken könnte. Er wollte nicht so weit von den Zeugen entfernt sein. Hannah nahm an der Wand den Frauen gegenüber Platz und zog ihr Tablet hervor.

»Ich möchte Ihnen mein tief empfundenes Beileid aussprechen«, eröffnete Jonas das Gespräch.

Hans-Peter Hoffmann neigte den Kopf. »Danke.«

Sarah schluckte und senkte den Blick. Ihre Mutter faltete die Hände auf den Knien. Albert Franke fuhr sich mit dem Handrücken über die Augen.

»Es tut mir leid, dass wir Sie in Ihrem Schmerz stören müssen«, fuhr Jonas Voss fort. »Aber bei Mord kommt es auf jede Stunde an. Je schneller wir uns einen Überblick verschafft haben, desto größer ist die Chance, den Täter zu finden.«

»Fragen Sie nur.« Dorothea Jessen hob das Kinn. Ihre Lippen waren ein schmaler Strich. Offenbar gab es doch Gefühle hinter der starren Maske, doch noch gelang es ihr, sie in ihrem Inneren zu verschließen.

»Sie haben den Toten gefunden. Können Sie uns bitte schildern, wie es dazu kam?«, meldete sich Hannah zu Wort.

Dorothea Jessen warf ihr einen missbilligenden Blick zu.

»Der Tote heißt Adrian Hoffmann«, sagte sie dezidiert.

»Natürlich. Verzeihen Sie.«

Die Baustoffhändlerin winkte ungeduldig ab.

»Schon gut. Ich erwarte nicht, dass Sie unsere Bestürzung nachvollziehen können.«

Hannah verzog das Gesicht, erwiderte aber nichts, sondern warf nur Jonas einen bedeutungsvollen Blick zu. Voss hob beschwichtigend die Hand. Natürlich entging ihm nicht, dass Dorothea Jessen seine Kollegin von oben herab behandelte, doch er wollte die angespannte Stimmung nicht weiter aufheizen.

»Bitte. Erzählen Sie«, sagte er ruhig.

Dorothea Jessen gestikulierte.

»Da gibt es nicht viel zu erzählen. Wir drei – Hans-Peter, sein Chauffeur und ich – waren nach dem üppigen Essen der Ansicht, dass uns ein wenig Bewegung und frische Luft gut tun würden. Im Saal war es zu heiß, zu voll und zu laut. Deshalb haben wir uns direkt nach dem Auftritt der Entführer zu einer kurzen nächtlichen Golfpartie entschieden. Das geplante Begleitprogramm sollte ohnehin erst eine Stunde später fortgesetzt werden. Und wir hatten einiges zu besprechen. Die Hochzeit sollte ja nicht nur eine familiäre Verbindung zwischen Hoffmann und Jessen schaffen, sondern auch den Grundstein für eine Zusammenführung unserer Unternehmen legen.«

Hannah tippte auf ihrem Tablet.

»Sie waren die gesamte Zeit zusammen, von der Entführung bis zum Auffinden Ihres Schwiegersohns?«

»Ja«, sagte Dorothea Jessen, und die beiden Männer nickten.

Jonas machte sich eine gedankliche Notiz, dass die drei folglich als Täter nicht infrage kamen. Es sei denn, es handelte sich um einen gemeinschaftlichen Mord, doch das hielt er für ausgesprochen unwahrscheinlich.

»Ist Ihnen irgendetwas aufgefallen? Haben Sie eine Beobachtung gemacht? Können Sie sich einen Grund vorstellen, warum man Adrian Hoffmann getötet hat? Kennen Sie jemanden, der Ihrem Bräutigam, Ihrem Sohn, Ihrem Schwiegersohn nach dem Leben getrachtet hat?«

Dorothea Jessen schaute durch ihn hindurch. Ihr Gesicht blieb unbewegt, nur ein Zucken der Augenlider verriet, dass sie Mühe hatte, das Geschehene zu verarbeiten. Schließlich schüttelte sie den Kopf, langsam, wie in Zeitlupe.

»Nein. Adrian war ein selbstbewusster und charmanter Mann. Einer, der seinen Weg gegangen ist, aber ohne anzuecken. Ich kann mir nicht vorstellen, dass er Feinde hatte.«

»Okay.« Voss fand die Aussage widersprüchlich, ließ sie aber so stehen. »Wissen Sie, wer der dritte Entführer war? Das Ehepaar Pohl haben wir erkannt.«

»Hendrik, nehme ich an«, sagte Dorothea Jessen. »Die drei haben ganz sicher nichts mit dem Mord an Adrian zu tun.«

Hannah machte sich eine Notiz. Voss wandte sich an Hans-

Peter Hoffmann, der seine Finger studierte, als ginge ihn das alles nichts an.

»Ich vermute, als Architekt in der Firma hatte Ihr Sohn auch mit Untergebenen zu tun? Hat Bauprojekte betreut, mit Subunternehmern verhandelt und die Arbeiten auf Baustellen beaufsichtigt?«

Hoffmann blickte auf. Seine Augen waren von einem Schleier überzogen, aber seine Stimme war fest. »Das war exakt sein Aufgabenbereich.«

»Gab es da vielleicht Konflikte? Subunternehmer, die nicht bezahlt worden sind? Arbeiter, die er entlassen hat?«

»Sicher nicht«, entgegnete Hoffmann kühl. »Davon wüsste ich.«

»Und Sie?« Voss richtete seinen Blick auf den Fahrer.

»Nein.« Albert Franke holte ein Stofftaschentuch hervor und fuhr sich über den fast kahlen Schädel. »Ich verstehe das alles nicht.«

Voss drehte sich zur Braut, die bisher stumm geblieben war.

»Frau Jessen«, sprach er sie sanft an. »Können Sie uns irgendetwas sagen?«

Sarah hob den Kopf. Der Blick aus den veilchenblauen Augen war leer.

»Hoffmann«, sagte sie tonlos. »Ich heiße jetzt Hoffmann.«

»Entschuldigung. Frau Hoffmann. Wissen Sie etwas über Probleme, die Ihr Bräutigam hatte?«

»Nein.«

Jonas wartete, doch mehr kam nicht.

Dorothea Jessen erhob sich.

»Meine Tochter ist im Moment nicht in der Lage, Ihre Frage zu beantworten. Sehen Sie das nicht?«

Voss kapitulierte. Ob die vier nicht reden konnten oder wollten, wusste er nicht, doch sicher war, dass er hier und jetzt nicht weiterkam. Die High Society ließ sich nicht gern in die Karten schauen, auch dann nicht, wenn es zu ihrem eigenen Nutzen wäre. Ehe man Informationen preisgab, wurde alles gründlich durchdacht. Er musste den engsten Angehörigen Zeit geben, die Geschehnisse zu verarbeiten, wenn er überhaupt etwas von ihnen erfahren wollte.

»Verzeihen Sie«, sagte er. »Ich wollte Sie nicht über Gebühr beanspruchen. Ruhen Sie sich aus. Wir kommen in den nächsten Tagen wieder auf Sie zu.«

»Danke.« Das Nicken der Baustoffhändlerin war so knapp, dass es schon fast unhöflich war, doch Jonas sah darüber hinweg. Vor ein paar Stunden noch hatte Dorothea Jessen ihre Tochter mit dem Sohn des Bauunternehmers vermählt und mit der Familie auf eine rosige Zukunft angestoßen, und nun war ihre Tochter plötzlich Witwe. Ein Schock für alle Anwesenden, ganz besonders aber für die Braut. Es war wirklich besser, mit der weiteren Befragung zu warten, bis alle ihre Fassung zumindest ein Stück weit wiedererlangt hatten.

■ ■ ■

»Ach du meine Güte! Der Bräutigam ist tot?« Marijke Meenken sprang beinahe von ihrem Stuhl und eilte in die Küche. Keine Minute später war sie zurück, in der einen Hand eine Flasche Küstennebel, in der anderen das passende Schnapsglas. »Darauf brauchen Sie einen Schluck.«

Sie streckte Kari das Glas entgegen und hob den Finger, als Kari abwehrte.

»Ich weiß, dass Sie normalerweise keinen Alkohol trinken«, erklärte sie streng. »Aber das ist eine Ausnahmesituation. Glauben Sie mir, wir haben Erfahrung damit.«

Kari konnte nicht anders, sie musste lächeln. Tatsächlich hatten Marijke und ihre Freundinnen – vier rüstige alte Damen, die allesamt deutlich über achtzig waren, bisher jedoch nichts an Vitalität und Lebensfreude eingebüßt hatten – in den vergangenen Jahren sogar mehrfach eine Leiche entdeckt, und der Küstennebel zur Bewältigung des Schocks hatte sich eingebürgert. Nun, vielleicht würde er auch ihr guttun. Sie nahm das Glas entgegen und ließ es von Marijke füllen.

»Du hättest ruhig auch für uns Gläser mitbringen können«, beschwerte sich Witta Claaßen, die wie immer in Marijkes bequemstem Sessel saß, machte aber keine Anstalten, sich zu erheben. Stattdessen rückte sie ihre weiße Marlene-Dietrich-Frisur in Form. Witta war die Diva unter den vier alten Frauen, daran würde sich auch nichts mehr ändern.

Natürlich war es Alma Grieger, die aufstand, um dem Wohnzimmerschrank das Gewünschte zu entnehmen und die Gläser auf Marijkes Couchtisch zu verteilen. Seit jeher war es die Bäckerwitwe mit den rot gefärbten Haaren, die mit ihrem sonnigen Gemüt alle Risse in der Freundschaft der alten Damen kittete.

Grethe Aldag nahm von Marijke die Flasche entgegen und schenkte ein.

»Nu erzählen Sie mal«, forderte die Klempnerwitwe mit den kurzen eisgrauen Haaren Kari auf. Ihre Augen leuchteten wissbegierig.

Kari war zunächst wenig begeistert gewesen, als sie bei ihrer Heimkehr aus List festgestellt hatte, dass im Haus von Marijke Meenken noch Licht brannte. Seit sie das erste Mal auf Sylt ermittelt hatte, wohnte sie bei jedem ihrer Einsätze in Marijkes Gartenhaus in Braderup. Es war zwar winzig, aber gemütlich eingerichtet, und es stand zusammen mit Marijkes hübschem altem Reetdachhaus im Friesenstil auf einem gepflegten Grundstück oberhalb des Weißen Kliffs in Braderup. Dort war es wunderbar ruhig, und durch eine Lücke in der Hecke konnte man das Wattenmeer sehen. Außerdem war man mit wenigen Schritten auf den Holzbohlenwegen durch die Baderuper Heide. Es war eine schöne Laufstrecke, auf der Kari täglich mindestens eine Runde absolvierte.

Der Nachteil der Unterkunft bestand darin, dass Marijke und ihre Freundinnen schrecklich neugierig waren. Die vier alten Damen, die sich regelmäßig zum gemeinsamen Häkeln trafen und auch in der Sylter Ornithologischen Gesellschaft SOG aktiv waren, verfolgten alles, was auf der Insel geschah, mit Interesse. Schon bei ihrem ersten Einsatz hatte Kari die Frauen wegen ihrer weitreichenden Kontakte »die Häkelmafia« getauft. Sie hatten rasch herausgefunden, dass mit der angeblich erfolglosen Schriftstellerin Kari Blom etwas nicht stimmte. Mittlerweile wussten sie, dass Kari in Wirklichkeit Karolina Dahl hieß und als Undercover-Ermittlerin beim Landeskriminalamt in Kiel arbeitete. Das Interesse an den Jobs, die sie im Rahmen ihrer Fälle annahm, war dadurch noch größer geworden, doch zumindest bewahrten die vier alten Frauen eisern Stillschweigen über ihren wirklichen Beruf.

Eigentlich war es eine Zeitbombe, auf der Kari saß. Es verstieß gegen alle Regeln der Undercover-Arbeit, in einem Umfeld zu ermitteln, in dem so viele Personen wussten, wer sie wirklich war. Aber ihr Vorgesetzter im LKA, Kriminalrat Ole Lund, setzte sie trotzdem weiterhin auf Sylt ein – gerade weil sie dort so unglaublich gut vernetzt war. Und bisher war es ja immer gutgegangen.

Dennoch hatte Kari gehofft, sich unbemerkt an Marijkes Wohnzimmerfenster vorbei zum Gartenhaus schleichen zu können. Auch wenn es nicht das erste Mal war, dass bei einem ihrer Einsätze ein Mensch ums Leben kam – der Anblick des erschlagenen Bräutigams und der Braut im blutverschmierten Kleid hatte sie erschüttert. Womöglich auch deshalb, weil sie selbst so kurz vor ihrer Hochzeit stand. War das ein Zeichen?

Dummes Zeug, schalt sie sich selbst und leerte ihr Glas in einem Zug. *Spökenkiekerei, dabei hast du nur Panik.*

Der Alkohol brannte in ihrer Kehle. In ihrem Magen wurde es warm. Ihre Muskeln entspannten sich, und für einen Moment war es, als würde ihr jemand eine weiche Decke um die Schultern legen.

Ihre Hoffnung, auf dem schnellsten Weg in ihre Unterkunft zu kommen, hatte sich schon nach wenigen Schritten in Luft aufgelöst. Marijke hatte die Haustür geöffnet, als Kari noch nicht einmal den halben Weg zum Gartenhaus gegangen war. Offenbar hatten die alten Frauen in der Küche gesessen und durch die Scheibe gespäht, damit ihnen nichts entging. Die Einladung der Häkelfrauen war so herzlich gewesen, dass Kari unmöglich Nein sagen konnte, obwohl sie gerne allein gewesen wäre.

Marijke hatte sie ins Wohnzimmer dirigiert, wo bereits der Tisch gedeckt war, mit einer bunten Mischung aus Sylter Spezialitäten und spanischen Tapas, dazu einem Teller mit selbstgebackenen Keksen und einer Form, in der sechs appetitlich aussehende Schoko-Muffins warteten.

»Sie haben sicher nichts zu essen bekommen«, war Marijkes Kommentar gewesen. »Sie mussten ja arbeiten und die anderen bedienen.«

Was völlig richtig war, und Kari hatte plötzlich gemerkt, dass ihr nicht nur die Ereignisse zugesetzt hatten, sondern ihr auch flau vor Hunger war. Sie hatte zugegriffen und nebenbei von dem Fest bei den Schönen und Reichen berichtet. Die alten Damen waren ein wenig enttäuscht gewesen, weil sich die Feier gar nicht so sehr von einer Hochzeit bei normalen Leuten unterschied. Bis Kari den Toten auf dem Golfplatz erwähnt hatte.

Die Häkeldamen taten es Kari gleich und kippten ihren Küstennebel hinunter. Grethe füllte die Gläser neu. Marijke rutschte auf ihrem Sessel nach vorn. Sie prosteten sich zu, doch dieses Mal trank Kari nur einen winzigen Schluck. Sie war keine harten Sachen gewöhnt, und der hochprozentige Likör würde ihr rasch zu Kopf steigen. Das mochte vielleicht ihre Nerven beruhigen, würde aber auch ihren scharfen Verstand aufweichen, und das wollte sie nicht.

»Erschlagen, sagen Sie?«, hakte Grethe nach. »Mit einem Golfschläger?«

Kari kapitulierte. Die Häkeldamen würden ohnehin keine Ruhe geben, bis sie ihnen alles haarklein geschildert hatte. Also berichtete sie von der Entführung des Bräutigams und den drei nächtlichen Golfern, die den Toten gefunden hatten.

Sie merkte, dass sie Mühe hatte, ihre Gedanken zu ordnen, und stellte das halbvolle Schnapsglas mit einer entschiedenen Bewegung auf den Tisch. Die Häkelfrauen dagegen tranken erneut, und Grethe schenkte eine weitere Runde aus. Aber die alten Damen waren ja auch besser in Übung.

»Glauben Sie, die Entführer haben den Bräutigam umgebracht?«, fragte Alma atemlos.

Witta Claaßen schüttelte geringschätzig den Kopf. »Das wäre sehr dumm, findest du nicht?«, rügte sie ihre Freundin.

Kari nahm sich einen Holzspieß mit marinierten Hähnchenstücken, dazu ein Stück Baguette. Sie freute sich, dass die kanarische Phase der alten Damen anhielt. Die Reise, auf die sich die Häkelfrauen bereits im letzten Sommer kulinarisch vorbereitet hatten, hatte sie inspiriert und dazu geführt, dass sie ihrem Buffet-Repertoire einige leckere Neuerungen hinzugefügt hatten.

»Vielleicht war es nicht geplant«, verteidigte sich Alma. »Ein Streit, der plötzlich eskaliert ist.«

»Und weshalb haben die beiden anderen dann nicht die Polizei informiert, sondern den Toten einfach liegen lassen?«, insistierte Witta. »Meinst du, sie waren mit einem Mal alle drei so erregt, dass sie Adrian Hoffmann gemeinsam ermordet haben?«

Alma griff nach einem der Schoko-Muffins, die sie selbst gebacken hatte.

»Du hast recht«, lächelte sie und wirkte dabei kein bisschen eingeschnappt. »So kann es nicht gewesen sein.«

»Was sagen denn Hauptkommissar Voss und Kommissarin Behrends?«, fragte Grethe, wie immer mit kühlem Kopf und auf die Fakten konzentriert.

»Ich weiß es nicht.« Kari legte den abgenagten Holzspieß auf den Teller. »Sie haben mich nach Hause geschickt, nachdem sie meine Aussage aufgenommen hatten. *Bevor* sie mit den Ermittlungen begonnen haben.« Sie schaffte es nicht, ihre Frustration zu verbergen.

Marijke erhob sich. »Noch einen kleinen Espresso?«, fragte sie in die Runde. »Für die Verdauung?«

»Um Gottes willen.« Witta Claaßen wedelte mit den Händen. »Bloß nicht. Dann kann ich nicht schlafen.« Sie kniff die Augen zusammen. »Du solltest auch nicht so viel Kaffee trinken. Bei deinem Blutdruck.« Obwohl es Jahrzehnte her war, dass sie an der Seite ihres längst verstorbenen Mannes als Sprechstundenhilfe in dessen Landarztpraxis in Kampen gearbeitet hatte, fühlte sich Witta immer noch als medizinische Instanz der Gruppe.

»Ich nehme gerne einen«, sagte Kari, ehe die beiden ihre Diskussion vertiefen konnten. Sie war ohnehin so aufgedreht, dass das Koffein keinen Unterschied machen würde. Und vielleicht würde es helfen, damit ihr das späte Essen nicht so schwer im Magen lag.

»Ich auch«, meldete sich Alma, und Grethe hob die Hand, um zu signalisieren, dass sie ebenfalls mit von der Partie war.

Kari warf einen Blick auf die große Wanduhr mit dem dunklen Holzrahmen. Es war fast eins. Trotzdem machte keine der alten Damen Anstalten, nach Hause zu gehen. Der Mord an Adrian Hoffmann war offensichtlich viel zu spannend.

»In unserem Alter braucht man nicht mehr so viel Schlaf«, erklärte Marijke, als Kari vorsichtig danach fragte. »Außerdem können wir uns am Nachmittag noch mal hinlegen.«

Kari nickte und dachte, dass es durchaus von Vorteil wäre, wenn die Häkeldamen am nächsten Tag müde waren. Dann würden sie zumindest nicht sofort losziehen und auf eigene Faust Ermittlungen anstellen. Seit sie Kari einige Male bei ihren Missionen unterstützt hatten, hielten sie sich für eine Art Miss-Marple-Kommando. Dass ihnen der Erfolg recht gab, machte die Sache nicht besser. Kari hatte den Eindruck, dass die Häkelmafia mittlerweile davon überzeugt war, Jonas und Kari könnten ihre Fälle ohne ihre Unterstützung nicht bewältigen. Was sie dagegen gerne vergaßen, war, dass sie sich schon mehr als einmal in tödliche Gefahr gebracht hatten und ihre Abenteuer nur mit viel Glück unversehrt überstanden hatten.

Marijke verschwand in der Küche, und Kari hörte das Fauchen und Zischen der Espressomaschine, die die Kapitänswitwe vor Kurzem angeschafft hatte.

»Was ist mit den drei nächtlichen Golfspielern?«, fragte Grethe weiter. »Vielleicht haben die etwas mit dem Mord zu tun.«

Witta verdrehte die Augen.

»Hast du nicht zugehört? Das waren Hans-Peter Hoffmann, der Vater des Bräutigams, Dorothea Jessen, die Brautmutter, und Albert, der Fahrer von Herrn Hoffmann. Warum sollten die Adrian umbringen? Hoffmann hatte doch gerade erst verkündet, dass er Adrian die Firmenleitung übergeben will. Und für Dorothea Jessen ist die Fusion der beiden Firmen ein Gewinn. Ihr Baustoffhandel läuft ja nicht schlecht, nach dem, was man so hört, aber die Verbindung mit einem erfolgreichen Unternehmen wie der Hoffmann Bau AG …«

Sie ließ die Worte in der Luft hängen. Es war auch nicht nötig, dass sie weitersprach. Jeder im Raum verstand den Hinweis, dass die ehemalige Landarztgattin noch immer in den besseren Kreisen verkehrte und im Sylter Rotary Club mit den Größen aus Wirtschaft und Politik per Du war.

Grethe verschränkte die Arme vor der Brust und hob das Kinn. »Man weiß ja nie, was so hinter der Fassade vor sich geht.« Ihre Augen funkelten. »Auch du mit deinem Rothaarigen-Club nicht.«

Witta richtete den Blick zur Decke. Grethes Witz war nicht neu, und die ehemalige Landarztgattin hatte es aufgegeben, sich darüber aufzuregen.

Marijke kam mit einem Tablett zurück, auf dem vier dampfende Espressotassen und ein Zuckertopf standen.

»Glauben Sie, die Fälle haben etwas miteinander zu tun?«, fragte sie, nachdem sie die Tassen verteilt hatte. »Der Mord und die toten Vögel?«

Kari rührte ein wenig Zucker in ihren Kaffee und nippte

vorsichtig daran. Ein würziges und dennoch mildes Aroma, das dem Gaumen schmeichelte, dazu das Koffein, das binnen Sekunden ihren Kopf wieder klarer werden ließ.

Sie war natürlich nicht darum herumgekommen, den Häkeldamen von den Schüssen auf dem Golfplatz und den illegalen Waffen zu berichten, nachdem Ole Lund sie wieder einmal bei Marijke einquartiert hatte. Die alten Frauen waren entsetzt gewesen, als sie gehört hatten, dass Jaspers Schulfreund Lukas getroffen worden war, aber auch über die abgeschossenen Möwen waren sie bestürzt. Schließlich engagierten sie sich seit Jahren für den Vogelschutz auf der Insel, und auch, wenn es von den Möwen mehr als genug gab, fühlten sie mit jedem einzelnen Lebewesen. Es war eine Einstellung, die Kari gefiel und sie berührte.

»Ich habe nicht die geringste Ahnung«, entgegnete sie. »Bisher habe ich keine Spur gefunden. Wer immer sich da heimlich Waffen beschafft und auf Vögel schießt, hält im Moment offensichtlich die Füße still.«

»Kein Wunder, nachdem der kleine Lukas verletzt worden ist«, sagte Marijke, die Stimme voller Mitgefühl für den Jungen. Kari musste trotzdem schmunzeln. Der *kleine* Lukas war fünfzehn und fast so groß wie Jonas und Kari.

Marijke, der ihre Reaktion nicht entgangen war, blinzelte ihr zu. »Ja, ja, ich weiß schon.«

Grethe sah Kari neugierig an. »Aber es könnte doch sein? Dass die Fälle zusammenhängen?«

Alma rückte auf ihrem Sessel nach vorn und zerkrümelte dabei versehentlich den Rest des Schoko-Muffins, den sie noch in den Händen hielt. Wittas missbilligenden Blick ignorierte sie.

»Vielleicht hat dieser Adrian die Waffen beschafft?«, sagte sie aufgeregt. »Oder er war einer der Schützen? Und einer seiner Komplizen hat ihn kaltgestellt, weil er zur Polizei gehen wollte?«

»Möglich.« Kari stellte ihre Espressotasse auf den Tisch. Sie rutschte im Sessel zurück, überschlug die Beine und verschränkte die Arme vor der Brust. Der Eifer der Häkeldamen war ihr auf einmal zu viel.

Marijke bemerkte ihren Stimmungsumschwung sofort und gebot ihren Freundinnen mit einer knappen Handbewegung Einhalt.

»Was werden Sie jetzt tun?«, fragte sie nüchtern.

Kari löste ihre Abwehrhaltung und stand auf.

»Ich lege mich noch ein Weilchen aufs Ohr«, erklärte sie. »Morgen früh gehe ich wieder ins Restaurant und mache weiter meinen Job. Der Mord fällt nicht in mein Ressort. Die offenen Fragen müssen Hauptkommissar Voss und Kommissarin Behrends klären.«

Sie sah die Enttäuschung auf den Gesichtern der vier alten Damen, und ein wenig tat es ihr leid, ihre Lust am Rätselraten nicht befriedigt zu haben. Aber es war besser, von Anfang an klare Grenzen zu ziehen. Auf keinen Fall wollte sie, dass die Häkelmafia schon wieder an vorderster Front mitmischte und sich in Gefahr brachte. Irgendwann würde das Glück der alten Frauen aufgebraucht sein. Kari wollte nicht dafür verantwortlich sein, wenn ihnen etwas zustieß.

Mit einem versöhnlichen Lächeln verabschiedete sie sich und ging mit raschen Schritten durch den Garten zu ihrer Unterkunft.

Die Nacht war lau und sternenklar. Auf dem Wasser, das durch die Lücke in der Hecke zu sehen war, spiegelte sich das Mondlicht. Ein leichter Wind wehte das Geräusch der Wellen und den salzigen Duft des Meeres zu ihr herüber.

Kari blieb stehen. Sie atmete tief durch und spürte, wie

die Anspannung von ihr abfiel. So schrecklich ihre Arbeit manchmal war, diese Insel erdete sie und gab ihr ein Gefühl innerer Ruhe.

▪ ▪ ▪

Der Mord hatte sich aus kriminaltechnischer Sicht zu einem ungünstigen Zeitpunkt ereignet. Es war kurz nach dreiundzwanzig Uhr gewesen, als der Anruf von Dorothea Jessen beim Kriminaldauerdienst eingegangen war. Der letzte Sylt Shuttle in Niebüll hatte bereits Verladeschluss gehabt. Normalerweise hätten Jonas Voss und Hannah Behrends also bis zum nächsten Morgen ausharren und auf die Spurensicherung aus Flensburg und einen Rechtsmediziner aus Kiel warten müssen, die erst um fünf mit dem ersten Zug des Tages nach Sylt hätten übersetzen können.

In diesem Fall war es jedoch anders gewesen. Der Bauunternehmer Hans-Peter Hoffmann mit seinen weitreichenden Kontakten hatte sofort alle Hebel in Bewegung gesetzt und erreicht, dass kurz nach Mitternacht ein Sonderzug bereitstand, der die Kriminaltechniker und die Rechtsmediziner mitsamt ihrem Equipment auf die Insel brachte.

Bis sie mit der Arbeit beginnen konnten, hatte es trotzdem eine Weile gedauert. Loch 18 lag weit vom Clubhaus und damit auch von sämtlichen Stromanschlüssen entfernt. Es gab zwar überall auf dem Gelände Laternen und Lampen in den Unterständen und Hütten, doch die unter dem Rasen verlegten Kabel halfen ihnen nicht weiter. Um die starken Scheinwerfer in Betrieb zu nehmen, die die Kriminaltechniker am Tatort aufgestellt hatten, mussten zuerst mehrere Generatoren herangeschafft werden. Zum Glück gab es sowohl im Golfclub als auch im Hotel-Restaurant Derartiges. Wenn hier Sommerfeste oder andere Partys gefeiert wurden, die überwiegend im Freien stattfanden, brauchte man die Stromgeneratoren für die Außenbeleuchtung.

Mittlerweile war es halb zwei. Jonas Voss lehnte mit der Schulter an einem Baum und sah zu den weiß gekleideten Kollegen hinüber, die sich mit dem Toten und dem Schauplatz des Verbrechens beschäftigten. Sie hatten den Bereich mit rot-weißem Flatterband abgesperrt, eine Linie, die nur mit entsprechender Schutzkleidung übertreten werden durfte.

Probleme mit Schaulustigen hatte es nicht gegeben. Die Beamten von der Schutzpolizei und die Sicherheitskräfte, die noch vor Ort gewesen waren, hatten dafür gesorgt, dass sämtliche Hochzeitsgäste im Saal blieben, und Unbefugte kamen nicht ohne Weiteres auf das Gelände des Golfclubs. Ohnehin war zu dieser späten Stunde kaum noch jemand auf der Insel unterwegs. Nur einige Pressevertreter waren kurz nach den ersten Polizisten vor Ort gewesen, informiert vermutlich von einem der Gäste, die mitbekommen hatten, dass irgendetwas Spektakuläres geschehen war, vielleicht auch von den Wirtsleuten. Die Reporter hatten natürlich gemurrt, aber keinen Zutritt erhalten. Einige hatten daraufhin das Gelände umrundet und versucht, den Zaun auf der Rückseite zu überwinden, waren aber gescheitert.

Jonas seufzte. Auch wenn sie den Journalisten fürs Erste entkommen waren, würden sie sich bei diesem Fall sicher des Öfteren mit ihnen herumschlagen müssen. Der Tote war zwar nicht prominent, aber ein Mitglied der Sylter High Society. Seinem Vater gehörte das Golf-Resort, auf dessen Grün der Mord geschehen war. Seine Firma zeichnete für viele Gebäude auf der Insel verantwortlich, und die Familie hatte Beziehungen in die oberen Etagen von Wirtschaft und Politik.

Deshalb hatte man ja auch Hannah und ihn zusammen mit anderen Beamten abgeordnet, um die Sicherheit des Fests zu gewährleisten.

Was ihnen nicht gelungen war.

Zum wiederholten Mal ging er im Geist die Entführung des Bräutigams durch. Ein harmloses Vergnügen, hatte Hannah ihm versichert. Er selbst dagegen hatte ein ungutes Gefühl gehabt. Doch vermutlich hatten nicht die Entführer Adrian Hoffmann getötet, wenngleich man auch diese Möglichkeit in Betracht ziehen musste.

Hatte er einen Fehler gemacht? Hätte er auf seinen Instinkt hören und ihnen folgen müssen? Was war er für ein Polizist, wenn auf einer Feier, für deren Sicherheit er zuständig war, ein Mord geschah?

»Jonas.« Hannahs Gesicht lag im Schatten, aber er sah, dass sie heftig den Kopf schüttelte. »Hör auf, dir Vorwürfe zu machen. Niemand konnte ahnen, was passiert. Du kannst nicht jedes Verbrechen verhindern, auch wenn du in der Nähe bist.«

Jonas schob die Ärmel seiner Lederjacke hoch und vergrub die Hände in den Taschen.

»Du hast ja recht«, sagte er, doch das Unbehagen blieb.

Hannah wollte offenbar noch etwas hinzufügen, ließ es aber sein, weil sich eine der weiß gekleideten Gestalten aus der Gruppe löste und zu ihnen herüberkam. Sie streifte die weiße Kapuze vom Kopf und enthüllte einen kurzen blonden Lockenkopf. Jonas hätte sie allerdings auch so erkannt. Es war die Rechtsmedizinerin Prof. Dr. Susanne Lorenz aus Kiel, Karis beste Freundin, die seit einiger Zeit auch zu Jonas' Bekanntenkreis gehörte.

»Ich bin soweit fertig«, sagte sie. »Todeszeitpunkt zwischen zweiundzwanzig Uhr und Mitternacht. Todesursache war ein Schlag mit einem stumpfen Gegenstand. Die Kollegen sind sicher, dass es sich bei der Tatwaffe um den Golfschläger handelt, der neben dem Toten lag. Der Schlag hat die Schädeldecke zertrümmert. Das Opfer dürfte sofort das Bewusstsein verloren haben. Schwere Hirnschädigung, multiples Organversagen, vermute ich. Alles Weitere nach der Obduktion.«

Susanne war eine Frau, die keine überflüssigen Worte machte. Das war eine der Eigenschaften, die Jonas an ihr schätzte.

»Gibt es Hinweise darauf, dass er betrunken war oder unter Drogen stand? Oder was sonst in den Stunden vor seinem Tod passiert ist?«, erkundigte sich Hannah.

»Er hat getrunken, das kann man riechen«, erwiderte Susanne. »Aber alles andere wäre auf der eigenen Hochzeit auch verwunderlich. Wie hoch der Alkoholpegel war, kann ich erst sagen, wenn wir eine Blutprobe im Labor untersucht haben. Für Drogen gilt dasselbe.« Sie zog den Reißverschluss des weißen Tyvek-Overalls auf und streifte den Schutzanzug von Armen und Beinen. »Wenn ich ihn morgen früh auf dem Tisch habe, sind wir schlauer.«

»Okay. Danke.« Hannah hatte ihr Tablet eingeschaltet und tippte auf dem Display. Jonas war verblüfft gewesen, dass sie das Gerät auch bei sich trug, wenn sie zur Bewachung einer Party abgeordnet war. Aber Hannah war eben jederzeit einsatzbereit. Er selbst dagegen hatte natürlich nichts zu schreiben dabei, doch das war ja eigentlich immer so. Auch wenn er in viele Bereiche seines Lebens mittlerweile etwas Ordnung gebracht hatte – Zettel und Stifte verschwanden bei ihm nach wie vor auf unerklärliche Weise. Zum Glück hatte er Hannah.

Susanne Lorenz deutete zu den Bestattern, die jenseits der Absperrung warteten.

»Wenn ihr den Toten nicht mehr braucht, würde ich ihn jetzt nach Kiel in die Rechtsmedizin bringen lassen«, erklärte sie. »Der Sonderzug wartet eigens dafür. Die Kollegen von der Spurensicherung haben noch ein paar Stunden zu tun. Sie fahren dann mit dem regulären Sylt Shuttle zurück.«

Jonas signalisierte seine Zustimmung. Hannah und er hatten bereits einen Blick auf den Leichnam geworfen; ein weiterer würde keine neuen Erkenntnisse bringen.

»Schön.« Susanne Lorenz machte den Bestattern ein Zeichen, verabschiedete sich von Jonas und Hannah und ging mit raschen Schritten über das Grün davon.

Die Kommissare sahen ihr nach und traten dann an die Absperrung. Zwei Kriminaltechniker hatten den Toten auf eine Plane gelegt und übergaben ihn an die Bestatter. Die schwarz gekleideten Männer hoben ihn in einen Zinksarg, den sie im Leichenwagen verstauten. Gleich darauf entfernte sich der Wagen in Richtung Clubhaus.

Hannah winkte den Kollegen von der Spurensicherung.

»Habt ihr schon was?«, rief sie.

Einer der Beamten kam zu ihnen.

»Bisher nicht«, sagte er. »Abgesehen von der Tatwaffe. Am Schläger kleben Blut und Haare, die mit ziemlicher Sicherheit vom Opfer stammen. Ansonsten ist das ein schwieriger Tatort. Kurzes, dichtes Gras – da lassen sich nur schwer Spuren finden. Wir suchen natürlich weiter.«

»Danke.« Hannah wollte sich abwenden, doch der Beamte hielt sie zurück. »Eine Sache noch. Das muss nichts zu bedeuten haben, aber mir ist aufgefallen, dass der Tote ziemlich nachlässig angezogen war.«

»Findest du?«, fragte Hannah irritiert. »Der Cut ist doch edel.«

»Absolut.« Der Kriminaltechniker lächelte. »So einen würde ich auch gerne tragen, wenn ich irgendwann mal heirate. Aber das ich meine ich nicht. Der Reißverschluss der Hose war nicht vollständig geschlossen, das Hemd war unordentlich hineingestopft, und die Weste saß schief. So, als hätte der Mann sich in aller Eile im Dunkeln angekleidet.« Er zuckte mit den Schultern. »Vielleicht musste er sich nur mal erleichtern und hat sich irgendwo in die Büsche geschlagen. Aber vielleicht ist ihm auch irgendetwas anderes widerfahren. Da kann euch die Rechtsmedizin bestimmt mehr sagen.«

Er tippte sich zum Abschied mit zwei Fingern an die Stirn und ging zurück an die Arbeit. Hannah zog erneut ihr Tablet hervor und machte sich Notizen.

»Seltsam«, murmelte sie.

Jonas stimmte ihr zu, doch Ideen stellten sich nicht ein. Dazu war er zu müde. Er gähnte und schaute in Richtung des Hotel-Restaurants. An Schlaf war in dieser Nacht nicht zu denken, dafür gab es zu viel zu tun.

Die Gäste der jäh unterbrochenen Feier hatten sie in ihre Zimmer geschickt. Ehe sie sich um die mehr als fünfzig Zeugen kümmerten, wollten sie die Ergebnisse der Rechtsmedizin und der Spurensicherung abwarten und die Besitzer des Hotel-Restaurants befragen. Sie konnten schon froh sein, wenn sie damit bis Sonnenaufgang fertig wurden.

▪ ▪ ▪

Kari lag auf dem Bett in Marijkes Gartenhaus, die Hände hinter dem Kopf verschränkt, im Ohr das Bluetooth-Headset ihres Smartphones. Während sie telefonierte, wanderte ihr Blick über die Einrichtung, das gerahmte Schwarz-Weiß-

Foto gegenüber vom Bett, das die Hörnum-Odde zeigte, ehe sich das Meer einen großen Teil davon zurückgeholt hatte, den Schrank und den Schreibtisch aus rötlichem Kastanienholz und die blau-weiß gemusterten Vorhänge vor dem Fenster. Marijke hatte es geschafft, dem winzigen Raum eine behagliche Atmosphäre zu verleihen. Die Geborgenheit, die er vermittelte, half Kari, mit den verstörenden Bildern vom Golfplatz zurechtzukommen.

Am liebsten wäre sie noch eine Runde durch die Braderuper Heide gelaufen, um ihre Gedanken zu klären, doch ihre müden Füße hätten sie nicht mehr getragen. Also hatte sie stattdessen ihren Chef angerufen, während die Bilder der Hochzeitsfeier vor ihrem inneren Auge abliefen. Wenn es ihr Job wäre, den Mord zu aufzuklären, wüsste sie, wen sie als Erstes vernehmen würde. Aber sie wollte sich nicht einmischen. Jonas war ein guter Polizist. Er würde den Fall auch ohne sie lösen.

»Voss und Behrends haben den Bauunternehmer, seinen Fahrer und die Baustoffhändlerin bereits vernommen«, sagte Ole Lund am anderen Ende. Trotz der späten Stunde klang er wach und dynamisch. Kari hätte sich nicht gewundert, wenn er selbst jetzt noch mit Sakko und Schlips in seinem Sessel im Wohnzimmer säße. Der Kriminalrat legte Wert auf ein akkurates Auftreten und war ein Liebhaber exklusiver Designerkrawatten. Davon abgesehen war er der beste Chef, den Kari sich vorstellen konnte, und einer ihrer engsten Freunde. Sie schätzte seinen scharfen Blick und seinen Intellekt, auch wenn er sie gelegentlich mit seinen spitzzüngigen Kommentaren auf die Palme brachte. Im Augenblick jedoch war er voller Mitgefühl, für Kari ebenso wie für die Betroffenen.

»Die drei stehen unter Schock, auch wenn sie es nicht zeigen, genau wie die Braut«, berichtete er. »Sie wollten beim nächtlichen Golfen die mögliche Fusion ihrer Firmen besprechen und sich nebenbei ein wenig entspannen. Im Saal war es ihnen zu voll, zu heiß und zu laut.«

»Das war es«, warf Kari inbrünstig ein. Sie hatte die Stunden, die sie dort gezwungenermaßen zugebracht hatte, ebenfalls kaum ertragen und war froh gewesen, an die frische Luft zu kommen. Zumindest, bis sie vor Adrian Hoffmanns Leichnam gestanden hatte.

»Ich kann mir kaum etwas Schrecklicheres vorstellen«, fuhr Lund fort. »Den eigenen Sohn, Schwiegersohn, Bräutigam am Tag der Hochzeit tot aufzufinden. Ausgerechnet in dem Moment, in dem etwas Neues beginnen soll, vor einem Scherbenhaufen zu stehen. Aber lass uns sachlich bleiben. Meinst du, der Mord hat irgendetwas mit den Waffenlieferungen und den toten Möwen zu tun?«

»Du wirst lachen«, entgegnete Kari. »Das hat mich die Häkelmafia auch schon gefragt. Aber ich weiß es nicht.«

Lund lachte nicht.

»Du weißt ohnehin sehr wenig bisher«, sagte er. In einem neutralen Ton, aber Kari meinte trotzdem, Kritik zu hören. Oder bildete sie sich das nur ein, und es war ihre eigene Unzufriedenheit, die sie quälte?

Seit einer Woche arbeitete sie jetzt als Kellnerin im Hotel-Restaurant von Robin und Denise Pohl. Wobei das Lokal formal den Eltern von Robin Pohl gehörte. Günther und Ilse, beide um die siebzig und immer noch aktiv, Günther in der Küche, Ilse im Service. Sie beherrschten ihr Geschäft, hatten es von der Pike auf gelernt. Trotzdem wollten sie aufhören, um nicht zu schuften, bis Gevatter Tod sie holte, wie Günther Pohl ihr jovial anvertraut hatte. Robin und Denise sollten die Geschäfte übernehmen, doch zurzeit war die wirtschaftliche

Lage angespannt, und die Arbeitskraft der Eltern wurde gebraucht.

Als Anfangsschwierigkeiten hatte Günther Pohl es beschrieben, nachdem das über zwanzig Jahre lang eigenständige Hotel-Restaurant in Hans-Peter Hoffmanns neues Golf-Resort integriert worden war. Ob auf Wunsch oder gegen den Willen der Besitzer, hatte Kari bisher nicht herausfinden können. Jedenfalls hatte sich die Klientel geändert. Das Angebot wurde nur langsam angenommen, es hatte finanzielle Einbußen gegeben. Der Betrieb musste erst wieder auf die Füße kommen. Danach, so Günther Pohl, wollten er und seine Frau aufhören und die Welt bereisen.

Trotz der niedrigen Gästezahlen gab es für Kari aber genug Arbeit, insbesondere mit den Vorbereitungen der Hoffmann-Hochzeit. Bisher hatte sie es lediglich geschafft, sich oberflächlich im Restaurant und im Hotel umzusehen. Dem Golfclub und dem angegliederten Shop, einer Mischung aus Sportgeschäft und Boutique, hatte sie dagegen keine Beachtung schenken können. Immerhin, sie wusste, dass Denise Pohl die Inhaberin der Sportboutique war und die jungen Pohls somit eine Schlüsselposition im Golf-Resort hatten. Aber ob einer von ihnen etwas mit geheimen Waffenlieferungen zu tun hatte oder das Abschießen von Seevögeln zu ihren Hobbys zählte, wusste sie nicht. Innerhalb der Woche, die Kari im Einsatz war, hatte sich nichts Verdächtiges ereignet, und sie hatte auch keine nützlichen Hinweise gefunden.

Das war durchaus nicht ungewöhnlich. In der Regel dauerte es eine Weile, als Undercover-Ermittlerin ins Innere eines Falls vorzudringen. Aber Sylt hatte sie in den letzten Jahren verwöhnt. Fast jeder ihrer Einsätze auf der Insel war auf Anhieb ein Volltreffer gewesen. Deshalb war sie auch so unzufrieden, dass es ausgerechnet dieses Mal nicht funktionierte. Umso mehr, als die verirrte Kugel einen Freund von Jonas' Sohn Jasper getroffen hatte. Sie wollte den Schuldigen finden, ehe sie mit Jonas vor den Traualtar trat. Sie mochte es nicht, wenn Dinge unerledigt blieben. Das hatte sie Jonas auch gesagt. Solange ihr Undercover-Einsatz nicht beendet war, würde sie nicht auf Hochzeitsreise gehen.

»Ihr habt noch zwei Wochen Zeit«, bemerkte Ole Lund, der offensichtlich genau wusste, was in ihrem Kopf vorging. Kein Wunder. Er kannte sie lange genug, hatte Björns tragischen Tod miterlebt und war nicht nur mit Kari, sondern auch mit ihrer Mutter befreundet.

»Der Mord macht die Sache nicht einfacher«, stellte Kari fest. »Wer immer hier mit illegalen Waffen handelt und auf Vögel schießt, wird jetzt schön die Füße stillhalten.«

»Darüber sollten wir froh sein«, entgegnete Lund. »Ich vermute, deine Häkelfreundinnen sind über den Tod jeder Möwe bestürzt.«

»Sicher.« Kari merkte, wie sie gereizt wurde. Das lag natürlich an dem anstrengenden Abend, dem Schock über das unerwartete Auffinden eines Toten und der Müdigkeit, die sich wie ein Ring um ihre Stirn legte. Aber es ärgerte sie trotzdem, dass Lund sie absichtlich nicht verstehen wollte.

»Du musst Geduld haben«, mahnte der Kriminalrat. »Bisher hast du noch jeden deiner Fälle gelöst. Du darfst es nur nicht erzwingen wollen.« Er machte eine kleine Pause, und Kari meinte zu sehen, wie sich ein Schmunzeln auf seine Lippen legte. »Lass dich einfach auf die Situation ein«, ergänzte er und klang dabei genau wie ihre Mutter, wenn sie in den Psychotherapeutinnen-Modus schaltete. »Dann ergibt sich alles von ganz allein.«

»Ja, bestimmt, Ole«, sagte Kari heftiger, als sie gewollt hatte. »Gute Nacht.«

Sie riss sich das Headset aus dem Ohr und warf es neben dem Bett auf den Boden. Gleich darauf schnitt sie eine Grimasse. Das war nicht die Reaktion einer erwachsenen Frau von einundvierzig Jahren, das war kindisch. Sie überlegte, Lund zurückzurufen, aber sie war einfach zu müde. Entschuldigen konnte sie sich auch morgen noch.

■ ■ ■

In der Küche des Hotel-Restaurants ging es geschäftig zu. Die Mitglieder der Familie Pohl, die Kellnerinnen und die Aushilfskräfte waren damit beschäftigt, Töpfe und Pfannen zu reinigen, dampfendes sauberes Geschirr aus der großen Spülmaschine auszuräumen, schmutzige Tassen und Teller hineinzustellen und die großen Platten von Essensresten zu reinigen. Bier- und Weingläser wurden getrocknet und poliert, in großen Plastikboxen in den Gastraum gebracht und in die Regale geräumt. Müllsäcke wurden gefüllt und in den Hof getragen.

Alle Beteiligten sahen müde und übernächtigt aus; die meisten hatten dunkle Ringe unter den Augen. Die Abläufe waren eingespielt, ließen aber jegliche Dynamik vermissen. Kein Wunder, dachte Jonas Voss, dem es nicht viel besser ging. Er hatte das Gefühl, sich kaum noch auf den Beinen halten zu können. Hätte er sich auf einen der Stühle im Gastraum gesetzt, er wäre auf der Stelle eingeschlafen.

Hannah dagegen wirkte immer noch wach und konzentriert, dabei ging sie gewöhnlich früh zu Bett, wie Jonas wusste. Aber wenn ihr Ehrgeiz geweckt war, setzte sie jede Menge zusätzliche Energie frei. Sie bewegte sich rasch und zielstrebig, und ihre blauen Augen bewegten sich aufmerksam durch den Raum. Sie warf einen Blick auf die drei herrlichen Hochzeitstorten, die auf einer chromglänzenden Arbeitsfläche an der Seite des Raums standen.

»Was für ein Jammer«, bemerkte sie.

Günther Pohl, der in der Nähe stand, wandte sich ihr zu und schob die Kochmütze, die auf seinen halblangen grauen Haaren saß, zurück.

»Nehmen Sie sich ein Stück«, bot er an und machte eine auffordernde Geste in Richtung seiner Angestellten. »Ihr auch. Wir müssen sie sonst wegwerfen. Und es wäre wirklich schade darum.«

Das ließ sich keiner im Raum zweimal sagen. Alle legten ihre Arbeit nieder. Die Schönen und Reichen feierten nicht mehr im großen Saal, sondern waren angesichts der Katastrophe ernüchtert in ihre Hotelzimmer gegangen. Die Torten, die eigentlich für sie bestimmt gewesen waren, wurden nun von Robin Pohl statt vom Brautpaar angeschnitten und auf die frischgespülten Teller verteilt. Ein paar Hocker und Stühle wurden herbeigezaubert, und alle ließen sich dankbar auf die Sitzflächen sinken. Für eine Weile war nichts anderes zu hören als das Schaben von Kuchengabeln auf Porzellantellern, ein gelegentliches Schmatzen und der eine oder andere genüssliche Seufzer.

Tatsächlich hatte Jonas selten so exquisiten Kuchen gegessen. Sein Stück hatte einen dünnen, festen Boden, der nach Karamell schmeckte, dazu eine dicke Schicht gelber Creme, Champagner-Sahne, wie ihm Robin Pohl erklärte. Hannah hatte sich für die dunkle Whisky-Trüffel-Torte entschieden, die ihrem verklärten Blick nach ebenso lecker war.

Der Zucker tat ihm gut und versorgte ihn mit neuer Kraft. Nachdem Ilse Pohl auch noch Kaffee ausgeschenkt hatte, fühlte er sich wieder in der Lage zu arbeiten, obwohl es bereits nach halb drei war.

Im Geist ging er noch einmal die Dinge durch, die sie bereits erledigt hatten.

Das erste Gespräch mit der Braut, der man so jäh den Bräutigam entrissen hatte, mit ihrer Mutter, dem Vater des Toten und seinem Fahrer. Weitergebracht hatte es sie nicht, abgesehen davon, dass sie die Auffindungszeugen aller Wahrscheinlichkeit nach als Tatverdächtige ausschließen konnten.

Dann die Begehung des Tatorts, Spurensicherung, Rechtsmedizin. Fest stand, dass Adrian Hoffmann mit seinem eigenen Golfschläger erschlagen worden war. Darüber hinaus gab es bisher keine verwertbaren Spuren; nur die Beobachtung des Kriminaltechnikers, dass die Kleidung des Bräutigams in Unordnung gewesen war.

Während Hannah und er den Tatort in Augenschein genommen hatten, waren die Kollegen aus List nach Kampen zur Villa der Hoffmanns gefahren und hatten sich Adrians Wohnräume im Haus seines Vaters angesehen. Voss fand es ein wenig befremdlich, dass ein Mann mit Anfang dreißig noch zu Hause lebte, doch vermutlich hätte er sich den Luxus, den er dort hatte, anderswo nicht leisten können. Die Kollegen hatten allerhand teures technisches Spielzeug gefunden, darunter ein Tablet und einen Laptop, die sie direkt für die Kollegen von der IT in Flensburg eingepackt hatten. Auf den Fotos, die die Beamten Hannah auf ihr Tablet geschickt hatten, waren ein riesiger Fernseher und ein bequemer Sessel zu sehen. In den Zimmern, die Adrian bewohnte, gab es außerdem großformatige, auf Leinwand gedruckte Fotografien aus fremden Ländern, dazu eine Galerie kleinerer Bilder, auf denen Adrian Hoffmann selbst abgebildet war, zusammen mit Frauen aus dem afrikanischen, asiatischen und südamerikanischen Raum. Er war offenbar viel herumgekommen und hatte das Leben genossen.

Hinweise auf enge Freunde auf Sylt dagegen gab es nicht, ebenso wenig wie Unterlagen, die auf Konflikte oder Feindschaften schließen ließen. Nur ein paar lockere Kontakte zu ehemaligen Kommilitonen, die in Hamburg lebten. Nach allem, was die Kollegen berichtet hatten, war Jonas davon überzeugt, dass das Motiv für den Mord nicht in der Villa der Hoffmanns, sondern hier im Golf-Resort zu finden war. Womöglich hatte es sogar mit den illegalen Waffen und den toten Möwen zu tun? Voss hoffte, dass es nicht so war. Wenn sich seine Ermittlungen mit denen von Kari kreuzten, gab es meistens Konflikte. Und die konnte er zwei Wochen vor der Hochzeit nun wirklich nicht gebrauchen.

Jonas schob sich das letzte Stück Kuchen in den Mund und sah zu seiner Kollegin, die ebenfalls ihr süßes Nachtmahl beendete. Sie gaben Ilse Pohl die benutzten Teller zurück und baten Robin und Denise um ein Gespräch in einem separaten Raum. Die beiden zauderten mit Blick auf die Arbeit, die in der Küche wartete.

»Können wir nicht einfach hier …?«, versuchte es Robin. »Es ist noch so viel zu erledigen.«

»Nein. Tut mir leid«, sagte Jonas, und Denise versetzte ihrem Mann einen Stoß in die Seite, ehe sie den Beamten in den kleinen Gastraum voranging. Sie schaltete das Licht ein und forderte Jonas und Hannah auf, Platz zu nehmen. Rasch holte sie Gläser und eine Flasche Wasser, stellte alles auf den Tisch und setzte sich zu ihrem Mann und den Kommissaren.

»Verzeihen Sie«, bat sie. »Es ist nicht so, dass wir nicht schockiert sind. Im Gegenteil.« Sie schnitt eine Grimasse. »Deshalb halten wir uns an der Arbeit fest. Und natürlich muss es gemacht werden. Es ist schwer, eine solche Routine zu unterbrechen.« Sie hob die Hände. »Wir können ja auch gar nichts beitragen. Aber wir verstehen natürlich, dass Sie mit uns reden müssen.«

Jonas betrachtete die beiden. Tatsächlich konnte er bei Denise von dem angeblichen Schock nicht viel erkennen. Aber vielleicht hatte sie sich auch einfach nur gut unter Kontrolle. Die Achtundzwanzigjährige mit den halblangen braunen Haaren hatte ein hübsches Gesicht, eine schmale Nase und große Augen mit langen, geschwungenen Wimpern. Ihr Blick allerdings war distanziert und kühl, ihr Gesichtsausdruck beherrscht. Was alles und nichts bedeuten konnte. Vielleicht ging ihr der Tod von Adrian Hoffmann tatsächlich nicht besonders nah, vielleicht war sie aber auch derart verstört, dass jegliche emotionale Reaktion eingefroren war.

Der einunddreißigjährige Robin Pohl war ebenfalls nicht unattraktiv mit seinem modisch geschnittenen kurzen blonden Haar und dem Dreitagebart. Er kam Voss weniger bieder vor als seine Frau und wirkte trotz der karierten Kochschürze wie ein Abenteurer. Aber auch er gab nichts von seinen Gefühlen preis. Seine Lider waren halbgeschlossen, die blauen Augen dahinter dunkel. Sein Mund war zu einem schmalen Strich zusammengepresst.

Jonas schenkte Wasser ein, Hannah holte ihr Tablet hervor.

»Wir möchten mit Ihnen über die Entführung des Bräutigams sprechen«, erklärte sie. Angaben zur Person brauchte sie nicht zu erheben; bei ihren Ermittlungen zu den Schüssen auf dem Golfplatz hatten sie die Wirtsleute bereits befragt.

Robin verschränkte die Arme vor der Brust.

»Warum ausgerechnet mit uns?«, erkundigte er sich.

Hannah lächelte.

»Weil Sie ihn entführt haben«, sagte sie und wies unter den Tisch. »Sie waren zwar verhüllt, aber ich habe Ihre Schuhe gesehen. Derbe Boots aus schwarzem Nubukleder und ein Paar dunkelblaue Pumps mit einer silbernen Schleife.«

Das Ehepaar wechselte einen schnellen Blick, offensichtlich überrascht, dass man ihnen so leicht auf die Spur gekommen war. Jonas konnte es ihnen nachfühlen. Ihm selbst war es nicht anders gegangen, als seine Kollegin ihn im Saal aufgeklärt hatte.

Denise Pohl fing sich als Erste.

»Ja. Schön«, entgegnete sie. »Wir haben Adrian entführt. Das war ein Partyspaß, nicht wahr? Normalerweise entführt man die Braut, aber wir dachten, wir machen es andersherum.«

»Wer war der Dritte im Bunde?«, erkundigte sich Hannah, während sie auf ihrem Tablet tippte. »Der mit den schwarzen Lackschuhen?«

»Das war Hendrik«, knurrte Robin. »Adrians Bruder.«

Also hatte Dorothea Jessen richtig geraten.

»Wir haben Adrian aber nichts getan«, fügte Denise hinzu. »Mit seinem Tod haben wir nichts zu tun.«

Jonas verschränkte die Hände auf dem Tisch.

»Schildern Sie uns bitte den genauen Ablauf. Von dem Moment an, in dem Sie mit Adrian Hoffmann den Saal verlassen haben, bis zu dem Zeitpunkt, als Sie ihn zum letzten Mal gesehen haben.«

Wieder schauten sich die Eheleute kurz an. Dann ergriff Denise erneut das Wort.

»Wir sind mit ihm zu der Laube bei Loch 18 gefahren, mit dem Golfcart. Mit zweien, um genau zu sein, auf einem können ja nur zwei Personen sitzen. Wir hatten dort alles vorbereitet, einen Korb mit Sektgläsern und Champagner und ein paar Knabbereien, ein romantisches Lager mit Kissen und Decken, und drum herum ein Bett aus roten Rosen. Adrian sollte dort warten, und wir haben Sarah später Bescheid geben lassen, wo sie ihn findet. Sie wissen doch, wie das mit der Hochzeitsnacht ist. Die Freunde des Bräutigams versuchen zu verhindern, dass das frischgebackene Ehepaar die Zweisamkeit genießen kann. Wir hätten das nicht gemacht, aber Hans-Peter Hoffmann hat Geschäftspartner, die so etwas lustig finden. Die hatten schon vorgebaut, einen Wassereimer über der Tür zur Hochzeitssuite, Gummispinnen überall im Raum, und wer weiß, was noch.«

»Das ist sicher nicht jedermanns Geschmack«, bestätigte Hannah und blinzelte Jonas zu.

»Ich glaube, die hatten sogar irgendwo heimlich eine Kamera angebracht, um Adrian und Sarah im Brautbett zu filmen«, fuhr Denise fort. »Das wollten wir den beiden ersparen.«

»Also haben Sie in der Laube alles für die Hochzeitsnacht vorbereitet, damit das Brautpaar dort ungestört ist«, fasste Jonas zusammen, der die romantische Szene bildhaft vor Augen hatte. So etwas würde er sich für Kari und sich auch wünschen.

Robin und Denise nickten. Hannah nahm ihr Smartphone zur Hand, wandte sich von den Befragten ab und wählte eine Nummer. Jonas hörte, wie sie die Kollegen von der Spurensicherung bat, sich die bezeichnete Laube anzusehen.

»Wir haben Adrian allein gelassen und sind zurück zum Clubhaus gefahren«, erläuterte Robin. »Dort haben wir die Golfcarts abgestellt, und Robin hat einen Zettel für Sarah geschrieben, damit sie weiß, wo sie Adrian findet. Er hat ihn ein paar Freunden gegeben, die auf der Feier waren. Wann Sarah ihn genau bekommen hat, weiß ich nicht. Sie war wohl kurz im Hotel, um sich frisch zu machen. Ich vermute, es war so gegen zehn, als sie sich auf den Weg gemacht hat.«

Hannah beendete ihr Telefonat und steckte das Gerät zurück in die Handtasche.

»Was haben Sie und Hendrik Hoffmann anschließend getan? Nachdem Sie zum Hotel zurückgekehrt waren?«

Denise kniff die Augen zusammen.

»Warum fragen Sie? Brauchen wir ein Alibi? Meinen Sie, einer von uns hat Adrian umgebracht?«

Robin legte ihr die Hand auf den Arm.

»Reg dich nicht auf. Wir haben nichts zu verbergen.«

Seine Frau warf ihm einen Blick zu, den Jonas nicht deuten konnte. Er hatte das Gefühl, dass die beiden sehr wohl Geheimnisse hatten. Sie gaben sich zwar offen und geizten nicht mit Informationen, doch trotzdem fühlte es sich an, als stünde er vor einer Gummiwand. Vielleicht war es aber auch nur die Müdigkeit. Er konnte seine Lider kaum noch offen halten, und auf seiner Netzhaut flimmerte es.

»Wo Hendrik hingegangen ist, weiß ich nicht«, sagte Robin. »Ich war im Hof und habe die leeren Kisten in den Wagen geräumt. Im Saal war die Luft so schlecht, ich wollte einfach noch ein bisschen draußen sein.«

»Hat Sie jemand gesehen?«, erkundigte sich Hannah.

Pohl machte eine bedauernde Geste.

»Nicht, dass ich wüsste.«

»Und Sie?« Hannah wandte sich an Denise, hob aber die Hand, ehe die Frau des Wirts etwas erwidern konnte. Jonas registrierte das Klingelgeräusch, das lauter wurde, als Hannah ihr Smartphone hervorzog. Sie nahm das Gespräch an, hörte kurz zu und bedankte sich.

»Die Kollegen haben nachgeschaut und die Laube genauso vorgefunden, wie Herr und Frau Pohl sie beschrieben haben«, berichtete sie. »Der Champagner ist nicht geöffnet worden. Anscheinend hat sich niemand für längere Zeit dort aufgehalten, aber die Kriminaltechniker suchen natürlich nach Spuren.« Sie nickte Denise Pohl zu, um ihr zu signalisieren, dass sie fortfahren sollte.

»Ich bin in den Laden gegangen«, erklärte die Frau des Wirts. »Wir haben morgen eine Veranstaltung für Golf-Interessierte, und ich wollte noch ein paar Dinge vorbereiten.«

»Sie meinen die Sportboutique?«

»Was sonst? Meine Frau ist die Inhaberin, wie Sie wissen«, sagte Robin Pohl. Sachlich und nüchtern, wie Jonas fand. Stolz oder Zärtlichkeit hörte er nicht heraus. Aber Robin Pohl und seine Frau standen unter Schock und waren sicher ebenso übermüdet wie er selbst, da fehlte für solche Gesten vielleicht schlichtweg die Energie.

»Zeugen?«, erkundigte sich Hannah.

»Nein. Sie kennen doch das Gelände. Das Restaurant liegt auf der einen Seite, der Shop auf der anderen Seite vom Clubhaus. Ein Teil der Gäste war ohnehin schon gegangen, aber das haben Sie ja mitbekommen. Die Honoratioren sind mit dem letzten Sylt Shuttle zurück aufs Festland gefahren. Die anderen haben gefeiert. Nüchtern war da wohl kaum noch einer. Und diejenigen, die den entführten Bräutigam gesucht haben, werden vermutlich nicht im Golf-Shop nachgeschaut haben.«

»Wir werden uns danach erkundigen.« Hannah sah zwischen den Eheleuten hin und her. »Haben Sie eine Idee, wer die Tat begangen haben könnte? Wer ein Motiv hatte, Adrian Hoffmann zu ermorden?«

»Hendrik«, sagte Denise Pohl und schlug sich gleich darauf die Hand vor den Mund. Ihr Mann funkelte sie böse an.

»Rede nicht so einen Unsinn«, schimpfte er.

Jonas war plötzlich wieder hellwach.

»Warum sollte Hendrik Hoffmann seinen Bruder erschlagen?«

Denise zog den Kopf zwischen die Schultern. Robin stand auf und ging zum Fenster. Voss zuckte zusammen, als er unvermittelt die Faust gegen den Rahmen donnerte.

»Dann sag es schon«, fluchte er. »Es hat ja ohnehin jeder mitbekommen.«

Denise räusperte sich.

»Herr Hoffmann – Hans-Peter Hoffmann – hat heute Abend verkündet, dass er sich aus der Geschäftsleitung der Hoffmann Bau AG zurückziehen will. Hendrik dachte immer, dass er irgendwann die Firma übernimmt, immerhin ist er der ältere der beiden Brüder, und er hat Betriebswirtschaft studiert. Adrian ist ...«, sie kam ins Stocken, »war Architekt. Er war auch nicht der Typ für das Organisatorische, eher der kreative Kopf der Firma.« Denise schluckte. »Aber Herr Hoffmann hat verkündet, dass er die Geschäfte Adrian übergeben wird. Das war sein Hochzeitsgeschenk für ihn und Sarah.«

»Wie hat Herr Hoffmann – Herr Hendrik Hoffmann – diese Neuigkeit aufgenommen?«

Robin Pohl fuhr herum. »Wie wohl? Es war ein Schlag ins Gesicht für ihn. Seit mehr als zehn Jahren arbeitet er in der Firma seines Vaters und sorgt dafür, dass die Geschäfte laufen und das Unternehmen gut dasteht, und dann wird er so mir nichts, dir nichts, zum Buchhalter auf Lebenszeit degradiert.«

Jonas schaute ihn interessiert an. Robins Empathie ließ darauf schließen, dass es zwischen den Männern eine Verbindung gab. »Sie sind befreundet?«

Pohl zuckte mit den Schultern.

»Nicht wirklich. Wir kennen uns schon ewig, aber Hendrik gehörte nicht zu unserer Clique.«

»Wer gehörte dazu?«, fragte Hannah. Ihre Finger schwebten über der virtuellen Tastatur des Tablets.

»Adrian, Sarah, Lydia und ich«, erwiderte Robin.

»Und Ihre Frau?«

»Ich war nur die Kleine«, sagte Denise, ehe Robin antworten konnte. »Meine Schwester hat mich manchmal mitgenommen, aber den Großen war das nur lästig.«

»Ihre Schwester?«

»Lydia.« Denise neigte den Kopf in Richtung der Restaurantküche.

»Okay.« Jonas rieb sich die Augen. Er schaffte es nicht mehr, die Informationen zu verarbeiten. Offensichtlich gab es zwischen der Hochzeitsgesellschaft und dem Personal des Hotel-Restaurants Verbindungen, die weit in die Vergangenheit zurückreichten. Ob sie eine Rolle spielten, musste man sehen. Wichtig war, dass Hendrik Hoffmann ein Motiv für den Mord an seinem Bruder gehabt hatte. Ihn würden sie als Erstes vernehmen. Am nächsten Tag, wenn sie ausgeruht waren und wieder einen klaren Gedanken fassen konnten.

»Wir machen Schluss für heute«, sagte er entschieden, und Hannah nickte ihm dankbar zu. Sie hatte zwar alles notiert, doch auch ihr schien langsam die Energie auszugehen.

»Danke für Ihre Zeit«, verabschiedete sich Jonas von Robin und Denise Pohl. »Wir melden uns, wenn wir noch Fragen haben.«

Robin verschränkte die Arme vor der Brust.

»Wann immer Sie wollen. Aber ich glaube nicht, dass wir Ihnen weiterhelfen können. Wir haben alles gesagt, was wir wissen.«

Jonas schenkte ihm ein müdes Lächeln. Diesen Spruch hatte er in seinem Polizistenleben schon allzu oft gehört. Und er hatte die Erfahrung gemacht, dass er nur in den seltensten Fällen der Wahrheit entsprach.

5.

»Da bist du ja.«

Kari, die gerade den Vorraum der Gaststätte betreten hatte, zuckte zusammen, als sie die barsche Stimme in ihrem Rücken hörte. Verwirrt drehte sie sich um.

Sie war wie immer früh aufgestanden und eine Runde durch die Braderuper Heide gejoggt. Danach hatte sie geduscht und sich umgezogen. Mit dem roten Polo, den sie für ihren Aufenthalt auf der Insel gemietet hatte, war sie nach List zum Golf-Resort gefahren. In den Jahren zuvor hatte sie sich oft den Wagen von Marijke Meenken ausgeliehen, doch die Häkeldamen waren mittlerweile so unternehmungslustig geworden, dass sie das Fahrzeug nicht mehr entbehren konnten.

Sie schaute in das gerötete Gesicht von Robin Pohl und warf einen Blick auf ihre Armbanduhr. Es war kurz vor halb acht; ihr Dienst begann erst in einer halben Stunde. Kari begriff nicht, weshalb der Wirt so erregt war.

Pohl stieß die Tür zum großen Saal so schwungvoll auf, dass sie gegen die Wand krachte.

»Fällt dir was auf?«

Kari ließ den Blick rasch über die Tische wandern. Ehemals blütenweiße Tischdecken, die jetzt von unzähligen Flecken geziert wurden, zerknüllte Servietten, verstreut liegende Sitzplatzkärtchen. Dazwischen Vasen mit Blumen, die erste Spuren von Vergänglichkeit zeigten, ein paar überquellende Aschenbecher und liegen gelassene Zigarettenschachteln.

Auf dem Boden Staub und Erdkrümel und in einer Ecke ein paar Scherben. Ein Raum, dem man ansah, dass eine große Feier stattgefunden hatte. Er musste aufgeräumt und geputzt werden, doch das war wohl kaum überraschend.

»Das Geschirr?«, half ihr Pohl missgelaunt auf die Sprünge.

»Oh.« Ein mulmiges Gefühl erfasste Kari. Offenbar hatten ihre Kollegen am gestrigen Abend oder in der Nacht trotz der Mordermittlung noch weiter gearbeitet und die Gläser, Tassen und Teller abgeräumt und gespült.

»Der Kommissar hat gesagt, ich soll nach Hause gehen«, erklärte sie.

Pohl schnaubte. »Du bist nicht auf die Idee gekommen, dass du deinem Arbeitgeber Bescheid sagen könntest? Oder um Erlaubnis fragen?«

Kari schnitt eine Grimasse. »Ehrlich gesagt: Nein. Ich habe überhaupt nicht nachgedacht. Nachdem ich den Toten gesehen hatte, war mein Kopf wie leergefegt. Ich glaube, ich habe nur noch gestammelt. Der Kommissar muss mich für geistig minderbemittelt gehalten haben.«

Das war maßlos übertrieben, aber wenn sie nicht wollte, dass Robin Pohl sie hochkant hinauswarf, musste sie an sein Mitgefühl appellieren. Bisher hatte sie wenig Kontakt zu Pohl gehabt, doch er schien ihr kein sonderlich empathischer Mann zu sein, deshalb hielt sie es für besser, ein deutliches Bild für ihn zu zeichnen.

Zu ihrer Überraschung trübte sich sein Blick, und seine Mundwinkel zuckten, als hätte er Schmerzen.

»Ich verstehe schon«, sagte er rau und legte ihr schwer eine Hand auf die Schulter. »Es war der Schock.«

Erst jetzt fiel Kari wieder ein, dass Adrian Hoffmann ein Freund von Pohl gewesen war.

»Das war es für dich sicher auch«, erwiderte sie weich. »Ihr habt euch schon viele Jahre gekannt, nicht wahr? Adrian und du?«

»Seit der Schule«, stieß Pohl hervor und schluckte. »Wenn ich gewusst hätte, wie das ausgeht ...«

Kari spürte, wie sich ihre Nackenhaare aufstellten. Pohl fühlte sich offenbar wegen irgendetwas schuldig. Sie legte ihre Hand auf seine, die immer noch auf ihrer Schulter ruhte.

»Du kannst doch nichts dafür.«

Pohl blinzelte. Seine Augen suchten Karis. »Wenn wir ihn nicht entführt hätten ... Dann könnte er vielleicht noch leben.«

Die Tür der Gaststätte öffnete sich, und Denise Pohl trat in den Vorraum.

»Robin?« Sie blieb abrupt stehen, als sie ihren Mann und Kari entdeckte. Robin zog rasch seine Hand zurück. Denise musterte sie misstrauisch.

»Wo warst du gestern Abend?«, erkundigte sie sich. »Du warst plötzlich verschwunden, und wir mussten die ganze Arbeit allein machen.«

»Der Kommissar hat sie heimgeschickt«, antwortete Robin an Karis Stelle. »Sie hatte einen Schock. Das alles ist ja unmittelbar vor ihren Augen passiert.«

Denise schwankte offensichtlich zwischen Verständnis und Ärger.

»Sie hat ihn ja nicht selbst gefunden«, sagte sie. »Aber sicher, so plötzlich vor einem Toten zu stehen, das steckt man nicht einfach so weg ...«

»Es war nicht irgendein Toter«, korrigierte Robin scharf. »Es war Adrian.«

Der Vorwurf wich schlagartig aus Denises Miene, und ihre

Augenlider zuckten. Robin trat zu ihr und schloss sie in die Arme.

»Wir haben das alle noch nicht richtig begriffen«, sagte er zu Kari, während er seiner Frau über das Haar strich. »Aber das Leben muss trotzdem weitergehen.«

Kari betrachtete das Paar. Die Geste der beiden entsprach dem Bild zweier Liebender. Trotzdem verspürte sie eine Irritation. Irgendetwas wirkte nicht echt. War es Robins Hand, die sich nur mechanisch zu bewegen schien? Oder Denise, die sich nicht entspannte, sondern stocksteif in der Umarmung ihres Mannes verharrte?

Sie hätte die Szene gerne noch länger beobachtet, doch Robin wies mit dem Kopf in Richtung Saal.

»Du siehst ja, was noch zu tun ist«, sagte er. »Die Tischdecken kommen in den Container für die Wäscherei, die Servietten und die Kärtchen wandern in den Müll. Die Aschenbecher müssen gereinigt werden, und der Boden muss gewischt und gebohnert werden.« Er lächelte schmal. »Die anderen kommen heute zwei Stunden später, weil sie bis in die frühen Morgenstunden gearbeitet haben. Bis dahin sollte hier alles blitzblank sein.«

Er sprach es nicht aus, doch Kari verstand auch so, dass es eine Strafarbeit war. Pohls Verständnis hatte sich offenbar bereits erschöpft. Aber sie konnte ja froh sein, wenn sie ihren Job noch hatte.

»Ich kümmere mich darum«, sagte sie deshalb und machte sich auf den Weg zur Putzkammer. Im Stillen verfluchte sie die heimlichen Möwenjäger. Ohne die Schüsse, die Jaspers Schulfreund Lukas getroffen hatten, wäre sie gar nicht hier. Und der Mord an Adrian Hoffmann machte die Sache nicht besser. Konnte sie unter diesen Umständen überhaupt noch eine Spur zu den Waffendealern finden? Oder würde sie am

Ende mit nichts weiter dastehen als mit müden Armen, wunden Füßen und der Erkenntnis, dass es kaum einen undankbareren Job gab als den der Kellnerin?

▪ ▪ ▪

Denise löste sich unwillig aus seiner Umarmung, und Robin Pohl verspürte einen kühlen Luftzug an der Brust. Oder am Herzen?

Im Grunde war von Anfang an alles falsch gewesen zwischen ihnen, doch die Vergangenheit ließ sich nicht rückgängig machen. Sie hatten Fehler begangen, und dann hatten sich die Dinge anders entwickelt, als es sich jeder von ihnen gewünscht hatte. Aber war das nicht immer so im Leben?

Er wusste, dass Denise enttäuscht von ihm war. Er war nicht der Held, den sie sich erträumt hatte. Dabei war er einmal ihre große Liebe gewesen, und ihre Augen hatten gestrahlt, als sie sich vor dem Altar das Ja-Wort gegeben hatten.

Doch dieser Tag lag zehn Jahre zurück. Damals war Denise gerade volljährig geworden, jetzt war sie achtundzwanzig. Nach außen hin eine erfolgreiche Geschäftsfrau, aber er wusste, dass die Wunden der Jugendzeit sie immer noch quälten. Daran hatte auch die jahrelange Therapie nichts geändert.

Er war so naiv gewesen und hatte geglaubt, er könnte sie retten, aber das hatte natürlich nicht funktioniert. Die Angst war geblieben, die plötzlichen Panikanfälle wie aus dem Nichts und die Situationen, in denen Denise sich unablässig umschaute, weil sie glaubte, verfolgt zu werden.

»Was siehst du mich so an?«

Denise hatte die Augen zusammengekniffen. Ihr Gesichtsausdruck war abweisend und spiegelte nichts von der Zerbrechlichkeit im Inneren wider. Wer sie nicht kannte, hielt sie vermutlich einfach für kühl und abweisend. Dabei war es nur eine Fassade, die allzu oft bröckelte.

»Entschuldige.« Robin rieb sich verlegen den Nacken. »Ich habe nur darüber nachgedacht, was passiert ist. Wir waren doch mal glücklich.«

Die Härte in ihrem Blick verschwand, und für einen Moment trat ein warmer Glanz in ihre Augen. Dann schob sich ein Schleier darüber.

»Wir waren jung und dumm, nicht wahr? Sieh dir doch an, was daraus geworden ist.« Sie machte eine Handbewegung, die nicht nur das Hotel-Restaurant, sondern vermutlich das gesamte Golf-Resort einschließen sollte. »Was ist denn geblieben von unseren Träumen? Von der großen Freiheit und dem eigenen Unternehmen, das wir aufbauen wollten?«

»Wir sind noch jung«, widersprach Robin. »Meine Eltern ziehen sich aus dem Geschäft zurück, sobald es wieder rund läuft. Wenn die Golfer das Hotel-Restaurant und deinen Shop erst einmal richtig annehmen, werden wir gut dastehen. Wir haben nur gerade einen kleinen Engpass, aber das ist in unserem Business vollkommen normal. Wenn wir nicht aufgeben, können wir es schaffen.«

Denise stieß einen kleinen Seufzer aus. Sie hob die Hand und strich ihm über die Wange.

»Du bist ein Träumer, Robin. Immer gewesen«, sagte sie kopfschüttelnd. »Deswegen habe ich mich in dich verliebt.« Ihre Hand sank wieder herab. »Aber ich weiß wirklich nicht, ob uns das in der momentanen Lage voranbringt.«

Sie wandte sich ab und ging zur Tür. Robin sah ihr nach, die Kehle eng.

»Denise.«

Seine Frau blieb stehen. »Ja?«

»Warum hast du nach mir gesucht, vorhin?«

»Ach so.« Denise lachte auf. »Das hätte ich fast vergessen. Deine Eltern wollen mit dir sprechen.«

»Nur mit mir?«

Denise winkte ab. »Das ist schon in Ordnung. Ich habe ohnehin keine Zeit. Die Veranstaltung für die Golf-Interessierten im Shop fängt gleich an.«

Robin hob den Daumen. »Viel Erfolg.«

»Danke.« Denise verließ das Lokal; die Tür fiel hinter ihr ins Schloss.

Robin fuhr sich mit der Hand durch die Haare. In seiner Magengrube machte sich ein mulmiges Gefühl breit. Was mochte es sein, das seine Eltern mit ihm zu besprechen hatten? Ausgerechnet heute, einen Tag, nachdem Adrian Hoffmann erschlagen worden war?

■ ■ ■

»Ich war das nicht.« Hendrik Hoffmann stützte die Hände auf das Fensterbrett und schaute durch die Scheibe über das weitläufige Grün des Golfplatzes. »Ich habe meinem Bruder nichts getan.«

Jonas Voss und Hannah Behrends hatten den älteren Hoffmann-Sohn in seinem Zimmer im Golf-Hotel aufgesucht. Es war geräumig, bot ein Doppelbett, Schreibtisch, Schrank und Sessel sowie eine gemütliche Sitzecke mit Sofa und Couchtisch. Außerdem gab es eine Anrichte, auf der eine hochwertige Kaffeemaschine stand. Daneben befand sich ein Korb, der Pads verschiedener Stärke sowie Tütchen mit Zucker und Süßstoff enthielt. Hoffmann hatte jedem von ihnen eine Tasse gebraut und aus dem integrierten Kühlschrank eine Halbliterpackung Bio-Milch hervorgeholt, die offenbar ebenfalls zur Verfügung gestellt wurde. Jonas kannte die Zimmerpreise des Hotels nicht, aber vermutlich rechnete es sich.

Die Kommissare hatten sich auf dem Sofa niedergelassen. Hoffmann hatte den Sessel an den Couchtisch gerückt und sich ihnen gegenübergesetzt. Sonderlich lange hatte es ihn nicht an seinem Platz gehalten. Er hatte den Kaffee hinuntergestürzt und war aufgesprungen, als sie gerade begonnen hatten, die Ereignisse nach der Entführung zu rekonstruieren.

Jetzt wandte er sich zu ihnen um. Er war korrekt gekleidet, trug einen anthrazitfarbenen Anzug, der vermutlich nicht von der Stange kam, dazu ein hellgraues Hemd und eine schwarze Krawatte. Voss wunderte sich, dass sich ein solches für Traueranlässe geeignetes Outfit unter der Kleidung befand, die Hoffmann für eine Hotel-Übernachtung nach der Hochzeit seines Bruders eingepackt hatte, wollte aber keine voreiligen Schlüsse ziehen. Das würde immerhin bedeuten, dass Hoffmann den Mord an Adrian geplant hätte. Aber würde er nicht gerade dann auf die Kleidung verzichtet haben, um sich nicht verdächtig zu machen?

Jonas merkte, dass er Mühe hatte, sich zu konzentrieren. Es war halb fünf gewesen, bis er endlich im Bett gelegen hatte, und halb acht, als sein Wecker klingelte. Gerade mal drei Stunden. Zu wenig, um fit zu sein.

Hannah dagegen wirkte frisch und ausgeruht, obwohl sie keine Minute mehr Schlaf bekommen hatte als er. Ihr blonder Bob war offensichtlich frisch gewaschen, ihr Gesicht leuchtete rosig, und ihre blauen Augen waren wach und neugierig. Machten sich da die acht Jahre Altersunterschied bemerkbar? Hannah war gerade erst Mitte dreißig, Voss selbst hatte die vierzig bereits vor ein paar Jahren überschritten. Aber er hatte nicht vor, sich gehen zu lassen.

»Was haben Sie getan, nachdem Sie Ihren Bruder in der

Laube bei Loch 18 zurückgelassen hatten?«, fragte er Hoffmann, während Hannah die Informationen in ihr Tablet tippte. Sie hatte bereits eine Übersicht über die Familienverhältnisse und freundschaftlichen Verbindungen erstellt, die sie ihm auf der Fahrt nach List erläutert hatte. Behalten hatte er kaum etwas davon. Er hatte seine Energie gebraucht, um sich auf die Straße zu konzentrieren und das Gähnen zu unterdrücken, das hartnäckig in seiner Kehle aufstieg.

Immerhin wusste er noch, dass die Braut und der Bräutigam, Sarah Jessen und Adrian Hoffmann, schon auf dem Gymnasium in derselben Klasse gewesen waren und zusammen mit ihren Mitschülern Robin Pohl und Lydia Cordes eine Clique gebildet hatten. Zu Hendrik Hoffmann, der drei Jahre älter war als Adrian, gab es eine lockere Verbindung, ebenso wie zu Denise, der drei Jahre jüngeren Schwester von Lydia, die später Robin Pohl geheiratet hatte. Aber war das von Belang? Die Schulzeit lag lange zurück. Heute waren die Mitglieder der Clique einunddreißig. Es war kaum anzunehmen, dass der Mord an Hoffmann seinen Ursprung in dieser Lebensphase hatte.

Hendrik stieß sich vom Fensterrahmen ab und ging zur Kaffeemaschine, um sich eine weitere Tasse zuzubereiten. Er war ein schmaler, unauffälliger Mann, dessen kurzes blondes Haar sich bereits deutlich lichtete. Die verbliebenen Strähnen hatte er mit reichlich Gel zurückgekämmt, doch der Eindruck von Fülle, den er offensichtlich vortäuschen wollte, trat nicht ein. Seine blassblauen Augen ließen ihn schüchtern wirken, obwohl er die Miene und den Habitus des erfolgreichen Unternehmers zur Schau trug.

»Ich bin auf dem Golfplatz herumgelaufen und habe mich in irgendeinen von den Unterständen gesetzt«, erklärte er. »Keine Ahnung, in welchen. Ich war nicht mehr nüchtern.

Und ich habe dafür gesorgt, dass das so bleibt. Ich hatte mir eine Flasche Mirabellenbrand von der Bar mitgenommen.« Er rieb sich die Augen, die klein und blutunterlaufen waren. Darunter lagen tiefe, dunkle Ringe, und seine Gesichtshaut wirkte fahl. Seine Aussage, dass er getrunken hatte, erschien glaubhaft. Aber natürlich könnte sein desolater Zustand auch eine andere Ursache haben.

»Sie waren wütend, richtig?« Hannah lächelte den Bauunternehmer an.

Hoffmann leerte seine Kaffeetasse, stellte sie auf die Anrichte und kehrte zum Sessel zurück. Nachdem er sich gesetzt hatte, schlug er die Beine übereinander und faltete die Hände auf den Knien.

»Selbstverständlich war ich das«, erklärte er. »Ich hatte gerade erfahren, dass mein Vater mich degradieren und meinen jüngeren Bruder zum alleinigen Geschäftsführer machen wollte. Nach allem, was ich für die Firma getan habe. Das war ein ziemlicher Schlag.«

»Wir würden sagen: ein Mordmotiv«, entgegnete Hannah freundlich.

Hoffmann hob die Hände.

»Ich verstehe, dass Sie das denken. Aber, wie gesagt: Ich habe meinem Bruder nichts getan. Das ist nicht mein Stil.«

Hannah, die bereits wieder auf ihrem Tablet tippte, blickte auf.

»Was ist denn Ihr Stil?«

Jonas war froh, dass sie das Gespräch gestaltete. Seine eigenen Gedanken bewegten sich viel zu träge durch seinen Kopf. Er hätte Mühe gehabt, die passenden Fragen zu formulieren.

»Wenn Adrian tatsächlich die Leitung übernommen hätte, wäre ich aus dem Unternehmen ausgeschieden und hätte mir meine Anteile auszahlen lassen.«

»Einfach so?«

Hoffmann erwiderte Hannahs Lächeln, doch Jonas sah das Zucken in seinen Mundwinkeln. Die souveräne Fassade bröckelte.

»Nein.« Auch Hoffmanns Stimme schwankte. »Ich arbeite seit mehr als zehn Jahren in der Firma. In einer verantwortungsvollen Position. Faktisch habe ich in den letzten Jahren bereits die Fäden in der Hand gehalten. Adrian dagegen ist ... war nur einer der leitenden Architekten. Er hat ... hatte die kreativen Ideen, aber ihm fehlte der Blick für das Ganze, und Zahlen haben ihn nie interessiert. Geld war für ihn zum Ausgeben da. Es zu vermehren, hat er meinem Vater und mir überlassen.«

»Wenn Sie sich auszahlen lassen würden – würde die Firma das finanziell verkraften?«, fragte Hannah.

Hoffmann nickte ihr anerkennend zu.

»Eine gute Frage. Ehrlich gesagt: Ich weiß es nicht. Es würde das Unternehmen auf jeden Fall in eine prekäre Lage bringen. Wir haben einige interessante Projekte in Aussicht, und die Fusion mit Baustoff-Jessen könnte weiteren Aufschwung bringen. Aber wenn von diesen Vorhaben das eine oder andere ins Wasser fällt, könnte mein Vater rasch mit dem Rücken zur Wand stehen.« Ein flüchtiges Grinsen huschte über sein Gesicht. »Das wäre allerdings eher ein Grund, mich zu ermorden, nicht meinen Bruder, finden Sie nicht auch?«

»Das wird sich zeigen«, erwiderte Hannah unverbindlich. »Sie sagten, Sie hätten sich auf dem Golfplatz in einen der Unterstände zurückgezogen. Hat Sie dort irgendjemand gesehen?«

»Nein.« Hoffmann lehnte sich im Sessel zurück. Offenbar hatte er sich an die Situation gewöhnt und begann, seine

Nervosität abzulegen oder zumindest erfolgreich hinter der Fassade des souveränen Geschäftsmannes zu verstecken. Er zwinkerte Hannah zu. »Ich wollte ja nicht gesehen werden. Ich wollte ungestört meinen Frust ertränken.«

Hoffmann hielt inne und runzelte die Stirn.

»Tatsächlich ist irgendwann, als ich dort saß, jemand ganz in der Nähe vorbeigelaufen«, berichtete er. »Aber wer das war, weiß ich nicht. Ich habe mich rasch hinter die Holzwand der Laube geduckt. Es beschädigt das Ansehen, wenn man sich von einer Niederlage aus der Bahn werfen lässt.«

»Ihre Geschäftspartner waren doch bereits gegangen«, wunderte sich Hannah. »Sie waren unter Freunden.«

Hoffmann hob die Augenbrauen. »Gerade unter Freunden muss man auf sein Image achten«, gab er zurück. »Wussten Sie das nicht?«

»Nein.« Hannah tauschte einen Blick mit Voss. »Diese Sorte von Freunden habe ich nicht.«

Hendrik Hoffmann schluchzte unvermittelt auf, und Jonas fuhr erschrocken zusammen. Mit dieser Reaktion hatte er nicht gerechnet.

Der Bauunternehmer fuhr sich mit dem Handrücken über die Augen, doch es quollen immer neue Tränen hervor. Hannah zog ein Päckchen Taschentücher aus ihrer Handtasche und reichte ihm eines davon. Hoffmann schnäuzte sich und lächelte schief.

»Verzeihen Sie.« Langsam bekam er seine Emotionen wieder unter Kontrolle. »Sie haben einen Nerv getroffen. Das Business ist ein Haifischbecken. Echte Freunde gibt es da nicht.«

»Und Ihre Freunde von früher?«

Hendrik Hoffmann blinzelte. »Wen meinen Sie?«

»Sarah Jessen, Lydia Cordes, Robin Pohl.«

»Das waren Adrians Freunde, nicht meine.«

»Sie selbst hatten keine?«

»Keine richtigen. Eine Gruppe von Mitschülern, mit denen ich gelegentlich unterwegs war. Aber ich hatte nie das Gefühl, wirklich dazuzugehören. Es war eher so, dass sie mich geduldet haben, weil ich Geld hatte. Für Schnaps und Zigaretten und alles, was man sonst so für eine nette Party am Strand braucht.«

Jonas verspürte plötzlich Mitleid mit Hendrik Hoffmann. Offenbar war er ein einsamer Mann, ohne rechte Bindung zum Leben, fixiert auf seine Arbeit, die er engagiert verrichtet hatte und für die ihm jetzt der Lohn verwehrt worden war. Seinem Bruder Adrian dagegen schienen die Dinge, die Hendrik entbehrt hatte, einfach zugeflogen zu sein.

»Ging es Adrian auch so?«, fragte Jonas nach.

»Nein.« Hendrik schnaubte leise. »Adrian hatte alles, was man sich wünschen kann. Sarah, Lydia, Robin und er waren richtig dicke Freunde, bis heute. Ich habe ihn immer darum beneidet.« Der Bauunternehmer hüstelte, offenbar war es ihm plötzlich peinlich, sich so weit geöffnet zu haben. »Wenn Sie sonst keine Fragen haben?«

»Sofern Sie es nicht waren – was glauben Sie, wer Ihren Bruder getötet hat?«

Hoffmann, der bereits im Begriff war, aufzustehen, sank wieder in den Sessel zurück. Er schaute auf das zerknüllte Taschentuch in seinen Händen. Voss konnte sehen, wie es hinter seiner Stirn arbeitete. In seinen blassblauen Augen blitzte etwas auf, ein Einfall, wie es Jonas schien, den er rasch zurückdrängte.

»Nein. Tut mir leid. Ich kann Ihnen nicht helfen.«

Voss rutschte nach vorn auf die Sofakante. »Sie haben doch eine Idee.«

Hendrik Hoffmann schluckte. »Ich möchte niemanden beschuldigen.«

»Keine Sorge«, sagte Hannah. »Wir behandeln alles, was man uns anvertraut, mit großer Sorgfalt. Aber es geht um den Mord an Ihrem Bruder. Wenn Sie einen Verdacht haben, sollten Sie ihn äußern.«

Hoffmann rang sichtlich mit sich. Er knetete seine Finger und kaute auf der Unterlippe.

»Also gut«, sagte er endlich. »Ich habe tatsächlich eine Vermutung.«

▪ ▪ ▪

Lydia Cordes erschien mit einer Stunde Verspätung zum Dienst, aber niemand verlor ein Wort darüber. Genauso wenig wie über ihr Aussehen. Sie war ungeschminkt, hatte dunkle Ringe unter den Augen, und ihre Dienstkleidung war dieselbe wie am Abend zuvor, ungebügelt und zerknittert.

»Ich kann es immer noch nicht fassen«, sagte sie zu Kari, als sie mit einer Zigarette in der Hand im Hof des Hotel-Restaurants stand. Kari hatte sie nach draußen begleitet, weil sie den Eindruck hatte, dass ihre neue Freundin Beistand brauchte.

»Erschlagen, auf der eigenen Hochzeit.« Lydia schüttelte ihre langen dunklen Locken. »Dabei …« Sie brach ab.

»Ja?« Kari hätte gern gewusst, was ihre Kollegin auf den Lippen hatte, doch Lydia ließ sich nicht locken.

»Es hätte doch der schönste Tag werden sollen«, ergänzte sie, aber Kari bezweifelte, dass es das war, was hinter ihrer Stirn vorging. Sie suchte nach Worten, die Lydia dazu bringen könnten, sich zu öffnen.

»Ich war auch schockiert, das kannst du mir glauben«, erklärte sie.

Lydia zog an ihrer Zigarette.

»Du hast ihn gesehen, nicht wahr? Meinst du, er hat sehr gelitten?«

Kari rekapitulierte, was sie über Lydia und Adrian wusste. Sie waren zusammen zur Schule gegangen, hatten zur selben Clique gehört. Aber wie eng war die Verbindung gewesen?

»Das ist sicher schwer, wenn jemand stirbt, den man schon so lange kennt«, sagte sie.

Lydia ließ den Zigarettenstummel fallen und trat ihn mit dem Absatz aus. Dann stieß sie einen Seufzer aus, bückte sich und hob ihn auf, um ihn in den Mülleimer zu werfen. Sie wollte etwas erwidern, doch in diesem Moment öffnete sich die Hintertür, und Jonas Voss und Hannah Behrends traten in den Hof.

»Frau Cordes?«, sagte Jonas. »Wir würden uns gerne mit Ihnen unterhalten.« Sein Blick wanderte zu Kari. »Unter vier Augen, wenn es möglich ist.«

Lydias Hand fuhr in die Westentasche und beförderte das Zigarettenpäckchen hervor.

»Dann bleiben wir doch am besten hier.« Sie steckte sich eine neue Zigarette an und wies zu dem Bereich neben den Mülltonnen. Jonas war anzusehen, dass ihm das Ambiente nicht behagte. Trotzdem kam er ihrem Wunsch nach.

Kari postierte sich zwischen ihm und Lydia.

»Was wollen Sie denn von meiner Kollegin?«, erkundigte sie sich frech.

Jonas' Augen verdunkelten sich. Sie wusste, wie sehr er es hasste, Theater zu spielen, doch für ihre Glaubwürdigkeit war es wichtig, sich ihrer Rolle gemäß zu verhalten. Und die erforderte, ihrer neuen Freundin beizustehen, wenn die Polizei sie in die Mangel nahm.

Hannah schob Jonas beiseite und lächelte Kari an.

»Wir führen lediglich eine Zeugenbefragung durch«, erklärte sie freundlich. »Wir sprechen später auch noch mit Ihnen, genau wie mit Ihren anderen Kollegen und den Hochzeitsgästen.«

»Okay.« Kari blickte zu Lydia, die verbissen an ihrer Zigarette zog. »Sag Bescheid, wenn du Hilfe brauchst, in Ordnung?«

Ein kurzes Lächeln erschien auf dem Gesicht der Kellnerin.

»Danke, Kari. Das mache ich.«

6.

Robin Pohl blieb für eine Sekunde im Türrahmen stehen. Seine Eltern saßen sich am Fenster gegenüber, beide einen dickwandigen Porzellanbecher vor sich auf dem Tisch. Tee für seine Mutter, Kaffee mit Schuss für seinen Vater, nahm er an. Sie schauten sich nicht an, sondern starrten beide wortlos aus dem Fenster.

Der Anblick tat ihm weh, die müden Gesichter, das stoppelige Kinn seines Vaters, die grauen Ansätze im braun gefärbten Haar seiner Mutter. Wann waren die beiden so alt geworden? War es ein schleichender Prozess gewesen, der sich über die Jahre hingezogen hatte, und er hatte es einfach nicht gesehen? Oder war es erst letzte Nacht passiert?

Seine Mutter bemerkte ihn als Erste. Sie stand auf, kam auf ihn zu und nahm ihn in die Arme. Robin lehnte seinen Kopf an ihre Schulter. Seine Mutter war immer eine starke Frau gewesen, und sie hatte ein riesiges Herz. Bei ihr fühlte er sich geborgen.

Sein Vater wandte sich ihnen zu.

»Da bist du ja.«

Es klang mürrisch, aber Robin wusste, dass das nur Fassade war. Günther Pohl war ein herzensguter Kerl, aber eben auch ein Friese. Das Reden lag ihm nicht, er stand lieber am Herd und kochte. Alles, was Robin an den Töpfen konnte, hatte er von seinem Vater gelernt.

Er löste sich aus den Armen seiner Mutter, nahm den dritten Becher vom Tisch und füllte ihn aus der Kanne, die danebenstand. Kaffee, schwarz, aber ohne Schuss. Wenn im Becher seines Vaters etwas anderes war, hatte er es bereits vorher bei einem Abstecher an die Bar hineingefüllt.

Robin setzte sich, und auch seine Mutter nahm wieder Platz. Ihre braunen Augen blickten besorgt, doch sie sagte nichts.

Robin wartete. Er nahm einen Schluck, stellte den Becher ab und sah zwischen seinen Eltern hin und her.

»Ich dachte, ihr wolltet mit mir sprechen?«

»Ja.« Günther Pohl blickte in seinen Kaffeebecher, als könnte er auf dessen Grund die Zukunft lesen. Seine Mutter drehte ihren in den Händen und fuhr mit dem Zeigefinger am Rand entlang.

»Also?« Robin griff erneut nach seinem Becher und trank. Er deutete vage in Richtung Küche. »Wenn es nicht eilig ist ... Wir haben da drin noch eine Menge zu tun.«

Sein Vater hob abrupt den Kopf.

»Das mit Adrian ...« Seine Augen verengten sich. »Du hast nicht gedacht, es könnte uns helfen, wenn er tot ist, oder?«

Robin hätte sich fast an seinem Kaffee verschluckt. Er lachte und merkte, dass es aufgesetzt klang. Was wussten seine Eltern? Hatten sie etwas mitbekommen?

»Ich verstehe nicht, was ihr meint.« Er setzte den Becher mit einem harten Knall auf dem Tisch ab. »Glaubt ihr, ich hätte Adrian erschlagen?«

Sein Vater hielt den Blick stoisch auf ihn gerichtet. »Hast du?«

»Nein. Natürlich nicht.« Robin sprang auf. »Wie kommt ihr nur auf eine solche Idee?

»Es gäbe Gründe. Gute Gründe.«

Robins Magen hob sich, und irgendetwas schnürte ihm die Kehle zu. Entweder würde er sich gleich übergeben oder einfach umfallen. Robin ballte die Fäuste. Er hatte nicht all die Jahre gekämpft, um sich jetzt unterkriegen zu lassen.

»Wie du schon ganz richtig gesagt hast«, hielt er seinem Vater entgegen. »Es würde nichts ändern.«

Günther Pohl nickte. »Wir meinen ja auch nicht, dass du es mit Absicht getan hast. Aber manchmal fährt man einfach aus der Haut.«

Seine Mutter schaute ihn besorgt an. »Habt ihr euch gestritten? So wie damals?«

Unangenehme Erinnerungen spülten in Robins Gedächtnis hoch. Adrian und er, beide in dieselbe Frau verliebt. Er hatte es nicht gewollt, aber trotzdem waren die Fäuste geflogen. Adrian war weiß Gott kein Schwächling gewesen, doch Robin hatte einen Volltreffer gelandet. Was nicht weiter schlimm gewesen wäre, hätten sie sich irgendwo an Land befunden. Aber sie waren auf dem Meer gewesen, mit der schnittigen Yacht der Hoffmanns, und Adrian war rücklings über Bord gefallen. Nachts, bei stürmischer See.

Es war glimpflich ausgegangen; Hendrik, der am Steuer stand, hatte reaktionsschnell das Rettungsmanöver eingeleitet. Das Boot in den Wind gedreht und gewendet. Eine der Frauen hatte Adrian den Rettungsring zugeworfen, und gemeinsam hatten sie ihn aus dem Wasser gezogen. Vier Wochen hatte er mit einer schlimmen Erkältung im Bett gelegen, aber danach war er wieder der Alte gewesen.

»Nein.« Robin schob die Bilder energisch beiseite. »Damals waren wir Halbstarke. Heute sind wir erwachsene Männer.«

»Ach ja?« Der Blick seiner Mutter war ebenso spöttisch wie zärtlich.

Robin fuhr sich mit der Hand durch die Haare.

»Ja. Ich war verdammt sauer auf Adrian, und ihr wisst genau, warum. Aber ich habe ihn nicht erschlagen.« Er hatte plötzlich einen Kloß im Hals. »Das müsst ihr mir glauben.«

Seine Mutter lächelte. »Wenn du es sagst. Wir vertrauen dir.«

»Dann haben wir das ja geklärt.«

Robin wandte sich ab und eilte hinaus. Er konnte seinen Eltern unmöglich noch länger in die Augen sehen.

■ ■ ■

Jonas Voss versuchte, sich nicht vom Rauch von Lydia Cordes' Zigarette irritieren zu lassen, den ihm der Wind ins Gesicht trieb. Es war nicht zu übersehen, dass die Kellnerin ihr Suchtmittel brauchte, um ihre Nerven im Griff zu behalten. Kein Wunder, fand Jonas, wenn ein alter Schulfreund ermordet worden war. Oder wenn sie selbst diesen Mord begangen hatte. Das war die Anschuldigung, die Hendrik Hoffmann vorgebracht hatte.

Indizien, die diesen Verdacht untermauerten, gab es bisher nicht. Der Fundort war offenbar auch der Tatort, und das Einzige, was die Kollegen von der Spurensicherung außer der Tatwaffe im dichten Gras gefunden hatten, waren ein paar Abdrücke von Herren- und hochhackigen Damenschuhen, zu undeutlich, um sie zu personalisieren. In der Laube neben Loch 18 gab es keine Hinweise auf einen Kampf. Adrian

Hoffmann hatte sich anscheinend nur kurz dort aufgehalten. Weder hatte er den Korb mit dem Champagner und den Knabbereien angerührt, noch das Lager aus Decken und Kissen genutzt. Die ausgestreuten Rosenblätter bildeten den Umriss eines Herzens. Hätte sich jemand über längere Zeit im Raum bewegt, wäre das kleine Kunstwerk sicher zerstört worden.

Wenn es in der Hütte Spuren vom Täter gab, dann höchstens an der Golftasche, die neben der Tür lehnte. Im Set fehlte ein Schläger, dasselbe Eisen, das blutbesudelt neben dem Toten gelegen hatte.

Adrians Mörder konnte ebenso gut ein Mann wie eine Frau sein. Ein Golfschläger war nicht besonders schwer, und das Eisen war eine tödliche Waffe, auch wenn der Schlag nicht mit voller Kraft ausgeführt wurde. Eine eifersüchtige Frau konnte außerdem gewaltige Aggressionen entwickeln. Denn das war es, was Hendrik Hoffmann vermutete – dass sich Lydia Cordes an Adrian Hoffmann gerächt hatte, weil er nicht sie, sondern Sarah Jessen geheiratet hatte. Ob Adrian die Entscheidung aus Liebe oder aus geschäftlichen Erwägungen heraus getroffen hatte, wusste sein älterer Bruder nicht zu sagen. Aber für das mögliche Mordmotiv spielte das auch keine Rolle.

Hannah schaute von ihrem Tablet auf.

»Sie waren im Saal, als der Bräutigam entführt wurde?«

Lydia zog an ihrer Zigarette und warf den Stummel auf den Boden. »Ja.« Sie trat die Glut mit dem Absatz aus, hob die Kippe auf und entsorgte sie in einem der Mülleimer.

»Was haben Sie danach getan?«

»Ich hatte Pause. Nach dem Essen war nicht mehr so viel los, da konnten wir uns abwechseln. Ich bin nach draußen gegangen, um zu rauchen, und dann habe ich spontan einen

Spaziergang über den Golfplatz unternommen. Es war ein milder Abend, und vom Meer kam ein herrlicher Duft herüber. Ich wollte das ein bisschen auskosten, bevor ich wieder in den miefigen Saal zurückkehre.«

Hannah tippte auf ihrem Tablet. »Gibt es Zeugen? Hat Sie jemand gesehen?«

»Nein. Ich glaube nicht.« Lydias Hand wanderte zur Westentasche, in der sich das Zigarettenpäckchen abzeichnete. »Sie denken doch nicht, dass ich Adrian ermordet habe?«

»Wir haben gehört, dass Sie in ihn verliebt waren«, sagte Jonas.

Einen Augenblick lang starrte Lydia Cordes ihn an, als wollte sie sagen, dass ihn das nichts anginge. Dann zuckte sie mit den Schultern.

»Ja. Das stimmt.«

Voss wartete, doch die Kellnerin sprach nicht weiter.

»Waren Sie ein Paar?«, hakte er nach.

Lydia Cordes seufzte. »Ja. Aber das ist lange her. Da waren wir noch in der Schule.«

»Warum haben Sie sich getrennt?«

Lydia hob die Hände.

»Wir waren siebzehn. Da bindet man sich nicht für ein ganzes Leben. Adrian wollte seine Freiheit. Er wollte die Welt bereisen und Abenteuer erleben. Im Ausland studieren, bei den erfolgreichsten Architekten in die Lehre gehen. Solche Dinge.«

»Und dabei hätten Sie gestört?«

Lydias Blick trübte sich. »So hat er es wohl empfunden.«

»Gab es andere Frauen für ihn? Und andere Männer für Sie?«, mischte sich Hannah ein.

»Ja. Nein.« Lydia gestikulierte. »Ich meine: Für mich gab es nie einen anderen Mann. Aber Adrian ...«

»Hat nicht nur Architektur studiert«, ergänzte Hannah bissig. Voss wusste, dass sie schlechte Erfahrungen gemacht hatte und sensibel reagierte, wenn Männer mit den Gefühlen von Frauen spielten. Dass solche Dinge andersherum genauso passierten, blendete sie gerne aus.

»Ich weiß es nicht.« Lydia kaute auf ihrer Unterlippe. »Aber als er nach dem Studium wieder nach Sylt kam ...«

»Ist er nicht zu Ihnen zurückgekehrt, sondern hat Sarah Jessen den Hof gemacht.«

»Ja.« Lydia fuhr sich mit der Hand über die Augen, die sich gerötet hatten.

»War das echte Liebe? Oder ging es ihm um die Fusion mit dem Baustoffhandel Jessen?«

Lydias Gesicht verschloss sich. »So war Adrian nicht. Er war nicht berechnend.«

Jonas bemerkte, dass sich ihre Finger in den Stoff der Kellnerinnenschürze krallten. Anscheinend gab es noch eine Menge Unausgesprochenes.

»Im Gegensatz zu seinem Vater«, ergänzte er. Es war ein Schuss ins Blaue, doch er erwies sich als Volltreffer.

Lydias Miene wurde bitter. »Ja. Das stimmt. Herr Hoffmann hätte mich nie als Schwiegertochter akzeptiert«, stieß sie hervor.

»Warum?«

»Weil ihm die Verhältnisse, aus denen ich stamme, nicht passen.«

»Was sind das für Verhältnisse?«

»Spielt das eine Rolle?«

»Wir ermitteln in einem Mordfall«, sagte Hannah nüchtern. »Da kann alles wichtig sein.«

»Also gut.« Lydia wischte sich die Hände an der Schürze ab. »Meine Mutter war alleinerziehend. Meinen Vater kenne ich nicht. Irgendeine Urlaubsbekanntschaft. Meine Mutter putzt.«

»Das ist doch nichts Schlimmes.«

»Für einen Mann wie Hans-Peter Hoffmann schon.«

»Okay.« Hannah tippte auf ihrem Tablet. Dann blickte sie auf. »Aber Sie hätten einfach so zusammen sein können. Ohne Trauschein.«

Lydia lachte freudlos.

»Schon. Aber Adrian wusste, dass seine Chancen auf die Firmennachfolge steigen, wenn er heiratet. Der größte Wunsch seines Vaters war, dass ihm einer seiner Söhne einen Stammhalter präsentiert. Und Hendrik hatte bisher noch nicht einmal eine Freundin.«

»Also war er doch berechnend«, stellte Hannah fest.

Lydia schnitt eine Grimasse. »Ja. Wahrscheinlich haben Sie recht. Ich wollte ihn nur nicht so sehen.«

»Sie wären gern die Frau an seiner Seite gewesen«, stocherte Jonas weiter in Lydias Wunde, in der Hoffnung, eine Reaktion zu provozieren. »Aber er hat stattdessen Sarah Jessen den Vorzug gegeben.«

Lydia zündete sich eine neue Zigarette an.

»Ja«, sagte sie und schob Päckchen und Feuerzeug zurück in die Westentasche. »Das hat verdammt wehgetan. Aber ich habe ihn nicht umgebracht. Das hätte ich gar nicht gekonnt. Ich habe ihn immer noch geliebt. Vielleicht hätte er irgendwann gemerkt, dass Sarah überhaupt nicht zu ihm passt, und sich von ihr getrennt. Jetzt gibt es keine Hoffnung mehr.«

»Hm.« Hannah protokollierte Lydias Aussage, doch ihr Blick blieb skeptisch.

»Waren Sie nicht wütend?«, fragte Jonas Voss, der ebenso zweifelte. »Hatten Sie nicht den Wunsch, es Herrn Hoffmann heimzuzahlen, dass er Sie so verletzt hat?«

Ein sonderbarer Ausdruck huschte über Lydias Gesicht, den Jonas nicht deuten konnte. Sie zog heftig an ihrer Zigarette und blies die Rauchwolke genau in seine Richtung, so dass er die Augen zusammenkneifen musste.

»Nein«, erklärte sie kategorisch. »War es das?« Sie deutete zur Rückseite des Hotel-Restaurants. »Ich muss wieder rein, weiterarbeiten.«

»Eine Frage noch.« Hannah ließ ihr Tablet sinken. »Wenn Sie nichts mit dem Mord an Herrn Hoffmann zu tun haben – was glauben Sie, wer es getan hat? Und warum?«

Lydia lächelte müde. »Ich möchte niemanden beschuldigen.«

»Das ehrt Sie«, sagte Hannah. »Aber wollen Sie nicht, dass der Mörder des Mannes gefasst wird, den Sie so geliebt haben?«

Die Kellnerin nahm noch zwei tiefe Züge von ihrer Zigarette, löschte sie und warf die Kippe in den Mülleimer.

»Adrians Vater hat gestern Abend verkündet, dass er ihm allein die Baufirma überträgt«, sagte sie. »Dabei ist Hendrik der Ältere.«

Jonas Voss nickte. »Davon haben wir gehört.« Er sah Lydia an. »Sie glauben also, Hendrik Hoffmann hat seinen jüngeren Bruder erschlagen?«

Lydia zog die Schultern hoch. »Wer sonst?« Sie neigte den Kopf in Richtung Hintertür. »Darf ich jetzt?«

»Bitte.« Hannah trat beiseite und gab den Weg frei.

Jonas Voss blickte der Kellnerin nachdenklich hinterher, während sie den Küchentrakt des Restaurants betrat. Zum zweiten Mal hatte er einen merkwürdigen Ausdruck in ihren Augen wahrgenommen.

»Irgendetwas verbirgt sie«, stimmte ihm Hannah zu, als er seine Beobachtung mit ihr teilte. »Nur was?«

»Keine Ahnung.« Voss schob die Ärmel seiner Lederjacke nach oben. »Aber wir werden es herausfinden.«

■ ■ ■

Kari war in der Nähe des Durchgangs zum Hof geblieben und hatte die Tische abgewischt, die sich in diesem Bereich des Gastraums befanden. Sie wollte zur Stelle sein, wenn Lydia hereinkam. Als sie das Zuschlagen der Hintertür hörte, richtete sie sich auf.

Eine Minute verging, ohne dass etwas geschah, dann noch eine. Kari wollte ihrer Kollegin schon entgegengehen, als sie endlich auftauchte. Kari erschrak.

Lydias Make-up war zerlaufen, schwarze Spinnenbeine zogen sich über die Wangen zu den Mundwinkeln. Ihre Augen waren gerötet, und sie schnäuzte sich in ein Taschentuch, das bereits feucht und zerknittert war. Kari trat auf sie zu.

»Was ist denn passiert?«, fragte sie besorgt.

»Dieser Kommissar«, schniefte Lydia. »Er glaubt, dass ich Adrian ermordet habe.«

»Nein.« Kari legte ihr die Hände auf die Schultern. »Das hast du sicher nur falsch verstanden.«

Lydia schüttelte den Kopf. »Er sagt, ich habe das stärkste Motiv. Eifersucht.«

Kari kniff die Augen zusammen. Sie brauchte einen Moment, um die Informationen zusammenzusetzen. Dann rasteten die Zahnräder ein.

»Er war der Richtige, von dem du gesprochen hast? Adrian? Der Mann, den du geliebt hast und der sich für eine andere entschieden hat?«

Lydia nickte und schluchzte.

Kari dachte kurz darüber nach. Das war natürlich ein Motiv. Aber Lydia war mit Sicherheit unschuldig. Und sie war nicht die Einzige, die einen Grund gehabt hätte, Adrian Hoffmann zu erschlagen.

»Hast du ihm nichts von Hendrik erzählt? Davon, dass sein Vater ihn übergangen hat und die Firma seinem jüngeren Sohn vermachen wollte?«

»Doch. Er hatte es auch schon gehört. Aber es überzeugt ihn anscheinend nicht. Er glaubt trotzdem, dass ich es war. Das habe ich ihm angesehen. Dabei hätte ich Adrian niemals etwas antun können.«

»Natürlich nicht.« Kari zog die Kollegin in die Arme und drückte sie an sich. Bitterer Zorn stieg in ihr auf. Hatte ihr zukünftiger Ehemann denn nicht einen Hauch von Menschenkenntnis? Oder war sie voreingenommen, weil sie glaubte, in der neuen Kollegin eine Seelenverwandte gefunden zu haben?

Sie dachte an ihre Mutter. Was würde die Psychotherapeutin ihr sagen? Dass nicht nur Liebe blind machte, sondern auch tief empfundene Freundschaft? Oder dass sie sich auf ihre Gefühle verlassen sollte? Wahrscheinlich beides.

»Was soll ich jetzt tun?« Lydia löste sich von Kari und fuhr sich mit dem Handrücken über die Augen, womit sie Kajal und Eyeliner noch weiter verwischte.

»Mach dir keine Sorgen«, erklang eine tiefe Stimme neben ihnen, und Robin Pohl trat aus der Küche zu ihnen. »Das wird sich alles aufklären. Wir sind für dich da. Wenn du eine Schulter zum Ausweinen brauchst oder einen Anwalt. Notfalls legen wir zusammen.«

»Danke.« Lydia nahm das frische Taschentuch, das Kari ihr hinhielt, und putzte sich die Nase. Sie lächelte schief. »Das ist nett von dir.«

Pohl stemmte die Hände in die Seiten.

»Wir sind Freunde. Wir halten zusammen, oder nicht? Das war schon immer so.«

Er griff nach dem Handtuch, das in seinem Hosenbund steckte, und trocknete sich die Hände ab.

»Kümmere dich ein bisschen um sie, ja?«, sagte er zu Kari. »Ich muss zurück in die Küche.«

»Klar.« Kari wusste immer noch nicht, wie sie sich verhalten sollte, doch die Entscheidung wurde ihr abgenommen. Die Hintertür öffnete sich, im Durchgang erklangen Schritte. Jonas und Hannah traten ein und wandten sich an Kari.

»Haben Sie einen Moment Zeit?«, fragte Jonas. »Wir müssten auch mit Ihnen sprechen. Allein.«

Lydia tupfte sich eilig das Gesicht ab.

»Ihr könnt in die kleine Gaststube gehen«, schlug sie vor. »Da ist momentan niemand.« Sie wandte sich ab und eilte davon.

»Schön«, sagte Jonas Voss. »Kommen Sie?«

Kari folgte ihm und spürte, wie sie mit jedem Schritt ärgerlicher wurde.

Eher zufällig fiel ihr Blick aus einem der großen Fenster des Saals auf den Parkplatz des Golfclubs, wo gerade ein silberner Golf Plus vorfuhr, der Kari bekannt vorkam. Die Türen öffneten sich, und vier alte Damen kletterten heraus, drei von ihnen in ihrer Sonntagsgarderobe, eine in Jeans und Pullover.

Kari wusste nicht, ob sie lachen oder fluchen sollte. Hatte sie den Frauen nicht gesagt, dass sie sich aus ihrer Arbeit heraushalten sollten? Wenngleich sie natürlich geahnt hatte, dass ihre Ermahnungen nicht auf fruchtbaren Boden fallen würden. Wenn auf Sylt ein Verbrechen geschah, war die Häkelmafia sofort zur Stelle.

■ ■ ■

Marijke Meenken verriegelte den Wagen, den sie in der Nähe der Einfahrt unter einem Baum abgestellt hatte, der Schatten spendete. Die Luft war zwar noch kühl, doch in der Sonne würde sich das Fahrzeug trotzdem aufheizen. Wenn sie dann zu viert darin saßen, wurde Marijke die Luft zu stickig.

Witta war bereits ein paar Schritte in Richtung Clubhaus gegangen, ehe die anderen ihr folgen konnten. Sie rückte ihre weiße Dauerwelle zurecht und sah sich neugierig um. Marijke und Alma hatten sich ebenfalls schick gemacht, doch Witta stach trotzdem hervor. Mit dem hellen Kleid mit den eingewebten Goldfäden und der apricotfarbenen Federboa kam sie ihrem Idol Marlene Dietrich verblüffend nahe.

Marijke folgte Wittas Blick. Sie hatte in der Tagespresse den Bau des Golf-Resorts List verfolgt, war aber noch nie hier gewesen. Wozu auch? Ihr Mann Rickmer hatte als Kapitän nicht schlecht verdient, und sie besaßen ein hübsches Reetdachhaus in Braderup, aber die Preise für ein Greenfee hätten sie beide nicht zahlen wollen. Abgesehen davon gehörte Sport nach Rickmers Ansicht aufs Wasser, nicht auf einen grünen Rasen. Er war ein begeisterter Segler gewesen. Zu seinen Lebzeiten waren sie oft mit der Jolle auf die Nordsee hinausgefahren. Nach seinem Tod hatte Marijke das Segelboot verkauft. Sie besaß keinen Bootsführerschein, und mit einem anderen Kapitän mit der Jolle zu fahren, hätte sie nur immer wieder schmerzlich an Rickmers viel zu frühen Tod erinnert.

Kaum drei Jahre war er im Ruhestand gewesen, und sie hatten gerade erst angefangen, Pläne für ihren Lebensabend zu schmieden, als ihn ein Herzinfarkt von einer Sekunde auf die andere aus dem Leben gerissen hatte. Ein schöner Tod für ihn, aber ein furchtbarer Schock für Marijke. Danach war sie in ein tiefes Loch gefallen, und sie war sich keinesfalls sicher, ob sie ohne ihre Freundinnen jemals wieder daraus hervorgekommen wäre.

Marijke schüttelte den Gedanken ab. Sie war jetzt seit fast zwanzig Jahren Witwe, und auch, wenn die Trauer nie ganz verflogen war, hatte sie sich eingerichtet. Sie genoss das Leben auf ihrer geliebten Insel Sylt, die von Kindesbeinen an ihre Heimat war. Das Meer und die wunderbare Natur, die Gemeinschaft mit ihren Freundinnen und seit ein paar Jahren außerdem die Abenteuer, die Kari Blom in ihren vorher gelegentlich etwas eintönigen Alltag gebracht hatte. Das Häkeln hielt ihre Finger geschmeidig, das Rätselraten ihren Geist, und mit ihrem Engagement in der Sylter Ornithologischen Gesellschaft tat sie überdies etwas für die Natur. Außerdem war sie mit ihren über achtzig Jahren immer noch bemerkenswert rüstig. Ihre häufigen Spaziergänge durch die Braderuper Heide und die regelmäßigen Besuche in der Sylter Welle trugen sicher ihren Teil dazu bei.

Marijke betrachtete das neuerrichtete Clubhaus des Golf-Resorts mit den hohen Fenstern und den begrünten Dachflächen, das sich schön in die Landschaft einfügte. Es besaß einen Eingang mit einem spitzen Giebel und zwei Seitenflügel mit Dachgärten. Türen und Fensterrahmen waren gelb umrandet, die Fassade des Foyers außerdem mit einer Dünenlandschaft in zarten Pastellfarben bemalt. Das Emblem des Golfclubs war in bescheidener Größe auf dem Glas der Eingangstür angebracht. Das Gebäude wirkte einladend, aber Marijke wusste, dass das alles kalkuliertes Understatement war. Sie hatte im Internet die Preislisten studiert. Das Golf-Resort war keine Einrichtung für Durchschnittsverdiener.

Aber so war das eben. Die Insel hatte sich im Laufe der Jahrzehnte verändert. Von dem kargen Eiland ihrer Kindheit, schutzlos der Gewalt des Meeres und den Stürmen ausgesetzt, war nicht viel geblieben. Beklemmung und Angst waren die vorherrschenden Gefühle gewesen; Soldaten, Kriegsschiffe und Militärflugzeuge ein alltäglicher Anblick. Überall auf der Insel waren Bunker entstanden. Später, nach Kriegsende, als plötzlich alles leicht und heiter erschien, hatten sie dort gespielt, obwohl Witta schon damals ständig genörgelt hatte. Die Bunker waren staubig und schmutzig, und Witta hatte um ihre hübschen Sommerkleidchen und die hellen Sandalen gefürchtet.

Marijke musste schmunzeln, als ihr das Bild der Freundin als junges Mädchen plötzlich wieder so deutlich vor Augen stand, als sei es gestern gewesen.

Nach dem Krieg waren nur wenige Menschen auf die Insel gekommen. Die Straßen waren leer gewesen, genau wie die Strände. Erst viel später hatten sich ein paar Künstler in Kampen niedergelassen und Sylt entdeckt. Der Tourismus war nur schleppend angelaufen, und es hatte gedauert, bis sich die Insel als Ferienziel etabliert hatte.

Heute konnte man sich das kaum noch vorstellen. Die Schönen und Reichen hatten die Insel überflutet. Sylt war ein Inbegriff für Erfolg und Geld geworden. Die schlichten Fischerkaten hatten sich in Luxusvillen verwandelt, und viele Einheimische konnten sich mittlerweile das Leben auf der Insel nicht mehr leisten.

Auf der anderen Seite hatte die Entwicklung auch Vorteile. Die Flaniermeile in Westerland war im Laufe der Jahre immer attraktiver geworden. Man fand dort viele wunderbare Geschäfte, Restaurants und Cafés. Der Strand wurde gepflegt, und es wurde viel in den Küstenschutz investiert. Auch in List vor der alten Tonnenhalle und im Dorfkern von Keitum waren hübsche Zentren entstanden, schick, aber längst nicht so exklusiv wie die Luxusboutiquen und die In-Lokale in Kampen, so dass auch für die weniger gut Betuchten gesorgt war. Mit dem Erlebniszentrum Naturgewalten und der Sylter Welle gab es außerdem großartige Orte, an denen man auch an kalten Tagen schöne Stunden verbringen konnte.

Alles in allem hätte Marijke nach wie vor an keinem anderen Ort der Welt leben wollen. Ob man allerdings wirklich immer mehr Golfplätze auf Sylt brauchte?

Alma, die neben sie getreten war, zog ihr Handy aus der pinkfarbenen Häkelhülle. Auch ansonsten hatte sie wie so oft voll und ganz auf ihre Lieblingsfarbe gesetzt. Zum Hosenanzug in knalligem Pink trug sie eine blassrosa Bluse und Pumps in Altrosa. Durchaus geschmackvoll, hätte sich das Ensemble nicht mit ihren orange gefärbten Haaren gebissen. Aber Alma hing eben an beidem, und letztlich war es ja auch egal.

Marijke selbst hatte sich wie immer dezent gekleidet, graue Stoffhose, weiße Bluse, darüber ein dunkelblauer Blazer. Die kleinen grauen Locken waren frisch gelegt, und ein Blick in den Spiegel am Morgen hatte ihr verraten, dass ihr die neue Brille mit dem kupferfarbenen Rahmen und den großen runden Gläsern gut stand.

»Wie hübsch«, sagte Alma und schoss mit ihrem Smartphone ein paar Fotos vom Clubhaus vor dem satten Grün des dahinterliegenden Golfplatzes.

»Hm. Hübsch dekadent.«

Grethe war wie immer die Einzige, die sich keine besondere Mühe mit ihrer Kleidung gegeben hatte. Die Jeans waren verwaschen und ausgebeult, die Schuhe praktisch und bequem. Der selbst gestrickte blaue Pullover war ausgeleiert und hing an den Schultern. Oder hatte Grethe abgenommen? Marijke betrachtete die Freundin argwöhnisch. In ihrem Alter musste man immer befürchten, von einer heimtückischen Krankheit befallen zu werden.

»Was ist los?«, erkundigte sich Grethe, der Marijkes Blick nicht entgangen war. Grethe hatte immer noch gute Augen und war aufmerksam wie ein Luchs.

»Ich habe mich nur gefragt, ob bei dir alles in Ordnung ist.«

Grethe hob die Augenbrauen. »Warum sollte es das nicht sein?«

»Ich dachte, du wärst vielleicht dünner geworden.«

»Kein Stück.« Grethe neigte den Kopf. »Du meinst wegen des Pullovers, stimmt's? Ich habe ihn nach dem Waschen auf einen Bügel gehängt, weil auf dem Wäscheständer kein Platz war, um ihn zu legen. Dabei ist er ein bisschen in die Länge gegangen.«

Marijke lächelte. Grethe konnte man nichts vormachen. Aber das wollte sie ja auch gar nicht.

Alma steckte ihr Smartphone zurück in die ebenfalls pinkfarbene Handtasche.

»Gehen wir?« Sie deutete hinüber zur Sportboutique, in der die Informationsveranstaltung stattfinden sollte.

»Meint ihr im Ernst, die nehmen uns ab, dass wir mit dem Golfspielen anfangen wollen?«, erkundigte sich Grethe.

»Warum denn nicht?« Witta richtete erneut ihre Frisur. »Wobei …« Ihr Blick glitt demonstrativ über Grethes Outfit. »Bei dir fällt es in der Tat schwer.«

»Ich kann wenigstens einen Schläger halten«, gab Grethe zurück. »Du hast ja schon Mühe, nicht zu zittern, wenn du dir zu viel Kuchen auf die Gabel lädst.«

»Das ist maßlos übertrieben«, empörte sich Witta.

»Du hast Parkinson, richtig?«, bohrte Grethe unerbittlich weiter. »Da treten solche Symptome auf.«

»Das steht überhaupt nicht fest.« Witta kniff beleidigt die Lippen zusammen. »Es bestand nur der Anfangsverdacht.«

»Der nicht bestätigt werden konnte, weil du nicht wieder hingegangen bist«, stellte Grethe klar.

»Das muss ich auch nicht. Ich verfüge über ausreichende medizinische Kenntnisse, um die Situation selbst einschätzen zu können.«

»Weil du irgendwann mal mit einem Landarzt verheiratet warst? Das ersetzt kein Medizinstudium, und erst recht keinen Laborbefund.«

»Ich war nicht nur irgendwann mal mit einem Arzt verheiratet. Wir haben mehr als dreißig Jahre unseres Lebens miteinander verbracht, und ich habe immer in der Praxis mitgearbeitet.«

»Als Sprechstundenhilfe.«

»Das sagt man nicht mehr«, tadelte Witta. »Heutzutage heißt es Medizinische Fachangestellte.«

»Pah.« Grethe winkte ab. »Das ist doch dasselbe.«

»Kinder.« Marijke ging dazwischen, ehe der Streit ausarten konnte. Sie wussten ja ohnehin alle, dass Grethe sich in Wirklichkeit Sorgen machte und dass Witta nur deshalb nicht wieder zu ihrem Arzt ging, weil sie Angst hatte.

»Es ist nur eine Muskelschwäche«, beharrte Witta. »Ein wenig Training, dann ist alles wieder in Ordnung.«

»Dann sollten wir vielleicht wirklich mit dem Golfspielen anfangen«, sprang Alma ein, wie immer darauf bedacht, zwischen den Freundinnen zu vermitteln.

»Viel zu teuer.« Grethe, eben noch auf Witta fokussiert, wandte sich nun der Bäckerwitwe zu. »Ich kann mir das jedenfalls nicht leisten. Du?«

»Wahrscheinlich nicht«, gab Alma zu, und Witta war derselben Meinung, auch wenn es bei ihr vermutlich nicht das fehlende Geld war. Aber Witta war knauserig, das war schon in der gemeinsamen Schulzeit so gewesen.

»Möglicherweise gibt es ja ein günstiges Einführungsangebot«, sagte Marijke. »Außerdem sind wir nicht unseretwegen hier. Wir wollen Frau Blom helfen«, erinnerte sie ihre Freundinnen. »Und den unschuldigen Möwen natürlich.«

»Richtig.« Grethe straffte sich. »Also. Auf in den Kampf.«

Sie marschierte entschlossen vorweg, und die anderen drei folgten ihr wie Entenküken ihrer Mutter.

■ ■ ■

»Du bist auf dem falschen Dampfer.«

Kari hatte Mühe, ihre Stimme zu kontrollieren. Sie war aufgebracht. Deshalb setzte sie sich auch nicht, sondern lief mit geballten Fäusten durch den Raum.

Jonas dagegen hatte sich an einem der Tische niedergelassen, die Beine überschlagen und die Arme gekreuzt. Es sollte wohl Gelassenheit ausstrahlen, war aber unschwer als Abwehrbollwerk zu entlarven.

Normalerweise war es genau andersherum. Jonas war der emotionale Typ, der sich von seinen Gefühlen und seiner Intuition leiten ließ, Kari war rational und agierte mit kühlem Kopf. Es waren diese Gegensätze, die sie aneinander faszinierten, die aber auch immer wieder dazu führten, dass Konflikte sich verschärften und kaum zu lösen waren.

Heute jedoch war es Kari, die es nicht schaffte, sich zu beruhigen, während Jonas versuchte, objektiv zu sein.

»Sie hat ein Motiv, ob du es nun wahrhaben willst oder nicht«, erklärte er zum wiederholten Mal. Hannah, die sich an einen Tisch in der am weitesten entfernten Ecke des Raums zurückgezogen hatte, gab vor, sich konzentriert mit ihrem Tablet zu beschäftigen, aber Kari wusste, dass sie jedes

Wort mitbekam. Bei der Lautstärke, in der sich Jonas und sie auseinandersetzten, wäre alles andere auch schwer möglich.

»Aber sie war es nicht«, gab Kari zurück, ebenfalls nicht zum ersten Mal. »Sie hat ihn geliebt, verstehst du? Sie hätte ihm niemals ein Haar krümmen können.«

»Ich weiß durchaus, was Menschen aus Liebe tun.« Jonas' braune Augen ruhten auf ihr, und sie sah all die Schmerzen darin, die sie ihm im Laufe ihrer Beziehung zugefügt hatte, die Enttäuschungen, die Resignation, aber auch die Wärme und Zärtlichkeit, die sich nie verlor, nicht einmal dann, wenn er wütend auf sie war. »Und ich weiß auch, dass Liebe in Hass umschlagen kann, wenn man wieder und wieder gekränkt wird.«

Kari war für eine Sekunde verunsichert. Sprach er über sie beide? Anders als sonst gab er keinen Millimeter Boden preis.

»Lydia hat Adrian Hoffmann geliebt, aber er hat sich entschieden, Sarah Jessen zu heiraten«, erklärte er. »Ob aus Liebe oder aufgrund von geschäftlichen Überlegungen, wissen wir noch nicht, aber Fakt ist, dass er Lydia zurückgewiesen hat. Und niemand hasst leidenschaftlicher als eine verschmähte Frau, meinst du nicht auch?«

Kari funkelte ihn wütend an. Es war nicht zu übersehen, dass er sie provozieren wollte. War das seine Rache für all die kleinen Verletzungen, die sie ihm zugefügt hatte? Oder versuchte er einfach nur, sich zu verteidigen, weil sie wie eine Furie auf ihn losging?

»Das mag ja alles sein«, fauchte sie. »Aber Lydia ist nicht der Typ für einen Mord.«

Jonas zog die Augenbrauen hoch.

»Wir wissen beide, dass es so etwas nicht gibt. Du kannst einem Menschen nicht ansehen, ob er im Zweifel in der Lage wäre zu töten.«

Kari hatte genug.

»Mach doch, was du willst«, fuhr sie ihn an. »Ich werde dir beweisen, dass Lydia unschuldig ist.«

Sie wandte sich ab und rauschte aus dem Gastraum. Die Tür flog mit einem lauten Knall hinter ihr ins Schloss.

Auf der anderen Seite wartete Lydia Cordes.

»Alles in Ordnung?«, fragte sie besorgt.

»Dieser Kommissar ist ein Ignorant«, regte sich Kari auf. »Aber ich habe ihm klipp und klar die Meinung gesagt.«

»Danke.« Lydia lächelte. »Es ist wirklich nett, dass du das für mich tust. Eine Freundin wie dich hatte ich noch nie.«

Karis Wut verflog mit einem Schlag.

»Ich auch nicht«, sagte sie. Wie von selbst hoben sich ihre Mundwinkel, und sie verspürte ein warmes Gefühl in der Brust. Sie mochte Lydia wirklich gern.

Gleich darauf wurde der kurze Moment der Freude allerdings wieder von Besorgnis abgelöst, weil ihr einfiel, dass die Häkelmafia irgendwo auf dem Gelände unterwegs war. Hoffentlich brachten die alten Damen sie nicht in Schwierigkeiten. Und, was noch viel wichtiger war: auch sich selbst nicht.

7.

Der Golf-Shop hatte einen eigenen Parkplatz, auf dem bereits einige Fahrzeuge standen. Allesamt teure Karossen, keine älter als vielleicht zwei, drei Jahre, und auf Hochglanz poliert. Marijke war froh, dass sie ihren silbernen Golf Plus vor dem Hotel-Restaurant abgestellt hatte. Dabei war der Wagen vollkommen in Ordnung und auch erst fünf Jahre alt. Aber verglichen mit dem Prunk, der hier aufgereiht war, nahm er sich doch reichlich bescheiden aus.

Marijke seufzte. Sie neigte nicht zum Neid und sah auch keinen Anlass, sich zu beschweren. Ihr Leben war gut gewesen. Sie hatte Familie, einen Sohn, eine Enkelin und zwei Urenkelinnen, und durfte darüber hinaus ein sehr schönes Haus in Braderup ihr eigen nennen. Und dennoch ... Auch wenn sie daran gewöhnt war, weil sich auf Sylt immer mehr Mitglieder der High Society ansiedelten – manchmal machte die Ungleichheit sie wütend.

Marijke hatte ihr Auskommen, aber wenn sie an die Zukunft dachte, wurde ihr gelegentlich bang. Noch konnte sie sich selbst versorgen und hatte nur für die groben Arbeiten im Haushalt eine Hilfe, genau wie Witta. Alma und Grethe mit ihren schmalen Renten dagegen erledigten immer noch alles selbst. Aber sie alle wurden alt, das ließ sich nicht leugnen. Witta könnte sich vielleicht eine Pflegerin leisten, aber Marijkes Budget würde dafür nicht reichen, und das von Alma und Grethe erst recht nicht. Da wäre es schön, ein besseres finanzielles Polster zu haben, um auch den Lebensabend sorgenfrei gestalten zu können. Auf keinen Fall wollte sie das letzte Stück des Weges im Heim verbringen.

Aber vielleicht gab es eine andere Lösung? Das Haus in Braderup war groß genug. Sie könnten zusammenziehen, und das Gartenhaus böte Platz für eine private Pflegerin, die dauerhaft bei ihnen wohnte. Natürlich wäre es schade, dass Kari dann nicht mehr dort unterkommen könnte, aber irgendwann würde man wohl Zugeständnisse machen müssen.

»Marijke?« Grethes Stimme drang an ihr Ohr, und sie merkte erst jetzt, dass sie stehen geblieben war. Eilig schüttelte sie die schweren Gedanken ab und schloss zu den anderen auf. Noch war es ja nicht so weit. Bisher waren sie alle vier fit und ihrem Alter entsprechend gesund. Um den Rest konnten sie sich Sorgen machen, wenn es so weit war.

Witta beäugte sie misstrauisch. »Ist alles in Ordnung mit dir?«

»Natürlich.« Marijke straffte sich und lächelte ihre Freundinnen an. Sie hatte immer alle Herausforderungen des Lebens gemeistert und würde auch der Zukunft stolz und mutig entgegentreten. »Ich war nur in Gedanken.«

»Aha?« Grethe schaute ihr tief in die Augen. »Und was beschäftigt dich?«

Marijke überlegte kurz, ihre Idee der Alters-WG zu äußern, fand aber, dass es nicht der richtige Zeitpunkt war.

»Ich habe darüber nachgedacht, ob wir uns hier heimlich umsehen könnten, während diese Informationsveranstaltung läuft«, behauptete sie deshalb. »Wegen der Waffen.«

Grethe war sofort Feuer und Flamme. »Das mache ich. Geht ihr nur in den Laden. Ich schlendere ein bisschen über das Gelände. Bei einer alten Frau, bei der die Zahnräder im Kopf nicht mehr richtig greifen, schöpft ja niemand Verdacht, wenn er sie irgendwo antrifft, wo sie eigentlich nichts zu suchen hat.«

Den Trick mit der Altersverwirrtheit hatten sie schon einige Male angewandt und festgestellt, dass er hervorragend funktionierte. Die meisten Jüngeren schienen anzunehmen, dass die Mehrzahl der Alten dement war, und sie wurden geradezu devot, wenn man ein paar wirre Sätze von sich gab. Dann funktionierte auch die Hilfsbereitschaft, die sonst so oft vergessen wurde.

Marijke lachte innerlich, als ihr das Wortspiel bewusst wurde. Sie nickte Grethe zu, die daraufhin sofort deutlich entspannter wirkte. Nicht nur, weil der Plan ihrer Neugier entgegenkam, vermutete Marijke, sondern vor allem, weil sie auf diese Weise den Schönen und Reichen ausweichen konnte, die sich bei der Informationsveranstaltung sicher tummeln würden.

Sie setzten ihren Weg fort und erreichten gleich darauf den schmucken Pavillon, in dem die Sportboutique untergebracht war. Durch die großen Scheiben konnte man ins Innere sehen, wo sich bereits eine Gruppe von Interessenten eingefunden hatte. In den Schaufenstern wurden Stücke aus dem breitgefächerten Sortiment präsentiert, das von Golfschlägern, Taschen und Bällen über stilvolle Golfbekleidung bis zu Ausrüstungsgegenständen für Abenteurer reichte. Marijke entdeckte neben Campingstühlen auch gefährlich aussehende Survival-Messer und Signalpistolen.

Schusswaffen waren keine ausgestellt, doch das hieß nicht, dass es sie nicht möglicherweise unter der Ladentheke gab. Irgendwie mussten die Gewehre, mit denen auf die Möwen und auf Lukas geschossen worden war, ins Golf-Resort gelangt sein, und eine Lieferung für den Shop oder das Hotel-Restaurant waren die wahrscheinlichsten Wege. Diese Ansicht vertraten auch Kari und ihr Chef Ole Lund. Offenbar hielten sie Robin Pohl, den Sohn der Hotel-Besitzer, für den wahrscheinlicheren Täter. Aber dass der Golf-Shop von einer Frau geführt wurde, bedeutete nicht automatisch, dass sie sich von Gewalt und illegalen Aktivitäten distanzierte. Diese Zeiten waren längst vorbei. Wenn es sie überhaupt jemals gegeben hatte. Natürlich waren die meisten Waffennarren Männer, aber man durfte keine Möglichkeit außer Acht lassen. Kari hätte ihr da sicher zugestimmt. Ob sie allerdings begeistert wäre, dass sie hier auf eigene Faust Recherchen anstellten?

Marijke war sich durchaus bewusst, dass sie sich in Dinge einmischten, die sie nichts angingen. Eine Undercover-Ermittlung war kein Spiel, und sie hatten in den letzten Jahren am eigenen Leib erfahren, wie gefährlich es werden konnte, sich mit echten Verbrechern anzulegen. Aber ohne diese Abenteuer wäre ihr Leben furchtbar eintönig, und was hatten sie schon zu verlieren? Sie waren alt. Viel Zeit blieb ihnen nicht mehr. Und das Wenige, das noch übrig war, galt es zu nutzen.

Direkt vor dem Geschäft stand ein zitronengelber Porsche, an dem zwei junge Männer lehnten, einer blond, einer dunkelhaarig. Offenbar waren ihnen sogar die paar Schritte vom Shop-Parkplatz hierher zu viel gewesen. Die beiden trugen angesagte Kleidung, die sicher teuer gewesen war. Ihre Haare waren modisch geschnitten und mit reichlich Gel oder Wachs in die perfekte Form gebracht worden, vermutlich von einem Starfriseur in Kampen. Ihnen gegenüber standen zwei junge Frauen, ebenso aufgestylt und schick gekleidet. Es war nicht zu übersehen, dass die Männer mit ihnen flirteten.

Als sich Marijke, Alma, Grethe und Witta näherten, stellten die beiden ihre Bemühungen ein und musterten die Häkelfreundinnen mit blasierten Mienen. Alma drängte die anderen, die jungen Leute rasch zu passieren, doch Witta und Grethe blieben natürlich stehen.

»Gibt es ein Problem?«, erkundigte sich Grethe in einem Ton, der nur mit viel Mühe als freundlich zu bezeichnen war.

»Nein.« Der Dunkelhaarige hob die Augenbrauen. »Wir dachten nur, Sie hätten sich vielleicht verlaufen.«

»Wenn Sie die Kurklinik suchen – die ist in Westerland«, ergänzte der Blonde hilfreich. »Das hier ist List.«

»Besten Dank.« Grethe funkelte die jungen Männer an. »Wir sind auf Sylt geboren. Wir waren schon hier, da habt ihr noch nicht mal in die Windeln ge...«

»Grethe.« Alma packte ihre Freundin am Arm und zog sie von den Männern weg. »Nun lass doch.«

»Warum denn?« Witta, gewöhnlich aus Prinzip anderer Meinung als Grethe, sprang ihrer Freundin zur Seite.

Der Blonde lächelte knapp.

»Da drinnen findet eine Veranstaltung für Golf-Interessierte statt. Ein Sport, der nicht ganz billig ist.« Sein Blick ruhte auf Grethes verwaschener Jeans und dem blauen Pullover.

Witta trat näher an die beiden Männer heran und rückte ihre weiße Dauerwelle zurecht. »Sie sollten keine voreiligen Schlüsse ziehen. Nur Dummköpfe lassen sich von Äußerlichkeiten blenden«, tadelte sie. »Außerdem vermisse ich den Respekt, den man als junger Mensch dem Alter entgegenbringen sollte.«

Den beiden jungen Frauen war die Sache anscheinend unangenehm.

»Wir gehen schon mal rein«, sagte die eine und lief mit ihrer Freundin zum Eingang des Pavillons.

Die Männer dagegen hatten offensichtlich ihren Spaß. Der Dunkelhaarige versenkte die Hände in den Taschen seiner Golfhose und lächelte spöttisch.

»Sie wollen also behaupten, Ihre Freundin da«, er neigte den Kopf in Grethes Richtung, »könnte sich ein Greenfee leisten?«

»Vielleicht. Vielleicht auch nicht.« Witta hob die Nase. »Möglicherweise lade ich meine Freundinnen ja auch ein. Wie wäre es damit?«

Marijke hätte sich beinahe verschluckt. Witta war die Knauserigkeit in Person und hatte die anderen noch nie zu irgendetwas eingeladen, wenn es nicht unbedingt nötig war. Nur mit Mühe gelang es Marijke, ihre Mimik im Zaum zu halten. Auf keinen Fall wollte sie Wittas wunderbaren Auftritt torpedieren.

Grethe, die nicht minder überrascht, aber deutlich reaktionsschneller war als Marijke und Alma, hängte sich bei Witta ein.

»Genau«, erklärte sie. »Wir sind nämlich richtige Freundinnen. Wissen Sie, was das ist? Echte Freundschaft? Oder wählen Sie Ihre Begleiter nur danach aus, was sie in der Tasche haben?«

Der Dunkelhaarige schnaubte verächtlich, doch Marijke entgingen nicht das Flackern in seinen Augen und der Seitenblick, den er seinem blonden Freund zuwarf. Auch Grethe hatte es offensichtlich bemerkt.

»Sie sind sich nicht sicher, stimmt's? Sie wünschen sich einen Kumpel, mit dem Sie durch dick und dünn gehen können. Aber haben Sie den? Oder würde er Sie fallen lassen wie eine heiße Kartoffel, wenn Sie sich Ihren Lebensstil plötzlich nicht mehr leisten könnten?«

Der Blonde, der gerade lässig ein Zigarettenpäckchen aus der Tasche gefischt und sich eine angezündet hatte, verlor plötzlich die Geduld.

»Hör auf mit dem dummen Geschwätz, Oma«, herrschte er Grethe an und blies ihr den Rauch ins Gesicht.

»Tim!« Ein großer, schlanker Mann mit vollen, gewellten grauen Haaren und eisblauen Augen stand plötzlich wie aus dem Boden gewachsen neben ihnen. »Was ist denn das für ein Benehmen?«

Der Blonde sah aus, als hätte er eine Ohrfeige bekommen. Vor Schreck fiel ihm die Zigarette aus der Hand.

»Verzeihung, Herr Hoffmann.«

»Du sollst dich nicht bei mir entschuldigen, sondern bei der Dame«, wies ihn der Mann zurecht. Offenbar handelte es sich um Hans-Peter Hoffmann, den Besitzer des Golf-Resorts. Er trug einen schwarzen Anzug aus weicher Schurwolle, nicht von der Stange, sondern maßgeschneidert. Marijke registrierte anerkennend die sauberen Nähte, die sie selbst in Zeiten, als ihre Augen noch fehlerfrei waren, nicht so akkurat hinbekommen hätte. Das graue Hemd war perfekt gebügelt, der Knoten der Seidenkrawatte tadellos gebunden, die schwarzen Schuhe waren auf Hochglanz poliert. Der Mann hatte ohne jede Frage Stil.

»Und heb das auf.« Er zeigte auf die glimmende Zigarette im Kies.

»Natürlich, Herr Hoffmann.« Tim trat die Zigarette aus und bückte sich nach der Kippe. Etwas hilflos hielt er sie in der Hand. Es widerstrebte ihm sichtlich, sie einfach in die Tasche seiner Jeans zu stecken, obwohl diese nicht besonders neu wirkte. Aber Marijke wusste, dass diese Art von Kleidung teuer war, wenngleich sie nicht begriff, was die jungen Leute an Hosen fanden, die schon beim Kauf aussahen, als sollte man sie dringend entsorgen.

Ein zweiter Mann, der sich bisher in Hoffmanns Schatten gehalten hatte, streckte Tim einen aufklappbaren Taschenaschenbecher entgegen. Er war deutlich kleiner und ein paar Jahre älter als der Bauunternehmer. Sein dunkelblauer Anzug war von guter Qualität, aber nicht luxuriös, und die Jacke spannte ein wenig über dem runden Bauch. Die Schirmmütze auf seinem Kopf, unter der kein einziges Haar hervorsah, wies ihn als Angestellten aus. Wahrscheinlich war er der Chauffeur.

Tim versenkte seinen Stummel dankbar im Aschenbecher und rang sich ein gequältes Lächeln ab.

»Verzeihen Sie meine unbedachten Worte«, sagte er zu Grethe. »Selbstverständlich haben Sie jedes Recht, hier zu sein.« Er schaute zu dem Dunkelhaarigen, der sich so weit wie möglich von der Gruppe entfernt hatte. »Komm. Wir gehen.«

Der Dunkelhaarige ließ sich nicht lange bitten. Die beiden Männer stiegen hastig und ohne jede Coolness in den Porsche. Der Wagen wendete, Kies spritzte auf, dann entfernte er sich mit röhrendem Motor.

Hoffmann und sein Fahrer sahen dem gelben Sportwagen kopfschüttelnd nach.

»Kein Betragen«, sagte der Bauunternehmer.

»Miserabler Fahrstil«, urteilte der Chauffeur.

»Sie müssen wirklich entschuldigen«, bat Hoffmann. »Tim ist der Sohn eines Geschäftsfreundes. Seine Frau hat ihn verlassen, er hat sich zu wenig um den Jungen gekümmert. Trotzdem darf so etwas nicht vorkommen. Das werde ich meinem Freund auch noch einmal in aller Deutlichkeit sagen.«

Alma, die sich bisher im Hintergrund gehalten hatte, trat vor.

»Vielen Dank!«, rief sie überschwänglich und kramte in ihrer pinkfarbenen Handtasche.

Witta nickte und richtete ihre Dauerwelle.

»Sie haben uns aus einer äußerst unerquicklichen Situation gerettet«, verkündete sie.

Der Bauunternehmer sah sie an, als sei ihm Marlene Dietrich leibhaftig erschienen. Er griff nach Wittas Hand und deutete einen Handkuss an.

»Es war mir eine Ehre, Frau …?«

»Claaßen. Witta Claaßen. Mein Mann war lange Jahre als Landarzt in Kampen tätig.«

Grethe verdrehte die Augen. Die Solidarität, die sie eben noch mit ihrer Freundin demonstriert hatte, war verschwunden.

»Das interessiert ihn sicher brennend, Witta«, spottete sie.

»Allerdings«, verkündete der Bauunternehmer enthusiastisch. »Wenn ich mich vorstellen darf? Mein Name ist Hans-Peter Hoffmann. Ich bin der Besitzer des Golf-Resorts.«

»Sehr erfreut.« Witta neigte huldvoll den Kopf, ganz Diva wie die Dietrich. Hoffmann schien es zu gefallen. Er konnte seine Augen gar nicht wieder von ihr lösen.

Marijke und Grethe tauschten einen raschen Blick. War das nur Show, um wie Kari undercover ins Zentrum des Falls zu gelangen – oder hatte es zwischen Witta und Hans-Peter Hoffmann tatsächlich gefunkt?

Alma zog eine Plastiktüte aus der Handtasche und öffnete sie.

»Möchte jemand einen Keks? Ich habe sie heute Morgen selbst gebacken.«

Witta und Hoffmann wehrten fast synchron ab und lächelten sich an. Der Chauffeur bediente sich. Er biss herzhaft in den Keks, und gleich darauf leuchteten seine Augen auf.

»Gott, sind die gut«, rief er mit etwas krümeliger Aussprache. Er wollte sich einen weiteren Keks nehmen, besann sich aber dann und wischte sich stattdessen die Hand an der Hose ab.

»Ich habe mich noch gar nicht vorgestellt«, entschuldigte er sich. »Albert Franke. Ich bin der Fahrer von Herrn Hoffmann.« Er hatte ein sympathisches Gesicht, freundliche, graublaue Augen und jede Menge Lachfältchen um die Mundwinkel herum. Sein Alter schätzte Marijke auf Mitte siebzig, zu alt eigentlich, um noch als Fahrer zu arbeiten, aber möglicherweise konnte er sich den Ruhestand einfach noch nicht leisten.

»Alma Grieger. Mein verstorbener Mann und ich hatten eine Bäckerei in Westerland. Ich war für die Konditorei zuständig.«

»Sie sind vom Fach!«, rief Franke aus. »Deshalb sind die Kekse so gut.« Nachdem der Höflichkeit Genüge getan war, griff er erneut in die Tüte.

Grethe beugte sich zu Marijke herüber.

»Liebe geht durch den Magen«, raunte sie.

Marijke schmunzelte. Almas Wangen hatten sich rosig gefärbt, ein weiterer problematischer Farbton im Ensemble aus orangeroten Haaren und pinkfarbenem Kostüm.

»Lass uns gehen«, wisperte sie. »Wir stören hier nur.«

»Ja, den Eindruck habe ich auch«, erwiderte Grethe gallig, doch ihre zuckenden Mundwinkel straften ihre harschen Worte Lügen. In Wirklichkeit freute sie sich genau wie Marijke für ihre Freundinnen. Wie oft passierte es in ihrem Alter schon, dass man einen Verehrer fand? Auch wenn es nur ein kurzer Moment war; Witta und Alma sollten ihn genießen.

»Gehst du rein?«, fragte Grethe und zeigte auf den Pavillon. Im Inneren war eine Frau im grauen Kostüm der versammelten Gruppe gegenübergetreten und sprach mit den Golf-Interessierten. »Dann schaue ich mich auf dem Gelände um.«

Marijke straffte sich.

»So machen wir es«, sagte sie und schritt zum Eingang des Golf-Shops. Es wurde Zeit, dass sie sich wieder auf den eigentlichen Zweck ihres Besuchs besannen.

▪ ▪ ▪

Jonas Voss lehnte sich auf seinem Stuhl zurück und atmete geräuschvoll aus. Es war ein anstrengender Vormittag gewesen. Nach den Gesprächen mit Hendrik Hoffmann und Lydia Cordes und dem Streit mit Kari hatte ihm ein flaues Gefühl im Magen unmissverständlich signalisiert, dass er eine Pause brauchte.

Nach kurzem Überlegen hatte er sich gegen das Hotel-Restaurant des Golfclubs entschieden. Er brauchte Distanz. Andernfalls würde er sich immer weiter in seinen Ärger hineinsteigern.

Jetzt saß er mit Hannah auf einer der Restaurant-Terrassen vor der alten Tonnenhalle, mit Blick auf den Lister Hafen. Die Fahrt vom Golfclub hierher hatte nur ein paar Minuten gedauert. Ein Stück die Listlandstraße entlang, dann durch das Zentrum von List mit den hübschen Geschäften, die die Hauptstraße säumten. Beinahe hätte Voss am Raffelhüschen gehalten, um sich eines seiner geliebten Schokocroissants zu kaufen, doch dann hatte er beschlossen, besser etwas Handfestes zu essen. Der Tag würde noch lang werden. Das Croissant würde er sich auf dem Rückweg zum Golf-Resort besorgen, um Nervennahrung für den Nachmittag zu haben.

Es war fast noch zu kühl, um draußen zu sitzen, aber Jonas und Hannah waren das Klima gewöhnt. Die Gelegenheit, ein wenig frische Luft zu schnappen, wollten sie sich nicht entgehen lassen. Von den anderen Tischen waren nur wenige besetzt, niemand saß in ihrer Nähe, so dass sie sich ungestört über den Fall unterhalten konnten. Voss schlug den Kragen seiner Lederjacke gegen den Wind hoch, der von hinten kam. Hannah zog den Reißverschluss ihrer hellblauen Windjacke bis zum Hals. Damit waren sie gerüstet.

Während sich Hannah mit ihrem Tablet beschäftigte, schaute Jonas über den Platz, der vor einigen Jahren neu gestaltet worden war. In der alten Tonnenhalle, die früher die Schifffahrtszeichen beherbergt hatte – jene farbigen Fahrwassertonnen, die von Unkundigen oft als Bojen bezeichnet wurden –, luden nun hübsche Geschäfte zum Shoppen ein. In der gegenüberliegenden Häuserzeile gab es Lokale für jeden Geschmack, mit großzügigen Außenbereichen und bester Aussicht auf das Wattenmeer. Die meisten Sylt-Touristen wollten ihr Essen im Freien einnehmen. Für die Eiligen gab es außerdem Stände, an denen man Eis, Crêpes und Sandwiches bekam.

Auch das rege Treiben im Hafen ließ sich von den Restaurantterrassen aus beobachten: die Segelboote und die Ausflugsschiffe, die regelmäßig auf die Nordsee hinausfuhren. Eines von ihnen kehrte soeben zurück und schob sich gemächlich durch die Einfahrt. Jonas kannte es gut. Es war die *Andina*, der alte Fischkutter seines Vaters. Redlef Voss fuhr damit Touristengruppen hinaus zu den Seehundbänken und demonstrierte gelegentlich auch das Krabbenfischen. Obwohl er es längst nicht mehr nötig hatte – sein Geschäft für Meeresdelikatessen in Keitum lief hervorragend –, ließ es sich Redlef Voss nicht nehmen, selbst am Steuer zu stehen.

Der Kellner kam und servierte ihnen die Gerichte, die sie bestellt hatten. Scholle mit Bratkartoffeln für Hannah, ein saftiges Rindersteak für Voss. Fisch, den nicht sein Vater aus dem Meer geholt hatte, aß er aus Prinzip nicht.

Hannah tippte noch etwas, ehe sie ihr Tablet ausschaltete und in der Handtasche verstaute.

»Was denkst du?«, fragte sie, während sie von der Scholle probierte und genießerisch die Augen verdrehte. »Hat Lydia Cordes den Mord begangen oder doch Hendrik? Oder jemand anders?«

Voss strich sich durch die widerspenstigen Haare. Obwohl er die Vierzig bereits überschritten hatte, waren die Locken dicht. Mit Glück würde das auch so bleiben; sein Vater Redlef jedenfalls hatte immer noch volles Haar.

Er dachte kurz nach. Das Bild von Kari, die mit wütend geröteten Wangen vor ihm stand, erschien vor seinen Augen, doch er schob es beiseite. Kari hatte offensichtlich eine tiefe Sympathie für die Kellnerin entwickelt und war nicht objektiv. Jonas war irritiert, denn normalerweise kam so etwas bei ihr nicht vor. Kari war keine Frau, die ihren Gefühlen freien Lauf ließ. Sie wollte immer alles unter Kontrolle haben. Jetzt aber hatte sie offenbar eine Tür in ihrer Abwehr geöffnet, und im Grunde freute ihn das. Es kam nur gerade äußerst ungelegen.

»Wir müssen abwarten, ob die Kriminaltechnik Spuren in dem Unterstand findet, in dem sich Hendrik betrunken haben will«, sagte er und schnitt ein Stück von seinem Fleisch ab. »Aber seine Aussage erschien mir glaubhaft.« Er schob die Gabel in den Mund. »Im Gegensatz zu der von Lydia Cordes.«

Hannah nickte.

»Keine Ahnung, was schwerer wiegt, eine gescheiterte Karriere oder eine enttäuschte Liebe, aber ich tippe auf Lydia«, fuhr Jonas fort, nachdem er gekaut hatte. »Hendrik Hoffmann ist ein nüchterner und rationaler Typ. Er hätte sich etwas anderes einfallen lassen, um seinen Bruder zu beseitigen.«

»Er hatte an diesem Abend erfahren, dass sein Vater ihn übergeht«, wandte Hannah ein. »Das könnte seine Gelassenheit ins Wanken gebracht haben.«

Jonas leckte sich die Lippen. Das Steak war hervorragend.

»Trotzdem kann ich mir nicht vorstellen, dass er spontan zum Golfschläger greift und ihn seinem Bruder über den Kopf zieht«, sagte er und spießte eine Krokette auf. »Die Wut müsste seinem Vater gegolten haben. Der Bruder ist zwar der Nutznießer, aber er hat nichts dafür getan.«

Hannah, die den Mund voller Bratkartoffeln hatte, fächelte sich mit der Hand Luft zu, weil sie offenbar sehr heiß waren.

»Indem er ihn tötet, holt sich Hendrik Hoffmann den Posten in der Geschäftsführung zurück«, widersprach sie, nachdem sie geschluckt hatte. »Sein Vater wird niemanden von außerhalb in Betracht ziehen, solange er noch einen Sohn hat, nehme ich an.«

Voss betrachtete das Stück Fleisch, das er gerade zum Mund führen wollte.

»Klar. Das ist eine Überlegung, die zu einem Mord führen könnte. Einer geplanten Tat. Aber es ist kein Affekt.«

»Du hast recht.« Hannah schaute nachdenklich auf ihre Scholle, die sie akribisch zerteilte.

»Ist irgendetwas nicht in Ordnung?«, erkundigte sich der Kellner, der wie aus dem Nichts neben ihnen aufgetaucht war. Hannah schaute erschrocken auf.

»Wie? Doch! Das ist alles total lecker. Wir wälzen nur gerade schwierige Gedanken.«

»Damit sollten Sie bis nach dem Essen warten«, empfahl der Kellner und deutete eine Verbeugung an. »Sonst können Sie es nicht genießen.« Er verschwand so lautlos, wie er gekommen war.

Hannah sah ihm schmunzelnd hinterher.

»Also, ich kann beides«, befand sie. »Und du?«

»Ich auch.« Jonas schnitt ein weiteres Stück Fleisch ab.

»Wir gehen also von einer Tat im Affekt aus«, setzte Hannah ihre Überlegungen fort. »Hendrik war wütend, aber auf seinen Vater.« Sie ließ die Gabel sinken. »Ist das wirklich so einfach? Bei zwei konkurrierenden Brüdern? Ist man da nicht auch auf den Bruder sauer, wenn der bekommt, was man selbst haben will?«

»Möglich. Aber Hendrik Hoffmann ist nicht der Typ, der sich von seinen Gefühlen überrollen lässt und die Kontrolle verliert, oder was meinst du?«, argumentierte Jonas. »Lydia dagegen macht auf mich den Eindruck einer leidenschaftlichen Frau. Sie musste den ganzen Abend auf der Hochzeit des Mannes servieren, den sie selbst gerne geheiratet hätte. Da müssen sich doch die ganze Enttäuschung und Wut Bahn gebrochen haben.«

Hannah schabte den letzten Rest Schollenfilet von den Fischgräten und ließ es sich auf der Zunge zergehen. Es hätte gern mehr sein dürfen, das war ihrem Gesicht deutlich anzusehen. Rasch aß sie auch die letzten Bratkartoffeln, bevor sie im Wind zu sehr abkühlten. Dann legte sie das Besteck beiseite und griff nach ihrem Tablet.

»Für Hendrik Hoffmann war es ein Schlag ins Kontor«, stellte sie fest, nachdem sie eine Weile durch ihre Nachrichten gescrollt hatte. Sie hatten die Kollegen in der Polizeistation mit verschiedenen Recherchen beauftragt, und die ersten Ergebnisse waren offenbar bereits eingetroffen. »Er reibt sich seit seinem Studium für die Firma auf. Adrian dagegen ist viel durch die Welt getingelt. Praktika bei Baufirmen in Dubai, in den Staaten und in Fernost. Er hat mehrere Social-Media-Accounts, auf denen er seine Fotos geteilt hat. Braungebrannt, ein richtiger Abenteurer und Frauentyp. Von Hendrik dagegen gibt es nur das Foto auf der Website der Hoffmann Bau AG. Brav, mit ordentlich gescheitelten Haaren, Brille und Pullunder. Das perfekte Klischee eines Buchhalters.«

»Das entspricht dem Bild, das er selbst von sich gezeichnet hat.«

»Ich fand ihn glaubhaft«, überlegte Hannah. »Trotzdem dürfen wir nicht ignorieren, dass er ein Motiv hatte.« Sie musterte Voss neugierig. »Aber du bist dir sicher, dass es nicht Hendrik war, sondern Lydia, stimmt's?«

»Ja.«

»Warum? Weil Kari so verbissen das Gegenteil behauptet?

Weil sie mit Zähnen und Klauen für diese Frau kämpft, die sie erst seit einer Woche kennt? Gegen dich?«

»Quatsch.« Jonas verspürte ein saures Brennen in der Kehle. Hatte Hannah am Ende recht? War er auf Lydia Cordes eifersüchtig? Weil Kari sich ihr anvertraute, während sie ihm gegenüber noch immer ihren Schutzwall verteidigte?

»Lydia hat Adrian geliebt«, argumentierte er. »Sie wusste zwar, dass sie gegen Windmühlen kämpft, aber dennoch könnte sie sich ja Hoffnungen gemacht haben. Dass Adrian sich gegen seinen Vater stellt und mit ihr vor den Altar tritt, allen Widerständen zum Trotz.«

Hannah seufzte.

»Stattdessen hat sich der edle Ritter als Kröte entpuppt und nicht die arme Maid, sondern die auf Rosen gebettete Adlige gewählt. Grund genug, ihm den Dolch in die Brust zu bohren. Oder den Golfschläger über den Schädel zu ziehen.«

»Eben.«

Hannahs Blick ging in die Ferne, während sie vor ihrem geistigen Auge ein Szenario entfaltete.

»Sie ist den Entführern nachgegangen. Hat die Laube gesehen, mit den Kissen und Decken, dem Champagner und den Rosen. Sie konnte sich ausmalen, wie die beiden sich dort lieben. Das hat das Fass zum Überlaufen gebracht.«

Voss beendete seine Mahlzeit ebenfalls.

»Adrian hat die Laube verlassen und ist ein paar Schritte über den Platz gelaufen«, spann er den Gedanken weiter.

»Lydia hat ihn angesprochen.« Hannah kniff die Augen zusammen. »Er hat sie abgewiesen. Hat sich abgewandt. Und Lydia hat den Schläger aus der Golftasche genommen und zugeschlagen.« Sie hielt inne. »Weshalb stand die Tasche eigentlich in der Hütte?«

»Das müssen wir seine Freunde fragen.« Jonas winkte dem Kellner und bestellte Kaffee.

Hannah warf einen Blick auf ihr Tablet.

»Bei dem Schläger handelt es sich übrigens um das Eisen 4. Das muss nichts heißen, möglicherweise war es nur ein Zufall, dass der Täter aus den zwölf Schlägern in der Tasche ausgerechnet diesen gewählt hat. Aber es könnte auch ein Hinweis darauf sein, dass er sich auskennt. Das Eisen 4 ist ein Schläger mit einem gegossenen Eisenkopf und außerdem derjenige mit dem längsten Schaft unter den Eisenschlägern in Hoffmanns Set. Der Schläger also, der die schwersten Verletzungen verursacht, wenn man damit auf einen menschlichen Schädel einschlägt.«

Voss nickte. Er wollte etwas sagen, doch in diesem Moment fiel ein Schatten auf ihn.

▪ ▪ ▪

Kari stieß die Hintertür auf und schaute sich um. Der Hof mit den Mülltonnen war leer, und auch auf dem Teil des Golfplatzes, den sie von hier aus überblicken konnte, war niemand zu sehen. Sie zögerte nur kurz. Dann beschloss sie, ihre Pause für einen kurzen Marsch über das Grün zu nutzen. Zum Joggen hatte sie nicht die richtige Kleidung dabei, aber ein paar Schritte an der frischen Luft würden ihr guttun.

Der Streit mit Jonas steckte ihr in den Knochen. Sicher, es kam öfter vor, dass sie unterschiedlicher Meinung waren. Aber nie zuvor hatte sie das Gefühl gehabt, dass zwischen ihnen ein unüberwindlicher Graben verlief. Bis gerade eben.

Kari erhöhte ihr Tempo und tastete nebenbei nach dem Smartphone in der Westentasche. Es war eine von diesen Situationen, in denen sich gewöhnlich wie aufs Stichwort Ole

Lund meldete und ihren Blick wieder gerade rückte. Doch das Telefon blieb stumm.

Kurz überlegte sie, ob sie ihn selbst anrufen sollte, aber ihr Stolz hielt sie davon ab. Sie kam gut allein zurecht. Und sie war ja auch nicht das Problem. Es war Jonas, der sich komplett verrannt hatte.

Sie schwenkte nach links, weil sie plötzlich Lust hatte, sich vor einem der Unterstände auf dem Golfplatz auf eine Bank zu setzen und das Gesicht für ein paar Minuten in die Sonne zu halten. Die Luft war herrlich mild, und für Mitte April war es angenehm warm, wenngleich die Nächte noch frostig waren. Der Himmel war hoch und klar, und es war beinahe windstill. In der Sonne konnte man es gut aushalten, auch wenn es im Schatten noch zu kalt war.

Erst als sie das halbgeschlossene Rund aus massivem, dunklem Holz fast erreicht hatte, bemerkte sie, dass der Unterstand besetzt war. Zwei Frauen saßen darin, beide schlank und blond. Die Jüngere der beiden hatte verweinte Augen. Die Miene der Älteren war versteinert.

Die Braut, Sarah Hoffmann, geborene Jessen, und ihre Mutter, Dorothea Jessen.

Kari wollte sich rasch zurückziehen, doch die Baustoffhändlerin hatte sie entdeckt und winkte.

»Hallo.«

Kari blieb nichts anderes übrig, als zu den beiden in den Unterstand zu treten.

»Verzeihen Sie. Ich wollte Sie nicht stören.«

Dorothea Jessen wischte ihre Entschuldigung beiseite.

»Sie sind doch die Kellnerin. Sie waren letzte Nacht auf dem Golfplatz unterwegs. Sie waren ganz in der Nähe, als wir Adrian gefunden haben.«

Kari spürte, wie ihr innerlich kalt wurde. Die Brautmutter

hatte doch wohl nicht die Absicht, sie mit dem Verbrechen in Verbindung zu bringen?

»Waren Sie schon länger dort?«, setzte die Baustoffhändlerin ihre Inquisition fort. »Haben Sie etwas beobachtet? Oder waren Sie vielleicht sogar mit Adrian verabredet?«

»Mama!« Sarah Jessen, die sich mit einem Taschentuch die Augen tupfte, schüttelte den Kopf. »Adrian hätte nicht bei seiner eigenen Hochzeit mit einer anderen Frau angebandelt. Schon gar nicht mit einer ...« Sie brach ab.

Kari verspürte einen Stich. Der Job als Kellnerin war zwar nur eine Rolle, und Sarah hätte über eine Kriminalkommissarin vom Landeskriminalamt Kiel vermutlich anders geurteilt, aber die Arroganz, mit der sie sich über sie erhob, stieß Kari trotzdem ab. Oder war die Empörung nur aufgesetzt? Hatte ihre Mutter den Finger in eine Wunde gelegt, und Sarah wehrte sich mit allen Mitteln, die ihr zur Verfügung standen? Kari konnte es nicht sagen. Sie musste die Braut besser kennenlernen.

»Schön, wenn du dir so sicher bist«, versetzte die Brautmutter und griff nach der Hand ihrer Tochter. »Aber was denkst du denn, was passiert ist? Warum hat er nicht in der Hütte auf dich gewartet?«

»Vielleicht wollte er noch ein paar Bälle schlagen, so wie ihr auch? Ein wenig Sport, um das reichhaltige Festmahl zu verdauen.«

»Und dann hat er sich den Schläger versehentlich selbst auf den Kopf gehauen?«

»Natürlich nicht.« Sarah entzog ihrer Mutter die Hand und zerknüllte das Taschentuch, das sie in der anderen hielt. »Warum redest du so schlecht über ihn? Du warst doch für diese Verbindung. Der perfekte Schwiegersohn, hast du gesagt.«

»Weil wir nicht nur das Familiäre, sondern auch das Geschäftliche aufs Vortrefflichste miteinander verbunden haben. Aber tot nützt uns dein Adrian nichts.« Sie unterbrach sich abrupt und schaute zu Kari. Offensichtlich hatte sie in ihrer Erregung vergessen, dass die vermeintliche Kellnerin immer noch zugegen war.

»Was stehen Sie hier herum?«, fragte sie in einem Tonfall, der so frostig war wie ein scharfer Polarwind.

Kari hatte in all den Undercover-Rollen, die sie im Laufe der Jahre gespielt hatte, schon die eine oder andere Anfeindung erlebt, doch nie hatte jemand sie derart abschätzig angeblickt wie Dorothea Jessen. Als sei sie nicht mehr als ein Staubkorn im Wind. Es kostete Kari Mühe, nicht innerlich auf diese Größe zusammenzuschrumpfen.

»Sie haben mich herangewinkt«, sagte sie patziger, als es einer Kellnerin zustand. »Ich dachte, Sie hätten einen Wunsch.«

Die stahlgrauen Augen verengten sich.

»Mäßigen Sie Ihren Ton, Fräulein. Sie vergessen wohl, wen Sie vor sich haben.«

Eine aufgeblasene Schnepfe, die sich für etwas Besseres hält, nur weil sie Geld hat? Kari sagte es zum Glück nicht laut, denn schon im nächsten Moment schämte sie sich für ihre Gedanken. Dorothea Jessen hatte letzte Nacht vor dem Leichnam ihres frischgebackenen Schwiegersohns gestanden. Was immer man sonst von ihrem Charakter halten mochte, sie stand unter Schock und verdiente Rücksichtnahme.

»Verzeihen Sie. Es tut mir wirklich leid. Das ist alles so schrecklich«, sagte Kari rasch und spürte, wie ihre Wut verflog. Für einen Moment glaubte sie, die Stimme ihrer Mutter zu hören. In Wirklichkeit war es nicht Dorothea Jessen, auf die sie ärgerlich war. Es war Jonas. Sie hatte ihren Zorn nur projiziert. Kari seufzte innerlich. Manchmal wünschte sie sich wirklich, ihre Mutter wäre nicht ausgerechnet Psychotherapeutin.

Sarah Jessen schluchzte. »Ja. Das ist es.«

Dorothea Jessen nickte knapp zu Karis Entschuldigung, als sei sie eine Selbstverständlichkeit.

»Sie haben meine Frage noch nicht beantwortet«, insistierte sie. »Haben Sie etwas beobachtet?«

»Nein.« Kari hob bedauernd die Hände. »Ich habe nur einen Spaziergang gemacht. Das Einzige, was ich gesehen habe, waren Sie und Ihre Golfpartner, wegen der Stirnlampen. Ich war neugierig, was Sie mitten in der Nacht dort tun, deshalb bin ich näher zu Ihnen hin gegangen. Sie haben mich gebeten, Getränke zu holen. Ich war gerade auf dem Weg zurück zum Restaurant, als jemand aus Ihrer Gruppe begonnen hat zu schreien, weil Sie Herrn Hoffmann gefunden hatten. Deshalb bin ich zu Ihnen zurückgelaufen.«

Sie machte eine kurze Pause und sah der Baustoffhändlerin in die Augen.

»Ich bin Herrn Hoffmann vorher nicht begegnet. Ich habe ihn nur während der Feier im Saal gesehen. Ich kannte ihn auch nicht persönlich. Ich bin erst vor einigen Tagen auf die Insel gekommen und habe den Job bei Familie Pohl im Hotel-Restaurant angetreten.«

»Man braucht nicht viel Zeit, um zarte Bande zu knüpfen«, bemerkte Dorothea Jessen, winkte aber ab, als ihre Tochter auffuhr. »Ja, schon gut. Dein Adrian war treu wie Gold.« Sie wedelte mit der Hand in Karis Richtung. »Danke. Wir brauchen Sie hier nicht mehr. Wenn Sie uns dann allein lassen?«

»Selbstverständlich.« Kari konnte es sich gerade noch verkneifen zu knicksen. Mit einem knappen Nicken wandte sie sich ab und lief über den Rasen zurück zum Hotel-Restaurant. Die Wut, die gerade erst verraucht war, kochte wieder hoch. Dieses Mal galt sie tatsächlich Dorothea Jessen.

Eigentlich müsste sie die Attitüde der Schönen und Reichen längst gewöhnt sein, doch in letzter Zeit war sie sensibel geworden.

Sie atmete tief durch, um sich wieder zu beruhigen, und dachte darüber nach, was sie erfahren hatte.

Der Tod des Bräutigams war offenbar nicht nur eine Katastrophe für die Braut, sondern stellte auch die Fusion zwischen der Hoffmann Bau AG und dem Baustoffhandel Jessen infrage. Lag darin ein Motiv? Gab es jemanden, der von dieser Entwicklung profitierte? Sie würde sich darum kümmern, auch wenn es eigentlich Jonas' Fall war. Ihre Aufgabe war die Suche nach den illegalen Waffen und den Möwenjägern, und damit war sie nicht einen Millimeter vorangekommen.

Sie musste zurück ins Restaurant. Robin und Denise Pohl waren nach wie vor die wahrscheinlichsten Kandidaten für die Waffenlieferungen, und über den Händler kam man hoffentlich auch an die Käufer.

■ ■ ■

»Jonas.« Die warme, tiefe Stimme hätte er unter Millionen erkannt. Er blickte auf und schaute in das wettergegerbte Gesicht mit dem dichten Bart und den wirren grauen Haaren, in denen sich nur noch wenige braune Strähnen fanden.

»Paps.« Das Lächeln entfaltete sich von selbst auf seinen Lippen.

»Hallo.« Redlef Voss zwinkerte Hannah zu und schob den Jungen nach vorn, der in seinem Rücken gestanden hatte. Groß und schlaksig – er hatte im letzten Jahr einen gewaltigen Schuss gemacht –, mit leuchtend blauen Augen und blonden Locken, die zu einem modischen Undercut geschnitten waren.

»Jasper«, sagte Jonas überrascht. »Was tust du hier?«

»Ich bin eine Runde mit rausgefahren. Ich wollte mal wieder die Seehunde sehen«, erklärte sein Sohn und rutschte auf den Platz neben ihm. Seine Stimme war tief und männlich geworden und kiekste nur noch selten. Seine Ausstrahlung allerdings war nach wie vor jungenhaft, und er kuschelte sich immer noch gerne bei Voss an. Er hatte auch noch keinen Bartwuchs, und sein Interesse am anderen Geschlecht schien ebenfalls noch nicht erwacht zu sein. Jonas war froh darüber. Er würde ihn früh genug verlieren.

»Wollt ihr etwas essen?«, fragte er und verwuschelte Jaspers Locken. Er freute sich, dass sie trotz Pubertät so ein entspanntes Verhältnis hatten. Bei seiner Tochter Finja war das anders gewesen. Sie hatte früh dagegen aufbegehrt, wie ein kleines Mädchen behandelt zu werden.

Inzwischen war sie eine sehr attraktive junge Frau mit ihren langen dunklen Haaren und den dunklen Augen. Die Ähnlichkeit mit seiner Ex-Frau wurde immer ausgeprägter, und genau wie Friederike ging auch Finja ihren eigenen Weg. Sie engagierte sich für den Naturschutz und war nach wie vor viel zu ernst für ihr Alter. In ein paar Wochen würde sie ihr Abitur ablegen und danach studieren gehen. Was genau, hatte sie noch nicht entschieden, aber auf jeden Fall würde sie die Insel verlassen. Selbst bei einem Studienort in Schleswig-Holstein war an ein Pendeln nicht zu denken. Und Jonas wusste, dass sie darauf brannte, unabhängig und frei zu sein.

»Klar.« Jasper blätterte bereits in der Karte. »Aber keinen Fisch.«

Voss musste grinsen. Jasper war verrückt nach Fisch, aber genau wie Jonas aß er ausschließlich jenen, der aus dem Geschäft seines Großvaters stammte.

»Den kannst du ruhig bestellen«, bemerkte Redlef, der sich neben Hannah niederließ. »Das Restaurant wird von mir beliefert.«

»Deswegen war die Scholle so lecker«, sagte Hannah und erntete ein breites Lächeln von Jonas' Vater.

»Ich nehme trotzdem etwas anderes.« Redlef zwinkerte ihr zu. »Fisch habe ich oft genug.«

Der Kellner kam und brachte den Kaffee für Jonas und Hannah. Im Gegenzug nahm er die Bestellungen von Jasper und Redlef auf, Lachs und Steak, dazu eine Cola und ein Bier.

»Wir können euch leider keine Gesellschaft leisten«, bedauerte Jonas. »Wenn wir mit dem Kaffee durch sind, müssen wir zurück an die Arbeit.«

»Ein Fall in List?«, erkundigte sich Redlef, während er zugleich den Hals reckte. Vor dem Liegeplatz seines Kutters versammelten sich bereits wieder Touristen, die auf die Nordsee hinauswollten. Die Frau im Kassenhäuschen hatte gut zu tun. »Wir bleiben auch nicht lange.« Er schaute Jasper an. »Fährst du noch eine Runde mit?«

Der schüttelte den Kopf. »Ich will später in die Nordseeklinik, Lukas besuchen.«

»Wie geht es ihm denn?«, erkundigte sich Hannah, die gerade ihr Tablet hervorgezogen hatte.

»Okay.« Jasper hob die Schultern. »Die Kugel war ja schnell raus, aber dann haben sie festgestellt, dass irgendwas mit seinen roten Blutplättchen nicht stimmt.«

»Krebs?«, fragte Hannah erschrocken.

»Nee. Zum Glück nicht. Aber sie suchen noch nach der Ursache. Deswegen haben sie ihn dabehalten.« Er schaute neugierig auf Hannahs Tablet. »Was ist denn mit dem Schützen? Habt ihr den gefunden?«

»Bis jetzt nicht«, sagte Jonas. »Aber wir sind dran.«

Der Kellner brachte die Getränke, und Redlef leerte sein halbes Glas in einem Zug. Jasper nippte nur an seiner Cola.

»Seid ihr deswegen hier?«, bohrte er weiter. »Wegen des Golfclubs?«

Jonas brummte etwas, das man mit gutem Willen als Zustimmung werten könnte.

»Ich wette, ihr findet den Schuldigen nicht«, prognostizierte Jasper düster. »Die halten doch alle zusammen. Da sagt keiner etwas. Wie bei einem Geheimbund.«

»Kari wird die Nuss schon knacken«, bemerkte Hannah abwesend, während sie etwas auf ihrem Tablet suchte.

»Echt? Kari ist auf Sylt und ermittelt undercover im Golf-Resort?« Jasper richtete sich auf und stieß dabei mit dem Knie gegen die Tischplatte. Der Kaffee in den Tassen schwappte gefährlich.

»Nicht so laut.« Jonas drückte ihn auf seinen Platz zurück. »Der Witz bei einer Undercover-Ermittlung ist, dass es nicht jeder weiß.«

Der Tadel galt seinem Sohn ebenso wie Hannah. Auch wenn seine Familie inzwischen über Karis Beruf informiert war, bestand keine Notwendigkeit, sie in laufende Ermittlungen einzuweihen.

»Entschuldigung«, sagten Hannah und Jasper wie aus einem Mund. Sie sahen sich an und begannen zu lachen. Voss verdrehte die Augen. Redlef schmunzelte. Dann wurde er wieder ernst.

»Wenn Kari sich um die Möwenjäger kümmert – was tut ihr beide dann im Golf-Resort?«

Jonas kapitulierte. Jasper und Redlef waren viel zu fix im

Kopf, als dass er ihnen etwas hätte vormachen können. Und der Tod des Bauunternehmers würde ohnehin schnell in der Presse zu finden sein.

»Wir haben einen Mordfall. Adrian Hoffmann, der Sohn von Hans-Peter Hoffmann, dem das Golf-Resort gehört.«

Redlefs Miene wurde betroffen. »Adrian ist tot?« Er kniff die Augen zusammen. »Hat er nicht gestern erst geheiratet?«

»Jemand hat ihn auf der Feier erschlagen«, berichtete Jonas. »Mit seinem eigenen Golfschläger.«

»Hm.« Redlef trank sein Bier aus und zog die buschigen Augenbrauen zusammen. Jonas konnte sehen, wie sich die Zahnrädchen in seinem Kopf drehten.

»Du kennst ihn?«, fragte er. »Hast du eine Idee, wer ihn getötet haben könnte?«

Redlef Voss wiegelte ab. »Das wäre zu viel gesagt. Aber ich weiß, dass es Streit gab.« Er hob sein leeres Glas in Richtung des vorbeieilenden Kellners, um ihm zu signalisieren, dass er ein weiteres Bier wünschte.

»Aha? Mit wem?«

Voss merkte seinem Vater an, dass dieser sein Wissen nicht gerne preisgab.

»Mit Günther und Ilse. Und mit Robin«, erklärte Redlef widerwillig.

»Die Besitzer des Hotel-Restaurants?«, fragte Hannah, während sie gleichzeitig auf ihrem Tablet tippte. »Worum ging es da?«

»Eben darum. Das Gebäude steht nicht auf Hoffmann-Land, und es gehört Günther und Ilse. Hoffmann – der alte Hoffmann – wollte das ändern. Deswegen hat er Adrian losgeschickt, um Druck zu machen.«

»Gibt es denn etwas, womit man die Familie unter Druck setzen könnte?«

Redlef hob die Hände.

»So genau weiß ich es nicht. Wir liefern den Fisch für das Restaurant, aber meistens macht das mein Fahrer. Ich bin nur persönlich dort, wenn Günther die Speisekarte ändert oder eine Großveranstaltung ansteht.«

»So wie die Hochzeit von Adrian Hoffmann und Sarah Jessen?«

»Natürlich.«

»Das heißt, du warst erst kürzlich dort?«

Sie wurden unterbrochen, weil der Kellner mit dem Essen für Großvater und Enkel kam.

»Ja.« Redlef nahm den Teller mit dem Steak entgegen. Der Kellner sammelte die leeren Gläser ein.

Jasper stürzte sich auf seinen Fisch, schaffte es aber, gleichzeitig seinen Vater und seinen Großvater im Auge zu behalten. Redlef schnitt bedächtig ein Stück von seinem Fleisch ab.

»Die Stimmung war ziemlich bedrückt«, berichtete er. »Das Restaurant hat seit der Eröffnung des Golf-Resorts ein neues Publikum. Die normalen Touristen verirren sich nicht mehr dorthin, weil man auf dem Weg zum Restaurant über die Zufahrt des Golf-Resorts muss. Das wirkt nicht sehr einladend. Was natürlich Absicht ist. Aber Hoffmann hat den Pohls damit faktisch die Nabelschnur durchgeschnitten.«

Er schob sich das Fleischstück in den Mund und nickte anerkennend. »Sehr gut«, sagte er zu dem Kellner, der ihm ein frisches Bier servierte.

»Das gebe ich gerne weiter«, lächelte der Kellner.

»Im Gegenzug hat ihnen Hoffmann eine exklusive Klientel versprochen«, fuhr Redlef fort, nachdem der Kellner gegangen war. »Für Robin ist das interessant. Er ist ein Spitzenkoch, hätte beinahe schon einmal einen Michelin-Stern bekommen. Günther und Ilse haben früher eher Hausmannskost angeboten und mit der modernen Küche nicht viel am Hut, aber für Robin könnte es eine Chance sein. Doch Hoffmann hat anscheinend andere Pläne. Soweit ich das mitbekommen habe, versucht er, die Pohls komplett aus dem Geschäft zu drängen und sich das Hotel-Restaurant und das Grundstück unter den Nagel zu reißen.«

Hannah kam kaum mit dem Tippen hinterher.

»Weshalb?«, fragte sie atemlos.

Redlef zerteilte eine Krokette mit der Gabel.

»Das weiß ich nicht. Günther und Ilse haben sich bedeckt gehalten.«

Jonas leerte rasch seine Kaffeetasse und schob einen Fünfzig-Euro-Schein unter Redlefs Bierglas.

»Das finden wir raus.« Er erhob sich und wuschelte noch einmal durch Jaspers Locken. »Grüß Lukas, wenn du ihn besuchst, ja? Und kein Wort über Kari.«

»Ehrensache.« Sein Sohn lachte ihn an. »Ich will doch nicht, dass du Ärger bekommst. Nachher bläst sie noch die Hochzeit ab.«

»Genau.« Voss versuchte, mit derselben Leichtigkeit zu reagieren, doch er spürte deutlich den Stachel. Der Streit saß ihm noch in den Knochen. Noch nie war ihm Kari so fremd gewesen, dabei war es im Grunde albern. Welche Hypothese man bei einer Mordermittlung favorisierte, spielte eine untergeordnete Rolle. Man musste einfach für alle möglichen Erklärungen offen sein. Letztlich ging es nur um die Fakten.

Davon abgesehen war es sein Umgang mit Karis Beruf, der ihre Beziehung immer wieder auf den Prüfstand stellte. Aber dieses Mal war er unschuldig. Nicht er hatte geplaudert, sondern Hannah. Und auf seinen Sohn konnte er sich verlassen.

Hannah verstaute ihr Tablet in der Handtasche und verabschiedete sich von Redlef und Jasper. Dann gingen sie über die Promenade zum Parkplatz des Erlebniszentrums Naturgewalten, wo Voss seinen Wagen abgestellt hatte.

■ ■ ■

»Spielen Sie Golf?«

Die Augen von Hans-Peter Hoffmann ruhten auf Witta. Alma und sein Fahrer Albert waren im Augenblick Luft für ihn.

»Bisher nicht«, erwiderte Witta und rückte ihre weißen Locken in Form. »Deshalb wollten wir die Veranstaltung besuchen.« Sie deutete zum Pavillon hinüber, wo die Einführung für Golf-Interessierte stattfand.

»Das ist nicht nötig«, erklärte der Bauunternehmer. »Ich kann Ihnen alles erklären, was Sie wissen müssen.« Er zeigte auf ein Golfcart, das neben dem Shop abgestellt war. »Meine Schläger sind schon an Bord. Wenn Sie mögen?«

Witta schaute unschlüssig zu Alma und Hoffmanns Fahrer.

»Was ist mit dir?«

Alma lächelte. Sie hatte in ihrem ganzen Leben nie das Bedürfnis verspürt, Golf zu spielen. In ihren Augen war es kein Sport. Die meiste Zeit lief man über ein riesiges Gelände, nur um hin und wieder einen Ball zu schlagen. Sie selbst hatte als junges Mädchen leidenschaftlich rhythmische Sportgymnastik betrieben. Dafür brauchte es Kondition, Körperbeherrschung und Musikalität. Das Training war hart, aber wenn man das Programm beherrschte, war es einfach herrlich, die Vollkommenheit der Bewegungen zu spüren und die bunten Bänder durch die Luft gleiten zu lassen.

Als sie dann ihren Fritz kennengelernt und gemeinsam mit ihm den »Brotkorb« von seinen Eltern übernommen hatte, war es mit dem Training vorbei gewesen. Sie hatten frühmorgens in der Backstube und den Tag über hinter dem Tresen gestanden. Fast alles hatten sie selbst gemacht, um Geld zu sparen. Gelegentlich allerdings waren sie tanzen gegangen. Fritz war ein guter Tänzer gewesen, und Alma hatte es genossen, mit ihm zusammen über das Parkett zu schweben.

Nun war die gemeinsame Zeit lange vorbei; Alma war schon seit über zwanzig Jahren Witwe. Die Liebe zu Musik und Bewegung aber war ihr geblieben. Ihre Freundinnen wussten nichts davon, weil Alma nicht wollte, dass sie sich über sie lustig machten. Witta und Grethe spotteten über Seniorenveranstaltungen und betonten immer wieder, dass sie dergleichen nicht nötig hätten. Aber Alma ging einmal im Monat in Westerland zum Tanztee für Senioren und hatte ihren Spaß. Das war eine sportliche Betätigung nach ihrem Geschmack, und es gelang ihr auch noch trotz der Arthrose in den Kniegelenken, die sie seit einigen Jahren plagte. Einen Schläger in die Hand nehmen, um damit einen kleinen Ball über eine Rasenfläche zu einem winzigen Loch zu befördern, würde sie nicht.

»Danke«, sagte sie deshalb zu Witta und Hans-Peter Hoffmann. »Golf ist nichts für mich.« Sie wandte sich Albert Franke zu. »Oder spielen Sie?«

»Nein. Ich trage nur die Tasche mit den Schlägern«, erwiderte der Chauffeur.

»Dafür kann ich mir heute einen der Boys aus dem Club mitnehmen«, erklärte Hans-Peter Hoffmann. »Ich gebe dir für den Rest des Tages frei.«

Albert deutete eine Verbeugung an.

»Das ist sehr großzügig, Herr Hoffmann.« Er wandte sich an Alma. »Dann darf ich Sie vielleicht zu einer kleinen Spritztour über die Insel einladen? Herr Hoffmann hat einen wunderschönen Fuhrpark, aus dem ich mir einen Wagen ausleihen darf, wenn ich möchte.«

Beinahe hätte Alma entgegnet, dass sie jeden Winkel der Insel kannte, doch gerade noch rechtzeitig begriff sie, dass es nicht um das Besichtigungsprogramm ging, sondern um die gemeinsame Fahrt. Vielleicht besaß der Bauunternehmer ja sogar ein hübsches Cabrio? Alma hatte sich immer einen solchen Wagen gewünscht, doch für ihren Fritz war das überflüssiger Luxus gewesen.

»Sehr gern«, erwiderte sie deshalb und erntete ein breites Lächeln von Albert.

»Also dann«, sagte Hans-Peter Hoffmann. Er wies einladend auf das Golfcart und bot Witta den Arm.

Die Landarztwitwe hob das Kinn und hängte sich bei ihm ein, wie es Marlene Dietrich nicht eleganter hätte tun können.

»Wir sehen uns heute Abend bei Marijke«, rief sie Alma zum Abschied zu. »Um sieben, wie immer.«

»Sicher.« Alma winkte ihr nach. »Viel Spaß.«

Wittas Miene besagte, dass sie keinen Zweifel daran hegte, einen wundervollen Tag zu verbringen.

»Den werde ich haben«, entgegnete sie hoheitsvoll und fügte dann rasch hinzu: »Euch auch.«

Alma und Albert sahen zu, wie Hoffmann und Witta mit dem Golfcart davonfuhren. Franke nahm die Chauffeursmütze ab und enthüllte, dass er kaum noch ein Haar auf dem Kopf hatte.

»Ich könnte dir – Verzeihung: Ihnen – jetzt auch den Arm anbieten, aber ich finde das ehrlich gesagt albern«, erklärte er.

Alma lachte ihn an.

»Ich auch«, sagte sie herzlich. »Genau wie die Siezerei. Ich bin Alma.«

»Albert.« Er beugte sich vor und drückte Alma einen raschen Kuss auf die Lippen.

»Oh.« Alma hob die Hand zum Mund. Es war ewig her, dass ein Mann sie geküsst hatte. Aber es fühlte sich gut an.

»Dann zeig mir mal deinen Fuhrpark«, forderte sie ihn auf. »Am liebsten wäre mir ein Cabrio.«

»Sollst du haben.« Albert griff nach ihrer Hand und zog sie mit sich zu einer schwarzen Limousine, die auf dem Parkplatz des Golf-Shops stand.

»Wir müssen erst zu Herrn Hoffmann nach Hause fahren«, erklärte er, als er Almas enttäuschten Blick bemerkte. »Er wohnt ja nicht hier im Golf-Resort, sondern in Kampen.«

»Natürlich.« Alma lachte, weil sie nicht nachgedacht hatte. Ihr Herz klopfte wie verrückt. Weil sie die Villa eines reichen Mannes betreten und in einem teuren Wagen über die Insel fahren würde? Oder einfach wegen Albert?

Sie hätte es nicht sagen können; es war viel zu lange her, dass sie sich das letzte Mal für einen Mann interessiert hatte. Aber wie hieß es so schön? Für die Liebe war man nie zu alt.

■ ■ ■

Auch dieses Mal wäre er beinahe vorbeigelaufen. Er hatte sich immer noch nicht daran gewöhnt, dass es den alten, rostroten Passat nicht mehr gab. Nicht, weil er sich endlich zum Kauf eines Neuwagens entschlossen hatte, sondern weil der Passat Öl verloren hatte. In der Werkstatt hatte man sich alle Mühe gegeben, das Leck aber nicht finden können. Dadurch bestand die Gefahr, dass der Katalysator beim Fahren in Brand geriet, und Jonas hatte den geliebten Wagen auf den Schrottplatz bringen müssen.

Dabei war es nicht nur ein Auto gewesen. Es waren fast

zwanzig Jahre Lebensgeschichte auf vier Rädern. Das erste Date mit Friederike. Die Fahrt zum Krankenhaus, als die Wehen viel früher einsetzten als gedacht. Fast wäre Finja auf dem Rücksitz des Passats zur Welt gekommen. Danach die ersten glücklichen Jahre mit den Kindern, Eis und Schokolade auf den Sitzpolstern, nasse Gummistiefel und sandige Schaufeln im Kofferraum. Urlaube in Dänemark und Schweden, in Holland und Frankreich, das Auto vollgestopft bis zum Dach, dazu die Fahrräder auf dem Dachgepäckträger.

Ein paar Jahre später dann die Trennung von Friederike, die sich entschieden hatte, dass ihr die Karriere als Konzertpianistin wichtiger war als das Familienleben auf Sylt.

Voss hatte damals alles getan, um sich und die Kinder über den Trennungsschmerz hinwegzutrösten. Jeden Strand, jeden Zoo, jeden Freizeitpark in Schleswig-Holstein und Süd-Dänemark hatten sie angesteuert, immer mit dem Passat, der so etwas wie ihr zweites Zuhause geworden war.

Dann die erste Begegnung mit Kari, und in den vergangenen Jahren zahllose Fahrten nach Kiel. Kein Wunder, dass der Passat schließlich schlappgemacht hatte, mit fast zweihunderttausend Kilometern auf dem Tacho.

Jonas hatte Tränen in den Augen gehabt, als er dem Schrotthändler den Schlüssel übergeben hatte. Immerhin, der Mann hatte nicht gelacht, sondern ihm ebenso unbeholfen wie mitfühlend auf die Schulter geklopft.

Nun gab es den Neuen. Wieder ein Passat, weil Voss Wert darauf legte, Fahrräder im Kofferraum transportieren zu können. Er betätigte die Fernbedienung, und die Verriegelung der Türen öffnete sich.

Noch hatte er sich mit dem Wagen nicht angefreundet, aber das würde sich bald ändern, wenn er in ein paar Tagen im Zentrum eines neuen Kapitels von Jonas' Lebensgeschichte stand. Mit einem üppigen Blumenstrauß auf der Motorhaube und einer Reihe klappernder Blechdosen an der Stoßstange.

8.

Alma Grieger lehnte den Kopf gegen die Nackenstütze und schloss für einen Moment die Augen. Die Luft war zwar kalt und stach ihr ins Gesicht, aber trotzdem war es herrlich, mit offenem Verdeck die Straße nach List entlangzufahren und den Wind mit ihren Haaren spielen zu lassen. Genau so hatte sie es sich immer vorgestellt. Es war wirklich schade, dass Fritz ihr diesen Wunsch nie erfüllt hat.

Aber ihr Mann war tot, und jetzt saß ein anderer neben ihr.

Alma öffnete die Augen wieder. Rechts zogen der Parkplatz und der Eingang der Vogelkoje vorbei, links sah sie die Dünen. Erst jetzt, als sie an den Tod dachte, fiel ihr auf, wie seltsam sich Hans-Peter Hoffmann und sein Fahrer verhielten. Schließlich war es doch Hoffmanns Sohn gewesen, den man in der Nacht zuvor erschlagen hatte. Deswegen waren Marijke, Witta, Grethe und sie zu dieser Veranstaltung ins Golf-Resort gefahren. Nun ja, genau genommen eher wegen der toten Möwen und der Waffenschieberei, die im Golfclub vermutlich stattfand. Aber der Mord machte sie natürlich neugierig.

Hoffmann hatte, wenn sie gestern Abend alles richtig verstanden hatte, seinen Kronprinzen verloren. Den Sohn, dem er seine Geschäfte übertragen wollte. Alma war eine begeisterte Anhängerin des englischen Königshauses und hatte alles gelesen, was sich in Zeitungen, Klatschblättern und im Internet über Titel und Erbfolgen zu finden gab, insbesondere, nachdem Prinz Philip, der Ehemann von Queen Elizabeth, gestorben war, kurz vor seinem hundertsten Geburtstag, nach einem langen und aufregenden Leben. Das war es, was Alma mit besonderer Freude erfüllt hatte. Philip hatte bis wenige Jahre vor seinem Tod noch Reisen unternommen und öffentliche Auftritte absolviert, und verglichen mit einem Hundertjährigen war Alma mit Mitte achtzig noch jung. Mit etwas Glück und ähnlich guten Genen könnte noch ein erfülltes Jahrzehnt vor ihr liegen. Der Gedanke gefiel ihr, denn sie hatte nicht die geringste Lust, das Diesseits in naher Zukunft zu verlassen. Im Gegenteil. Sie wollte noch etwas von der Welt sehen, Abenteuer erleben und vielleicht sogar – sie schaute kurz zu Albert hinüber – der Liebe noch einmal eine Chance geben.

Alma seufzte. Adrian Hoffmann war auf jeden Fall viel zu jung zum Sterben gewesen, gerade erst einunddreißig. Und sein Vater musste ihn geliebt haben. Warum sonst hätte er ihm und nicht dem älteren Bruder die Firma übergeben? Da er nicht dem englischen Königshaus angehörte, hatte ihm diese Möglichkeit offengestanden. Sein Kronprinz musste nicht der Erstgeborene sein.

Doch wenn das so war – warum hatte sie keine Trauer gespürt? Hoffmann war vielleicht nicht gerade aufgeräumt gewesen, aber sein Blick war klar, seine Stimme fest, sein Benehmen tadellos. Für ein Mitglied der besseren Gesellschaft gehörte sich das natürlich. Aber konnte ein Vater seine Gefühle derart kontrollieren, wenn er wirklich tief getroffen war? Und falls nicht – was bedeutete das dann?

Alma fühlte sich überfordert. Sie war nicht diejenige der Häkelfreundinnen, die kluge Schlussfolgerungen zog. Das konnten Marijke und Grethe besser. Es lag ihr auch nicht, andere zu kritisieren. Dafür war Witta zuständig. Almas Aufgabe war der Zuckerguss, der soziale Kitt für alle Situationen, in denen es brenzlig wurde. Aber sie konnte auch nicht einfach so tun, als wäre alles in bester Ordnung.

Albert warf ihr einen Seitenblick zu. Offenbar konnte er an ihrem Gesicht ablesen, dass sie sich nicht wohlfühlte. Eilig bemühte sie sich darum, die Miene aufzusetzen, die sie sich in all den Jahren hinter der Theke der Bäckerei antrainiert hatte, wenn sie auch den unfreundlichsten Kunden mit Höflichkeit und einem Lächeln begegnen musste, doch es war zu spät. Der Chauffeur bremste ab und lenkte den Wagen auf den nächsten Parkplatz hinter den Dünen.

Nachdem er den Motor abgestellt hatte, wandte er sich ihr zu, eine Hand auf der Rückenlehne ihres Sitzes.

»Alma. Was ist denn los? Du hast ausgesehen, als wäre dir ein Gespenst begegnet. Bin ich zu schnell gefahren?«

Seine graublauen Augen waren so freundlich, sein Blick war so besorgt, dass sie ihre Konditorinnenmaske nicht aufrechterhalten konnte. Ihre Mundwinkel zuckten, und eine Träne löste sich aus ihrem Augenwinkel.

»Ich wollte nicht …«, stieß sie hervor. »Es war gerade so schön.«

Albert neigte den Kopf. »Was denn?«

»Wie könnt ihr so gleichgültig sein?«, platzte es aus ihr heraus. »Eine fröhliche Miene aufsetzen und Witta und mir schöne Augen machen, wenn …«

»Was?«

»Der Sohn von Herrn Hoffmann. Er ist doch ermordet worden, gestern Abend, auf seiner eigenen Hochzeit.«

Alberts Brauen hoben sich erstaunt. »Du weißt davon?«

»Äh. Ja.« Erst jetzt wurde Alma klar, dass die Informationen, die sie von Kari bekommen hatten, wahrscheinlich noch nicht an die Öffentlichkeit gedrungen waren. Aber dass Kari bei Marijke wohnte, war kein Geheimnis. Und dass eine Frau, die einen Toten gefunden hatte, darüber sprechen musste, verstand sich von selbst.

»Eine der Kellnerinnen aus dem Hotel-Restaurant ist im Gartenhaus meiner Freundin in Braderup untergekommen«, sagte sie, froh, dass ihr diese Erklärung eingefallen war. »Sie kam letzte Nacht ganz aufgelöst nach Hause. Wir haben uns um sie gekümmert und ihr einen Schnaps eingeschenkt, und sie hat uns erzählt, was passiert ist.«

»Aha.« Albert Frankes Augen blitzten. »Und deshalb seid ihr heute Morgen zu der Veranstaltung im Golf-Shop gekommen. Weil ihr neugierig wart.«

»Nein«, wehrte Alma ab, bemerkte aber dann, dass in Alberts Worten kein Vorwurf mitgeschwungen hatte. »Na ja«, schob sie nach. »Man erlebt ja sonst nicht viel. Wir wollten einfach mal schauen.«

Albert lächelte. »In unserem Alter hält das Leben keine großen Überraschungen mehr bereit.« Seine Miene wurde ernst. »Oder eben doch.« Er beugte sich vor und küsste Alma zärtlich auf den Mund.

»Ist dir das unangenehm?«, fragte er, nachdem er sich wieder von ihr gelöst hatte.

Alma horchte in sich hinein.

»Nein«, sagte sie dann aufrichtig. »Im Gegenteil.«

Albert wollte sich wieder zu ihr herüberbeugen, doch Alma wehrte ihn ab.

»Aber ich würde trotzdem gern wissen, warum Herr Hoffmann nicht trauert.«

Der Chauffeur griff nach ihren Händen.

»Das stimmt nicht. Herr Hoffmann ist tief getroffen. Der Schmerz frisst ihn auf. Er hat getrunken und Tabletten geschluckt. Ich konnte ihn letzte Nacht gerade noch davon abhalten, seinem Leben ein Ende zu setzen. Dass er jetzt versucht, sich nichts anmerken zu lassen, ist seine Überlebensstrategie. Das Fundament hat Risse, aber das Haus steht noch, wenn du verstehst, was ich meine.«

Alma biss sich auf die Unterlippe. Sie musste daran denken, wie es gewesen war, damals, als Fritz seinen Schlaganfall gehabt hatte. Morgens hatte er noch in der Backstube gestanden. Beim Mittagessen war er plötzlich umgekippt. Und am Abend hatten ihr die Ärzte in der Klinik mitgeteilt, dass er eingeschlafen war.

Sie war innerlich wie erstarrt gewesen, als wäre ihr Herz zusammen mit ihrem geliebten Mann gestorben. Und trotzdem hatte sie in den Tagen und Wochen danach im Laden gestanden. Hatte Kuchen und Brötchen verkauft, die Kunden angelächelt und so getan, als wäre die Welt nicht aus den Fugen geraten, als wäre alles noch wie immer.

»Du kennst das, habe ich recht?«, fragte Albert sanft.

»Ja. Damals, als mein Mann …« Sie brach ab, weil sie plötzlich von heftigen Schluchzern geschüttelt wurde. Heiße Tränen rannen über ihr Gesicht, als würde sie jetzt, zwanzig Jahre später, endlich die Trauer zulassen können, die sie damals versäumt hatte.

Albert öffnete das Handschuhfach und zog eine Packung Taschentücher hervor, die er ihr reichte.

»Danke.« Alma schnäuzte sich. »Du musst mich für eine reichlich dumme Gans halten. Da sitze ich mit dir in diesem wunderbaren Wagen, und statt mich zu freuen, dass ich dir begegnet bin, heule ich rum und frage dich über deinen Arbeitgeber aus.«

»Ich halte dich für eine Frau, die das Leben ernst nimmt«, entgegnete der Chauffeur. »Die zu tiefen Gefühlen fähig ist und sie auch zeigt. Das gefällt mir.« Er nahm ihr Gesicht in beide Hände. »Übrigens trauere ich auch um Adrian. Ich habe den Jungen von klein auf gekannt, und es ist schrecklich, was mit ihm passiert ist. Aber gerade in diesem Moment bin ich einfach nur froh, dass wir beide uns begegnet sind. Wir sind zu alt, um aus Pietät auf den passenden Moment zu warten. Wir müssen jetzt leben.«

Er küsste sie wieder, und dieses Mal wies Alma ihn nicht zurück.

Albert hatte recht. Wenn einem das Leben in ihrem Alter noch etwas schenkte, musste man zugreifen. Sich Zeit zu nehmen und die Dinge langsam anzugehen, war ein Privileg der Jüngeren.

▪ ▪ ▪

Der Wassereimer war eigentlich nicht besonders schwer, aber nachdem sie ihn bereits ein Dutzend Mal in den Hof geschleppt hatte, um die schmutzige Brühe auszugießen und den Eimer mit frischem Wasser zu füllen, schien er eine Tonne zu wiegen. Kari wechselte ihn alle paar Meter von einer Hand in die andere.

Draußen kippte sie den Inhalt mit Schwung aus, stellte den Eimer ab und stemmte die Hände in die Hüften. Endlich waren alle Aufträge erledigt, die Tischdekoration abgeräumt, die Aschenbecher gesäubert, die Decken in die Wäscherei gebracht, der Boden im Saal gewischt. Das war die gute Nachricht. Die schlechte war, dass sie auch an diesem Vormittag nicht die geringste Chance bekommen hatte, sich ihrem Ziel zu nähern.

Sie hatte gesehen, dass sich Robin in einem der Nebenräume mit seinen Eltern getroffen hatte, und offensichtlich hatten sie etwas Wichtiges zu besprechen gehabt. Kari hatte sich mit ihrem Wischeimer ganz in der Nähe der Tür aufgehalten und ein paarmal das Ohr ans Türblatt gelegt, doch sie hatte nichts aufschnappen können. Irgendwann hatte sie aufgegeben. Das Risiko, erwischt zu werden, war einfach zu groß, weil ständig eine der Aushilfskellnerinnen in den Saal kam.

Vor ein paar Minuten hatte Robin dann das Haus verlassen. Kari wäre ihm gerne gefolgt, doch sie musste zuerst ihre Arbeit zu Ende bringen, weil Ilse Pohl im Saal geblieben war und die Bodenreinigung mit Argusaugen überwachte. Erst als die Chefin endlich zufrieden war, hatte sie Kari zugenickt und sich ins Büro zurückgezogen.

Kari fand, dass sich die ganze Familie seltsam benahm. Ilse und Günther, die Besitzer des Hotel-Restaurants, gaben sich jovial, doch Kari hatte das Gefühl, dass sie unter ständiger Anspannung standen. Genau wie ihr Sohn Robin und die Schwiegertochter Denise, die gerade eine Veranstaltung für Golf-Interessierte in ihrem Shop abhielt. Hatte das etwas mit den verbotenen Sportwaffen und den toten Möwen zu tun? Oder mit dem Mord an Adrian Hoffmann?

Kari zog den Kittel aus, den sie zum Putzen getragen hatte, und legte ihn zusammengefaltet auf den Putzeimer. Sie schob beides in die Ecke neben der Hintertür und ging auf den grünen Rasen zu.

Robin hatte sich zu dieser Seite entfernt. Er musste sich also irgendwo auf dem Gelände aufhalten. Zur Straße kam man nur von der Vorderseite aus. Dort gab es ein Tor, das auf den Vorplatz vor dem Clubhaus, dem Hotel-Restaurant und dem Golf-Shop führte. Es war die einzige Öffnung in der meterhohen Umzäunung, die das gesamte Golf-Resort umgab.

Kari ließ den Blick über das Gelände schweifen und kniff die Augen zusammen, weil sie in den Sträuchern vor einem der Geräteschuppen eine Bewegung wahrzunehmen meinte.

Rasch schlich sie sich an das Gebüsch heran und bog die Zweige auseinander.

»Frau Aldag!«, entfuhr es ihr verblüfft.

Grethe drehte sich in aller Seelenruhe um. Kari war froh, dass es die stoische Klempnerwitwe war, die sie überrascht hatte. Jede andere der alten Damen hätte sich vermutlich zutiefst erschrocken und womöglich einen Herzinfarkt erlitten.

»Frau Blom.« Grethe lächelte.

»Was tun Sie hier?«, fragte Kari.

Grethe wies auf den Schuppen.

»Ich habe mich ein bisschen umgeschaut. Dabei habe ich den jungen Wirt entdeckt. Robin Pohl, richtig? Er hat sich sehr merkwürdig benommen. Ist ein paarmal mit dem Golfcart hin und her gefahren und hat irgendwelche Kisten in das Gebäude gebracht.«

Kari hatte sofort eine Vision. Als Jonas und Hannah wegen der Schüsse auf dem Golfplatz ermittelt hatten, waren sie rasch an Grenzen gestoßen, doch nun fand im Golf-Resort eine Mordermittlung statt, die naturgemäß weitaus gründlicher durchgeführt wurde. Wer immer hier mit illegalen Waffen handelte, musste befürchten, dass er dieses Mal nicht ungeschoren davonkam. Er würde also nicht nur darauf verzichten, weitere Lieferungen in Empfang zu nehmen, sondern darüber hinaus auch versuchen, die Waffen, die sich noch in seinem Besitz befanden, unauffällig loszuwerden.

Die Tür des Geräteschuppens öffnete sich, und Robin Pohl trat heraus. Kari duckte sich rasch neben Grethe hinter die Büsche. Pohl schloss die Tür von außen und sicherte sie mit einem massiven Vorhängeschloss. Dann ging er zurück zum Hotel-Restaurant und verschwand durch die Hintertür.

»Und nu?«, fragte Grethe und richtete sich auf.

Kari dachte nach.

»Ich spreche mit meinem Chef«, entschied sie. »Er soll versuchen, einen Durchsuchungsbeschluss zu bekommen. Dann können Hauptkommissar Voss und Kommissarin Behrends ganz offiziell prüfen, was sich in den Kisten befindet, die Pohl in den Schuppen gebracht hat.«

Sie konnte Grethe ansehen, dass sie alles andere als zufrieden war. Die Klempnerwitwe hätte es sicher vorgezogen, wenn Kari das Schloss mit einer Haarnadel geöffnet hätte und sie beide sich heimlich im Geräteschuppen umgesehen hätten. Doch zum einen beherrschte Kari solche Kunststücke nicht, und zum anderen hatte sie sich geschworen, alles dafür zu tun, dass sich die alten Damen nicht wieder in Gefahr brachten. Und auch Ole Lund war bestimmt dankbar, wenn sie sich an die Vorschriften hielt.

»Wo sind denn die anderen?«, fragte sie und sah sich um. Sie hatte nur selten mit einer der alten Damen allein zu tun. Gewöhnlich traten die Häkelfrauen überall zu viert auf. Eine ohne die anderen war kaum denkbar.

»Marijke ist bei dieser Informationsveranstaltung. Und Witta und Alma haben einen Verehrer gefunden.«

»Hier?«

»Ja, in der Tat. Hans-Peter Hoffmann und seinen Fahrer.« Grethe setzte eine vielsagende Miene auf. »Ich nehme an, sie bekommen gerade eine kostenlose Golfstunde.«

Kari lachte und schüttelte gleichzeitig den Kopf. Ole Lund sollte wirklich darüber nachdenken, die Häkelmafia fürs LKA zu engagieren. Die alten Damen machten ihr ernsthaft Konkurrenz.

▪ ▪ ▪

Ilse Pohl faltete Tischdecken. Akkurat, Ecke auf Ecke, Kante auf Kante. Der Stapel wuchs rasant. Jonas Voss staunte. Er selbst hätte es nicht halb so gut hinbekommen und mindestens doppelt so lange dafür gebraucht.

Günther Pohl lehnte am offenen Fenster und rauchte, direkt neben dem Rauchverbotsschild. Da das Restaurant nicht geöffnet und er selbst der Besitzer war, konnte man nichts dagegen sagen. Er nahm einen letzten Zug, drückte die Zigarette im Aschenbecher aus und schloss das Fenster.

Hannah Behrends, die sich an einen der Tische in der Ecke des Gastraums gesetzt hatte, sah von ihrem Tablet auf.

»Haben Sie Ihrem Sohn nicht Bescheid gesagt?«, erkundigte sie sich und warf einen Blick auf die Armbanduhr. Jonas tat reflexartig das Gleiche und stellte fest, dass sie bereits seit einer Viertelstunde auf Robin Pohl warteten.

»Er hat zu tun«, brummte Günther Pohl und nahm Hannah gegenüber Platz. »Warum fangen wir nicht schon an?«

Jonas zögerte nur kurz. Vielleicht war es sogar besser, zuerst mit den Eltern allein zu sprechen. Wenn Robin später dazukam, könnte man an seinen Reaktionen ablesen, ob seine Eltern die Wahrheit gesagt oder ihnen Lügen aufgetischt hatten.

»Sie haben recht«, sagte er und zog sich einen Stuhl heran. Kurz ließ er seinen Blick durch den Raum schweifen. Tische und Stühle aus dunklem Holz, die Wände hüfthoch vertäfelt, Theke und Bar ebenso rustikal. Über den Tischen baumelten Messinglampen, die Dekoration bestand aus Schwarz-Weiß-Fotografien von Schiffen auf der Nordsee. Jonas erkannte den Seenotrettungskreuzer, die Ausflugsschiffe, die von den Häfen in Hörnum und List zu den Seehundbänken starteten, und auf einem Bild sogar die *Andina*, den alten Fischkutter seines Vaters. Zu einer In-Location schien das nicht recht zu passen, eher zu den Feriengästen, die vor der Eröffnung des Golf-Resorts im beschaulichen List untergekommen waren. Ein Publikum, von dem Hans-Peter Hoffmann die Pohls mit den neuen Zugangswegen abgeschnitten hatte.

»Da kommt noch eine Menge Arbeit auf Sie zu«, sagte Hannah, die sich ebenfalls umgesehen hatte. »Wenn Sie das alles renovieren wollen.«

Günther Pohl verschränkte die Arme. »Warum sollten wir?«

»Ich dachte nur. Die Golfer suchen doch sicher ein anderes … Ambiente.«

Der Gastwirt funkelte sie an. »Was stimmt denn Ihrer Meinung nach mit dem *Ambiente* nicht?«

Hannah ließ sich nicht aus der Ruhe bringen.

»Es ist schön. Bodenständig. Aber die Lokale auf der Insel, in denen die High Society verkehrt, sehen anders aus.«

»Davon verstehen Sie etwas, ja?«

»Gezwungenermaßen. Wir kommen von Berufs wegen viel herum.«

»Wir modernisieren ja«, ließ sich von hinten Ilse Pohl vernehmen und legte das letzte Tischtuch gefaltet auf den Stapel, ehe sie zu ihrem Mann und den beiden Beamten an den Tisch kam. »Stück für Stück.«

»Aber Herrn Hoffmann geht das nicht schnell genug«, schaltete sich Jonas ein.

»Wer sagt denn so was?«

»Wie man hört, gab es deswegen Streit«, beharrte Jonas, ohne auf die Frage einzugehen.

Pohl musterte ihn.

»Sie waren doch auf der Hochzeitsfeier. Sie haben gesehen, wie Hans-Peter Hoffmann und ich zusammengesessen und getrunken haben. Sah das für Sie nach Unstimmigkeiten aus?«

»Ich nehme an, Sie wollten die Gelegenheit nutzen, um gut Wetter zu machen. Damit Ihnen Hoffmann entgegenkommt.«

Günther Pohl kniff die Augen zusammen.

»Moment mal. Voss, richtig? Du bist der Junge von Redlef, habe ich recht?«

Jonas deutete ein Lächeln an. »So ist es.«

Pohl legte den Kopf in den Nacken und stöhnte. »Deinem alten Herrn macht man so leicht nichts vor.« Er richtete den Blick wieder auf Voss. »Also gut. Die Situation ist zurzeit etwas angespannt, das stimmt. Hoffmann wollte uns schlucken, als er sein Golf-Resort aufgebaut hat. Wir haben uns erfolgreich gewehrt. Das ist unser Hotel. Es befindet sich seit Generationen in Familienbesitz, und es steht auf unserem Grund und Boden. Das ist Robins Erbe, und das verschachern wir nicht an einen Mann, der schon alles hat. Natürlich ist das nicht leicht. Seit unsere Stammkunden nicht mehr kommen, haben wir Einbußen.«

Er gestikulierte in die Richtung, in der sich nach Voss' Einschätzung das Clubhaus befand.

»Ein paar von den Golfern trinken gerne hier ein Bier«, fuhr Pohl fort, und seine Miene wurde grimmig. »Sie finden unser Lokal so herrlich *anachronistisch*. Aber essen wollen sie nichts.« Pohl sah aus, als wolle er auf den Boden spucken, doch ein strenger Blick seiner Frau hielt ihn davon ab. »Eingebildete Schnösel«, schloss er.

»Sie stecken also in finanziellen Schwierigkeiten«, fasste Hannah zusammen, auch wenn Pohl das so nicht gesagt hatte.

Ilse Pohl nahm neben ihrem Mann Platz.

»Das ist nur eine Phase. Wir müssen modernisieren, und das kostet eine Menge Geld. Aber wir haben Rücklagen, und die Bank gewährt uns Kredit. Wir müssen uns eine Weile nach der

Decke strecken, aber wenn die Golfer das Angebot erst einmal annehmen, sind wir schnell aus den roten Zahlen raus. Unser Sohn ist ein hervorragender Koch, und mein Mann auch. Wir werden uns einen Ruf als Feinschmeckerlokal erwerben, und dann wird das hier eine der ersten Adressen auf Sylt.«

Hannah, die rasch auf ihrem Tablet getippt hatte, blickte auf.

»Warum gab es dann Streit?«

Ilse Pohl hob die Hände. »Den gab es nicht.«

»War es nicht so, dass Herr Hoffmann Adrian losgeschickt hat, um Ihnen die Pistole auf die Brust zu setzen, damit Sie verkaufen?«, fragte Hannah.

»Hat dein Vater das behauptet?« Günther Pohl zog sein Zigarettenpäckchen hervor und zündete sich eine an.

»Günther.« Ilse Pohl sah ihn vorwurfsvoll an.

Der Gastwirt antwortete mit einer unwirschen Handbewegung. »Das ist doch jetzt egal.«

Ilse schnitt eine Grimasse.

»Also gut. Sie finden es ja doch heraus«, setzte sie an.

Im selben Moment flog die Tür auf. Robin Pohl stand im Rahmen, die Fäuste geballt.

»Wir reden nicht über Betriebsinterna«, verkündete er. »Dazu sind wir nicht verpflichtet, richtig? Sie sind schließlich nicht von der Steuerprüfung.«

Jonas seufzte leise. Sie waren so dicht dran gewesen.

»Es geht darum, ob Sie ein Mordmotiv hatten«, sagte Hannah ruhig. »Ist es nicht auch in Ihrem Sinne, das zu klären?«

»Das können wir, ohne dass Sie Einblick in unsere Geschäfte nehmen«, entgegnete Robin. »Egal, welche Vereinbarungen es zwischen uns und Herrn Hoffmann gibt – Adrians Tod ändert nichts daran.«

Er trat einen Schritt beiseite und deutete auf die Tür, ein unmissverständliches Signal, dass die Befragung beendet war.

»Nun gut.« Hannah verstaute ihr Tablet in der Handtasche. »Wir nehmen das zur Kenntnis. Aber wir kommen sicher noch einmal auf Sie zu.«

Robin deutete eine Verbeugung an. »Wir stehen jederzeit zu Ihrer Verfügung. Aber jetzt haben wir zu arbeiten.«

Jonas stand auf und klopfte seine Taschen auf der Suche nach einer Visitenkarte ab. Seine Hoffnung, dass er sie tatsächlich eingesteckt hatte, war nicht besonders groß, doch zu seiner Überraschung fand er ein zerknicktes Exemplar in der Innentasche seiner Lederjacke. Er legte es vor Günther und Ilse Pohl auf den Tisch.

»Wenn Ihnen noch irgendetwas einfällt, das uns helfen könnte, melden Sie sich.« Er sah die beiden ernst an. »In Ihrem eigenen Interesse. Je eher der Fall geklärt ist, desto eher kann der Betrieb hier wieder normal laufen, und umso eher amortisieren sich Ihre Investitionen.«

Damit verließ er den Gastraum, durchquerte den kleinen Flur und trat ins Freie. Er schaute hinauf in den wolkenlosen blauen Himmel, sog die frische, salzige Luft ein und atmete langsam wieder aus. Er ärgerte sich, dass sie im entscheidenden Moment unterbrochen worden waren, aber das war nicht zu ändern.

▪ ▪ ▪

Marijke Meenken trat aus dem Golf-Shop und sah sich um. Keine Spur von ihren Freundinnen. Witta und Alma waren sicher mit ihren Verehrern unterwegs. Und wenn Grethe das gesamte Gelände unter die Lupe nehmen wollte, konnte das Stunden dauern. Ob sie nach ihr suchen sollte?

Unentschlossen umrundete Marijke den Pavillon, in dem sich die Sportboutique befand. Sie war unzufrieden und enttäuscht. Eine Gelegenheit, mit Denise Pohl zu sprechen, hatte sich nicht ergeben. Und ein Golfkurs zur Tarnung fiel aus. Selbst das Einführungsangebot war für sie unerschwinglich. Greenfee, Leihgebühr für Schläger und Golfcart und dazu ein paar Trainerstunden – damit war sie schnell im höheren dreistelligen Bereich. So gern sie Kari helfen wollte – das überstieg ihre Möglichkeiten. Zumal die Ballsportarten nie zu ihren Stärken gehört hatten.

Als junges Mädchen hatte sie Ballettunterricht genommen und eine Weile sogar von einer Karriere als Tänzerin geträumt. Stattdessen hatte sie Rickmer geheiratet und war schwanger geworden. Ihr Mann war den größten Teil des Jahres auf See gewesen, und irgendjemand musste sich um das Kind kümmern. Das war mit einer Künstlerkarriere nicht zu vereinbaren. Es waren die fünfziger Jahre; von Kinderhorts war man noch weit entfernt, und Dienstpersonal gab es nur in den besseren Kreisen. Eine Mutter blieb zu Hause und tingelte nicht herum, um auf irgendwelchen Bühnen zu tanzen.

Anfangs war sie manchmal traurig gewesen, doch dann hatte sich stattdessen Dankbarkeit eingestellt. Raik war so ein sonniges Kind, und jede Stunde, die sie mit ihm verbringen durfte, ein Geschenk. Außerdem liebte sie Sylt; es wäre ihr schwergefallen, die Insel gegen die große Stadt zu tauschen, auch wenn sie ihr irgendwann einmal verlockend erschienen war. Aber nirgendwo war es so schön wie hier.

Marijke blieb stehen. Sie war in Gedanken gewesen und hatte gar nicht gemerkt, dass sie unterdessen zu den Wirtschaftsgebäuden hinter dem Hotel-Restaurant gelaufen war. Und dort nahm sie etwas Seltsames wahr.

Zwei Personen huschten über das Gelände zu einem großen Schuppen und machten sich an der Tür zu schaffen. Marijke kramte nach ihrer Brille. Was direkt vor ihrer Nase war, konnte sie noch problemlos erkennen, aber die Weite machte ihr Schwierigkeiten.

Mit der Sehhilfe identifizierte sie zumindest eine der beiden schmalen Gestalten, die mit einem Taschenmesser im Vorhängeschloss des Schuppens herumstocherten. Marijke setzte sich eilig wieder in Bewegung und ging auf sie zu.

»Jasper!«, rief sie, als sie nur noch ein paar Meter entfernt war. Der Junge und das Mädchen fuhren erschrocken herum. Als er sie erkannte, grinste der Sohn von Hauptkommissar Voss.

»Frau Meenken. Was machen Sie denn hier?«

Marijke schürzte die Lippen.

»Ich war mit meinen Freundinnen bei einer Einführungsveranstaltung für Golf-Interessierte.«

Jasper blinzelte ihr zu.

»Sie interessieren sich für Golf?« Er lachte und schüttelte seinen blonden Lockenkopf. »Das war nur ein Vorwand, stimmt's? In Wirklichkeit suchen Sie die Waffendealer, genau wie wir.«

Marijke betrachtete das Mädchen, das neben Jasper stand und nicht so recht zu wissen schien, ob Jaspers entspannte Haltung echt oder nur aufgesetzt war. Ihr Aussehen erinnerte Marijke an Pippi Langstrumpf, was vor allem an den rotblonden Haaren und dem lustigen, sommersprossigen Gesicht lag. Die Kleidung – eine ausgebeulte Khaki-Hose mit passender Tarnjacke – passte nicht ins Bild, entsprach aber wahrscheinlich der aktuellen Teenie-Mode. Marijke gefiel allerdings Jaspers schlichter Look mit T-Shirt, Jeans und Turnschuhen besser.

»Willst du mir deine Freundin nicht vorstellen?«

»Doch, klar. Das ist Leonie. Wir gehen in dieselbe Klasse.« Er blinzelte dem Mädchen zu. »Und das ist Frau Meenken. Von der Häkelmafia.«

»Bitte?« Marijke runzelte die Stirn. Was war das für eine despektierliche Bezeichnung?

»Oh. Ups.« Jasper schlug die Hand vor den Mund, doch seine blauen Augen blitzten.

»Ist nicht böse gemeint«, versicherte er. »Wir sagen das zu Hause so.« Er strahlte sie an. »Es ist als Kompliment gemeint. Weil Ihre Freundinnen und Sie so irre gut vernetzt sind und an jede Information herankommen. Wie die Mafia eben. Aber eine gute. Eine weiße Mafia.«

Marijke dachte darüber nach. Es stimmte, Witta, Alma, Grethe und sie kannten Gott und die Welt auf Sylt, und wenn sie irgendetwas wissen wollten, fand sich immer jemand, den sie fragen konnten. Außerdem hatte der Begriff etwas Verwegenes. Er passte zu dem Abenteuerflair, das sie während Karis Aufenthalten auf Sylt verspürten.

»Häkelmafia«, murmelte sie belustigt. »Nun, warum nicht?«

»Eigentlich sind die vier ein privater Häkel-Club, aber die Damen interessieren sich auch für Kriminalistik«, erläuterte Jasper seiner Freundin. »Sie haben meinem Vater schon ein paarmal bei seinen Ermittlungen geholfen.« Marijke registrierte, dass er sich Mühe gab, seinen Fauxpas auszubügeln.

Leonie taute langsam auf.

»Deswegen sind wir hier«, berichtete sie. »Wir waren dabei, als Lukas verletzt wurde.«

Also doch nicht Pippi Langstrumpf, eher Emil und die Detektive.

»Wir haben die Schützen auch gesehen, aber leider nur im Nebel«, erklärte Jasper. »Wir konnten niemanden erkennen. Die Fotos, die ich mit dem Handy gemacht habe, sind auch nichts geworden.«

»Und warum wolltet ihr in den Schuppen einbrechen?«

»Der Restaurantbesitzer hat da irgendwelches Zeug reingeschleppt«, berichtete Jasper. »Leonie hat ihn beobachtet, während sie auf mich gewartet hat. Wir wollten uns hier treffen und zusammen zur Nordseeklinik fahren, um Lukas zu besuchen. Ich war heute Morgen mit meinem Opa mit dem Kutter draußen.«

Marijke musste schmunzeln, weil sie daran dachte, wie ihre Freundinnen und sie vor Jahren einmal ein Rendezvous zwischen Kari und Jonas Voss auf der *Andina* eingefädelt hatten.

»Wir dachten, er versucht vielleicht, die Waffen wegzuschaffen, die er noch irgendwo im Keller hatte. Weil Paps und Hannah jetzt hier wegen des Mordes alles auf den Kopf stellen.«

Das war eine plausible Vermutung, fand Marijke. Am liebsten hätte sie Jasper ermutigt, seinen Einbruchsversuch fortzusetzen, um selbst einen Blick in den Schuppen zu werfen, aber gegenüber zwei minderjährigen Jugendlichen hatte sie eine moralische Verantwortung.

»Trotzdem könnt ihr nicht einfach das Schloss knacken«, sagte sie streng.

»Okay. Es hätte ohnehin nicht funktioniert« Jasper steckte das Taschenmesser weg. »In Zukunft halten wir uns raus, versprochen.« Er zwinkerte Marijke zu. »Obwohl Sie das ja auch nie tun. Sie mischen sich immer in alles ein.«

Bevor sie etwas erwidern konnte, zog er seine Freundin mit sich, und die beiden liefen in Richtung Hotel davon.

Marijke sah ihnen kopfschüttelnd nach. Voss' Sohn war

wirklich frech. Aber dabei so charmant, dass man ihm einfach nicht böse sein konnte.

Abgesehen davon hatte er vollkommen recht.

Marijke überlegte. Das Vorhängeschloss stellte ein unüberwindliches Hindernis dar. Aber vielleicht war es auch nicht nötig, die Tür zu öffnen. Robin Pohl würde sicherlich über kurz oder lang zurückkommen, um die Sachen an einen anderen Ort zu bringen. Der Schuppen konnte bestenfalls ein Zwischenlager sein. Das Golf-Resort war Mittelpunkt einer Mordermittlung. Wenn Pohl wirklich illegale Waffen besaß, würde er sie so schnell wie möglich beiseiteschaffen.

Sie mussten sich nur auf die Lauer legen.

■ ■ ■

Kari Blom hängte ihren Kittel in den Spind und nahm dafür die rote Wetterjacke heraus, die seit dem letzten Sommer ihr ständiger Begleiter war. Jonas hatte sie ihr geschenkt, nachdem sie seinen Heiratsantrag angenommen hatte. Er hatte ihr eigentlich etwas anderes kaufen wollen – eine Kette, eine Uhr oder am liebsten einen Verlobungsring –, aber Kari hielt nichts von solchen Dingen. Die Uhr, die sie am Handgelenk trug, hatte sie von ihren Eltern zum vierzigsten Geburtstag bekommen, der kaum länger zurücklag als Jonas' Antrag. Für Schmuck hatte sie nichts übrig, und ein Verlobungsring symbolisierte in ihren Augen weniger das Versprechen, das darin lag, als die Fesseln, die man sich mit dem Ehevertrag anlegte. Sie hatte lange mit sich gerungen, ob sie dieses Wagnis noch einmal eingehen sollte, und wollte nicht von einem Schmuckstück permanent daran erinnert werden. Ganz abgesehen davon, dass sie den Ring bei ihren Einsätzen ohnehin nicht tragen dürfte.

Auf die Jacke dagegen hatte sie schon länger ein Auge geworfen. Sie war wind- und wetterdicht und zugleich atmungsaktiv, perfekt geschnitten und aus hochwertigem Material. Die Farbe gefiel ihr ebenfalls sehr. Nur der Preis hatte sie bisher abgehalten. Auch wenn sie sich die Jacke hätte leisten können – es widerstrebte ihr einfach, so viel Geld dafür auszugeben. Vor allem, weil es der Aufnäher eines namhaften Herstellers auf der Brusttasche war, der die Sache so teuer machte.

Nachdem Jonas begriffen hatte, dass das Kleidungsstück das einzige Geschenk war, mit dem er Kari wirklich eine Freude machen konnte, hatte er nicht lange gezögert. Seitdem trug sie kaum noch eine andere Jacke.

Sie schlüpfte hinein, schloss den Spind ab und trat durch die Hintertür des Restaurants ins Freie.

Auf dem Grün des Golfplatzes war niemand zu sehen. Die Spurensicherung hatte ihre Arbeit mittlerweile wohl abgeschlossen, die Polizei den Platz aber noch nicht wieder für den Spielbetrieb freigegeben. Oder hatte der Besitzer entschieden, dass die Anlage aus Gründen der Pietät geschlossen blieb? Für Hans-Peter Hoffmann musste der Tod seines jüngeren Sohnes und designierten Nachfolgers ein bitterer Schlag sein. Leider kam sie als Kellnerin nicht einmal in die Nähe dieses Mannes. Doch dafür hatte ja Witta Claaßen einen unerwarteten Zugang gefunden. Die Häkeldame würde den Bauunternehmer sicher bis aufs letzte Blutströpfchen ausquetschen, damit sie ihren Freundinnen ein paar exklusive Informationen bieten konnte.

Aber der Mord war nicht ihr Fall. Kari musste sich ein ums anderes Mal zur Ordnung rufen. Ihre Aufgabe war es, diejenigen aufzuspüren, die im Golfclub heimlich mit Waffen handelten und auf Möwen und unschuldige Schüler schossen, auch wenn Letzteres ein Versehen gewesen war.

Kari zog ihr Smartphone aus der Tasche und checkte ihre Nachrichten. Sie hatte Ole Lund nicht persönlich erreicht und ihm deshalb eine Textnachricht geschickt, dass er schnellstmöglich einen Durchsuchungsbeschluss für den Schuppen hinter dem Hotel beschaffen sollte. Geantwortet hatte er bisher nicht. Ob sie noch einmal versuchen sollte, ihn telefonisch zu erreichen?

So versunken war sie, dass sie überhaupt nicht bemerkte, wie sich die Hintertür des Restaurants öffnete und jemand neben sie trat. Als die Frau sie am Arm berührte, fuhr Kari zusammen.

»Lydia!« Sie lachte, doch ihr Herz raste.

»Kari.« Die Kellnerin zog ihre Hand zurück. »Habe ich dich erschreckt?«

»Ja.« Kari holte ein paarmal tief Luft. »Aber es geht schon wieder.« Sie schaltete das Smartphone aus und steckte es zurück in die Handtasche.

Lydia nagte an ihrer Unterlippe und strich sich eine Strähne ihrer langen dunklen Locken aus dem Gesicht. Ihre Hände fuhren über den weich fallenden anthrazitfarbenen Pullover und die eng sitzende schwarze Jeans. Sie war offensichtlich aufgewühlt. Kari neigte den Kopf.

»Ist irgendetwas passiert?«, erkundigte sie sich.

»Außer, dass Adrian tot ist und die Polizei mich verdächtigt?«, gab Lydia bissig zurück, hob aber sofort die Hände, als Kari einen Schritt zurückwich.

»Entschuldige«, sagte sie. »Ich wollte dich nicht angreifen. Ich bin nur völlig mit den Nerven am Ende. Und …«

»Ja?«

»Ich wollte dich fragen, ob du Zeit hast.« Sie zupfte an ihren Fingern. »Ich muss mit jemandem reden.«

In Karis Kehle bildete sich ein Kloß. Hatte Jonas doch

recht? Hatte Lydia etwas mit dem Mord an Adrian zu tun? Nein. Sie schüttelte das Unbehagen ab. Das konnte nicht sein.

»Klar«, sagte sie, obwohl sie eigentlich in ihre Unterkunft hatte fahren wollen. Die Laufschuhe anziehen und eine Runde durch die Braderuper Heide joggen, links die Erikapflanzen, die gerade ihre kleinen violetten Blüten entfalteten, rechts der Strand und das Wattenmeer. Die Wut auf Jonas rumorte immer noch, und das Laufen war der beste Weg, sich davon zu befreien. Aber Lydia war ihre Freundin. Eine echte Seelenverwandte. Und außerdem eine Person, die in enger Verbindung zu den Verdächtigen in beiden Fällen stand, sowohl dem Mord an Adrian Hoffmann als auch dem Waffen-Deal.

»Danke.« Lydia griff nach ihrem Arm und zog sie mit sich um das Hotelgebäude herum zum Parkplatz für die Angestellten. Dort stand Lydias weiße Vespa neben Karis gemietetem rotem Polo.

Lydia deutete auf den Roller. »Willst du bei mir mitfahren? Oder ist dir dein Wagen lieber?«

»Ich fahre.« Kari, die ungern die Kontrolle abgab, hatte bereits die Autoschlüssel in der Hand. Auf keinen Fall würde sie sich ohne Not auf ein motorisiertes Zweirad setzen. Nur zu gut erinnerte sie sich noch an ihren ersten Fall auf Sylt, als sie gezwungenermaßen im Beiwagen von Grethe Aldags Motorrad mitgefahren war. Die Fahrt hatte damals nicht unweit von hier in den Trümmern eines Marktstands geendet.

Kari schob den Gedanken beiseite. Sie entriegelte das Fahrzeug und wollte gerade einsteigen, als hinter ihnen eine Stimme ertönte.

»Lydia! Hallo!«

Eine mittelgroße blonde Frau mit halblangen Haaren lief auf sie zu. Sarah Jessen, die frisch verwitwete Braut. Sie trug ein schmal geschnittenes schwarzes Kostüm und eine hellgraue Bluse, dazu ein schwarzes Tuch und eine Sonnenbrille mit riesigen Gläsern. Kari fand, dass sie aussah wie eine Schauspielerin aus einem Film der neunziger Jahre des letzten Jahrhunderts. Auf ihrem Kopf saß ein schwarzer Strohhut mit einer riesigen Krempe, der den Eindruck noch verstärkte.

Lydia gab ein leises Stöhnen von sich. Dann trat sie auf die Witwe zu und nahm sie in die Arme.

»Sarah.« Sie wiegte die Frau und strich ihr über den Rücken. »Es tut mir leid. Das muss so schrecklich für dich sein.«

Sarah Jessen löste sich wieder von ihr und nahm die Sonnenbrille ab. Ihre Augen waren gerötet, ihr Blick war schmerzerfüllt.

»Ich werde noch verrückt«, sagte sie und verstaute die Brille achtlos in ihrer Handtasche. »Ich sehe es die ganze Zeit vor mir. Wie Adrian da liegt, mit diesem Loch im Schädel, und daneben sein Eisen. Das war mein Hochzeitsgeschenk, weißt du das? Die Tasche mit den Schlägern. Von Hand gegossene Eisen, keine Massenware aus der Fabrik. Er wollte sie gleich in der Nacht noch ausprobieren, deshalb hat Hendrik die Tasche mitgenommen und in die Hütte bei Loch 18 gestellt, damit Adrian ein paar Bälle schlagen kann, während er auf mich wartet. Und stattdessen ...« Sie brach ab, und dicke Tränen rannen über ihre Wangen.

Lydia sah hilflos zu ihrer Kollegin. Kari zog ein Päckchen Taschentücher aus ihrer Handtasche, nahm ein Tuch heraus und reichte es Sarah. Die Braut schnäuzte sich geräuschvoll.

»Danke.« Sie schaute zwischen Lydia und Kari hin und her. »Was habt ihr vor?«

»Wir wollten einen Schluck trinken gehen«, sagte die Kellnerin. »Bei Gosch oder in einem der anderen Lokale vor der Tonnenhalle.«

Sarah schüttelte den Kopf.

»Nein. Lasst uns irgendwo hinfahren, wo mich nicht gleich jeder erkennt. Ich ertrage es nicht, wenn mich ständig jemand anspricht und sein Mitgefühl ausdrückt.«

Lydia wechselte einen Blick mit Kari. Sie wollte Sarah nicht dabeihaben. Sie wollte etwas mit Kari besprechen, etwas, das ihr offensichtlich auf der Seele brannte. Kari vibrierte vor Neugier darauf zu erfahren, was es war. Aber sie konnten die trauernde Witwe wohl kaum allein hier auf dem Parkplatz stehen lassen.

»Wohin denn?«, fragte Lydia müde. »Hier auf Sylt kennt dich doch jeder.«

Sarah dachte angestrengt nach. Sie ließ sich von Kari ein zweites Taschentuch geben und tupfte um ihre Augen herum. Ihr Make-up war offensichtlich von guter Qualität. Trotz der dicken Tränen war es kaum verschmiert. Dann erhellte sich ihr Gesicht.

»Ich habe eine Idee«, sagte sie. »Wir gehen in den Club Royale in Westerland.«

Kari verspürte so etwas wie einen kleinen elektrischen Schlag. Im Club Royale hatte sie damals ihre erste Undercover-Ermittlung auf Sylt durchgeführt und Jonas kennengelernt.

Lydia verzog den Mund.

»Du glaubst, ausgerechnet dort erkennt dich keiner? Da gehen doch die Yuppies ein und aus.«

»Schon. Aber wenn ich darum bitte, wird man dafür sorgen, dass uns niemand anspricht.« Sarah nahm den Hut vom Kopf und warf ihre blonden Haare zurück, ehe sie ihn wieder aufsetzte. Für eine Sekunde blitzte etwas auf, dass Kari an Sarahs Mutter erinnerte. Offenbar war sie nicht nur die unscheinbare junge Frau im Schatten der Baustoffhändlerin

Dorothea Jessen, sondern trug auch selbst etwas vom Selbstbewusstsein der erfolgreichen Unternehmerin in sich.

»Von mir aus.« Lydia hob ergeben die Arme. Kari öffnete für Sarah die hintere Tür des Polos.

»Du musst mir nur erklären, wie ich fahren muss. Ich kenne mich nicht so gut aus auf Sylt«, sagte sie, nachdem sie sich hinters Steuer gesetzt und den Motor angelassen hatte. Sarah und Lydia durften auf keinen Fall wissen, wie vertraut ihr die Insel war.

Der Blick der jungen Witwe streifte sie nur kurz.

»In den Club Royale würdest du ohnehin nicht gehen«, verkündete sie. »Aber mach dir keine Sorgen. Ich lade euch ein.«

Kari würgte den Motor ab und holte tief Luft. Sie war ein geduldiger Mensch, aber auch bei ihr gab es Grenzen.

Sie drehte sich zu Sarah um, doch ehe sie zu einer Replik ansetzen konnte, fing sie einen bittenden Blick von Lydia auf und bekam plötzlich ein schlechtes Gewissen. Sarahs Arroganz mochte ihrem Naturell entsprechen, aber vielleicht war sie auch nur ein Schutzschild. So oder so, die junge Frau hatte gerade auf schreckliche Weise ihren Bräutigam verloren. Sie verdiente Karis Mitgefühl, auch wenn sie sich ihr gegenüber nicht gerade nett verhielt.

»Pardon.« Kari schluckte ihren Zorn mühsam hinunter. »Ich dachte, ich hätte mein Smartphone im Restaurant liegen lassen, aber das stimmt gar nicht. Ich habe es in der Tasche.« Sie schaute in den Rückspielgel und zwang ein Lächeln auf ihre Lippen.

»Kein Problem.« Die blauen Augen waren jetzt leer und schienen in weite Ferne gerichtet. »Ich habe es nicht eilig.«

Kari startete den Motor erneut. Ihr Herz war plötzlich bleischwer. So schnell konnte es gehen. Von einer Sekunde auf die andere konnte aus großem Glück großes Leid werden.

Wollte sie das wirklich noch einmal riskieren?

9.

Die Bedienung, eine hübsche junge Frau mit langen blonden Haaren, führte sie an einen Tisch, der mit zwei Strandkörben von den Blicken der anderen Gäste abgeschirmt war. Gegenüber standen zwei Stühle.

Sarah Jessen belegte einen der Strandkörbe mit Beschlag, Lydia setzte sich in den anderen und klopfte einladend auf das Sitzpolster. Kari zögerte kurz. Zu zweit im Strandkorb zu sitzen, entsprach eigentlich nicht ihrem persönlichen Bedürfnis nach Distanz. Aber mit Lydia könnte das anders sein. Kurzentschlossen setzte sie sich neben die Kollegin aus dem Golfclub und stellte fest, dass sie damit auch dem Wind entging. Er hatte aufgefrischt und war kalt, beinahe eisig. Nicht ungewöhnlich für einen Nachmittag Mitte April auf Sylt, aber drinnen sitzen wollte dennoch keine von ihnen. Der Gastraum des Club Royale, der sich oben auf der Deichkrone am Brandenburger Stand befand, bot mit seinen Panoramafenstern zwar einen großartigen Blick über die Nordsee, aber auf der Terrasse war es trotzdem um ein Vielfaches schöner. Man hörte das Rauschen der unermüdlich auf den Strand laufenden Wellen und das Geschrei der Möwen, und die salzige Luft vom Meer war so erfrischend, dass man sich schon nach wenigen Augenblicken wie neugeboren fühlte. Es war wie eine Kur, nicht nur für die Atemwege, sondern auch für die Seele.

Die Kellnerin kam an den Tisch und erkundigte sich nach ihren Wünschen. Kari betrachtete neidisch ihre modisch geschnittene schwarze Hose, die bequemen Sneakers und die mintgrüne Bluse. Die Dienstkleidung im Club Royale war edel, aber nicht so antiquiert wie ihre eigene Uniform im Hotel-Restaurant des Golf-Resorts. Wenn sie nur an dieses alberne Häubchen dachte! Solange sie es trug, vermied sie tunlichst jeden Blick in den Spiegel. Es sah einfach zu schrecklich aus.

Sarah Jessen orderte Champagner, ohne ihre Begleiterinnen nach deren Wünschen zu fragen. Kari konnte gerade noch die Hand heben und um ein Glas Wasser dazu bitten; ein Wunsch, dem sich Lydia umgehend anschloss. Sarah verdrehte die Augen.

»Ich habe doch gesagt, ich zahle.«

»Darum geht es nicht.« Kari verspürte schon jetzt, ehe die Flasche überhaupt auf dem Tisch stand, leichte Übelkeit. An ihrer Abneigung gegen Alkohol, erst recht, wenn er mit Kohlensäure versetzt war, hatte sich in den Jahren, seit sie das erste Mal nach Sylt gekommen war, nichts geändert. Aber als Undercover-Ermittlerin konnte sie nicht wählerisch sein. Wenn es ihre Rolle gebot, Champagner zu trinken, tat sie es eben.

Sarah Jessen lachte. »Ihr habt Feierabend. Genießt es, dass ihr mal auf der anderen Seite steht und euch nicht die Hacken ablaufen müsst. Vom Champagner gar nicht zu reden.« Sie erhob sich und deutete zum Haus. »Ich gehe mich kurz frischmachen.« Damit stöckelte sie davon.

Kari und Lydia streckten ihre Köpfe rechts und links aus dem Strandkorb und sahen zu, wie Sarah durch die Glastür ins Lokal ging. Durch die großen Panoramascheiben konnten sie beobachten, wie sie in den Gang abbog, in dem sich die sanitären Einrichtungen befanden. Kari konnte sich noch gut an die Anordnung der Räume erinnern. Im selben Trakt hatte sich auch das Büro des damaligen Besitzers des Club Royale befunden, gegen den sie bei ihrem ersten Undercover-Einsatz auf Sylt ermittelt hatte.

»Tut mir leid«, sagte Lydia, nachdem Sarah ihren Blicken entschwunden war und sie es sich wieder gemütlich gemacht hatten. »Ich wollte nicht, dass sie mitkommt. Aber wir sind seit der Schulzeit befreundet. Und sie hat gerade ihren Mann verloren. Da muss man sich um sie kümmern.«

»Schon in Ordnung.« Kari, die es ebenfalls vorgezogen hätte, den Nachmittag mit Lydia allein zu verbringen, lächelte.

Ihre neue Freundin kaute auf ihrer Unterlippe.

»Es ist nur ... Ich wollte dir eigentlich etwas erzählen.«

»Hm?«

Die Kellnerin erschien neben dem Tisch, in der einen Hand einen Sektkühler, aus dem der Hals einer Flasche hervorsah, in der anderen ein Tablett mit Gläsern und Wasserflaschen.

»Soll ich den Champagner für Sie öffnen, oder möchten Sie das tun?«, erkundigte sie sich, während sie die Gläser verteilte und für Kari und Lydia Wasser einschenkte.

»Das machen wir selbst, danke«, sagte Lydia. Kari sah ihr an, dass sie ungeduldig darauf wartete, dass sich die Bedienung wieder entfernte. Was immer sie Kari erzählen wollte, brannte ihr offensichtlich auf der Seele.

»Wie Sie wünschen.« Die Kellnerin neigte höflich den Kopf und ging zurück ins Lokal. Lydia lugte um den Strandkorb herum, um sicherzustellen, dass niemand sie belauschen konnte.

»Weißt du«, begann sie und neigte sich näher zu Kari, »es

gibt da eine alte Geschichte. Wir haben damals etwas sehr Dummes gemacht, Adrian, Robin, Sarah und ich.«

»Aha?«

Lydia knetete ihre Finger. »Es fällt mir nicht leicht, darüber zu reden«, bekannte sie. »Ich habe schreckliche Schuldgefühle deswegen. Und ich mache mir Sorgen.«

Kari verspürte ein Kribbeln im Nacken. Hatte diese alte Geschichte womöglich etwas mit dem Mord an Adrian Hoffmann zu tun?

»Du kannst mir alles erzählen«, sagte sie herzlich und nahm spontan Lydias Hand. Hätte Ole Lund in diesem Moment angerufen und sie gefragt, ob sie als Undercover-Ermittlerin oder als Lydias Freundin agierte, sie hätte es nicht sagen können. Die Rolle verschmolz mit ihren privaten Gefühlen.

Lydia schaute sie an und strich sich mit der freien Hand die dunklen Locken aus der Stirn. Ihre haselnussbraunen Augen glänzten feucht.

»Es geht um meine Schwester«, flüsterte sie.

»Du glaubst, Denise hat Adrian erschlagen, stimmt's?«, ertönte eine kühle Stimme neben ihnen.

Kari und Lydia fuhren zusammen. Sie hatten nicht bemerkt, dass Sarah zurückgekehrt war. Wie lange stand sie schon hinter ihnen und hörte zu?

»Denise?«, fragte Kari nach.

Sarah setzte sich in ihren Strandkorb und griff nach der Flasche im Sektkühler. Sie entfernte die goldfarbene Folie über dem Korken und drehte den Verschluss der Sicherungskappe auf. Kari fiel auf, dass sie ihr Make-up erneuert hat; von den Tränenspuren, die es ein wenig verwischt hatten, war nichts mehr zu sehen.

»Du kennst sie. Die Frau von Robin Pohl. Die Inhaberin des Golf-Shops«, sagte Sarah.

»Das ist deine Schwester?« Kari musterte Lydia überrascht. Sie hatte die beiden Frauen bereits zusammen erlebt, aber nichts von einer verwandtschaftlichen Beziehung gespürt. Denise und Robin Pohl behandelten Lydia wie jede andere Angestellte.

Lydia hob die Schultern.

»Wir haben kein gutes Verhältnis. Sie hat mir nicht verziehen, dass ich sie nicht besser beschützt habe. Dabei kennt sie nicht einmal die ganze Wahrheit.« Lydias Blick flackerte. »Zumindest dachte ich das.«

Sarah klemmte sich die Champagnerflasche zwischen die Knie und zog vorsichtig am Korken. Als er sich löste, umklammerte sie ihn und ließ langsam die Kohlensäure entweichen, ehe sie ihn vollständig herauszog und die Gläser füllte. Kari konstatierte Routine, aber auch Respekt vor dem Druck, unter dem die Flasche stand. Ihr selbst ging es nicht anders. Auch wenn es selten vorkam – wann immer in ihrer Nähe eine Sektflasche geöffnet wurde, fürchtete sie, von dem herausschnellenden Korken getroffen zu werden.

»Sie versteckt das geschickt, aber tatsächlich leidet sie seit damals unter einer Angststörung«, erklärte Sarah. »Panikattacken, Schwindel und Herzrasen. Manchmal wird sie sogar ohnmächtig. Sie hat jahrelang eine Therapie gemacht, aber geholfen hat es nicht.«

Sie prostete den beiden anderen Frauen zu. Kari setzte ihr Glas an die Lippen und kippte den Champagner wie Wasser hinunter, während sie darauf wartete, dass Sarah weitersprach.

»Na, du hast ja einen Zug am Leib«, kommentierte diese und schenkte ihr nach.

Kari lachte verlegen. »Entschuldige. Ich war so gebannt.«

Sarah winkte ab. »Trink nur. Wenn die Flasche leer ist, bestellen wir eine neue. Geld spielt keine Rolle.« Ihre Augen wurden dunkel. »Nichts spielt mehr eine Rolle.«

Kari verspürte unvermittelt Mitleid. Bisher hatte sie Sarah als zu glatt empfunden, als kühl und arrogant. Doch vermutlich war das nur die Mauer, hinter der sie ihren Schmerz versteckte. Als Kari ihr jetzt ins Gesicht sah, entdeckte sie etwas Weiches, Sensibles. Im Stillen korrigierte sie ihre Einschätzung. Sarah war nicht nur eine verwöhnte reiche Firmenerbin, sondern auch eine Frau, die verzweifelt dagegen kämpfte, von ihrer Trauer überrollt zu werden.

Sie kramte in ihrer Handtasche nach den Taschentüchern und reichte Sarah eines, doch diese winkte ab.

»Es geht schon.« Sie tupfte mit den Fingerspitzen unter den Augen entlang. Eine typische Geste, um zu verhindern, dass die Tränen erneut das Make-up ruinierten. Kari, die sich nur wenig und dezent schminkte, hatte dieses Problem nicht.

Weil du nicht weinst.

Das war es, was ihre Mutter und Ole Lund immer wieder gesagt hatten, als Björn diesen schrecklichen Unfall gehabt hatte und gestorben war. Sie hatte alle Gefühle weggesperrt, und Sarah Jessen machte es genauso. Kari erkannte sich plötzlich auf beklemmende Weise in Adrian Hoffmanns Witwe wieder, und ebenso unwillkommen schossen ihr mit einem Mal Tränen in die Augen. Zum Glück hielt sie das Taschentuch noch in der Hand.

▪ ▪ ▪

Statt ihre Besprechung im Büro abzuhalten, hatten es sich Jonas Voss und Hannah Behrends an ihrem üblichen Platz auf der Strandpromenade in Westerland gemütlich gemacht. Wie immer hatten sie sich im Sunset Beach am Brandenburger Strand einen Kaffee besorgt. Der Besitzer hielt eigens für sie Porzellanbecher zum Mitnehmen bereit, damit sie sich nicht zu den anderen Gästen auf die winzige Terrasse quetschen mussten, sondern sich stattdessen auf eine der weißen Bänke auf der Promenade setzen konnten.

Jonas betrachtete das aufgedruckte Bild auf seinem Becher. Die Motive wechselten saisonal; dieses zeigte eine Möwe mit Cowboyhut. Die rechte Schwinge hatte sie stolz auf den Stern auf ihrer gefiederten Brust gelegt, in der linken hielt sie einen Revolver, der gen Himmel gerichtet war.

»So wünsche ich mir das auch manchmal«, bemerkte Hannah. »Verbrechen wie im Western. Da weiß man immer, wer der Gute und wer der Böse ist. Der Sheriff muss sich nur noch auf sein Ross schwingen und den Outlaw jagen, und am Ende gibt es eine spektakuläre Schießerei.«

Jonas sah sie vielsagend an.

»Es würde dir nicht gefallen«, entgegnete er. »Im Wilden Westen hättest du kein Tablet.«

»Stimmt.« Hannah stellte ihren Kaffeebecher neben sich auf die Bank. Sie holte das Gerät aus der Handtasche und scrollte durch ihre Nachrichten. »Das würde mir fehlen.« Sie blinzelte Voss zu. »Für dich dagegen wäre es genau das Richtige. Du bräuchtest nicht immer nach Stiften und Zetteln oder nach deinem Dienstausweis zu suchen. Du müsstest lediglich darauf achten, dass du deinen Revolver nicht verlierst. Und dein Pferd.«

Jonas lachte, doch die Unbeschwertheit, die er gewöhnlich empfand, wenn er mit Hannah herumalberte, wollte sich nicht einstellen. Stattdessen schwappte eine Welle der Müdigkeit über ihm zusammen. Er empfand es als zunehmend zermürbend, dass sich Karis und seine Wege immer wieder auch beruflich kreuzten. Weil sie dabei nicht produktiv zusammenarbeiteten, sondern sich ständig Konflikte ergaben. So umgänglich Kari als Privatmensch war, so stur war sie, wenn sie undercover unterwegs war.

Hannah sah ihn aufmerksam an. »Der Streit steckt dir in den Knochen, stimmt's?«

Jonas nickte.

»Es ist doch lächerlich«, schimpfte er. »Kari ist ebenso lange im Polizeidienst wie ich. Sie weiß genau, dass man einem Menschen nicht an der Nasenspitze ansieht, ob er ein Verbrechen begangen hat. So kenne ich sie überhaupt nicht. Sie ist plötzlich so ...«

»Emotional?«

»Ja.«

Hannah lachte. »Das könnte an der bevorstehenden Hochzeit liegen, meinst du nicht?«

Jonas blickte düster über das Meer, das grau und von weißen Schaumkronen geziert war. In der Ferne zog ein großes Schiff vorbei.

»Ich glaube, sie ist sich gar nicht mehr sicher, ob sie mich überhaupt heiraten will.«

»Das wird sie.« Hannah legte ihm kurz die Hand auf den Arm. Dann schwenkte sie ihr Tablet. »Die Befragung der Hochzeitsgäste durch die Kollegen hat keine neuen Hinweise erbracht, aber Prof. Dr. Lorenz hat ihren Bericht geschickt. Abgesehen von der Schädelfraktur hat die rechtsmedizinische Untersuchung keine weiteren Traumata zutage gefördert. Das heißt, es gibt keine Abwehrverletzungen. Der Deformation der Schädeldecke zufolge hat der Täter nur einmal zugeschlagen.« Sie ließ das Tablet sinken. »Adrian Hoffmann muss sofort zusammengebrochen sein. Todesursache ist die durch Einwirken stumpfer Gewalt verursachte Hirnblutung.«

»Wie lange hat er nach dem Angriff noch gelebt?«

»Nicht lange. Ein paar Minuten höchstens, schreibt Prof. Dr. Lorenz. Vermutlich bewusstlos durch den heftigen Schlag. Hoffentlich. Vor dem Angriff war er nicht benebelt. Das Tox-Screening hat ergeben, dass er nur knapp ein Promille Alkohol im Blut hatte und keinerlei Drogen.«

Voss zog die Papiertüte aus der Tasche seiner Lederjacke und biss in das Schokocroissant, das er sich auf dem Rückweg zum Golf-Resort im Raffelhüschen besorgt hatte.

»Also war sich der Täter sicher, dass er gut getroffen hat«, überlegte er kauend. »Oder hat er im Affekt zugeschlagen und ist geflohen, ohne zu wissen, ob Hoffmann überlebt?«

Hannah notierte sich die Punkte. »Ich tippe auf Vorsatz.« Sie stutzte. »Oh.«

»Was?« Voss biss erneut in sein Schokocroissant.

»Prof. Dr. Lorenz hat bei der Obduktion Spermaspuren gefunden.« Hannah runzelte die Stirn. »Erinnerst du dich, was der uniformierte Kollege am Tatort gesagt hat? Über Hoffmanns unordentliche Kleidung?«

Jonas schluckte den Bissen hinunter.

»Das heißt, Adrian Hoffmann war mit seiner Braut zusammen, ehe er ermordet wurde? Und anschließend haben sie sich noch einmal getrennt? Oder hat er sich mit einer anderen Frau vergnügt?«

Hannah hob die Hände.

»Keine Ahnung. Es gibt keine DNA-Spuren von einer weiteren Person.«

»Okay. Wir werden die Braut danach fragen.« Jonas strich eine Locke zurück, die ihm der Wind ins Gesicht geweht hatte. »Hast du noch mehr Neuigkeiten?«

»Jede Menge. Die Spurensicherung hat ihren Bericht geschickt.« Hannah wischte über das Display ihres Tablets.

»Erstens: Die Fingerabdrücke in der Laube bei Loch 18 lassen sich alle eindeutig zuordnen, auch die an der Golftasche. Sie stammen ausschließlich von Adrian Hoffmann und den drei Entführern. Offenbar ist vor der Hochzeit gründlich saubergemacht worden, und die Reinigungskraft hat Handschuhe getragen.«

»Das hat der Mörder vermutlich auch.«

»Richtig. Die Kriminaltechnik hat den Schläger untersucht. Das Blut am Schaft und die Fingerabdrücke auf dem Griff stammen ausschließlich von Adrian Hoffmann. Sie sind allerdings verwischt und von Handschuhabdrücken überlagert. Unsere Spurentechniker tippen aufgrund der Struktur der Abdrücke auf Schafleder. Sie sagen, das sei das gängige Material bei Golfhandschuhen aus Leder. Cabretta oder Känguru.«

»Cabretta?«

»Die Kollegen schreiben, dass man damit in den USA das Leder von südamerikanischen Haarschafen bezeichnet. Es können aber auch Haarschafe aus Ost- und Westafrika sein.« Hannah scrollte weiter durch die Datei auf ihrem Tablet. »In der Golfer-Szene ist die Bezeichnung offenbar verbreitet.«

»Das heißt, der Täter ist Golfspieler?«

Hannah tippte und wischte über das Display. Sie studierte ein paar Seiten und hob dann den Kopf.

»Nein. So einen Cabretta-Handschuh kann sich jeder kaufen. Sie sind nicht teuer. Wenn du sie online bestellst, bekommst du das Paar schon ab fünfzehn Euro.«

»Okay. Also suchen wir ein Paar blutige Cabretta-Handschuhe.«

»Das haben die uniformierten Kollegen schon getan. Bisher leider ohne Erfolg. Die Mülltonnen auf dem Gelände sind clean. Aber sie suchen weiter. So ein Golfplatz ist ja riesig, da gibt es unzählige Verstecke. Oder der Täter hat die Handschuhe noch in seinem Besitz. Dann finden wir sie nur mit einem Durchsuchungsbeschluss.« Hannah schnitt eine Grimasse. »Die Tasche mit den Golfschlägern war übrigens ein Hochzeitsgeschenk der Braut. Die Entführer haben sie in die Laube gestellt, damit Adrian ein paar Bälle schlagen kann, während er auf seine Frau wartet.«

Voss massierte sich die Schläfen. Sein Schädel dröhnte. Was vermutlich ebenso an seinem Streit mit Kari als auch an der viel zu kurzen Nacht lag.

»Gut. Was noch?«, fragte er.

»Zweitens: der Tatort.« Hannah hob den Finger. »Keine weiteren Spuren außer den Abdrücken von Herren- und hochhackigen Damenschuhen, und dem blutigen Schläger, der neben Hoffmanns Kopf lag.«

»Keine Chance, sie zu personalisieren?«, erkundigte sich Jonas und dachte an Lydia Cordes.

»Nein«, entgegnete Hannah, die natürlich wusste, worauf er hinauswollte. »Und es gibt zahlreiche Möglichkeiten, von wem sie stammen. Da hätten wir Hans-Peter Hoffmann, seinen Fahrer und Dorothea Jessen, die den Toten gefunden haben, außerdem Adrian Hoffmann selbst, seine Braut Sarah Jessen, und, nicht zu vergessen, Kari. Alle drei Frauen hatten hochhackige Schuhe an. Einen Beweis dafür, dass Lydia Cordes am Tatort war, finden wir über die Abdrücke nicht.«

»Okay.« Jonas ließ sich frustriert gegen die Rückenlehne der Bank sinken. Hannah schenkte ihm ein aufmunterndes Lächeln.

»Punkt drei: die Kleidung des Toten«, setzte sie ihren Bericht fort. »Die Kriminaltechniker haben zahllose Faserspuren entdeckt, die uns aber nicht viel nützen. Es war seine Hochzeit. Mindestens die Hälfte der Gäste hat ihn umarmt, dazu die Familie und natürlich die Braut. Außerdem haben die Kollegen einen Golfball gefunden. Er steckte in der linken Tasche von Adrians Cut.«

»Hm.« Voss verschränkte die Hände im Nacken und schaute über die Nordsee. Am Himmel formierten sich ein paar Wolken zu skurrilen Gestalten. In der Mitte zog ein Gebilde vorbei, das wie eine riesige Schildkröte aussah. »Haben sie noch weitere Bälle gefunden?«

»Nein. Nur den, den Hans-Peter Hoffmann geschlagen hatte, ehe er und seine Begleiter den Toten entdeckt haben.«

Jonas schnitt eine Grimasse.

»Adrian Hoffmann hatte also vor, sich die Zeit mit Golfspielen zu vertreiben, aber er ist nicht dazu gekommen, weil er vorher seinem Mörder begegnet ist.«

»Warum hat er den Schläger nicht dazu benutzt, sich zu verteidigen?«

»Anscheinend hat er sich nicht bedroht gefühlt«, überlegte Voss. »Vielleicht hat er den Täter sogar eingeladen, eine Runde mit ihm zu spielen, und wollte ihm den ersten Schlag überlassen.«

»Und der andere hat den Schläger genommen und einfach zugeschlagen? Der Golfball steckte ja noch in Hoffmanns Tasche.«

Voss fuhr sich durch die Locken. »Du hast recht. Das klingt nicht einleuchtend.«

»Vielleicht hat Adrian etwas gesagt, das ihn plötzlich in Wut versetzt hat. Oder die beiden wollten gar nicht spielen. Der Schläger lag auf dem Boden. Adrian und sein Mörder sind in Streit geraten. Beide haben nach dem Schläger gegriffen, aber der Täter war schneller.«

»Möglich.« Voss deutete auf das Tablet. »Hast du noch mehr?«

»Ja.« Hannah wischte ein paarmal über das Display. »Die Kollegen haben sich den Unterstand angesehen, in dem sich Hendrik Hoffmann aufgehalten haben will. Sie haben dort Spuren von ihm gefunden, außerdem eine leere Flasche Mirabellenbrand. Wann er dort war, lässt sich natürlich nicht feststellen. Aber bisher gibt es nichts, was seiner Aussage widerspricht.«

Jonas nickte. Hendrik Hoffmann war nicht der Täter. Der Mord ging auf das Konto von Lydia Cordes, davon war er überzeugt. Die Spur zu den Pohls, auf die sein Vater sie geführt hatte, war bestenfalls lauwarm. Die wirtschaftlichen Schwierigkeiten hatten die Pohls zugegeben, doch es stimmte auch, dass ihnen der Tod von Adrian Hoffmann nichts nützte. Derjenige, der das Hotel-Restaurant schlucken wollte, war der Baulöwe Hans-Peter Hoffmann, und der würde sich durch den Mord an seinem Sohn nicht davon abhalten lassen. Natürlich könnte auch hier ein Affekt im Spiel gewesen sein, spontane Wut, die den Handlanger des Vaters oder auch nur den Überbringer der schlechten Nachricht getroffen hatte, doch Jonas glaubte nicht daran. Der Verdacht gegen Lydia Cordes war um ein Vielfaches plausibler.

»Ich bin mir sicher, dass es Lydia war.« Voss befeuchtete seinen Zeigefinger, um ein Stück Schokolade aufzupicken, das auf seine helle Chinohose gefallen war. »Sie hat das stärkste Motiv und kein Alibi.«

Hannah nickte. »Sie wurde zuletzt bei der Entführung des Bräutigams gesehen, und danach erst wieder, als man bereits Hoffmanns Leiche entdeckt hatte. Das entspricht ihrer Aussage, dass sie einen Spaziergang über den Golfplatz gemacht hat, aber es entlastet sie nicht. Hendriks Geschichte dagegen wird von den Spuren in der Laube gestützt. Aber er könnte natürlich auch erst nach dem Mord an seinem Bruder zur Flasche gegriffen haben.«

Jonas schob sich den Rest seines Croissants in den Mund.

»Was ist mit Robin und Denise? Kann jemand ihre Aussagen bestätigen? Dass er im Hof die Getränkekisten sortiert hat und sie im Golf-Shop war?«

»Leider nein. Von den Gästen hat niemand etwas beobachtet. Die waren alle mit anderen Dingen beschäftigt. Wer achtet bei so einer Feier schon auf das Personal?«

Voss wischte sich die fettigen Finger an der Serviette ab, die er im Raffelhüschen bekommen hatte, stopfte sie in die leere Papiertüte und verstaute beides in seiner Jackentasche.

»Hast du noch mehr Informationen von den Kollegen?«, fragte er.

Hannah konsultierte wieder ihr Tablet.

»Die IT hat sich gemeldet«, berichtete sie. »Sie haben das Handy von Adrian Hoffmann untersucht. Jede Menge Anrufe vor fünfzehn Uhr an seinem Todestag, allesamt von Familienmitgliedern oder Personen, die auf der Gästeliste stehen. Um fünfzehn Uhr war die Trauung. Um zehn vor drei hat er das Telefon abgeschaltet. Danach ist es nicht wieder eingeschaltet worden. Er hatte es auch nicht bei sich. Die Braut hat es den Kollegen ausgehändigt, es befand sich in ihrer Handtasche. Wäre ja auch nicht sehr sinnvoll gewesen, wenn die Entführer es ihm gelassen hätten und er seiner Frau einfach eine Nachricht hätte schicken können, wo sie ihn findet.« Sie wischte über das Display. »Die Kollegen haben das Gerät wieder eingeschaltet. Nachdem Adrian Hoffmann das letzte Mal online war, sind unzählige Nachrichten über SMS, WhatsApp und Twitter aufgelaufen. Alles Glückwünsche zur Hochzeit. Nichts Ungewöhnliches, keine Drohungen oder Beleidigungen, nur ein paar derbe Sprüche von mehreren jungen Männern, die alle in Hamburg eingeloggt waren. Adrian hat dort studiert, also nehme ich an, es waren ehemalige Kommilitonen.«

»Hm. Und die anderen Geräte?«

»Auf dem Rechner befindet sich ausschließlich Geschäftskorrespondenz. E-Mail-Verkehr mit Auftraggebern, Bauämtern, Subunternehmen. Keine offenen Rechnungen, keine Mahnungen. Nichts, dass nach unsauberen Geschäftspraktiken aussieht. Alles Private hat Adrian offensichtlich mit Handy und Tablet gemacht. Er ist in einigen Golf-Foren aktiv. Kontakte zu ehemaligen Kommilitonen, außerdem zu den Leuten aus seiner Schulclique. Lydia, Sarah, Robin. Aber nichts, das auch nur im Entferntesten ein Mordmotiv darstellen könnte.«

»Okay.« Jonas leerte seinen Kaffeebecher und warf einen Blick auf die Armbanduhr. Er war enttäuscht, dass es so wenig Verwertbares gab, aber so war es ja oft am Beginn einer Ermittlung.

»Ich schlage vor, wir machen Feierabend. Die letzte Nacht war kurz. Wir müssen ein bisschen Schlaf nachholen und neue Energie tanken, sonst geht uns irgendwann der klare Blick verloren.«

»Du hast recht.« Hannah verstaute ihr Tablet in der Handtasche, und erst jetzt registrierte Jonas, wie müde auch sie aussah. Sie hatte kleine Fältchen um die Augen und Mundwinkel herum, und die blonden Haare wirkten stumpf, obwohl sie offensichtlich frisch gewaschen waren.

Sie brachten die Becher zurück ins Sunset Beach und gingen zum Brandenburger Platz, wo sie mit viel Glück einen Parkplatz ergattert hatten.

»Soll ich dich nach Hause fahren?«, erkundigte sich Voss, doch Hannah lehnte ab.

»Maximilian ist noch in der Galerie«, sagte sie. »Er nimmt mich mit, wenn er Feierabend macht.«

Jonas sah ihr nach, wie sie die Straße entlangging, und das Herz wurde ihm schwer. Hannah und Maximilian würden gemeinsam zu Abend essen, sich anschließend nebeneinander aufs Sofa kuscheln, ein Glas Wein trinken, Musik hören oder sich einen Film ansehen und dann zusammen ins Bett gehen. Sie würden genau das tun, was Jonas sich wünschte und so selten bekam.

Er schüttelte den Kopf und schlug mit der flachen Hand auf das Wagendach.

»Du hast es so gewollt«, ermahnte er sich selbst. »Jetzt beklag dich nicht.«

■ ■ ■

»Kari! Was ist denn los?«

Lydia Cordes griff erschrocken nach Karis Hand und drückte sie.

Kari schluckte die Tränen hinunter und tupfte sich die Augen trocken. Lydias Geste tat ihr gut. Zum ersten Mal seit Björns Tod hatte sie nicht das Bedürfnis, sich zu verschließen.

Im Grunde war es absurd. Wie oft hatten ihre Eltern, Ole Lund und ihre Freundin Susanne Lorenz ihre Hand gehalten, sie getröstet und ihr deutlich gezeigt, dass sie ihnen ihr Herz ausschütten konnte? Kari hatte jedes dieser Angebote zurückgewiesen und die Trauer mit sich selbst abgemacht. Oder, besser gesagt: sie einfach verdrängt. Und nun war sie im Begriff, sich einer Frau zu öffnen, die sie vor einer Woche noch gar nicht gekannt hatte.

Andererseits lag wahrscheinlich genau darin das Geheimnis. Es war leichter, sich einem Fremden anzuvertrauen.

Wenn es schlecht lief, konnte man sich hinterher einfach wieder trennen und die Begegnung vergessen. Mit Freunden, die einem ans Herz gewachsen waren, ging das nicht so einfach.

Dazu kam, dass sie sich von Lydia tatsächlich verstanden fühlte.

Dass auch Sarah Jessen dabeisaß, hätte sie eigentlich stören müssen. Doch Sarah machte gerade denselben Schmerz durch wie Kari damals. Auch sie würde verstehen.

»Es ist alles okay«, sagte sie. »Ich musste nur gerade an meinen Mann denken.«

»Hat er dich verlassen?«, fragte Sarah, die zu sehr mit sich selbst beschäftigt war, um zartfühlend zu sein.

»Nein. Er ist gestorben.«

»Oh.« Sarah trank rasch von ihrem Champagner, um ihre Verlegenheit zu überspielen. Lydia schlug die Hand vor den Mund.

»Was ist passiert?«

»Björn war Arzt. Er hat für die Luftrettung gearbeitet. Er wollte einem Mädchen helfen, das ins Eis eingebrochen war. Das hat er auch geschafft. Er hat das Mädchen gerettet, aber dann ist er selbst eingebrochen und ertrunken.«

Sie hatte die Worte kaum ausgesprochen, da durchfuhr sie ein heftiger Schreck.

Das war die Wahrheit, die sie auf keinen Fall hätte erzählen dürfen. Wenn Sarah oder Lydia auf die Idee kamen zu recherchieren, könnten sie den vollen Namen des Arztes herausfinden und auch den seiner Witwe. Beides stand in der Traueranzeige in den Kieler Nachrichten, die online immer noch verfügbar war.

Diese Geschichte gehörte zu Karolina Dahl, nicht zu ihrer Undercover-Identität Kari Blom. Man durfte diese Dinge nicht vermischen. Das Risiko aufzufliegen war viel zu groß.

Wenn die Frauen, die mit ihr auf der Terrasse des Club Royale saßen, herausfanden, wer sie wirklich war, wäre sie verbrannt. Nicht nur für diesen Fall, sondern für alle weiteren Einsätze auf Sylt.

Sie hätte wenigstens einen anderen Namen nennen müssen. Aber sie hatte es nicht gekonnt. Jetzt blieb ihr nichts als zu hoffen, dass Lydia und Sarah nicht auf die Idee kamen, nachzuforschen.

Lydia hielt immer noch ihre Hand fest.

»Das ist ja schrecklich«, hauchte sie.

Sarah leerte ihr Champagnerglas in einem Zug und füllte es erneut. Ihre Augen hatten wieder einen feuchten Schimmer.

»Du weißt also wirklich, wie ich mich fühle«, sagte sie rau. »Das war kein leeres Gerede.«

Kari lächelte schwach. Sie hatte sich einen Patzer erlaubt, aber vielleicht führte er doch zum Ziel. Es schien, als hätte sich die bisher fest verschlossene Tür zu Sarahs Innenleben einen Spaltbreit geöffnet.

Solange Ole Lund nichts davon erfuhr, könnte sie einfach weitermachen. Sie war ja auf einem guten Weg.

»Lasst uns nicht darüber reden«, bat sie die beiden Frauen. »Es tut immer noch so weh.« Sie schnäuzte sich umständlich. Je weniger sie das Thema vertieften, desto größer war die Chance, dass die beiden den Namen ihres Mannes wieder vergaßen. »Erzählt mir lieber, was damals mit Denise war. Glaubst du wirklich, dass deine Schwester Adrian ermordet hat? Warum sollte sie das tun?«

»Aus Rache«, sagte Sarah.

»Rache wofür?«

Lydia nahm ihr Champagnerglas, trank aber nicht, sondern drehte es nur zwischen den Fingern. Ihr Blick ging hinaus über den endlos breiten Strand zum Meer, das in schäumenden Wellen auf den Sand rollte. Sie holte tief Luft.

»Wir vier waren damals eine Clique. Sarah, Adrian, Robin und ich. Das habe ich dir ja schon erzählt.«

Kari nickte.

»Wir waren in derselben Klasse, und wir haben im Grunde unsere gesamte Freizeit zusammen verbracht. Denise hat uns darum beneidet. Sie ist drei Jahre jünger als ich, und sie hatte keine richtigen Freunde. Sie ist uns immer hinterhergelaufen.«

»Sie war verknallt«, warf Sarah ein. »In Robin.«

»Ja.« Lydias Gesicht verfinsterte sich. »Sie hat einfach nicht kapiert, dass sich ein Siebzehnjähriger sicher nicht für eine Vierzehnjährige interessiert.«

Kari wurde langsam ungeduldig. Sie wollte endlich wissen, worum es ging. Was war geschehen, das Denise Pohl so traumatisiert hatte, dass sie sich bis heute nicht davon erholt hatte?

»Du kannst dir vielleicht vorstellen, dass uns das mächtig genervt hat«, erklärte Lydia. »Wir waren siebzehn. Wir wollten träumen, Pläne für unser Leben schmieden. Vielleicht auch mal einen Joint rauchen oder ein bisschen knutschen. Das Letzte, was uns gefehlt hat, war eine Vierzehnjährige, die uns ständig am Rockzipfel hängt.«

»Klar.« Kari beschränkte sich auf diesen kurzen Kommentar, weil sie hoffte, die Erzählung dadurch zu beschleunigen.

»Wir wollten ihr eine Lektion erteilen. Etwas, das sie davon abhält, uns weiterhin nachzulaufen.«

»Aha?«

»Wir haben sie eingebuddelt«, sagte Sarah, der die Sache offenbar ebenfalls zu lange dauerte. »Ganz nah am Flutsaum.

Sie hat gedacht, sie ertrinkt. Aber wir haben sie rechtzeitig wieder befreit.«

»Sie weiß aber nicht, dass wir das waren«, warf Lydia ein.

»Aber sie könnte es herausgefunden haben, oder nicht?«, sagte Sarah. »Und deshalb hat sie Adrian erschlagen.«

Kari legte die Finger an die Schläfen.

»Langsam«, bat sie. »Ihr habt sie eingebuddelt, aber sie weiß es nicht? Was denkt sie denn, wer es getan hat?«

Sarah wedelte mit den Fingern. »Es gab da so ein paar Typen in ihrer Klasse. Sitzenbleiber. Die waren schon fünfzehn. Nicht viel im Hirn, aber riesig. Die haben sie gemobbt. Ihre Tasche geklaut, die Hefte beschmutzt, sie auf der Toilette eingeschlossen. Solche Sachen.«

Kari war irritiert.

»Und statt ihr zu helfen, habt ihr beschlossen, noch eins draufzusetzen?«

Lydia machte ein zerknirschtes Gesicht. »Das war nicht nett, ich weiß.«

»Wir waren siebzehn«, sagte Sarah. »Sie hat uns genervt. Wir haben nicht weiter darüber nachgedacht. Wir wollten einfach nur, dass sie nicht mehr nachts am Strand rumschleicht und uns stört.«

»Das hat ja auch geklappt«, bemerkte Lydia bitter.

Sarah ruderte mit den Händen.

»Aus heutiger Sicht wirkt das natürlich roh und gefühllos. Aber damals hatten wir keine Vorstellung davon, welche Konsequenzen die Sache haben könnte. Wobei ...« Sie hob den Zeigefinger. »Ich war von Anfang an dagegen.«

Lydia nickte.

»Das stimmt. Es war vor allem Robin, der genervt war. Adrian fand die Idee mit dem Eingraben einfach nur furchtbar witzig. Aber ich ... Ich habe Denise gehasst«, sagte sie mit schonungsloser Ehrlichkeit. »Sie war meine Schwester, und sie hat mich ständig vor meinen Freunden lächerlich gemacht. Ich wollte, dass sie bestraft wird. Aber ich wollte nicht, dass sie ernsthaft in Gefahr gerät.«

»Das wollte niemand von uns«, bekundete Sarah.

»Trotzdem wäre sie fast ertrunken.«

»Wie das?«, fragte Kari, die Mühe hatte, ihren Abscheu über das Handeln der Teenager zu verbergen. Sie bekam auch die Bilder nicht zusammen. Die Lydia von heute, der sie sich von der ersten Sekunde an so verbunden gefühlt hatte, und die Siebzehnjährige, die ihrer Schwester eine Lektion erteilen wollte und dabei vor körperlicher Gewalt nicht zurückschreckte.

Sarah füllte die Champagnergläser neu und winkte der Kellnerin, eine weitere Flasche zu bringen.

»Robin hat uns aufgestachelt«, berichtete sie. »Wir müssten irgendetwas unternehmen, damit Denise uns in Ruhe lässt. Irgendeine Aktion starten, hat er gesagt. Adrian hatte die Idee, sie einzubuddeln. Und Lydia ist losgezogen, um etwas zu trinken zu besorgen, damit wir feiern können, während Denise bis zum Hals im Sand steckt. Schließlich war es ja ihre Schwester, also sollte sie auch die Zeche zahlen.«

In Karis Kopf begann sich ein verschwommenes Bild abzuzeichnen.

»Und du?«, fragte sie provokant. »Du hast nichts getan?«

»Nein«, antwortete Lydia an Sarahs Stelle. »Sie hat immer gemacht, was wir anderen wollten. Ich dachte, das liegt an ihrer dominanten Mutter. Da war es besser, den Mund zu halten, und das hat sie auch getan. Als wir den Plan geschmiedet haben, hat sie gesagt, wir sollten es lieber lassen. Aber wir haben abgestimmt, drei gegen eins, und dann hat sie eben mitgemacht.«

Sarah holte ihre Sonnenbrille hervor, setzte sie aber nicht auf.

»Ich bin nicht stolz darauf, das kannst du mir glauben.«

»Das ist keiner von uns«, sagte Lydia.

Die Kellnerin kam und tauschte die leere Champagnerflasche gegen eine volle aus. Sarah öffnete sie auf dieselbe Weise wie die erste und schenkte ein. Alle drei hoben ihre Gläser und tranken. Es war schon das dritte Glas, aber Kari hatte nichts dagegen. Diese Geschichte ließ sich ohne Alkohol einfach nicht verdauen.

»Wie lief die Sache dann ab?«, fragte sie, obwohl sie es längst ahnte.

»Wir haben uns in den Dünen auf die Lauer gelegt«, erzählte Lydia. »Das Loch hatten wir schon ausgehoben. Ein paar Meter vom Flutsaum entfernt. Wir hatten Flut, wir wussten, dass in etwa einer Stunde die Stelle unter Wasser stehen würde. Das hatten wir uns so überlegt. Denise sollte das Wasser auf sich zukommen sehen. Aber wir wollten sie natürlich rausholen, ehe es sie wirklich erreicht.«

»Und dann so tun, als hättet ihr sie zufällig entdeckt und vor dem bösen Streich ihrer Klassenkameraden gerettet.«

»Richtig.« Lydia wandte den Kopf ab und schaute über die Nordsee. Am Horizont ballten sich die Wolken zusammen, der Wind frischte auf.

»Wir haben sie überfallen und eingegraben«, setzte Sarah den Bericht fort. »Dann haben wir uns in die Dünen zurückgezogen und gefeiert. Wir wollten ungefähr eine halbe Stunde warten, bevor wir sie rausholen. Aber dann haben wir getrunken. Lydia hatte harte Sachen besorgt, Wodka und Whisky. Wir haben nicht mehr auf die Zeit geachtet und

Denise für eine Weile einfach vergessen. Als sie uns wieder eingefallen ist, war es fast zu spät. Die Wellen hatten sie bereits erreicht und sind über sie hinweggeschwappt. Sie war bewusstlos, aber die Ärzte haben uns später gesagt, dass sie Wasser geschluckt hatte. Sie muss vollkommen panisch gewesen sein. Wir haben sie in letzter Sekunde gerettet. Nur ein paar Augenblicke später, und sie wäre ertrunken. Die Ärzte mussten sie einige Tage ins künstliche Koma legen, und anschließend war sie eine ganze Weile im Krankenhaus und in einer psychiatrischen Klinik. Danach durfte sie wieder nach Hause, aber sie ist nie wirklich über diese Sache hinweggekommen.«

Kari schloss für einen Moment die Augen. Die Vorstellung, welche Todesangst das junge Mädchen ausgestanden haben musste, schnürte ihr die Kehle zu.

»Sie hat nie erfahren, wer dafür verantwortlich war?«, erkundigte sie sich, als sie wieder sprechen konnte.

»Nein.« Sarah schaute auf ihre sorgfältig manikürten Fingernägel. »Sie dachte, es waren diese Jungen aus ihrer Klasse. Und sie war uns vieren unendlich dankbar, dass wir sie gerettet haben.«

»Dann war das der Grund, warum Robin sie geheiratet hat? Das schlechte Gewissen, weil er sie beinahe umgebracht hätte?«

Lydia nickte. »Wir hatten das so beschlossen. Wir haben es nicht übers Herz gebracht, Denise zu sagen, dass wir sie eingegraben und vergessen haben. Dann hätte sie niemanden mehr gehabt, verstehst du? Stattdessen wollten wir es wiedergutmachen und unsere Schuld sühnen, jeder auf seine Weise.«

»Eine Ehe als Sühne?« Kari verzog den Mund. Sie konnte sich kaum einen schlechteren Grund vorstellen, jemanden zu heiraten.

»Denise hat Robin geliebt. Er hat sie mit seinem Antrag glücklich gemacht.«

»Und die Ehe? Ist die auch glücklich?

»Nicht mehr und nicht weniger als andere auch, vermute ich«, sagte Lydia nüchtern.

Kari verspürte einen Stich. War es wirklich eine gute Idee, zu heiraten?

■ ■ ■

Jonas Voss hatte es sich mit einem Bier auf der Terrasse gemütlich gemacht. Eigentlich war es zu kalt, um draußen zu sitzen, aber er hatte seine dicke Jacke angezogen und sich eine Wolldecke über die Beine gelegt. Er brauchte einfach noch ein wenig frische Luft. Und allein im Wohnzimmer hätte er sich noch einsamer gefühlt.

Es war noch hell, der Himmel von diesem unglaublich intensiven Blau, das es nur an der Küste gab. Der Wind trug die salzige Luft vom Wattenmeer herüber. Voss betrachtete das Glas in seiner Hand und seufzte.

Er wieder einmal der Einzige, der zu Hause war. In den letzten Monaten war das der Normalzustand geworden. Finja, die fast volljährig war, verabredete sich mit irgendwelchen Freundinnen, die sie ihm nicht vorstellen wollte. Oder vielleicht sogar mit Männern? Jonas glaubte es nicht, aber letztlich hatte er keine Ahnung, was in seiner Tochter vorging. Finja hatte sich schon als kleines Mädchen verschlossen und gewährte ihm nur selten Einblicke in ihre Innenwelt.

Jasper dagegen war wie ein offenes Buch. Jonas wusste, dass er sich entweder mit seinen Freunden aus der Fußballmannschaft traf oder mit Lukas und Leonie. Aber unterm Strich kam dasselbe dabei heraus. Die beiden waren unterwegs, und er blieb allein zurück.

Selbst sein Vater machte sich in letzter Zeit rar. Jonas argwöhnte, dass eine Frau dahintersteckte, doch erzählt hatte Redlef ihm nichts. Dachte er vielleicht, dass Jonas ihm keine neue Liebe gönnte? Aber seine Mutter war seit mehr als zehn Jahren tot. Sein Vater hatte lange gebraucht, um darüber hinwegzukommen. Es war ein unerwarteter Tod gewesen. Silja Voss hatte den Schuppen im Garten renoviert und sich an einem rostigen Nagel verletzt. Die Blutvergiftung war schleichend gekommen, die Einlieferung ins Krankenhaus zu spät. Sie war an einer Embolie gestorben, mit Anfang fünfzig. Jonas war damals gerade einunddreißig gewesen. Die Kinder waren noch klein, die Ehe mit Friederike aber war bereits am Ende. Ein Jahr später hatten sie sich getrennt. Es war eine schwere Zeit gewesen, geprägt von Trauer und Verlust, schlechtem Gewissen und Selbstvorwürfen. Gemeinsam hatten sie es schließlich geschafft, sich wieder aus dem Sumpf zu ziehen, sein Vater und er, und ihre Beziehung war seither noch inniger, als sie es vorher schon gewesen war.

Aber vielleicht war es auch einfach der Lauf der Dinge. Die Kinder waren jetzt groß und kamen allein zurecht. Es war nicht mehr nötig, dass Redlef ständig nach dem Rechten sah. Er hatte jetzt wieder Zeit, sein eigenes Leben zu leben.

Und Jonas? Er hätte jetzt gern eine Partnerin an seiner Seite. Eine, die seinen Alltag teilte. Doch Kari würde ihr Leben seinetwegen nicht ändern, auch dann nicht, wenn sie verheiratet waren. Sie würde weiterhin als Undercover-Ermittlerin für das LKA Kiel arbeiten. Und er blieb allein.

Er wollte gerade erneut nach der Bierflasche greifen, als ihn ein Rascheln in den Büschen neben dem Haus zusammenzucken ließ. Die Zweige teilten sich, und eine Frau mit einer roten Windjacke huschte auf die Terrasse.

»Kari!«, sagte Voss überrascht. Er hatte einiges auf der Zunge – die Frage, ob es nicht leichtsinnig war, hier aufzutauchen, die Bemerkung, dass sie doch immer darauf beharrte, dass sie während einer Undercover-Ermittlung keinen Kontakt haben durften –, doch er schluckte alles hinunter. Sie hatten sich am Nachmittag im Streit getrennt, und Jonas wollte auf keinen Fall an dieser Stelle weitermachen.

Er stand auf, nahm Kari in den Arm und küsste sie. Für ein paar Sekunden ließ sie es sich gefallen, dann löste sie sich aus seiner Umarmung.

»Hast du ein Wasser für mich?«, fragte sie.

»Sicher.« Jonas ging in die Küche und holte eine Flasche und ein Glas.

Als er auf die Terrasse zurückkam, hatte Kari es sich mit seiner Wolldecke in einem der Sessel bequem gemacht. Nicht auf der Bank, auf der man gemütlich zu zweit sitzen konnte, registrierte er mit einem leisen Stich. Entweder war sie immer noch sauer auf ihn, oder ihr Besuch war dienstlich.

Er schenkte Wasser ein und setzte sich ihr dann gegenüber.

»Also? Was kann ich für dich tun?«, fragte er förmlicher, als er es geplant hatte.

Kari griff nach ihrem Glas.

»Ich habe eine Spur«, berichtete sie.

»So?« *Solltest du davon nicht lieber Ole Lund berichten?*, dachte er, sagte es aber nicht.

»Denise Pohl.«

»Sie ist diejenige, die illegale Waffen in den Golfclub schmuggelt? Oder hat sie auf die Möwen und auf Lukas geschossen?«

»Nein.« Kari drehte das Glas in den Händen. »Es geht

nicht um die Waffen. Es geht um den Mord an Adrian Hoffmann. Und um deinen unsinnigen Verdacht gegen Lydia. Sie war es nicht.«

Voss verschränkte die Arme vor der Brust. Er war daran gewöhnt, dass es mit Kari nicht immer einfach war, aber so unversöhnlich wie jetzt hatte er sie noch nie erlebt. Was immer sie in ihrer neuen Freundin Lydia sah, es musste eine große Bedeutung für sie haben.

War er tatsächlich eifersüchtig?

Er bemühte sich, eine neutrale Position einzunehmen.

»Du glaubst, Denise Pohl hat Adrian Hoffmann erschlagen?«, fragte er ruhig. »Weshalb?«

Kari erklärte es ihm. Es war eine wilde Geschichte von einem ausgesprochen rohen Jugendstreich, dem die vierzehnjährige Denise zum Opfer gefallen war. Die Erzählung trug nicht dazu bei, Jonas' Bild von Lydia Cordes zu verbessern. Denise war ihre kleine Schwester, und Lydia hatte nicht nur zugelassen, dass ihre Freunde ihr etwas derart Furchtbares antaten, sie hatte ihnen sogar dabei geholten und die kleinliche Rache an ihrer Schwester genossen.

»Und dann haben sie *vergessen*, sie wieder auszubuddeln?«, fragte er fassungslos.

»Nicht direkt vergessen. Sie waren betrunken. Sie haben nicht auf die Zeit geachtet. Aber am Ende sind sie gerade noch rechtzeitig gekommen.«

War das noch die Frau, die er kannte? Seine Verlobte, die so rechtschaffen war wie kaum jemand sonst? Die an sich selbst und andere die höchsten moralischen Ansprüche stellte? Und nun sah sie bei Lydia Cordes einfach über all das hinweg und verteidigte sie sogar noch?

»Aber Denise hat nie erfahren, dass es ihre Schwester und deren Freunde waren, die ihr das angetan haben, richtig?«, fokussierte er sich auf jenen Teil der Geschichte, der ihm das geringste Konfliktpotential zu bergen schien.

»Sie könnte es herausgefunden haben«, sagte Kari. »Vielleicht hat sie ein Gespräch belauscht, zwischen ihrem Mann und Adrian oder zwischen Sarah und Lydia. Sie leidet seitdem unter einer massiven Angststörung. Sie muss unfassbar wütend auf diejenigen sein, die ihr das angetan haben.«

»Reden die vier denn noch oft über diese Sache?«, erkundigte sich Jonas skeptisch. Seiner Erfahrung nach kehrten Menschen die Handlungen, deren sie sich schämten, lieber unter den Teppich und ließen Gras darüber wachsen.

»Ich weiß es nicht.« Kari ballte die Fäuste. »Aber es wäre doch möglich.«

»Und diese Theorie erscheint dir plausibler, als dass deine Freundin Lydia ihren geliebten Adrian aus gekränkter Eitelkeit erschlagen hat?«

Er hätte es sicher geschickter formulieren können, doch auch ihm riss langsam der Geduldsfaden. Der Mord an Adrian Hoffmann war seine Ermittlung. Kari, die immer so viel Wert auf die Einhaltung der Regeln legte, sollte sich um die Waffenschieber kümmern und ihn seine Arbeit tun lassen.

Kari stellte ihr Glas mit einem Knall auf den Tisch.

»Du bist so ein Ignorant, Jonas Voss«, fauchte sie und sprang auf. Die Wolldecke rutschte von ihren Knien auf den Boden. »Ich weiß wirklich nicht, ob du der richtige Mann für mich bist.« Sie wollte davonlaufen, verhedderte sich aber mit den Füßen in der Decke und wäre gestürzt, wäre Jonas nicht aufgesprungen und hätte sie aufgefangen. Erst jetzt nahm er den Alkohol in ihrem Atem wahr. Anscheinend hatte sie auch in dieser Hinsicht ihre Regeln über Bord geworfen.

Kari versuchte, sich loszumachen, doch Jonas hielt sie

einfach fest. Sie war steif wie ein Stock. Erst nach einer ganzen Weile wurde sie weich.

»Hey. Tut mir leid«, sagte er und gab sie frei.

»Schon gut.« Kari sah an ihm vorbei. »Lass uns noch mal darüber reden, wenn der Fall geklärt ist, ja?« Damit schob sie ihn beiseite und verschwand um die Hausecke.

Jonas stand wie vom Blitz getroffen. Hatte Kari allen Ernstes Zweifel bekommen?

10.

Kari Blom fühlte sich, als sei sie unversehens in eine Abenteuergeschichte für Jugendliche geraten. Oder vielleicht auch in einen Heftchenroman für Senioren. Im wirklichen Leben jedenfalls sollte es Situationen wie diese nicht geben. Nicht, wenn man wie sie seit mehr als fünfzehn Jahren als Undercover-Ermittlerin beim Landeskriminalamt Schleswig-Holstein arbeitete.

Trotzdem hockte sie jetzt hier hinter einem Gebüsch, Ginster oder Buchsbaum, das ließ sich in der Dunkelheit nicht unterscheiden. Neben ihr kauerten die Mitglieder der Häkelmafia. Alle vier hatten sich in dunkle Kleidung gehüllt und ihre grauen Haare unter Mützen oder Tüchern verborgen. Auch Kari selbst trug schwarze Jeans, eine dunkle Jacke statt der geliebten roten und eine dunkle, windabweisende Kappe, die sie gewöhnlich benutzte, wenn sie bei kaltem Wetter an der Förde joggte.

Es war erst kurz vor einundzwanzig Uhr, doch der letzte Rest Tageslicht war bereits verschwunden. Nur der halbvolle Mond am sternenklaren Himmel warf einen milchigen Schimmer auf den gepflegten Rasen. Theoretisch würde das reichen, um sie in ihrem Versteck zu entdecken, aber man müsste schon sehr genau hinsehen. Der Blick auf den Schuppen hingegen war einwandfrei. Dort hinein hatte Robin Pohl am Nachmittag etliche Kisten geschleppt, offensichtlich sorgsam darauf bedacht, nicht beobachtet zu werden.

Gelungen war es ihm nicht, dachte Kari spöttisch. Nicht nur Grethe hatte ihn dabei erwischt, sondern auch Jasper und seine Freundin Leonie. Der Verdacht, dass es sich beim Inhalt der Kisten um die gesuchten Waffen handelte, war nicht von der Hand zu weisen. Ebenso wenig wie die Vermutung, dass es nur ein Zwischenlager war. Aber würde Robin ausgerechnet in dieser Nacht versuchen, die Ware an einen sicheren Ort zu bringen?

So rasch wie möglich, hatten die Häkelfrauen argumentiert. Schließlich musste er befürchten, dass im Zuge der Mordermittlung auch die Gebäude auf dem Golfplatz durchsucht wurden. Aus Karis Sicht bestand dazu keine Veranlassung. Die Tatwaffe war gefunden worden und befand sich bereits in der Kriminaltechnischen Untersuchungsstelle. Weitere Spuren und Hinweise waren direkt am Tatort zu erwarten, nicht aber in den mehr als einen Kilometer weit entfernten Gebäuden.

Doch konnte Robin Pohl das wissen? Und würde es ihm genügen, dass die Wahrscheinlichkeit einer Durchsuchung des Schuppens gering war? Oder würde er lieber auf Nummer sicher gehen?

Die Häkeldamen hatten einstimmig für die zweite Möglichkeit votiert. Und Kari war keine andere Wahl geblieben, als der gemeinsamen Observation zuzustimmen. Weder wollte sie, dass die Häkelmafia allein auf die Pirsch ging, noch, dass sie ihr heimlich hinterherschlichen, wenn sie ihnen verbot, sie zu begleiten.

Also hockten sie jetzt hier auf Picknickdecken und Kissen, die Alma Grieger vorsorglich mitgebracht hatte, außerdem ausgestattet mit heißem Kaffee und einer großen Dose mit selbstgebackenen Keksen, die ebenfalls von Alma stammten. Es war sicher die sonderbarste, aber zweifellos auch die komfortabelste Observation, die Kari bislang erlebt hatte.

Außerdem war es im Grunde die Schuld von Ole Lund. Per SMS hatte er ihr mitgeteilt, dass er keine Chance sah, einen Durchsuchungsbeschluss zu bekommen. Dass Robin Pohl ein paar Kisten, in denen sich alles Mögliche befinden konnte, in einen Schuppen getragen hatte, der zu seinem eigenen Besitz gehörte, rechtfertigte keine Durchsuchung. Kari war verärgert gewesen, aber natürlich hatte der Kriminalrat recht. Genau deshalb hatte er sie als Undercover-Ermittlerin nach Sylt geschickt. Weil auf dem offiziellen Dienstweg nichts zu erreichen war. Nun, dann würde eben die Häkelmafia Licht ins Dunkel bringen.

Während sie warteten, dachte sie an ihren Besuch bei Jonas. Die Situation war wirklich vollkommen verfahren. Aber war es nicht gut, wenn ein solcher Konflikt vor der Hochzeit auftauchte? Besser, man hatte diese Zerreißprobe hinter sich gebracht, bevor der Ehevertrag unterschrieben war. Das sparte eine Menge Papierkram, Ärger und Anwaltskosten.

Ein eisiger Schreck durchfuhr Kari. Stand ihre Beziehung zu Jonas wirklich derart auf der Kippe? Dachte sie ernsthaft darüber nach, sich von ihm zu trennen? Und das nur, weil er ihre neue Freundin Lydia für tatverdächtig hielt? Eine Frau, die sie selbst erst seit einer Woche kannte?

Aber im Grunde ging es nicht um Lydia. Es ging darum, ob er ihr vertraute.

Kari lachte lautlos in sich hinein. Sie selbst war es doch, die ihren Gefühlen nie getraut hatte. Und nun verübelte sie es

Jonas, dass er Zweifel hatte? Sie konnte nur hoffen, dass beide Fälle, der Mord und die Waffenschieberei, bald gelöst waren, und sie vor dem geplanten Hochzeitstermin Gelegenheit hatten, sich auszusprechen.

Kari schob den Gedanken an Jonas beiseite. Wenn sie Erfolg haben wollte, musste sie sich jetzt konzentrieren.

Die alten Damen verhielten sich absolut still. Karis Kollegen aus dem LKA hätten es nicht besser gekonnt. Deswegen hörte Kari es auch, als in ihrer Nähe Zweige knackten. Nicht auf der Seite, an der sich das Clubhaus und das Hotel-Restaurant befanden, sondern vom weiten Grün des Golfplatzes her.

Kari kniff die Augen zusammen. Tatsächlich! In einiger Entfernung huschten zwei Gestalten im Mondlicht über den Rasen, von einem Gebüsch zum nächsten, immer dichter an den Schuppen heran.

»Warten Sie hier. Ich bin gleich wieder da«, sagte Kari zu den Häkeldamen und schlich hinter den beiden her. Diese wechselten noch ein paarmal ihre Position und blieben dann hinter einem Busch hocken, von dem aus man eine gute Sicht auf das Tor des Schuppens hatte.

Kari näherte sich ihnen lautlos.

»Buh!«, sagte sie leise, als sie nur noch zwei Schritte hinter ihnen war.

Das Mädchen schrie auf. Der Junge fuhr herum.

»Ka…«, setzte er an. Kari hob rasch den Finger an die Lippen. Es war besser, wenn er so tat, als würde er sie nicht kennen.

»Kacke«, sagte Jasper Voss, und Kari blinzelte ihm zu. Jonas' Sohn war nicht nur clever, sondern auch reaktionsschnell.

»Was macht ihr hier?«, fragte sie. »Das ist Privatgelände.«

»Eine Mutprobe«, behauptete Jasper. »Wer sind Sie denn?«

»Ich arbeite hier.«

»Okay.« Er griff nach dem Ärmel des Mädchens in seiner Begleitung. »Wir hauen ab.«

»Zügig«, verlangte Kari. »Sonst hole ich meinen Chef.«

Jasper grinste sie an. »Zu Befehl.«

Die beiden Jugendlichen stolperten über den Rasen davon. Kari sah ihnen nach, bis sie um die Ecke des Hotels verschwunden waren. Anschließend ging sie zurück zu den Häkeldamen.

»Wer war das denn?«, wisperte Witta.

»Jasper. Der Sohn von Hauptkommissar Voss. Und das Mädchen war seine Freundin Leonie, glaube ich.«

»Er hat eine Freundin? Wie schön«, freute sich Alma.

Kari schüttelte den Kopf. »Das ist nichts Romantisches. Nur eine ganz normale Freundschaft.«

»Ach.« Alma machte ein enttäuschtes Gesicht.

»Was wollten die beiden?«, fragte Witta.

»Sie haben ebenfalls beobachtet, dass Robin Pohl irgendwelche Kisten in den Schuppen getragen hat«, erklärte Marijke. »Vermutlich haben sie dieselben Schlüsse gezogen wie wir.«

»Und da schleichen sie nachts hier herum und spielen Detektiv?«, empörte sich Witta.

Grethe schnaubte belustigt. »Ja. Kaum zu glauben«, spottete sie. »Wir dagegen …«

»Das ist etwas völlig anderes«, wedelte Witta ihren Einwand beiseite. »Wir sind volljährig. Und wir wissen, was wir tun.«

Grethe hatte eine passende Erwiderung auf der Zunge, doch Alma zog an ihrem Ärmel.

»Pssst!«, zischte sie. »Da kommt jemand.«

Kari und die alten Damen nahmen rasch ihre Position hinter dem Gebüsch wieder ein und spähten angestrengt zum Schuppen hinüber.

Tatsächlich entdeckten sie jemanden, der schnurstracks auf das Gebäude zuging und sich beim Gehen immer wieder umsah. Als die Person näher kam erkannte Kari die große, schlanke Gestalt mit den modisch geschnittenen Haaren.

»Das ist Robin Pohl!«, wisperte Alma aufgeregt, die den Wirt ebenfalls identifiziert hatte.

»Still!«, verlangte Witta. »Nicht, dass er uns noch bemerkt.«

»Sei doch selbst still«, zischte Grethe.

Marijke brachte beide mit einer energischen Handbewegung zum Schweigen.

Pohl hatte offensichtlich nichts mitbekommen. Er öffnete das Vorhängeschloss der hohen Tür und verschwand im Schuppen. Zwei Minuten später kam er mit einer Sackkarre wieder heraus, auf der er drei Kartons übereinandergestapelt hatte. Er ging damit um das Hotel herum und entfernte sich aus ihrem Blickfeld. Grethe wollte aufspringen und die Verfolgung aufnehmen, doch Kari hielt sie auf.

»Stopp. Die Tür ist noch offen. Er kommt sicher zurück.«

Die Häkelfreundinnen verbargen sich wieder hinter dem Busch, und schon im nächsten Moment tauchte Robin Pohl mit der leeren Sackkarre wieder auf. Erneut verschwand er im Inneren des Schuppens und kam kurz darauf mit drei weiteren Kisten wieder heraus. Dieses Mal verriegelte er die Tür, ehe er über den Rasen in Richtung Hotel ging.

»Los!«, kommandierte Grethe, und Kari und die Häkeldamen nahmen die Verfolgung auf. Sie beobachteten, wie Robin Pohl die Kartons und die Sackkarre in den Laderaum seines Transporters lud und sich hinters Steuer setzte. Eilig huschten sie zu Marijkes silbernem Golf Plus, den sie an der Einfahrt zum Golf-Resort abgestellt hatten. Sie duckten sich hinter eine Hecke, als hinter ihnen die Scheinwerfer aufflammten und der Transporter in langsamem Tempo an ihnen vorbei rollte. Nachdem er ihren Blicken entschwunden war, hasteten sie weiter.

»Schnell!«, verlangte Witta, als endlich alle im Wagen saßen, Marijke am Steuer, Witta auf dem Beifahrersitz, Kari und die beiden anderen alten Damen auf der Rückbank. Es war ein wenig beengt, doch Kari und Grethe waren zum Glück schmal, so dass auch für Alma, die etwas rundlicher war, noch genug Platz blieb.

Marijke startete den Motor und fuhr den Weg zur Straße, ohne die Beleuchtung einzuschalten. Etwas riskant, fand Kari, doch die Kapitänswitwe winkte ab.

»Im Dunkeln sehe ich hervorragend«, erklärte sie. »Nur wenn mir jemand entgegenkommt und mich blendet, wird es problematisch. Und wir wollen doch nicht, dass Robin Pohl uns entdeckt!«

Diesem Argument konnte Kari sich kaum verschließen, also drückte sie nur die Daumen, dass alles gut ging.

Wenig später befanden sie sich auf der Listlandstraße. Marijke schaltete das Licht ein und gab Gas.

»Wo ist er jetzt hin?«, fragte Alma besorgt.

Marijke beschleunigte, weit über die zulässige Höchstgeschwindigkeit hinaus, fürchtete Kari. Zum Glück waren nur noch wenige Fahrzeuge unterwegs, und sie würden wohl auch nicht in eine Verkehrskontrolle geraten.

Vor ihnen tauchte ein Paar roter Rücklichter auf.

»Da!«, rief Witta Claaßen aufgeregt und deutete durch die Windschutzscheibe.

Marijke schloss weiter auf, bis sie alle den weißen Schriftzug auf den hinteren Türen des dunklen Transporters lesen konnten.

Golf-Resort List, Hotel-Restaurant Pohl, stand dort.

Marijke ließ sich wieder zurückfallen. Jetzt mussten sie nur noch herausfinden, wohin Robin Pohl die Kartons brachte.

▪ ▪ ▪

Leonie stoppte ihr Fahrrad knapp vor dem Zaun und sprang vom Sattel.

»Bist du sicher, dass dein Vater nichts dagegen hat, wenn du mich einfach so mitbringst?« Sie schaute zu dem Kapitänshaus mit den blau gestrichenen Fensterläden. Nur hinter einer der Scheiben war ein matter Lichtschein zu erkennen. »Oder ist er gar nicht zu Hause?«

Jasper zog sein Smartphone aus der Hosentasche und warf einen Blick darauf.

»Er muss da sein. Sonst hätte er mir eine Nachricht geschickt.« Es sei denn, er hatte nicht daran gedacht oder sein Handy nicht gefunden, ergänzte er im Stillen, aber darüber spottete er nur, wenn sie unter sich waren. Leonie war zwar seit vielen Jahren seine Freundin, aber sie gehörte eben nicht zur Familie.

»Vielleicht schläft er schon?« Leonie, die normalerweise alles andere als ein Hasenherz war, zögerte immer noch.

Jasper schob die Hände in die Taschen seiner Jeans. Irgendetwas hatte sich verändert. Leonie verhielt sich anders als sonst, und das nicht erst seit heute. Er überlegte, wann es ihm zum ersten Mal aufgefallen war. Hatte es mit den Schüssen auf dem Golfplatz angefangen oder schon vorher?

»Du kennst ihn doch«, sagte er leichthin. »Du weißt, dass er sich freut, wenn du hier bist.«

»Aber hätten wir nicht vorher fragen sollen, ob ich bei dir übernachten darf?«

Jasper fuhr mit den Fingern durch seine blonden Locken.

»Da ist doch nichts dabei. Deine Eltern wissen Bescheid. Wenn Paps schon schläft, erfährt er es eben morgen beim Frühstück.« Er öffnete das Gartentor und winkte Leonie, ihr Fahrrad auf das Grundstück zu schieben. Dann folgte er ihr und schloss das Tor hinter sich.

Sie hatten gar keine andere Wahl gehabt. Nachdem sie beschlossen hatten, den Schuppen auf dem Gelände des Golf-Resorts im Auge zu behalten, mussten sie Leonies Eltern weismachen, dass Jonas Voss die Übernachtung von Jaspers Freundin fest eingeplant hatte. Andernfalls hätten Leonies Eltern ihre Tochter am Abend nicht aus dem Haus gelassen.

Dass er keine Gelegenheit gehabt hatte, seinen Vater in den Plan einzuweihen, hatte Jasper kein Kopfzerbrechen bereitet. Er würde schon nicht Nein sagen. Leonies seltsames Verhalten dagegen bereitete ihm Unbehagen.

Lag es daran, dass sie seit Langem wieder einmal zu zweit waren? In den letzten Monaten war Lukas ihr ständiger Begleiter geworden, doch nun gab es plötzlich nur noch sie beide.

Jasper riskierte einen Seitenblick auf Leonie, die ihr Fahrrad in den Schuppen auf der Rückseite des Grundstücks schob. Sie versteckte die körperlichen Veränderungen unter ihren Tarnklamotten und der Kappe, aber Jasper hatte sie dennoch bemerkt. Leonies Hüften waren runder geworden, und wenn sie ihre Jacke auszog, konnte man die Brüste sehen, die sich unter dem T-Shirt abzeichneten.

Er schob sein Fahrrad neben das von Leonie und wollte den Schuppen wieder verlassen, doch seine Freundin stand in der Tür und sah ihn an. Nicht mit dem Blitzen in den Augen, das er so gut kannte, sondern mit einem merkwürdigen Schimmer.

Jasper schlängelte sich wie ein Aal um sie herum.

»Komm«, sagte er und versuchte, sich unbeschwert zu geben. »Lass uns reingehen. Hier draußen ist es schweinekalt.«

Ein Schatten huschte über Leonies Gesicht, doch sie fand ihr Lächeln rasch wieder.

»Klar.«

Jasper verriegelte den Schuppen und lief über den Rasen auf die Terrasse zu. Leonie blieb an seiner Seite, und er spürte plötzlich ihre Hand, die über seinen Arm strich. Trotz des dicken Jackenärmels fühlte es sich an, als würde sie eine Feuerspur auf seine Haut zeichnen.

Ein Schauer lief durch seinen ganzen Körper. Seine Gliedmaßen, die in den letzten Monaten noch länger geworden waren, schienen ihm nicht mehr zu gehorchen und verhedderten sich. Er stolperte und wäre beinahe gefallen. Leonie hielt ihn im letzten Moment am Ärmel fest und kicherte.

Jasper fühlte sich vollkommen überfordert. Er mochte Leonie, ja. Sie waren seit Ewigkeiten befreundet. Aber für ihn war sie immer nur ein guter Kumpel gewesen. Bisher hatte sie das genauso gesehen. Aber was war, wenn sie sich plötzlich in ihn verliebt hätte?

Er war noch nicht so weit. Natürlich hatte sich auch sein Körper verändert, und seine Stimme war im vergangenen Jahr fast so tief geworden wie die von seinem Großvater Redlef. Von Bartwuchs war bis auf ein paar weiche Härchen am Kinn und auf der Oberlippe noch nicht viel zu sehen, aber es konnte passieren, dass er irgendwo eine tolle Frau sah und sich plötzlich wie magnetisch von ihr angezogen fühlte. Allerdings waren das Frauen mit langen blonden Haaren in kurzen Röcken und hochhackigen Schuhen, keine fünfzehnjährigen Mädchen mit ausgebeulter Khaki-Hose und Tarnjacke. Und es waren nur Träume.

Leonie griff nach seiner Hand und zog ihn zur Terrasse. Jaspers Herz hämmerte.

Was sollte er tun, wenn sie einfach mit in sein Zimmer kam? Wenn sie versuchte, ihn zu küssen? Sein Körper reagierte auf sie, doch das war nicht das, was er wollte. Das erste Mal sollte etwas Besonders sein, mit einer Frau, in die er wirklich verliebt war. Auf der anderen Seite hatte er Angst, Leonie zurückzuweisen. Er wollte ihre Freundschaft nicht zerstören. Aber er konnte ihr auch keine Gefühle vorgaukeln, die er nicht hatte.

Er setzte einen Fuß auf die Terrasse und rang nach Luft. Seine Turnschuhe fühlten sich an, als hätte er Betonklötze an den Füßen. Fahrig tastete er in seiner Tasche nach dem Schlüssel für die Terrassentür, während seine Gedanken weiter rasten.

Als die Stimme aus dem Dunkel ertönte, hätte ihn beinahe der Schlag getroffen.

▪ ▪ ▪

Der Kastenwagen rollte an der Abzweigung zum Kindererholungsheim und an der Vogelkoje vorbei, durchquerte Kampen und den Wenningstedter Kreisel. Sie ließen Westerland hinter sich und passierten das Rantum-Becken. Das silbrige Licht des Halbmonds ergoss sich über die Dünenlandschaft zur Rechten und verlieh der Szenerie etwas Unwirkliches.

»Er fährt nach Hörnum!«, rief Alma aufgeregt.

»Ach nein«, versetzte Witta. »Eine andere Möglichkeit gibt es ja wohl kaum. Hier kommt nichts mehr.«

»Er könnte immer noch zur Sansibar abbiegen. Oder auf einen der Parkplätze dahinter«, widersprach Grethe.

»Um dort die Kisten mit den Waffen im Sand zu vergraben?«, näselte Witta. »Und vorher trinkt er sich dafür etwas Mut an?«

»Kinder!« Marijke hob die Stimme. »Nun lasst doch mal die Kabbelei. Ich muss mich aufs Fahren konzentrieren.«

»Du brauchst ja nicht mitzudiskutieren«, beschied ihr Witta uneinsichtig.

»Aber ich höre euch, und das lenkt mich ab. Meine Augen sind nicht mehr die besten. Es ist für euch alle sicherer, wenn ich mit all meinen Sinnen auf der Straße bin.«

»Ich kann auch fahren, wenn dir das lieber ist.« Witta reckte das Kinn. »Meine Augen sind noch tadellos.«

»Ja, ja, wie ein junger Adler«, spottete Grethe. »Deswegen fallen dir in letzter Zeit auch immer die Maschen herunter.«

Witta richtete ihre Dauerwelle. »Das hat nichts mit meinen Augen zu tun.«

»Ach so? Dann ist es also doch das Zittern in den Fingern.« Grethe spitzte die Lippen. »Du solltest dir Tabletten geben lassen. Gerade am Anfang kann man bei Parkinson noch etwas machen, oder nicht?«

Witta schnaubte. »Ich. Habe. Kein. Parkinson.«

Marijke trat hart auf die Bremse. Die fünf Insassinnen wurden nach vorne geschleudert. Die Reifen quietschten auf dem Asphalt. Dann kam der Golf schlingernd zum Stehen.

»Marijke!«, rief Alma erschrocken. »Was ist denn passiert?«

Marijke Meenken hielt beide Hände fest um das Lenkrad geklammert.

»Mir ist die Hutschnur geplatzt, das ist passiert.« Sie wandte sich zu Witta und Grethe. »Ich habe euch freundlich ersucht, eure Streitereien einzustellen. Ist es zu viel verlangt, dass ihr *einmal* Rücksicht nehmt?«

Witta umklammerte die Handtasche auf ihren Knien.

»Ich habe nicht angefangen.«

»Doch. Das hast du. Du hast Alma angegriffen«, widersprach Grethe giftig.

»Wenn wir noch lange hier herumstehen, ist Robin Pohl weg«, meldete sich Alma schüchtern zu Wort.

»Okay.« Grethe verschränkte die Arme vor der Brust. »Ich sag nix mehr.«

Witta wedelte mit der Hand, die in einem dünnen schwarzen Baumwollhandschuh steckte.

»Also, fahr schon weiter. Oder soll ich?«

»Du hast gar keinen Führerschein. Du bist damals bei der Prüfung durchgefallen«, gab Marijke ungewohnt bissig zurück.

Witta beschäftigte sich mit ihrer Frisur.

»Das habe ich später nachgeholt.«

Marijke schnaubte. Kari sah ihr an, dass sie hin und her gerissen war. Einerseits hatten ihre Freundinnen offensichtlich das Fass zum Überlaufen gebracht. Marijke war eine freundliche und vernünftige Person, aber irgendwann verlor auch sie die Geduld. Andererseits wollte sie Kari helfen, und natürlich brannte sie darauf, zu erfahren, wo Robin Pohl mit den Kartons hinwollte.

Am Ende siegte die Neugier. Marijke gab wieder Gas und beschleunigte, als hätte sie eine Runde auf dem Nürburgring gebucht. Alma quiekte und griff nach den Streben von Wittas Kopfstütze. Kari klammerte sich unwillkürlich am Griff über der Wagentür fest. Nur Grethe, die zwischen ihnen saß, legte stoisch die Hände auf die Knie und sah mit zusammengekniffenen Augen zwischen den Vordersitzen hindurch.

Es waren nur ein oder zwei Minuten, aber sie kamen Kari wie eine Ewigkeit vor. Dann erreichten sie die Ortseinfahrt von Hörnum. Marijke drosselte das Tempo und fuhr in Richtung Leuchtturm. Sie wollte bereits den Parkplatz ansteuern, als sie sahen, wie zwei rote Rücklichter in Richtung Hafen verschwanden.

»Da ist er!«, rief Alma und schlug sich sofort die Hand vor den Mund. Wahrscheinlich befürchtete sie, dass Marijke erneut eine Vollbremsung hinlegen würde, wenn sie sich beim Fahren gestört fühlte.

Doch die Kapitänswitwe war jetzt in ihrem Element. Sie nahm die Kurve in vollem Tempo wie eine Rennfahrerin und war nur noch knapp dreißig Meter von Pohls Transporter entfernt, als dieser vor einem Lokal am Hafen stoppte.

Marijke fuhr rasch an den Straßenrand und schaltete das Fahrlicht aus.

Die Frauen schauten zu der Gaststätte hinüber. Die Fenster waren erleuchtet, und Kari meinte, Musik wahrzunehmen, die aus dem Inneren kam.

»Was will er hier?«, wisperte Alma.

»Du brauchst nicht zu flüstern«, beschied ihr Witta. »Er könnte uns vielleicht sehen, wenn er sich umdreht, aber er wird uns nicht hören, solange wir im Wagen sitzen und die Türen geschlossen sind.«

Kari sah Grethe an, dass ihr eine bissige Bemerkung auf der Zunge lag, aber die Klempnerwitwe riss sich zusammen.

»Er holt die Kisten aus dem Laderaum«, sagte sie stattdessen.

Tatsächlich stapelte Robin Pohl drei Kartons auf seine Sackkarre und ging damit zur Rückseite des Lokals. Sein

Eintreffen war offenbar bemerkt worden. Als er die Hintertür erreichte, wurde sie geöffnet, und Pohl trat ein.

»Was mag das für eine Veranstaltung sein?«, fragte Grethe. »Ein Treffen der Sylter Jagdfreunde, bei dem Pohl seine Waffen an den Mann bringt?«

»An einem öffentlichen Ort?«, entgegnete Marijke skeptisch. »Wäre das nicht zu riskant?«

Grethe deutete auf das Restaurant. »Die Vorhänge sind zugezogen. Da kann keiner hineinsehen. Wenn sie ein Schild ›geschlossene Gesellschaft‹ an die Tür hängen und abschließen, bekommt niemand mit, was drinnen passiert.«

»Hm. Trotzdem.« Marijke schien nicht überzeugt.

Wieder war es Alma, die sich vorsichtig zu Wort meldete. »Er hat die Türen nicht abgeschlossen.«

Witta runzelte die Stirn. »Vom Lokal?«

»Von seinem Wagen.« Alma deutete auf den Transporter. »Der hat eine Zentralverriegelung. Hätte er ihn verschlossen, hätten die Lampen kurz aufleuchten müssen. Das haben sie aber nicht.« Sie lächelte. »Er hat doch mehr als drei Kisten eingeladen. Wir könnten nachsehen, was sich in den anderen befindet.«

Kari war wie elektrisiert. »Sie warten hier!«

Sie sprang aus dem Wagen und lief zu Pohls Transporter hinüber. Die Türen waren tatsächlich offen. Kari kletterte in den Laderaum und aktivierte die Taschenlampen-App ihres Smartphones.

Auf der linken Seite des kleinen Laderaums standen die drei Kartons. Kari wollte ihr Taschenmesser hervorziehen, bemerkte aber dann, dass die Kartons nicht zugeklebt waren. Neugierig faltete sie die Pappdeckel zur Seite.

»Und? Was ist drin?«, flüsterte eine Stimme dicht neben ihrem Ohr. Kari fuhr zusammen. Sie hatte nicht bemerkt, dass die Häkeldamen ihr gefolgt waren. Obwohl sie es sich natürlich hätte denken können.

Sie griff in die Kiste und zog wahllos ein paar Dinge daraus hervor. Eine weiße Maske mit einer roten Clownsnase. Eine rote Kunsthaarperücke. Ein T-Shirt, auf dem eine Zielscheibe mit bunten Ringen aufgemalt war.

»Was ist das denn?« Grethe, die neben ihr stand, nahm ihr die Sachen ab.

Kari wühlte weiter, und plötzlich stießen ihre Finger auf eine Form, die ihr aus ihrer Ausbildung bestens vertraut war. Sie zog den Gegenstand hervor.

»Aha!«, freute sich Witta. »Da sind ja die Waffen.«

Kari sah sich die Pistole an. Das war nicht die Waffe eines Sportschützen und auch keine Polizeipistole. Der Lauf war länger und hatte einen größeren Durchmesser, und …

»Gotcha«, sagte sie.

»Wie bitte?« Kari konnte Wittas Gesicht nicht sehen, aber der Ton ihrer Stimme machte deutlich, dass sie nicht nur die Stirn, sondern auch Mund und Nase in Falten gelegt hatte.

»Das ist eine Paintball-Pistole«, erklärte sie und dachte, dass die alte Dame mit diesem Begriff vermutlich ebenso wenig anfangen konnte.

»Damit verschießt man Farbbeutelmunition«, ergänzte Grethe.

»So?« Witta richtete ihre Dauerwelle. »Die Möwen sind aber nicht mit Farbbeutelns beschossen worden. Und der kleine Lukas ist es auch nicht.«

Von draußen war ein Knirschen zu hören, dann Marijkes aufgeregte Stimme.

»Da kommt jemand.«

»Los. Raus hier!«, verlangte Grethe, doch Alma hielt sie zurück.

»Zu spät. Wir müssen uns verstecken.«

Kari sah sich zweifelnd um. Bis auf die drei Kartons gab es nichts im Laderaum des Transporters. Nur eine Plane, die aufgewickelt vor der Wand zur Fahrerkabine lag.

»Schnell! Hierher!«, wisperte sie und bedeutete den alten Frauen, die Plane auseinanderzurollen und wie einen Vorhang hochzuheben.

■ ■ ■

Jonas Voss tastete nach dem Lichtschalter, der sich irgendwo rechts neben seinem Kopf befand. Die Hängeleuchte unter dem Terrassendach glühte langsam auf. Seit er eine Energiesparlampe hineingeschraubt hatte, dauerte es geraume Zeit, bis das Licht ausreichte, um etwas zu sehen.

Nachdem Kari davongerauscht war, hatte er sich ein weiteres Bier geholt, sich wieder unter seine Wolldecke gekuschelt und eine Weile im Selbstmitleid geschwelgt. Dann hatte er eingesehen, dass er selbst nicht ganz unschuldig an ihrem Streit war. Was Kari über Denise, die kleine Schwester von Lydia Cordes, herausgefunden hatte, war interessant. Auch wenn es lange zurücklag, könnte es immer noch ein Motiv sein. Jonas waren in seiner Laufbahn schon Fälle dieser Art begegnet.

Also würde er sich bei Kari entschuldigen, und dann würde sie hoffentlich nicht mehr davon sprechen, die Hochzeit abzublasen.

Jonas schob die Gedanken beiseite und widmete sich Jasper, der erschrocken zusammengezuckt war, als er ihn angesprochen hatte. Sein Gesicht zeigte einen sonderbaren Ausdruck, verlegen und erleichtert zugleich. Das Mädchen neben ihm dagegen sah vor allem enttäuscht aus.

Jonas registrierte die Körperhaltung der beiden. Leonie hatte ihren Arm hastig zurückgezogen. Jasper hatte seine Hand, die eben noch mit Leonies verschränkt gewesen war, in die Hosentasche gestopft. Seine Beine zuckten, als wolle er davonlaufen, die Arme hatte er eng an den Körper gepresst. Leonie hatte die Schultern hochgezogen und ihre Unterlippe zwischen die Zähne gesaugt.

»Hallo Jasper. Hallo Leonie«, begrüßte Jonas die beiden und sah auf die Armbanduhr. Es war fast halb elf.

»Sorry, Paps. Wir haben nicht auf die Zeit geachtet.« Jasper grinste schief. »Kann Leonie bei uns übernachten?«

»Sicher.«

Jonas musterte seinen Sohn. Vermutlich war es Jasper nicht bewusst, aber er war ein echter Mädchenschwarm geworden. Groß und schlaksig, mit seinen modisch geschnittenen blonden Locken, den leuchtend blauen Augen und dem einnehmenden Lächeln. Voss freute sich darüber, auch wenn er bedauerte, dass der kleine Junge verschwunden war. Das Bild von Jasper mit den verwuschelten Haaren in seinem Frottee-Schlafanzug mit den aufgedruckten Bären hatte er immer noch vor Augen.

Leonie schwärmte für Jasper, das war nicht zu übersehen. Aber beruhte das auf Gegenseitigkeit? Bisher hatte keines seiner Kinder großes Interesse am anderen Geschlecht gezeigt. Finja, die in diesem Sommer achtzehn wurde, konzentrierte sich lieber auf ihr Abitur und ihre Arbeit für den Umweltschutz. Und Jasper? Bisher hatte Voss geglaubt, sein Sohn sei noch zu jung dafür. Er selbst hatte seine ersten Erfahrungen mit achtzehn gemacht. Aber heute waren die Zeiten anders.

Jonas überlegte, wie er sich verhalten sollte. Offen und vertrauensvoll, um nicht als Spießer dazustehen? Oder die Möglichkeit, die in der Luft lag, mit väterlicher Autorität unterbinden? Wenn er die verdrehte Körperhaltung seines Sohnes richtig deutete, tat er ihm damit wahrscheinlich sogar einen Gefallen.

»Wo wart ihr denn?«, fragte er, um die Entscheidung hinauszuzögern.

Leonie versteckte ihre Hände nun ebenfalls in den Hosentaschen.

»Bei Lukas im Krankenhaus«, sagte Jasper, sah ihm dabei aber nicht in die Augen.

Voss schaute erneut auf seine Uhr.

»Die Besuchszeit ist doch längst zu Ende.«

»Ja. Klar. Da waren wir heute Nachmittag.«

»Und dann?« Irgendetwas wollten Jasper und Leonie verheimlichen, erkannte Voss. Dafür musste man kein Kriminalhauptkommissar sein.

Sein Sohn druckste ein wenig herum. Dann hob er den Kopf. Er konnte einfach nicht lügen.

»Wir waren im Golf-Resort. Da waren wir heute Mittag schon und haben gesehen, wie Robin Pohl irgendwelche Kartons in einen Schuppen gebracht hat. Wir dachten, darin befinden sich vielleicht die Waffen, mit denen die Leute auf dem Golfplatz auf die Möwen schießen. Nachsehen konnten wir nicht, weil wir gestört worden sind. Deswegen haben wir uns heute Abend auf die Lauer gelegt.«

Jonas runzelte die Stirn. Es gefiel ihm gar nicht, dass Jasper und Leonie heimlich Detektiv spielten, auch wenn er verstand, dass die Schussverletzung ihres Freundes Lukas sie betroffen gemacht hatte. Natürlich wollten sie wissen, wer dafür verantwortlich war, und wenn Hannah und er es nicht schafften, die Sache aufzuklären ...

»Ich habe dir doch gesagt, dass ...«, im letzten Moment

schluckte er Karis Namen herunter, »… sich jemand darum kümmert.«

»Ja.« Jasper bekam langsam wieder Oberwasser. »Die Häkelmafia. Die haben wir gesehen.«

Voss stöhnte leise. Das hatte ihm gerade noch gefehlt, dass die alten Damen wieder mitmischten. Auch wenn er es sich natürlich hätte denken können.

»Lasst uns reingehen und etwas trinken«, schlug er vor. »Und dann erzählt ihr mir alles ganz genau.«

■ ■ ■

Marijke Meenken zitterte am ganzen Leib. Sie stand vor den hinteren Türen des Transporters, die sie ins Schloss gedrückt hatte, ehe der Mann um den Wagen herumgetreten war. Robin Pohl zuckte erschrocken zurück, als er sie entdeckte.

»Hoppla! Jetzt hätte ich Sie beinahe über den Haufen gerannt.« Er schaute sie misstrauisch an. »Was tun Sie hier?«

Marijke zauberte ihr schönstes Lächeln auf die Lippen.

»Ich wollte nur nachsehen. Ich habe einen Spaziergang am Hafen gemacht und zufällig beobachtet, wie Sie aus dem Auto gestiegen sind. Ich hatte den Eindruck, Sie hätten es nicht abgeschlossen. Aber bevor ich Ihnen hinterherlaufe, wollte ich mich versichern, ob ich recht hatte.«

»Und?« Pohl beäugte sie lauernd.

»Es ist offen.« Lieber hätte Marijke das Gegenteil behauptet. Immerhin befanden sich Kari Blom und ihre Häkelfreundinnen im Laderaum des Transporters. Wie sollten sie erklären, was sie dort taten, wenn Pohl sie entdeckte? Aber er musste ja nur am Griff ziehen, um herauszufinden, ob sie die Wahrheit sagte.

»Das hatte ich befürchtet.«

Pohl riss die hinteren Türen auf, und Marijke kniff die Augen zu. Sie wartete auf den überraschten Ausruf, den wütenden Aufschrei, die Beschimpfungen. Doch es kam nichts.

Marijke öffnete die Augen wieder und spähte in den Laderaum. Er war leer bis auf drei Kartons, die nebeneinander an der linken Wand standen. Erst auf den zweiten Blick fiel ihr auf, dass sich die Wand zur Fahrerkabine zu bewegen schien. Eine Plane, erkannte Marijke, die vier unterschiedliche große Erhebungen verdeckte.

»Sehen Sie?«, sagte sie zu Robin Pohl, um ihn abzulenken. »Der Wagen war nicht verschlossen.«

Pohl stellte die Sackkarre, die er hinter sich her gezogen hatte, auf die Ladefläche, und warf die Türen ins Schloss. Anschließend holte er den Schlüssel mit der Fernbedienung aus der Tasche und drückte darauf. Es klickte, und die Lampen des Fahrzeugs leuchteten kurz auf.

»Jetzt ist er zu«, sagte er.

»Sehr gut.« Marijke lächelte, während ihre Gedanken rasten. Wie sollten Kari und ihre Freundinnen jetzt aus dem Wagen herauskommen?

Sie lief hinter Pohl her, der zurück zur Gaststätte ging. Als er merkte, dass sie ihm folgte, drehte er sich um.

»Kann ich noch irgendetwas für Sie tun?«

»Mir ist nicht gut«, behauptete Marijke. Eigentlich, dachte sie, war es nicht einmal gelogen. Die Angst um ihre Freundinnen machte ihr die Knie weich. »Ob ich da drinnen ein Glas Wasser bekommen könnte?«

Pohl hob bedauernd die Hände. »Tut mir leid. Geschlossene Gesellschaft. Aber ich kann Ihnen etwas bringen.«

»Das wäre sehr freundlich.« Marijke machte einen Schritt

nach vorn und taumelte in Pohls Arme. Er fing sie auf und hielt sie fest.

»Oha«, sagte er und schaute sich um. »Setzen Sie sich besser da drüben auf die Bank. Ich bin gleich wieder bei Ihnen.«

»Danke schön.«

Er ließ sie los und verschwand im Inneren des Lokals. Marijke holte tief Luft.

■ ■ ■

Jonas Voss legte die Hände um den dampfenden Becher, der vor ihm auf dem Tisch stand. Kakao. Das war es, was sich Jasper und Leonie gewünscht hatten, und Jonas war froh, dass doch noch nicht alles Kindliche verschwunden war.

»Wie geht es Lukas?«, fragte er. »Haben sie rausgefunden, was mit seinen Blutplättchen nicht stimmt?«

»Er hat eine Anämie. Genetisch, haben die Ärzte gesagt«, berichtete Jasper. »Er bekommt jetzt Tabletten, und morgen darf er nach Hause. Sie meinen, im Grunde hatte er Glück, dass er angeschossen wurde. Sonst wäre die Anämie vermutlich erst in ein paar Jahren entdeckt worden, und dann hätte man sie nicht mehr so gut behandeln können.«

»Es ist eben immer alles für etwas gut«, ließ sich eine dröhnende Stimme von der Küchentür her vernehmen. Jonas wandte den Kopf.

»Paps. Mit dir hatte ich nicht gerechnet.«

Redlef Voss setzte sich zu Jonas und den beiden Jugendlichen an den Tisch.

»Wo ist denn deine Tochter?«, erkundigte er sich.

»Sie übernachtet bei einer Freundin. Dafür hat Jasper Besuch mitgebracht.«

Redlef nickte. Er begrüßte Leonie und zwinkerte Jasper zu. Der wandte rasch den Blick ab und rutschte auf seinem Stuhl herum. Redlef grinste und deutete auf die Kakaobecher.

»Bekomme ich auch einen?«

»Selbstverständlich.« Jonas nahm einen Becher aus dem Schrank und füllte ihn mit Milch aus dem Topf, der noch auf dem Herd stand. Er gab Kakaopulver und Zucker hinein und verrührte alles.

»Ich hätte auch nichts gegen einen Schuss Rum«, sagte Redlef. »Und ein hübsches Sahnehäubchen obendrauf.«

Jonas ging ins Wohnzimmer und griff nach der Flasche Captain Morgan. Er goss erst seinem Vater, dann sich selbst einen großzügigen Schluck in den Becher. Anschließend holte er die Sprühsahne aus dem Kühlschrank und verzierte die Toten Tanten damit.

»Wollt ihr auch?« Er hielt Jasper und Leonie die Sprühflasche hin.

»Klar!« Jasper hob ihm sofort seinen Becher entgegen und war erst zufrieden, als sich ein riesiger Berg Sahne auf seinem Kakao türmte.

Leonie dagegen lehnte ab. Kein Wunder; sie war in dem Alter, in dem junge Frauen anfingen, auf ihre Figur zu achten. Bei Finja war das nicht anders gewesen.

Jonas stellte die Sahne zurück in den Kühlschrank und setzte sich wieder an den Tisch.

»Dann erzählt mal. Wie war das mit Robin Pohl und den Kisten im Schuppen? Und mit den Häkeldamen?«

»Hab ich doch schon gesagt. Wir waren auf dem Golfplatz, und Pohl hat ein paar Kartons in den Schuppen geschleppt. Keine Ahnung, was drin war. Wir wollten eigentlich versuchen, das Schloss zu knacken, aber dann kam Frau Meenken und hat uns weggeschickt.«

»Sei froh«, kommentierte sein Großvater. »Einbruch und Beschädigung fremden Eigentums. Das wirft kein gutes Licht auf deinen Vater, wenn man dich erwischt.«

»Sorry. Kommt nicht wieder vor.« Jasper senkte den Kopf, doch Jonas konnte sehen, dass er Mühe hatte, sich ein Grinsen zu verbeißen.

»Was ist so lustig?«, fragte er. Tatsächlich wäre es peinlich, wenn er seinen Sohn bei den Kollegen von der Schutzpolizei abholen müsste. Dafür sollte Jasper Verständnis haben.

Sein Sohn hob den Kopf.

»Mir ist da was rausgerutscht«, bekannte er. Mit einer Miene, die wohl reumütig wirken sollte, doch seine Mundwinkel zuckten immer noch. »Ich habe Frau Meenken verraten, dass wir sie und ihre Freundinnen ›die Häkelmafia‹ nennen.«

»Na toll.« Jonas sank gegen die Stuhllehne. »Das war nicht nett.«

Jaspers Miene verlor etwas von der Erheiterung, die ihn geschüttelt hatte.

»Ich sage doch, es war keine Absicht.«

Redlef Voss gluckste. Seinen Mund konnte man unter dem dichten Bart kaum erkennen, aber Jonas sah an seinen Augen, die von unzähligen Lachfältchen umgeben waren, dass er sich köstlich amüsierte.

»Ich bin sicher, sie kommen darüber hinweg. Sie haben doch Humor.«

»Bei Witta Claaßen wäre ich mir da nicht so sicher«, gab Jonas zurück.

»Es war wirklich nicht böse gemeint«, sagte Leonie. »Jasper wollte mir nur erklären, wer die Frau ist.«

»Nun gut.« Voss hob die Hände. »Jetzt ist das Kind ohnehin in den Brunnen gefallen.« Er schaute seinem Sohn in die Augen. »Wie ging es dann weiter? Weshalb wart ihr heute Abend noch mal auf dem Golfplatz?«

»Wir dachten, Pohl schafft die Waffen in der Nacht weg. Wenn da wirklich Waffen in den Kisten waren. Weil die Polizei den ganzen Golfclub unter die Lupe nimmt.«

Kein schlechter Gedanke, befand Jonas.

»Und? Hat er es getan?«

»Das wissen wir nicht.« Jaspers Gesicht bekam wieder einen schelmischen Ausdruck. »Eine von den Kellnerinnen hat uns erwischt und weggeschickt.« Er schaute seinen Vater vielsagend an. »So eine große schlanke Blonde mit kurzen Haaren. Blom heißt sie, glaube ich.«

Jonas verspürte den Impuls, seinen Sohn mit der Nase in den Sahneberg auf seinem Kakao zu stupsen. Jasper mangelte es gelegentlich an jenem Ernst, den seine Tochter Finja im Übermaß an den Tag legte. Auf der anderen Seite müsste er seinen Sohn eigentlich loben. Er war gedankenschnell und schützte Karis Undercover-Identität sogar gegenüber seiner langjährigen Schulfreundin.

»Dann werde ich morgen mal mit der Dame reden«, sagte er steif.

Jasper und Redlef sahen sich an und brachen in schallendes Gelächter aus. Leonie blickte verständnislos zwischen den beiden hin und her.

»Nimm sie nicht ernst«, riet Jonas. »Das ist so ein Enkel-Großvater-Ding. Ich verstehe auch nicht immer, was da abläuft.«

»Hm.« Leonie leerte ihren Becher. »Ich bin müde. Darf ich schlafen gehen?« Sie hatte wohl eingesehen, dass der Abend nicht so verlaufen würde, wie sie es sich gewünscht hatte.

»Natürlich.« Jonas stand auf und stellte ihren leeren Becher in die Spüle. »Ich mache dir schnell das Bett im Gästezimmer fertig.«

Leonie öffnete die Tür zum Flur. Jasper hob seinen mit Sahne gekrönten Kakao.

»Schlaf gut«, rief er ihr nach und flegelte sich auf dem Küchenstuhl. Jonas fand, dass er zum ersten Mal, seit er nach Hause gekommen war, wirklich entspannt aussah.

▪ ▪ ▪

Kari und die drei Häkelfreundinnen im Transporter ließen die Plane sinken, hinter der sie sich versteckt hatten. Der Trick hatte funktioniert, auch deshalb, weil Marijke Meenken den Wirt des Hotel-Restaurants so geschickt abgelenkt hatte. Pohl hatte sie nicht entdeckt. Doch was nützte das?

Er hatte den Wagen verriegelt, und nun waren sie im Laderaum gefangen. Natürlich konnten sie das Possenspiel mit der Plane wiederholen, doch noch einmal würde Robin Pohl vermutlich nicht darauf hereinfallen. Wenn er wieder etwas aus dem Laderaum herausholte oder hineinstellte, würde er merken, dass er nicht allein war. Und dann müssten sie einiges erklären.

Ihren Job im Restaurant wäre sie dann vermutlich los, aber das spielte auch keine Rolle mehr. Wenn Pohl wusste, dass sie ihm hinterherspionierte, war sie ohnehin verbrannt und ihr Undercover-Einsatz beendet. In all den Jahren, die sie für das LKA Schleswig-Holstein arbeitete, war ihr das noch nie passiert. Ole Lund würde furchtbar wütend sein, und das zu Recht. Was hatte sie nur geritten, zusammen mit den Häkeldamen einen Verdächtigen zu verfolgen und in einen Lieferwagen zu klettern, in dem man sie jeden Moment entdecken konnte?

Alma hatte ihr Smartphone aus der Handtasche gezogen und die Taschenlampenfunktion aktiviert. Das Licht war hell genug, um das Innere des Wagens und die Gesichter der anderen Frauen sehen zu können. Das von Alma war rot vor Aufregung, das von Witta weiß. Nur Grethe wirkte so gleichmütig wie immer.

»Was machen wir denn jetzt?«, hauchte Alma.

»Wir warten, bis er wiederkommt«, erwiderte Grethe. »Was denn sonst? Oder kennst du einen Trick, wie man sich aus dem Inneren eines verschlossenen Laderaums befreit?«

»Aber ...« Alma wollte etwas einwenden, doch in diesem Moment hörten sie das Klacken der Zentralverriegelung. Witta sah Kari an und betastete ihre Dauerwelle.

»Jetzt sollten wir eine gute Erklärung parat haben.«

Kari schnitt eine Grimasse. Die Landarztwitwe hatte recht, doch Karis Kopf war wie leer gefegt.

Die Hintertüren des Wagens schwangen auf. Davor stand eine Gestalt mit kleinen grauen Locken und einer dunklen Windjacke.

»Schnell! Kommt raus!«, wisperte sie.

Das ließen sich Kari und die anderen Häkeldamen nicht zweimal sagen. Sie kletterten von der Ladefläche und verbargen sich hinter der Hausecke. Marijke Meenken verriegelte den Wagen wieder und lief zu einer Bank, die dem Lokal direkt gegenüberstand. Sie hatte sich gerade darauf niedergelassen, als sich die Tür der Gaststätte öffnete und Robin Pohl herauskam. Er brachte Marijke ein Glas Wasser. Kurz bevor er sie erreicht hatte, stand sie auf, wankte auf ihn zu und landete in seinen Armen. Pohl hielt das Glas hoch, damit er den Inhalt nicht verschüttete. Er führte Marijke zurück zur Bank, drückte sie darauf und reichte ihr fürsorglich das Wasserglas. Marijke nahm es, lächelte ihn dankbar an und trank.

Robin Pohl hatte es nicht bemerkt, weil Marijke ihn erfolgreich abgelenkt hatte, doch Kari hatte es genau gesehen: Als sie sich in die Arme des Gastwirts geschmiegt hatte, hatte sie den Wagenschlüssel unauffällig in seine Jackentasche gleiten lassen, und auf ähnliche Weise musste sie ihn zuvor auch an sich genommen haben.

Die alten Damen waren wirklich mit allen Wassern gewaschen!

Pohl verschwand mit dem leeren Glas in der Gaststätte, und Marijke kam zurück zu ihren Freundinnen.

»Lasst uns verschwinden!«, sagte Alma Grieger, doch Grethe war dagegen.

»Nach der ganzen Aufregung? Nee. Jetzt will ich auch wissen, was er da drinnen macht.«

»Jedenfalls handelt er nicht mit Waffen«, bemerkte Witta. »Diese … Air-Paint-Dinger eignen sich ja wohl nicht zur Möwenjagd.«

»Paintball, Witta. Der Sport heißt Paintball«, korrigierte Grethe grinsend.

Kari sprang Witta zur Seite.

»Sie haben vollkommen recht«, erklärte sie. »Das sind Softair-Waffen. Damit kann man zwar auch Schaden anrichten, aber ich glaube nicht, dass jemand damit auf Vögel schießen würde.«

»Siehst du?« Witta hob das Kinn.

Grethe winkte ab. »Ja. Schön. Aber was macht er dann damit?«

»Lasst uns schauen, ob wir irgendwo ein Fenster finden, bei dem die Gardinen nicht richtig zugezogen sind«, schlug Marijke pragmatisch vor. »Vielleicht können wir einen Blick hinein erhaschen.«

Die anderen Frauen waren sofort dabei, und Kari schloss

sich ihnen an. Mit einem gewissen Unbehagen, aber sie wollte auch wissen, was Robin Pohl hier tat.

Es war Grethe, die tatsächlich einen Spalt entdeckte. »Da!«

Sofort drängten sich die vier alten Damen vor dem Fenster. Kari stellte sich dahinter. Weil sie etwas größer war, konnte sie über die Köpfe der Häkelfrauen hinwegsehen.

Das Bild, das sich ihr bot, war ausgesprochen skurril. Robin Pohl stand auf einer kleinen Bühne unter einer Konstruktion, auf der zwei durchsichtige Plexiglasgefäße auf kleine Wippen montiert waren. Pohl hielt in jeder Hand ein Seil, das verhinderte, dass sie umkippten und ihren Inhalt – eine undefinierbare rötlichbraune Masse – über seinen Kopf ergossen. Der Gastwirt trug einen weißen Einweganzug, auf dessen Brust eine bunte Zielscheibe aufgemalt war.

Die Gäste der Feier, ausschließlich Männer im Alter zwischen zwanzig und fünfzig, standen hinter einer aufgemalten Linie und bewarfen ihn unter großem Gejohle mit Wasserbomben. Die Ballons platzten auf seinem Körper und in seinem Gesicht, und Pohl zuckte bei jedem Treffer zusammen.

Es war nicht schwer zu erraten, wie das Spiel ausgehen würde. Irgendwann würde ihn ein Geschoss so aus dem Gleichgewicht bringen, dass er die Seile losließ und ihn die Farbe aus den Plexiglasgefäßen besudelte.

»Warum tut er das?«, fragte Alma.

»Ich nehme an, es ist ein Job«, sagte Kari. »Die Pohls brauchen dringend Geld. Deshalb verdingt er sich als Partyclown. Ganz offensichtlich gibt es ja Menschen, die an so etwas ihre Freude haben.«

»Mehr als genug«, bemerkte Witta. »Schauen Sie kein Fernsehen? Da gibt es unzählige Sendungen, die von billiger Schadenfreude leben.«

»Und manche Leute wollen eben nicht nur zusehen, sondern selbst mitmachen«, ergänzte Grethe. »Wenn man genug Geld hat, kann man sich alles kaufen. Auch einen Clown, der sich auf die Bühne stellt und sich erniedrigen lässt.«

»Was ist das nur für eine Welt?« Marijke wandte sich kopfschüttelnd vom Fenster ab.

Alma schaute immer noch mit leuchtenden Augen nach drinnen.

»Also, ich finde das lustig. Das erinnert mich an die Tortenschlachten, die wir früher in der Backstube gemacht haben. Wenn die Sachen nichts geworden waren. Wir hatten immer eine Menge Spaß dabei.«

Witta schaute sie von oben herab an.

»Schabernack treiben mit Lebensmitteln? Du solltest mal mit Sören sprechen. Was der im Senegal als Flying Doctor an Not und Elend sieht ...«

»Mit *verdorbenen* Lebensmitteln«, betonte Alma.

»Was würde den Leuten im Senegal eine Torte nützen, bei der schon auf Sylt die Sahne umgekippt ist?«, ergänzte Grethe. »Bis sie da angekommen ist, ist sie mit Sicherheit ungenießbar. Mal ganz abgesehen davon, dass es den Leuten dort wahrscheinlich nicht ausgerechnet an Sahnetorten mangelt.«

»Wir haben immer für ›Brot für die Welt‹ gespendet«, sagte Alma. »Wir hatten sogar jedes Jahr einen Aktionstag, an dem alle Erlöse an Bedürftige gegangen sind.«

»Ja, ja.« Witta richtete ihre Frisur. Es war deutlich, dass sie die Diskussion nicht fortsetzen wollte. »Fahren wir jetzt nach Hause? Oder sollen wir hier Wurzeln schlagen?«

»Wir fahren«, sagte Marijke. »Auf den Schreck brauche ich dringend einen Küstennebel.«

Kari wollte automatisch abwehren, doch dann überlegte

sie es sich anders. Auch wenn sie sich nicht viel aus Alkohol machte. Nach der Aufregung würde ihr ein Gläschen sicher helfen, ihr inneres Gleichgewicht wiederzufinden.

11.

Das Wasser, das in den Abfluss der Duschwanne strudelte, war rotbraun. Robin Pohl schrubbte erst seine Hände mit der Bürste, dann rubbelte er mit dem Waschlappen über sein Gesicht, bis die Haut brannte. Der größte Teil der Farbe war vom Papieranzug abgehalten worden, aber sein Gesicht und die Hände hatte er nicht bedecken dürfen, das waren die Spielregeln.

Robin legte den Lappen beiseite und griff nach dem Handtuch. Die Dusche im hinteren Teil des Lokals war von außen zugänglich und eigentlich für die Segler gedacht, die hier im Hafen von Hörnum festmachten. Zurzeit wurde sie kaum genutzt. Die Segelsaison hatte noch nicht begonnen, nur wenige Skipper unternahmen schon ihre ersten Touren. Es war ein steriler Ort, aber Robin war froh, dass er nicht von oben bis unten mit Farbe besudelt nach Hause fahren musste.

Denise wusste nichts von seiner Nebentätigkeit. So wie sie viele Dinge nicht wusste. Manchmal hatte er das Gefühl, an all den Heimlichkeiten zu ersticken. Aber er hatte es ja nicht besser verdient. Hätte er damals nicht so ein Drama daraus gemacht, dass Lydias kleine Schwester ihnen ständig hinterherlief, dann wäre alles anders gekommen. Nun musste er eben dafür büßen. So war das im Leben. Alles, was man tat, hatte Konsequenzen.

Er hatte Denise nicht aus Liebe geheiratet, aber im Laufe der Jahre war sie ihm trotzdem ans Herz gewachsen. Deshalb war es ihm auch nicht egal, was sie von ihm dachte. Wenn sie wüsste, dass er sich als Partyclown von Betrunkenen mit Farbbeuteln beschießen und mit Wasserbomben, manchmal auch mit faulen Eiern bewerfen ließ, würde sie jeden Respekt vor ihm verlieren. Egal, wie edel seine Motive waren.

Robin legte den Lappen beiseite und griff nach dem Handtuch.

Im Grunde war alles Adrians Schuld, damals wie heute. Er hatte die bescheuerte Idee mit dem Eingraben gehabt, und er hatte den billigen Whisky, den Lydia mitgebracht hatte, großzügig in die Cola-Becher geschenkt. Nur deswegen hatten sie die Zeit vergessen und wären beinahe zu spät gekommen. Es war auch sein Vorschlag gewesen, ihren Fehler zu sühnen. Und Adrian war es, der seinen Vater angestachelt hatte, sich das Hotel-Restaurant der Pohls unter den Nagel zu reißen. Jedenfalls vermutete Robin das.

Ob sein Tod etwas ändern würde?

Wahrscheinlich nicht. Hans-Peter Hoffmann war ein Mann, der niemals umkehrte. Wenn er sich einmal für eine Richtung entschieden hatte, ging er vorwärts. Wie eine Maschine. Robin hasste ihn dafür, und zugleich bewunderte er ihn. Was hätte er selbst im Leben erreichen können, wenn er ein wenig mehr wie der Chef der Hoffmann Bau AG wäre? Aber es lag ihm eben nicht in den Genen. Seine Eltern hatten ihr gesamtes Leben im Dienstleistungsgewerbe verbracht. Sie forderten nicht, sie fragten nur bescheiden. Und verzichteten, wenn man ihnen verweigerte, was sie ersehnten.

Dabei war sein Vater ein begnadeter Koch. Alles, was Robin konnte, hatte er von ihm gelernt. Den Michelin-Stern, an dem er so knapp vorbeigeschrammt war, hätte ebenso gut sein Vater erreichen können. Mit dem richtigen Lokal am richtigen Ort zur richtigen Zeit. Doch das Restaurant hatte lange Jahre nur Strandgäste und Wanderer angelockt, nicht die High Society. Das Golf-Resort bot ihnen das Publikum, das ihre exquisite Küche zu schätzen wüsste. Das Problem war nur, dass sie den Schönen und Reichen nicht das passende Ambiente bieten konnten.

Die Einrichtung des Restaurants war in die Jahre gekommen, genau wie die Ausstattung der Hotelzimmer. Um gehobene Kundschaft anzulocken, müssten sie investieren, doch das Geld reichte gerade für die nötigsten Reparaturen. Und dann hatte sein Vater vor ein paar Wochen auch noch feuchte Stellen im Keller entdeckt. Wenn Hans-Peter Hofmann davon erfuhr, waren sie geliefert. Ihre einzige Chance bestand darin, das Geld für die Sanierung zusammenzukratzen, ehe etwas nach außen drang.

Deswegen tat Robin alles Mögliche, um irgendwie an Geld zu kommen. Er ließ sich sogar als lebendige Zielscheibe erniedrigen. Wenn Denise wüsste, was sie ihr angetan hatten, würde sie es vermutlich eine gerechte Strafe nennen. Aber hatte man nicht irgendwann genug gebüßt?

Er trocknete sich ab und schlüpfte in Jeans und T-Shirt. Den besudelten Papieranzug stopfte er in die Kiste zu den anderen Utensilien für seine Auftritte. Mit einem raschen Blick in den halbblinden Spiegel versicherte er sich, dass er alle Spuren der roten Farbe getilgt hatte. Er strich seine blonden Haare zurück, klemmte sich den Karton unter den Arm und verließ die öffentliche Dusche.

Als er die Kiste in den Laderaum seines Transporters stellte, stutzte er. Der Deckel eines der anderen Kartons stand halb offen. Hatte er nicht alle Kisten ordentlich verschlossen, ehe er hierhergefahren war?

Ihm fiel wieder ein, dass er vergessen hatte, den Wagen zu

verriegeln, als er angekommen war. Da war diese alte Dame gewesen. Hatte sie einen Blick in den Laderaum riskiert?

Robin warf die Türen zu und setzte sich hinters Steuer. Selbst wenn. Was sollte sie schon gesehen haben? Und welche Schlüsse könnte sie daraus ziehen?

■ ■ ■

»Heißt das, er hat nichts mit den Waffen zu tun? Oder ist das nur eine weitere seiner Nebentätigkeiten?«

Ole Lund klang ungeduldig. Kari fragte sich, wobei sie ihn gestört hatte. Der Kriminalrat lebte allein, und sein Beruf war seine Leidenschaft. Wenn er nicht gerade in die Oper oder ins Konzert ging, verbrachte er die Abende gewöhnlich zu Hause in seinem bequemen Sessel und hörte Musik. Dazu trank er ein Glas Wein, selten ein zweites. Nie mehr. Er trug auch zu Hause einen Anzug, dazu eine seiner geliebten Designerkrawatten. Bei Ole Lund hatte alles seine Ordnung, Abweichungen gab es nicht. Ebenso wenig wie schlechte Laune. Doch jetzt schien ihm eine Laus über die Leber gelaufen zu sein. Oder gab es neuerdings eine Frau in seinem Leben, von der sie noch nichts wusste? Falls ja, wäre sie ein wenig beleidigt. Ole war nicht nur ihr Vorgesetzter, er war auch ihr bester Freund. Er wusste fast alles von ihr und ging bei ihren Eltern ein und aus. Das wäre doch umgekehrt hoffentlich genauso? Abgesehen davon, dass sie seine Eltern nie kennengelernt hatte. Die Lunds waren Anfang der neunziger Jahre des letzten Jahrhunderts nach Kanada ausgewandert. Ole besuchte sie einige Male im Jahr, doch Kari hatte nie eine Gelegenheit gefunden, ihn zu begleiten, obwohl er sie mehr als einmal eingeladen hatte.

»Ich weiß es nicht«, sagte sie, während sie ihre Laufschuhe auszog. Marijke und die anderen Häkeldamen widmeten sich der Vorbereitung des Buffets das sie trotz der fortgeschrittenen Stunde noch einnehmen wollten, und Kari hatte die Gelegenheit genutzt, um eine Runde im Mondschein durch die Braderuper Heide zu laufen. Das half besser als jeder Küstennebel, die Anspannung der letzten Stunden zu verarbeiten.

»Im Prinzip könnte es jeder sein, Robin ebenso wie Denise oder Robins Eltern«, erklärte sie. »Wirklich vorstellen kann ich es mir bei keinem von ihnen, aber irgendjemand muss die Waffen ja in den Golfclub geschmuggelt haben.«

»Was ist mit Hans-Peter Hoffmann und seinen Söhnen?«, fragte Lund. »Vielleicht ist der Club nicht der Umschlagplatz, sondern die Schützen haben ihre Waffen selbst mitgebracht.«

Im Hintergrund klapperte es, irgendein metallischer Gegenstand polterte zu Boden.

»Ausschließen können wir es nicht.« Kari streifte ihre Jogginghose ab und schlüpfte in die Jeans. »Durch den Mord an Adrian Hoffmann ist das alles kompliziert geworden. Die Möwenjäger werden sich bedeckt halten, bis die Ermittlungen abgeschlossen sind, fürchte ich. Ebenso wie die Waffendealer.«

»Deshalb möchtest du deinem zukünftigen Ehemann unter die Arme greifen, damit es schneller geht?«

»Ich will mich nicht einmischen. Jonas wird den Täter schon finden. Aber die Häkelmafia platzt vor Neugier.«

»Natürlich.« Wieder Geklapper, dann ein unterdrückter Fluch.

»Was tust du da?«, fragte Kari, während sie ihr Laufshirt über den Kopf zog und das Smartphone von einer Hand in die andere wechselte, um sich nicht zu verheddern. Eigentlich hätte sie gerne noch geduscht, aber sie wollte die alten Damen nicht warten lassen, und ihre Laufrunde war kurz gewesen. Sie war kaum ins Schwitzen geraten, so dass sie es fürs Erste bei einer Katzenwäsche belassen konnte. Aber auch dafür musste sie das Telefonat beenden.

»Ich habe eine Überschwemmung. Der Abfluss im Bad ist verstopft, deshalb konnte die Waschmaschine das Wasser nicht abpumpen, und stattdessen ist das Waschbecken übergelaufen.«

»Ach.« Kari versuchte, sich Ole mit Blaumann und hochgekrempelten Ärmeln vorzustellen, doch es gelang ihr nicht. »Kann das nicht ein Handwerker machen?«

»Wo soll ich den herbekommen, an einem Samstagabend um diese Zeit? Außerdem ist das kein Hexenwerk. Ich muss nur den Abfluss aufschrauben und säubern. Das Wasser habe ich schon aufgewischt. Das Bad ist ja gefliest, und die Dichtungen sind halbwegs neu. Da ist nichts passiert.«

»Wieso klingst du dann so angestrengt? Und was klappert da ständig?«

Lund lachte. Normalerweise war er derjenige, der spitzzüngige Kommentare zum Besten gab, doch Kari konnte das auch.

»Es wäre eben hilfreich, wenn ich beide Hände frei hätte«, sagte er.

»Kein Problem. Ich habe auch noch etwas vor«, gab Kari zurück. Sie wollte das Gespräch schon beenden, doch dann fiel ihr ein, dass sie ihm noch nichts von Denise Pohl erzählt hatte. Rasch berichtete sie von dem bösen Streich, den die vier jungen Leute Lydias Schwester gespielt hatten, und von Lydias Verdacht, Denise könnte sich dafür gerächt haben.

»Warum erst jetzt? Nach vierzehn Jahren?« Wieder war ein metallisches Geräusch zu hören, dann das Knacken von Plastik. Offenbar hatte Lund sein Werkzeug beiseitegelegt und sich auf den Toilettendeckel gesetzt. »Das klingt nicht sehr plausibel.«

Kari ließ sich auf dem Bett nieder.

»Sarah und Lydia meinen, sie hat es vielleicht erst jetzt herausgefunden. Bisher dachte sie, es seien Klassenkameraden gewesen, die sie eingegraben haben, und Lydia und ihre Freunde hätten sie befreit.«

»Ist denn einem von ihnen etwas herausgerutscht? In einer Bierlaune?«

»Keine Ahnung. Aber ich werde da nachbohren.«

»Also mischst du dich doch in den Fall deines Liebsten ein.« Sofort hatte Lund wieder Oberwasser.

»Was soll ich denn sonst tun?«, fragte Kari gereizt. »Bezüglich der Waffen komme ich nicht weiter. Und ich bin nun mal vor Ort. Da sehe und höre ich Dinge, die Jonas und Hannah verborgen bleiben.«

»Von den Erkenntnissen der Häkelmafia ganz zu schweigen«, spottete Lund weiter.

»Richtig. Und danke für das Stichwort«, sagte Kari. »Ich muss jetzt wirklich los. Die Häkeldamen warten. Ach ja.« Sie grinste. »Viel Erfolg bei deinen Installationsarbeiten.«

»Danke. Ebenso«, gab Lund zurück. »Von mir aus kannst du den Mord ruhig aufklären. Aber pass auf, dass du deinem Gatten in spe nicht zu sehr auf die Füße trittst. In einer guten Ehe sollte man darauf nicht nur beim Hochzeitswalzer achten.« Damit drückte er sie weg.

Kari schaute ärgerlich auf das Telefon in ihrer Hand. Warum musste Lund immer das letzte Wort haben?

■ ■ ■

Hans-Peter Hoffmann stand am Fenster seiner Kampener Villa und blickte über den gepflegten Rasen. In der rechten Hand hielt er ein Glas, das zwei Fingerbreit mit altem schottischem Whisky gefüllt war. Hoffmann nippte gelegentlich daran, doch seine Zunge fühlte sich so taub an, dass er den torfigen Geschmack kaum wahrnahm.

Draußen bewegte sich ein kleiner dunkler Schatten durch den Garten. Ein Igel? Aber weder die Geschwindigkeit noch die schnurgerade Linie, in der die Gestalt über den Rasen glitt, passten zu dem scheuen Tier.

Hoffmann kniff die Augen zusammen. Dann erkannte er, dass es sich um den Mähroboter handelte, der sich durch das Gras arbeitete. Hatte er Albert nicht gesagt, dass er ihn so programmieren sollte, dass er nur tagsüber lief? Nachts passierte es immer wieder, dass der Roboter einen der Bewegungsmelder auslöste und das helle Flutlicht aufflammte, das potenzielle Einbrecher abschrecken sollte. Leider durchdrang es auch die dünnen Vorhänge von Hoffmanns Schlafzimmer und riss ihn aus seinen Träumen. Wie oft hatte er deshalb schon nachts wachgelegen und nicht wieder einschlafen können?

Er schwenkte den Whisky im Glas, und die Eiswürfel, die erst zur Hälfte geschmolzen waren, klirrten. Langsam wandte er sich vom Fenster ab und ging durch den großzügigen Wohnraum zurück zur Sitzgruppe. Neben dem Kamin blieb er stehen und stellte das Glas auf dem gemauerten Vorsprung ab.

»Es ist dir also ernst?«, fragte er bitter.

Dorothea Jessen hielt ihr Champagnerglas gegen das Licht und betrachtete die Kohlensäurebläschen, die darin aufstiegen. Ihre Miene war so unbewegt, wie er sie aus zahlreichen Geschäftsverhandlungen kannte. Nach einer Spur von Trauer oder Mitgefühl, wie man sie von Familienangehörigen erwarten durfte, suchte er vergeblich. Dabei waren sie beide doch die Brauteltern. Ein Paar, das übrig geblieben war, beide verwitwet, beide noch zu jung, um für den Rest ihres Lebens allein zu bleiben.

Eine Weile hatte er tatsächlich darüber nachgedacht, ob jene Art von Verbindung, die zwischen Adrian und Sarah bestand, nicht auch zwischen ihm und Dorothea entstehen könnte. Sie war nur zehn Jahre jünger als er, nicht zu viel, fand er. Mit seinen zweiundsiebzig Jahren war er noch ausgesprochen vital und auch für die erfolgreiche Geschäftsfrau keine schlechte Partie. Doch Dorothea sah das offensichtlich anders, nicht nur in Bezug auf ihn.

Vor seinen Augen tauchte das Bild der Frau auf, die er am heutigen Nachmittag kennengelernt hatte. Witta Claaßen, verwitwete Gattin des Kampener Landarztes Wilhelm Claaßen. Sie hatte die achtzig bereits überschritten, aber sie war eine faszinierende Persönlichkeit. Eine echte Dame, gebildet, eloquent und mit ausgezeichneten Umgangsformen. Hoffmann hatte sofort an Marlene Dietrich denken müssen.

Ihrem verstorbenen Mann war er gelegentlich im Rotary Club begegnet, hatte seine Praxis aber nie betreten. Er war selten krank, und die Routineuntersuchungen hatte er schon immer bei seinen Ärzten in Hamburg machen lassen, wo sich sowohl sein Hauptwohnsitz als auch die Zentrale seiner Baufirma befanden.

»Ich denke, es ist die beste Lösung«, holte ihn Dorothea in die Gegenwart zurück. »Wir lassen die Ehe annullieren und gehen weiterhin getrennte Wege. Das sollte kein Problem sein, die Ehe war schließlich noch nicht vollzogen.«

Hoffmann spürte einen bitteren Geschmack in seiner Kehle aufsteigen und griff nach dem Whiskyglas, um ihn hinunterzuspülen. Wie konnte jemand so roh und gefühllos sein?

Sein Sohn war tot, erschlagen von einem Unbekannten. Sarah, die wie ein Häufchen Elend auf dem Sofa hockte, trauerte offensichtlich um ihn, doch weder Hendrik, der neben ihr saß, einen Arm um ihre Schultern gelegt, noch ihre Mutter zeigten eine emotionale Regung, die dem furchtbaren Drama auch nur halbwegs angemessen war.

Nun gut. Er selbst hatte auch sein Pokerface beibehalten und ließ niemanden sehen, wie ihm zumute war. Es war das, was man in seinen Kreisen eben tat, wenn eine persönliche Krise eintrat. Man übertünchte sie mit Make-up und aufrechter Haltung. Nur keine Schwäche zeigen, sonst könnte schnell alles, was man sich über Jahre aufgebaut hatte, den Bach hinuntergehen.

»Die Fusion mit der Hoffmann Bau AG ist für dich also plötzlich nicht mehr interessant?«, fragte er deshalb, obwohl es eine Reihe anderer Fragen gab, die ihn bedrängten.

Wie mochte sich Sarah jetzt fühlen? Hans-Peter Hoffmann hatte Adrian geliebt. So wie ein Vater seinen Sohn liebt. Den Sohn, der ihm immer ein wenig fremd geblieben war. Anders als Hendrik, der so ganz nach ihm selbst kam. Geradlinig, akribisch, ehrgeizig. Adrian dagegen war ein Lebenskünstler gewesen. Ein kreativer Kopf, der die Regeln nach seinem Geschmack auslegte und sich nahm, was er wollte. Dafür hatte Hans-Peter Hoffmann ihn bewundert. Und ihn immer ein wenig mehr geliebt und gefördert als Hendrik. Am Ende hatte er Adrian sogar die Firma übergeben wollen.

Hoffmann schaute seinen Erstgeborenen an, der sich so fürsorglich um seine Schwägerin kümmerte, selbst aber gänzlich ungerührt schien. Hendrik sah ihm in die Augen und hielt dem forschenden Blick seines Vaters stand.

War da ein Feuer, das Hans-Peter zuvor übersehen hatte? Ein Widerstand, der sich endlich regte? Oder gar die nur schlecht verhohlene Befriedigung, dass er nun keine andere Wahl mehr hatte, als Hendrik die Geschäfte zu übertragen?

War es am Ende ein Brudermord gewesen? Kain und Abel. Romulus und Remus. Die Geschichte war voll von Dramen, die der erbitterten Konkurrenz zweier Söhne entsprungen waren. Aber Hendrik war kein Kämpfertyp. Er war ruhig, bedächtig, in sich gekehrt.

Stille Wasser sind tief, unkte eine leise Stimme in seinem Hinterkopf, doch Hans-Peter Hoffmann drängte sie beiseite.

Er selbst ging durch die Hölle, nahm er seinen vorherigen Gedankengang wieder auf, aber wie schlimm musste es erst für Sarah sein? Sie hatten den Mann verloren, mit dem sie den Rest ihres Lebens teilen wollte. Mit dem sie eine Familie gründen wollte. Wie fühlte sie sich, wenn ihre Mutter all das im Handstreich vom Tisch fegte und das Eheversprechen für ungültig erklären ließ?

Bis dass der Tod euch scheidet.

Nun, das hatte er bereits getan.

Wahrscheinlich wollte Dorothea die Sache vor allem deshalb rückgängig machen, weil sie sich, plump gesagt, verzockt hatte. Sie hatte darauf gedrängt, dass ein Ehevertrag aufgesetzt wurde, Gütertrennung für die ersten fünf Jahre, erst danach Gütergemeinschaft. Sie hatte sich informiert und wusste, dass die Hoffmann Bau AG nicht so gut dastand wie der Baustoffhandel Jessen. Mit dem Ehevertrag hatte sie sichergestellt, dass ihre Firma nicht ausgesaugt wurde. Doch nach Adrians Tod waren die Konsequenzen andere.

Ohne den Ehevertrag würde Sarah jetzt ein Teil der Firma gehören. Die Hälfte von Adrians Firmenanteilen, und die Hälfte des Aktienpakets, das ihm Hans-Peter Hoffmann mit der Übertragung der Geschäftsführung übereignen wollte. Noch gab es zwar keine entsprechenden Verträge, aber Hoffmann hatte es vor ein paar Dutzend Zeugen auf der Hochzeitsfeier verkündet, was ebenso viel galt wie eine schriftliche Zusage. Stattdessen ging Sarah dank der beurkundeten Gütertrennung leer aus. Deshalb wollte Dorothea die Ehe annullieren lassen.

Auf die Gefühle ihrer Tochter nahm sie keine Rücksicht. Hoffmann suchte ihren Blick, doch Sarah schaute nur auf Hendriks Hand, die über ihren beiden lag. Sie musste sich fühlen, als sei sie in einen schweren Sturm geraten und würde wie ein Blatt im Wind davongewirbelt.

Zu gern hätte er seiner Schwiegertochter irgendetwas Tröstliches gesagt, doch ihm fehlten die richtigen Worte. Außerdem brauchte er seine Energie für Dorothea, die keinen Moment der Schwäche zuließ und mit harten Bandagen kämpfte.

»Ihr habt in letzter Zeit ein paar hochriskante Projekte in Angriff genommen«, sagte sie. »Wenn ihr Erfolg habt, könnt ihr eine anständige Rendite einstreichen. Aber falls ihr scheitert, landet ihr ganz schnell in den roten Zahlen. Dafür will ich nicht mit meinem Unternehmen geradestehen.«

Also hatte er recht gehabt. Dorothea wollte nicht nur die Ehe von Sarah und Adrian annullieren, sondern auch die gleichzeitig geplante Fusion von Hoffmann und Jessen.

Der Bauunternehmer verspürte plötzlich ein ungutes Grummeln im Magen. Er war in all den Jahrzehnten, die er die Firma geführt hatte, nie in ernsthafte Schwierigkeiten geraten. Aber Dorothea hatte recht. Adrian zuliebe hatte er ein paar Bauvorhaben übernommen, die auf wackeligen Finanzierungskonzepten beruhten. Riskant, aber höchst lukrativ, wenn alles nach Plan lief. Ging dagegen etwas schief, würde ein Strudel entstehen, der selbst ein solides Unternehmen wie die Hoffmann Bau AG mir nichts, dir nichts in die Tiefe reißen könnte.

Die geplante Fusion mit dem Baustoffhandel Jessen wäre so etwas wie ein Sicherheitsnetz gewesen. Nun zog Dorothea es weg, und Hans-Peter Hoffmann spürte plötzlich, wie dünn das Seil war, auf dem er balancierte. Aber er würde den Teufel tun, sie etwas davon merken zu lassen.

Er nahm sein Whiskyglas vom Kamin und schwenkte es.

»Deine Entscheidung«, sagte er kühl. »Wir sind auf die Fusion nicht angewiesen.« Er deutete ein siegesgewisses Lächeln an. »Du wirst schon sehen, was du davon hast.«

Dorothea Jessen stellte ihr Champagnerglas auf den Tisch.

»Komm. Wir gehen«, sagte sie zu ihrer Tochter.

Sarah entzog Hendrik ihre Hände und folgte ihrer Mutter zur Tür.

»Du hörst von unseren Anwälten«, erklärte die Baustoffhändlerin zum Abschied, ehe Mutter und Tochter den Raum verließen.

Hendrik nahm sein Whiskyglas, das bisher unberührt vor ihm auf dem Tisch gestanden hatte, und leerte es in einem Zug. Hoffmann sah seinen Sohn an.

»Ich frage dich nur einmal, und ich hoffe, du gibst mir eine ehrliche Antwort. Hast du Adrian das angetan?«

Hendriks Finger schlossen sich so fest um das leere Glas, dass die Knöchel weiß hervortraten. Er hob den Arm, und im nächsten Moment flog das Glas an Hoffmanns Kopf vorbei und zerschellte klirrend an der Wand. Sein Sohn stand auf wie in Trance.

»Ein einziges Mal könntest du mir vertrauen«, sagte er rau. »Aber für dich gab es immer nur Adrian.« Damit verließ er den Raum.

Hans-Peter starrte auf die Tür, die hinter ihm ins Schloss gefallen war.

Hatte er nicht nur Adrian, sondern auch Hendrik verloren?

Er dachte an seine verstorbene Frau und wünschte sich nicht zum ersten Mal, er wäre mit ihr gegangen. Welchen Sinn hatte sein Leben überhaupt noch?

Hoffmann biss die Zähne zusammen und ballte die Fäuste.

Nein. Es war nicht seine Art aufzugeben. Irgendetwas gab es immer, wofür es sich zu leben lohnte.

Zum Beispiel eine Frau, die Gefühle in ihm weckte, die er längst verloren geglaubt hatte. Die Landarztwitwe Witta Claaßen.

Seine verkrampften Hände lösten sich wieder, und Hans-Peter Hoffmann lächelte.

■ ■ ■

Es ging bereits auf Mitternacht zu, als sich die Häkelfreundinnen und Kari in Marijkes Wohnzimmer versammelten. Eigentlich eine Zeit, zu der Kari ihr Bett ansteuerte. Das Schlafbedürfnis der alten Damen dagegen schien weitaus geringer zu sein. Aber sie hatten ja auch einen aufregenden Tag hinter sich.

Kari nahm sich ein paar von den Baguette-Scheiben, die Marijke extra in ihre Nähe gestellt hatte. Alma und Grethe griffen bei den Spießen mit dem marinierten Hähnchenfilet und den gebackenen Kartoffeln zu und luden sich ordentliche Portionen Mojo Rojo auf die Teller – die rote kanarische Soße, ohne die seit ihrer Reise im letzten Herbst keines ihrer Buffets mehr auskam. Marijke legte sich ebenfalls einen Spieß auf den Teller, sparte sich aber die Soße und nahm stattdessen ein paar Tomaten. Witta dagegen hielt es wie Kari und begnügte sich mit ein paar Scheiben trockenen Baguettes.

»Wie ihr so spät am Abend noch so schwer essen könnt«, tadelte sie die Freundinnen. »Das ist nicht gut für die Verdauung, und für den Schlaf ebenfalls nicht.«

»Du musst es ja wissen«, schmatzte Grethe und angelte sich ein paar Hackbällchen, die sie ebenfalls mit der Paprikasoße tränkte. »Nach all den Jahren als Landarztgattin.«

»Ja, allerdings. Was meinst du, wie viele Fälle von Arteriosklerose, Magengeschwüren und Darmproblemen wir in der Praxis gesehen haben?«

»Meine Adern sind so sauber wie eine frisch installierte Kupferleitung«, gab Grethe zurück. »Und meine Verdauung funktioniert tadellos.«

»Na, dann ist es ja gut.« Witta zupfte an ihrer Baguette-Scheibe.

Alma zog sich den Brotkorb heran.

»Ich war gerade letzte Woche beim Internisten«, berichtete sie. »Zur Spiegelung. Er hat gesagt, ich hätte einen schönen Magen. So rosig.« Ihre Wangen färbten sich in besagtem Ton.

Witta hob die Hände. »Von mir aus könnt ihr machen, was ihr wollt.«

»Wer von uns sollte denn dringend mal zum Arzt gehen und tut es nicht?«, stichelte Grethe.

Witta wandte sich demonstrativ von ihr ab und betastete ihre Dauerwelle.

»Frau Blom. Sie sagten vorhin, die Pohls hätten finanzielle Schwierigkeiten. Woher wissen Sie das?«

Das Ablenkungsmanöver – wenn es denn eines war – funktionierte. Grethe, die ihre Freundin sonst nicht so leicht vom Haken ließ – erst recht nicht, wenn sie sich Sorgen machte –, insistierte nicht weiter, sondern schaute ebenfalls zu Kari.

»Das hat mir Lydia erzählt. Lydia Cordes.«

»Die Kellnerin?«

Marijke füllte die Schnapsgläser, und Kari stieß mit den alten Damen an.

»Sie ist mehr als das«, sagte sie und nippte am Küstennebel, während die Häkelfreundinnen ihre Gläser in einem Zug leerten. »Robin und sie sind zusammen zur Schule gegangen. Sie waren auch befreundet. Eine Clique, zusammen mit Sarah Jessen und Adrian Hoffmann.«

»Ach was.« Marijke Meenken, die gerade eine der Tomaten auf ihrem Teller zerteilte, hielt in der Bewegung inne.

»Ja. Da gibt es auch eine üble Geschichte.« Sie erzählte, was sie am Nachmittag von Lydia und Sarah erfahren hatte.

»Sie haben Denise Pohl im Sand eingegraben? Und dann wäre sie fast ertrunken?«, fragte Alma fassungslos.

»Um Gottes willen.« Witta musste schon wieder ihre Frisur richten.

»Glauben Sie, sie hat sich dafür gerächt?«, fragte Grethe.

Kari wusste es nicht. Als sie zu Jonas gefahren war, hatte sie geglaubt, auf eine heiße Spur gestoßen zu sein, doch mittlerweile hatte sie Zweifel. Weil Jonas so abweisend auf ihre Idee reagiert hatte? Oder weil es eben doch nicht so plausibel war, wie sie gedacht hatte?

»Ausschließen kann man es natürlich nicht«, sagte sie und nippte noch einmal an ihrem Glas, ehe sie es zurück auf den Tisch stellte. »Aber die Sache liegt vierzehn Jahre zurück. Auch wenn Denise bisher nicht gewusst hat, wer für ihr Trauma verantwortlich ist, und es vielleicht jetzt herausgefunden hat. Es bleibt eine lange Zeit. Gefühle stumpfen ab und verblassen. Außerdem hat sie offenbar eine Therapie gemacht. Ich müsste meine Mutter danach fragen, aber ich kann mir nicht vorstellen, dass eine Frau wie Denise plötzlich gewalttätig wird. Das passt weder zu einer Person mit einer starken Angststörung noch zu jemandem, der professionelle Hilfe in Anspruch nimmt.«

»Richtig.« Witta knabberte an ihrem Baguette. »Ihre Mutter ist ja Psychotherapeutin.« Sie sagte es so, als sei Margarete Arnold eine Kollegin von ihr.

»Wie war das jetzt mit den Pohls?«, kam Grethe auf das ursprüngliche Thema zurück. »Was sind das für Geldprobleme?«

»Lydia wusste es auch nicht so genau«, sagte Kari. »Aber es sind wohl Renovierungen fällig, die sie sich nicht leisten können. Und Hans-Peter Hoffmann will die beiden anscheinend aus dem Geschäft drängen. Er hat ihnen ein Kaufangebot gemacht und sie gleichzeitig von ihren alten Stammgästen abgeschnitten.«

»Das ist doch Unsinn«, empörte sich Witta. »Er hat das Hotel-Restaurant an das Golf-Resort angegliedert. Damit verschafft er ihnen exklusive neue Kundschaft. Sie müssen natürlich ein wenig investieren, aber das wird sich am Ende doppelt und dreifach auszahlen.«

»Ach ja.« Grethe legte den Spieß, an dem sie genagt hatte, zurück auf den Teller. »Du bist ja jetzt mit dem Inhaber der Hoffmann Bau AG verbandelt.« Sie fixierte ihre Freundin. »Wenn er es so gut mit den Pohls meint, weshalb setzt er sie dann unter Druck?«

»Das tut er nicht.« Witta wedelte ungnädig mit der Hand. »Er hat ihnen das Angebot nur gemacht, damit sie eine Alternative haben, falls sie nicht zurechtkommen.«

»Wie großzügig.«

»Ja. Das ist er.« Wittas Gesicht nahm einen versonnenen Ausdruck an.

»Was habt ihr denn so gemacht heute Nachmittag?«, fragte Grethe. »Hat Hans-Peter dir gezeigt, wie man einen Golfschläger hält?«

»*Herr Hoffmann*«, betonte Witta, »hat mir ein paar Grundlagen des Golfspielens vermittelt, ja. Aber nicht so, wie du denkst. Herr Hoffmann ist ein äußerst distinguierter und vornehmer Mensch.«

»Wie schön für dich.« Grethe verdrehte die Augen. »Und du?«, fragte sie, an Alma gewandt. »Hattest du auch einen angenehmen Nachmittag auf dem Golfplatz?«

»Wir haben nicht Golf gespielt.« Alma strahlte. »Wir sind mit dem Cabrio über die Insel gefahren. Albert ist ein Goldstück.« Sie rückte ihre Brille zurecht, und ihre Wangen röteten sich. »Er hat mich geküsst.«

»Alma!« Witta spitzte die Lippen, als hätte sie auf ihrem Baguette Schimmelpilze entdeckt.

»Was denn?« Die Bäckerwitwe sah ratlos zwischen Witta und den anderen Frauen hin und her. »Mein Fritz ist seit zwanzig Jahren tot. Er hätte sicher nichts dagegen, wenn ich mich noch einmal verliebe.«

»Ach du meine Güte! Liebe!« Witta legte theatralisch die Hände an die Schläfen. »Dafür sind wir doch viel zu alt.«

Marijke stand wortlos auf. Kari hörte, wie sie in der Küche hantierte. Es klirrte, dann war ein leises Ploppen zu hören. Gleich darauf kam sie zurück, in den Händen ein Tablett, auf dem fünf gefüllte Sektgläser standen.

»Darauf müssen wir anstoßen«, verkündete sie und fügte mit einem Seitenblick auf Witta hinzu: »Für die Liebe ist man nie zu alt.« Sie blinzelte. »Auch du nicht.«

12.

Der Sonntag brachte den ungeliebten Teil der Arbeit. Berge von Papier. Berichte, die gelesen werden mussten. Und das Warten auf Ergebnisse, die Zeit brauchten. Jonas war froh, als am Nachmittag die Zeiger der Uhr endlich auf fünfzehn Uhr vorrückten. Das war der Termin, zu dem sie Sarah Jessen in die Polizeistation bestellt hatten.

Mit Bedauern hatte er am Morgen nach einem schnellen Kaffee und einem eilig hinuntergeschlungenen Hörnchen das Haus verlassen. Viel lieber hätte er sich zu Redlef und den Kindern an den Tisch gesetzt. Finja, die spät in der Nacht doch noch nach Hause gekommen war – zwischen ihrer Freundin und deren Eltern hatte es Streit gegeben –, Jasper und ihr Übernachtungsgast Leonie hatten ein Frühstück mit allem Drum und Dran vorbereitet, mit Rührei und Schinken, Tomate-Mozzarella und frisch gepresstem Orangensaft. Aber noch viel mehr als das verführerische Essensangebot hätte es ihn gereizt, etwas darüber herauszufinden, wie Jasper und Leonie miteinander umgingen. Hatte sein Sohn seine erste ernsthafte Freundin? Nun würde er später seinen Vater danach fragen müssen, der mit frischem Räucherfisch und einer Tüte Brötchen vor der Tür gestanden hatte, als Jonas aus dem Bad gekommen war.

Voss warf einen raschen Blick aus dem Fenster auf den Himmel, über den nach wie vor dunkle Wolken trieben, und trat dann aus seinem Büro auf den Flur.

Hannah hatte den kleinen Vernehmungsraum vorbereitet, ein gemütliches Zimmer mit Bücherregalen und bunten Vorhängen vor den Fenstern. Ein Teller mit Keksen und eine Kanne standen auf dem Tisch, dazu an jedem Platz ein

Kaffeebecher und ein kleiner Teller, auf dem man die Kekse ablegen konnte. Alles in allem sah es weniger nach einer Zeugenbefragung als vielmehr nach einem gemütlichen Kaffeekränzchen unter Kollegen aus. Genau das war auch Hannahs Absicht gewesen.

Sarah Jessen kam nicht allein, sie hatte ihre Mutter mitgebracht. Beide Frauen trugen Schwarz, Dorothea ein strenges Businesskostüm, Sarah einen Hosenanzug mit weit ausgestellten Beinen. War das jetzt wieder modern? Jonas Voss hatte keine Ahnung. Auf dem Kopf trug Sarah einen schwarzen Strohhut, ihre Mutter ein kleineres Modell aus Stoff. Dazu hatten die Frauen dunkle Sonnenbrillen mit riesigen Gläsern aufgesetzt, was angesichts des Wetters etwas albern wirkte.

In der Nacht waren Wolken aufgezogen und hatten den Mond und die Sterne verschluckt. Am Morgen lag die Insel unter einer dichten Wolkendecke, die bis jetzt nicht aufgerissen war. Stattdessen waren immer wieder heftige Schauer gegen die Scheiben ihres Büros geprasselt. Es war dieser Umstand, der Jonas mit der Schreibtischtätigkeit versöhnt hatte. Auch wenn er Wind und Wetter gewöhnt und alles andere als zartbesaitet war – bei Regen, der derart heftig tobte, blieb er lieber in geschlossenen Räumen.

Hannah schaltete das Licht im Vernehmungsraum ein, doch es blieb dämmerig. Die beiden Frauen sahen ein, dass die Hüte und Sonnenbrillen unnötig waren, und setzten sie ab. Jonas bemerkte, dass Sarah Jessen verweinte Augen hatte. Die Augen ihrer Mutter dagegen waren gänzlich trocken.

»Setzen Sie sich«, lud er die beiden Frauen höflich ein und nahm Sarah gegenüber Platz. Hannah schenkte allen Anwesenden Kaffee ein.

»Ich hoffe, es ist in Ordnung, dass ich Sarah begleite?«,

erkundigte sich Dorothea Jessen. Ihr Ton signalisierte, dass es eigentlich keine Frage war, aber Jonas beantwortete sie trotzdem.

»Wir haben Ihre Tochter hierhergebeten, um sie als Zeugin zu befragen. Wenn sie sich dazu Beistand wünscht, haben wir nichts dagegen.«

»Schön.« Die Baustoffhändlerin platzierte ihre Handtasche auf den Knien und legte ihre manikürten Hände darauf. »Was möchten Sie wissen?«

Jonas betrachtete die rotlackierten Nägel, zehn perfekt geformte Ovale. Ob sie echt waren?

Er wandte sich an die Braut, die ihren Bräutigam auf so tragische Weise verloren hatte. Für einen Moment überlagerten die Gedanken an seine eigene Hochzeit die aktuelle Aufgabe. Wie würde er sich fühlen, wenn Kari in der Hochzeitsnacht ums Leben käme? Rasch schob er die Horrorvision beiseite. So etwas würde nicht passieren. Viel naheliegender war die Frage, ob sie ihn überhaupt noch heiraten wollte.

Hannah schaltete das Diktiergerät auf dem Tisch ein, und Jonas riss sich zusammen.

»Wir müssen Ihnen ein paar Fragen zu Freitagnacht stellen«, wandte er sich an Sarah Jessen. »Uns ist bewusst, dass das schmerzhaft für Sie ist. Aber wir wollen herausfinden, wer Ihrem Bräutigam das angetan hat, und dazu brauchen wir Ihre Hilfe.«

»Fragen Sie nur.« Sarah Jessen holte ein Taschentuch aus ihrer Handtasche hervor und tupfte damit vorsichtig unter ihren Augen entlang. Voss beobachtete diese Geste nicht zum ersten Mal, doch er war immer wieder irritiert, wie vielen Frauen auch in einer solchen Situation ihr Make-up derart wichtig war, dass sie sich nicht einfach die Augen wischten. Aber wahrscheinlich war es ein Automatismus. Ein Verhalten, das so eingeschliffen war, dass die Frauen gar nicht bemerkten, was sie taten.

»Erzählen Sie uns bitte genau, wie Sie die Stunden erlebt haben. Zwischen der Entführung Ihres Bräutigams und dem Moment, als man Ihnen mitgeteilt hat, dass er tot aufgefunden wurde. Wer hat Sie darüber in Kenntnis gesetzt?«

»Meine Mutter.« Sarah Jessen schniefte und nahm ein weiteres Taschentuch aus der Packung. »Sie hat ihn ja gefunden.«

»Ich habe zuerst den Notruf gewählt«, mischte sich Dorothea Jessen ein. »Die 112. Anschließend habe ich meine Tochter informiert, und dann habe ich im Restaurant angerufen und darum gebeten, dass man Sie zu uns schickt. Ich wusste ja, dass Sie noch auf der Feier sind.« Sie lachte ohne jede Erheiterung. »Sehr praktisch, wenn man in einem solchen Fall die Mordkommission im Haus hat, nicht wahr?«

»Mama!«

Jonas verspürte wieder dieses Unbehagen. Weil er dort gewesen war und den Tod des Bräutigams dennoch nicht hatte verhindern können.

»Kein Mensch konnte wissen, was geschieht«, sagte Sarah und fügte an Voss gewandt hinzu: »Niemand macht Ihnen einen Vorwurf.«

Ich schon, wollte Jonas antworten, schluckte die Bemerkung aber hinunter. Stattdessen blickte er auf die Blätter, die Hannah vor der Vernehmung ausgedruckt hatte. Die Abfolge der Anrufe, die Dorothea Jessen geschildert hatte, entsprach den Verbindungsdaten ihres Handys, die sie von der Kriminaltechnik bekommen hatten.

Er schaute zu Hannah, weil er nicht wusste, wie er den nächsten Punkt angehen sollte. Seine Kollegin übernahm das Wort.

»Es gibt da eine Sache, über die wir mit Ihnen sprechen müssen«, sagte sie. Ruhig und sachlich, wie es ihre Art war. »Die Rechtsmedizin hat bei Ihrem Bräutigam Spermaspuren gefunden. Außerdem ist unseren Kollegen von der Spurensicherung aufgefallen, dass seine Kleidung in Unordnung war.«

Sarah lachte auf und schlug sich gleich darauf die Hand vor den Mund. Tränen rollten aus ihren Augen über die Wangen.

»Das war ich«, brachte sie hervor.

»Aha?« Hannahs Finger schwebten über dem Display ihres Tablets. »Wie ist das möglich? Ich dachte, die Entführer hätten Ihnen erst später mitgeteilt, wo Sie Ihren Bräutigam finden. Und er hatte kein Handy dabei, mit dem er Sie hätte informieren können.«

Sarah lächelte traurig.

»Das stimmt. Aber ich wusste trotzdem, wo er ist. Ich bin nach dem Mittagessen auf dem Golfplatz spazieren gegangen, bevor wir zur Trauung gefahren sind. Ich wollte noch ein bisschen die Ruhe genießen, ehe der ganze Trubel losgeht. Dabei habe ich sie entdeckt. Robin und Denise. Sie haben mit einem Golfcart Sachen zu der Laube bei Loch 18 gebracht und sich eine ganze Weile im Inneren zu schaffen gemacht. Ich habe mich hinter einem Busch versteckt, bis sie weg waren. Dann habe ich nachgeschaut. Es war wunderschön, das Lager aus weichen Decken auf dem Boden, der Picknickkorb und das Herz aus Rosenblättern, das sie gestreut hatten.«

»Also haben Sie nicht gewartet, bis man Ihnen das Versteck verrät, sondern sind direkt nach der Entführung dorthin gegangen?«

»Ja.«

»Sie und Herr Hoffmann haben sich dort geliebt?«

Sarah Jessen nickte. Hannah tippte auf das Display ihres Tablets.

»In der Hütte gibt es aber keine Spuren von Ihnen, die darauf hindeuten.«

»Wir haben es draußen getan. Damit wir das hübsche Arrangement nicht zerstören. Danach bin ich wieder zurück in den Saal gegangen. Wir wollten Denise und Robin den Spaß nicht verderben. Sie haben sich so viel Mühe gegeben.«

»Okay.« Hannah machte sich eine Notiz. »Die Entführung des Bräutigams hat gegen einundzwanzig Uhr stattgefunden. Wann waren Sie dann bei ihm?«

»Gegen halb zehn. Die Entführer haben Adrian mit dem Golfcart zur Laube gebracht, und ich habe mir ebenfalls eines genommen.«

»Wie lange waren Sie zusammen?«

»Nicht lange. Eine knappe halbe Stunde. Ich musste ja gegen zehn wieder im Saal sein.«

Hannah runzelte die Stirn.

»Der Leichnam ist aber erst gegen dreiundzwanzig Uhr gefunden worden. Von Ihrer Mutter, nicht von Ihnen.«

Sarah nickte.

»Ich war nicht rechtzeitig zurück. Das Golfcart ist auf halber Strecke stehen geblieben, weil der Akku leer war. Ich musste zu Fuß weiterlaufen. Das war eine Tortur mit den hochhackigen Schuhen. Außerdem war mir schlecht, weil ich zu viel Champagner getrunken hatte. Ich bin im Lokal erst einmal in die Waschräume gegangen.« Ihre Wangen röteten sich. »Ich musste mich frischmachen. Deshalb war ich erst gegen halb elf wieder im Saal. Und dann haben sich ein paar Gäste einen Spaß daraus gemacht, mich hinzuhalten. Robin hatte einen Zettel geschrieben, auf dem stand, wo ich meinen Bräutigam finde. Seine Freunde haben den Zettel versteckt und von einem zum anderen weitergereicht. Es war schon fast elf, bis ich ihn endlich hatte.«

Sarah schaute zu ihrer Mutter, dann wieder zu Jonas und Hannah.

»Ich war gerade auf dem Weg zu Loch 18, als der Anruf von meiner Mutter kam.« Sie holte tief Luft. »Was danach war, weiß ich nicht mehr. Ich bin einfach losgerannt.«

Jonas erinnerte sich an die eindrückliche Schilderung, die Kari ihm geliefert hatte. Von der Braut, die mit einem markerschütternden Schrei neben ihrem toten Bräutigam auf die Knie gefallen war und ihn gewiegt hatte, als könne sie ihn damit wieder zum Leben erwecken.

Sarah weinte jetzt heftiger. Ihre Mutter legte ihr eine Hand auf den Arm und sah die Beamten missbilligend an.

»Sind Sie fertig? Wir würden jetzt gerne gehen. Sie sehen ja, wie sehr die Erinnerung meine Tochter schmerzt.«

»Nur noch eine Frage«, sagte Hannah. »Haben Sie noch einmal darüber nachgedacht? Wer Ihrem Bräutigam das angetan haben könnte?«

Die Geschäftspartner der Baufirma Jessen waren von Kollegen auf dem Festland befragt worden. Hinweise darauf, dass es mit Untergebenen oder Subunternehmern Konflikte gegeben hatte, waren nicht aufgetaucht. Aber Tatort und Tatzeitpunkt legten ohnehin den Schluss nahe, dass sie es mit einem Motiv zu tun hatten, das im unmittelbaren Umfeld der Familie zu suchen war.

Sarah Jessen hob tapfer das Kinn und tupfte ihre Tränen ab.

»Ich habe tatsächlich einen Verdacht«, sagte sie und erzählte von einem bösen Jugendstreich, der vierzehn Jahre zurücklag. Die Augen von Dorothea Jessen und Hannah Behrends wurden immer größer, während sie zuhörten. Jonas dagegen musste zwar nicht seine Betroffenheit, wohl aber seine Überraschung spielen. Er kannte die Geschichte schon.

▪ ▪ ▪

Marijke Meenken und ihre Freundinnen hatten beschlossen, den Sonntagnachmittag mit Kaffee und einem Stück Kuchen im Hotel-Restaurant des Golf-Resorts zu krönen. Als sie sahen, dass im Saal bereits eine große Reisegesellschaft versorgt werden musste, wollten sie umkehren und stattdessen an den Lister Hafen fahren. Aber Ilse Pohl fing sie ab und dirigierte sie in einen Nebenraum, in dem sie ungestört waren. Marijke war das ein wenig unangenehm. Die Wirtin sah gehetzt aus. Ihr Gesicht war gerötet, die in einem Kupferton gefärbten Haare waren verschwitzt und standen vom Kopf ab. Aber der Blick aus ihren braunen Augen war so warm, dass Marijke den Vorschlag nicht zurückweisen mochte.

Also nahmen sie in der kleinen Gaststube Platz. Witta sah sich um und rückte ihre Dauerwelle zurecht.

»Hier müsste wirklich dringend renoviert werden«, kommentierte sie.

Marijke folgte ihrem Blick und musste ihr recht geben. Das dunkle Holz der Tische und Stühle und die hüfthohe Vertäfelung der Wände machten den Raum düster, und das Licht der Messinglampen war viel zu schwach, um die Atmosphäre aufzuhellen. Die Schwarz-Weiß-Fotografien an den Wänden gefielen Marijke, aber auch sie vermittelten eine schwermütige Stimmung. Was vor allem daran lag, dass die abgebildeten Schiffe ausnahmslos alt waren. Die *Andina*, der in die Jahre gekommene Fischkutter von Redlef Voss, den Marijke auf einem der Bilder zu identifizieren meinte, gehörte noch zu den neueren Modellen.

Das Lokal brauchte dringend einen neuen Anstrich. Ein paar bunte Farbtupfer und irgendetwas, das Gemütlichkeit schuf. Wenn man die Vertäfelung entfernte, die Möbel durch eine Garnitur aus hellem Birkenholz oder Ahorn ersetzte und an den Wänden großformatige Fotografien erfolgreicher Golfer aufhängen würde, sähe die Sache anders aus. Dazu ein paar hübsche Tischdecken und Vorhänge in kräftigen Farben, frische Blumen auf den Tischen und eine chromglänzende moderne Espressomaschine statt der verstaubten Flaschen an der Bar. Marijke hatte das Bild klar vor Augen.

Als Raik zum Studieren nach Hamburg gegangen war, hatte sie selbst auch darüber nachgedacht, wenngleich es für Frauen in den fünfziger Jahren des letzten Jahrhunderts alles andere als die Regel war. Immerhin hatten Witta und sie die höhere Schule besucht. Sie hatte von einem Studium der Innenarchitektur geträumt, doch dann hatte sie sich nicht dazu durchringen können, ihre geliebte Insel zu verlassen. Stattdessen hatte sie eine Stelle im Postamt angetreten und es nie bereut. Der Kontakt mit den Menschen hatte ihr Spaß gemacht, und sie hatte sich wohlgefühlt zwischen Postkarten, Paketen und Briefmarken in ihrer Filiale in der Kjeirstraße. Dass die Bäckerei ihrer Freundin Alma nur einen Steinwurf entfernt lag und sie sich in der Mittagspause hatten treffen können, war wunderbar gewesen, und auch Grethe, die in Keitum die Kundenbetreuung in der Klempnerei ihres Mannes besorgte, hatte sich oft für ein Stündchen freimachen können. Nur Witta, die in der Praxis ihres Mannes wirkte, hatte natürlich keine Zeit gehabt.

»Was darf es denn sein?«

Ilse Pohl stand mit gezücktem Notizblock neben ihrem Tisch und lächelte. Sie gab vor, alle Zeit der Welt zu haben, doch Marijke spürte, dass sie so schnell wie möglich zu der Reisegruppe zurückwollte.

»Vier Kännchen Kaffee«, orderte sie deshalb rasch. »Und viermal Kuchen.«

»Was haben Sie denn da?«, fragte Alma, und Ilse Pohl zählte das Sortiment auf.

»Die Torte des Hauses«, entschied Marijke, um den Prozess abzukürzen, weil sie wusste, dass insbesondere Witta immer endlos brauchte, um sich zu entscheiden. »Damit seid ihr doch einverstanden?«

Ihre Freundinnen nickten, zu Marijkes Überraschung auch Witta, die selten etwas ohne Diskussion geschehen ließ. Doch in diesem Moment war ihre Aufmerksamkeit auf etwas anderes gerichtet. Auf einen Mann, der in der Tür des Gastraums stand und zu ihnen herübersah. Groß und schlank, das graue Haar gewellt, die Augen eisblau. Hans-Peter Hoffmann gab auch heute eine gute Figur ab. Sein Anzug war von hervorragender Qualität, die Krawatte vermutlich Handarbeit. Ein Lächeln erschien auf seinem Gesicht, und er kam zu ihnen an den Tisch.

Ilse Pohl nutzte die Gelegenheit, um sich zu entfernen, wäre aber in der Tür beinahe mit einem weiteren Mann zusammengestoßen. Kleiner und runder als Hans-Peter Hoffmann, der sich vor Witta Claaßen verbeugte, mit unzähligen Lachfältchen und einem Strahlen in den Augen, das eindeutig Alma galt.

Für einen kurzen Moment verspürte Marijke Bedauern. Wie schön wäre es, wenn sie auch noch einmal jemanden träfe, dem sie sich nah fühlen könnte! Dann schob sie den Gedanken beiseite. Sie gönnte Witta und Alma ihr Glück von Herzen, auch wenn sie selbst allein blieb.

»Setzen Sie sich doch«, lud sie die beiden Männer ein,

doch Witta erhob sich und winkte mit der Geste der großen Diva ab.

»Nein. Danke. Das hier ist nicht das Richtige für uns.« Sie verständigte sich mit einem kurzen Blick mit Hans-Peter Hoffmann, der ihr galant den Arm bot.

»Wir könnten nach Kampen in die Kupferkanne fahren«, schlug er vor. »Ich lasse uns einen Tisch reservieren.«

Alma machte ein unschlüssiges Gesicht. »Wir haben doch schon bestellt.«

»Ich glaube nicht, dass Herr Hoffmann vorhatte, uns mitzunehmen«, warf Grethe ein.

Hoffmanns Chauffeur ließ sich ohne große Umstände auf Wittas freigewordenem Platz nieder.

»Kein Problem«, verkündete er und legte Alma, die auf dem Stuhl daneben saß, die Hand auf den Arm. »Ich esse und trinke alles, was deine Freundin bestellt hat.«

»Wunderbar.« Hans-Peter Hoffmann bedachte die Häkeldamen mit einem knappen Nicken. Dann schritt er mit Witta am Arm aus dem Raum, und Marijke dachte, dass die beiden wirklich nicht hierher passten.

Ilse Pohl kehrte zurück, mit einem Tablett, auf dem vier Teller mit riesigen Tortenstücken standen. Sie verteilte sie hastig.

»Der Kaffee kommt gleich.«

Alma, Albert und Grethe machten sich sofort über ihren Kuchen her, und Alma spitzte anerkennend die Lippen.

»Sehr gut«, befand sie. »Den hätten wir in unserer Konditorei nicht besser hinbekommen.«

Marijke sah zur offenen Tür, wo erneut Ilse Pohl erschien, mit den bestellten Kaffeekännchen und Tassen. Sie rannte fast, weil aus dem großen Saal bereits wieder die Rufe der Reisegesellschaft zu hören waren, die weitere Bestellungen aufgeben wollte. Kurz wandte die Wirtin den Kopf, um zurückzublicken, und stieß dabei mit dem Servierbrett gegen den Türrahmen.

Das Tablett geriet aus dem Gleichgewicht. Kännchen und Tassen rutschten herunter und fielen zu Boden. Das Porzellan zersprang in Stücke, und ein brauner See bildete sich um die Füße der Wirtin herum.

Marijke sprang auf und eilte der Frau zu Hilfe.

»Ach Gott! Auch das noch!«, jammerte Ilse Pohl.

»Das ist doch nicht so schlimm.« Marijke nahm Ilse das Tablett ab und kniete sich vorsichtig neben die Pfütze. Rasch sammelte sie die Scherben ein. »Holen Sie einen Lappen. Dann ist das Malheur schnell beseitigt.«

Die Wirtin ging wie in Trance in die Küche und kam mit einem Eimer zurück. Marijke nahm ihr das Putzzeug ab und wischte den verschütteten Kaffee auf. Anschließend drückte sie ihr den Eimer wieder in die Hand und folgte ihr mit dem Tablett in die Küche. Es war ein trauriger Anblick, die leeren Metallkännchen, die zwischen den aufgelesenen Scherben standen. Marijke stellte die Kännchen schnell auf die Spüle und schüttete das zerbrochene Porzellan in den Müll.

Ilse Pohl sank auf einen Schemel, der zwischen einer großen Spülmaschine und einem ebenso großen Backofen an der Wand stand. Obwohl sie eine kräftig gebaute Frau war, wirkte sie verloren.

»Ich kann einfach nicht mehr«, sagte sie und fuhr sich mit den Händen über die geröteten Augen.

Robin Pohl stürmte herein, entnahm einem hohen Glasrondell eine Tortenplatte und bugsierte Stücke davon auf mehrere Teller, die er auf ein Tablett lud. Als er die Torte wieder zurückstellte, sah er kurz zu den beiden Frauen herüber. Marijke wandte rasch den Kopf ab. Hoffentlich bemerkte er nicht, dass sie die Frau war, die er letzte Nacht in Hörnum neben seinem Wagen angetroffen und mit einem Glas Wasser von ihrem angeblichen Schwächeanfall kuriert hatte. Doch Pohls Blick streifte sie nur ohne ein Zeichen des Wiedererkennens und blieb an seiner Mutter hängen.

»Alles in Ordnung, Mama?«

»Ja, ja. Ich muss mich nur kurz ausruhen.«

Robin wirkte nicht überzeugt, nahm aber trotzdem das Tablett und eilte in den großen Saal. Der Kunde war König. Was immer es im Privatleben zu regeln gab, musste warten, bis sämtliche Servicewünsche erfüllt waren.

Marijke atmete erleichtert auf. Sie füllte ein Glas mit Wasser und reichte es Ilse Pohl. Die Wirtin leerte es in einem Zug.

»Danke.«

Marijke schaute sie mitfühlend an.

»Kann ich Ihnen irgendwie helfen?«

Ilse Pohl holte tief Luft.

»Uns kann keiner mehr helfen. Wir sind am Ende.« Sie breitete die Hände aus. »Das alles hier müsste grundsaniert werden. Aber uns fehlt das Geld dafür.« Ihre Arme sackten kraftlos herunter. »Hans-Peter Hoffmann wird das Hotel-Restaurant übernehmen, und wir stehen auf der Straße. Dabei wollten wir unserem Sohn irgendwann in den nächsten Jahren einen gesunden Betrieb übergeben und uns aufs Altenteil zurückziehen. Ein paar Reisen unternehmen und das Leben noch ein wenig genießen. Doch daraus wird wohl nichts.«

»Aber Herr Hoffmann könnte Ihren Sohn doch weiterbeschäftigen. Soweit ich gehört habe, ist er ein großartiger Koch. Hätte er nicht kürzlich fast einen Michelin-Stern bekommen? Und Sie könnten trotzdem Ihre Reisen machen.«

»Nein. Er will ja nicht nur das Hotel. Er will, dass wir hier verschwinden. Sein Kaufangebot umfasst auch unser Haus, das direkt an das Hotelgebäude angebaut ist. Und er will seine eigenen Köche anstellen. Aber von dem Geld, das er uns für das marode Hotel bietet, können wir uns kaum etwas Neues kaufen. Schon gar nicht auf Sylt.«

»Aber warum?« Marijke griff nach Ilses Hand und drückte sie. »Was hat er denn gegen Sie?«

Ilse Pohl stieß einen langgezogenen Klagelaut aus.

»Ich ... Ich kann Ihnen das nicht sagen.«

Marijke sah sich in der Küche um und entdeckte einen weiteren Schemel, der neben den Kühlschränken stand. Sie holte ihn rasch heran, setzte sich und nahm wieder Ilses Hand.

»Sie müssen darüber reden«, erklärte sie eindringlich. »Sie werden sehen: Es geht Ihnen besser, wenn Sie die Dinge, die Sie bedrücken, nicht mehr mit sich allein ausmachen müssen.«

Ilse Pohl kaute auf ihrer Unterlippe.

»Vielleicht haben Sie recht«, sagte unschlüssig. »Ich schleppe das schon viel zu lange mit mir herum.«

»Dann befreien Sie sich endlich davon«, riet Marijke.

Die Gastwirtin beugte sich vor.

»Es darf aber niemand etwas davon erfahren. Schon gar nicht mein Sohn.«

Marijke lächelte.

»Keine Sorge. Ich kann schweigen wie ein Grab«, versprach sie.

■ ■ ■

»Warum hast du mir nichts davon erzählt?«

Hannahs blaue Augen funkelten. Die Hände hatte sie

ärgerlich in die Seiten gestemmt. Nachdem sie Sarah und Dorothea Jessen zur Tür des Polizeireviers begleitet hatte, war sie aufgebracht in ihr gemeinsames Büro gekommen, mit wütend geröteten Wangen.

Jonas Voss hob die Hände.

»Weil ich nicht glaube, dass diese alte Sache das Motiv für den Mord an Adrian Hoffmann ist.«

»Ist das neuerdings unsere Ermittlungsstrategie? Wir ignorieren die Fakten und verlassen uns ganz auf unsere Nase?«

Jonas, der sich einiges auf seine Intuition zugutehielt, war beleidigt.

»So schlecht fahren wir gewöhnlich nicht damit, wenn wir genau hinschauen und uns einfühlen«, gab er zurück.

Hannah ließ sich auf ihren Stuhl fallen.

»Du hast ja recht«, sagte sie versöhnlich. »Aber in diesem Fall weiß ich nicht, ob du unbefangen bist. Diese ständige Streiterei mit Kari.« Sie legte den Kopf schief. »Ist es wegen der Hochzeit? Habt ihr solchen Bammel davor? Oder seid ihr euch gar nicht mehr so sicher?«

»Ich bin mir sicher. Ich habe auch keine Angst«, erklärte Jonas. »Aber du kennst ja Kari.«

»Hm.« Hannah legte ihr Tablet auf den Tisch und wischte über das Display. »Ihr solltet euch aussprechen«, empfahl sie. »Am besten vor der Hochzeit.«

»Ja.« Jonas lachte hilflos. »Das wäre gut. Aber solange wir den Mord an Adrian Hoffmann nicht geklärt haben, sehe ich schwarz.«

»Also arbeiten wir daran«, entschied Hannah. »Adrian Hoffmann, Robin Pohl und Lydia Cordes. Das waren die drei, die Denise Pohl zusammen mit Sarah Jessen eingegraben haben und dann beinahe vergessen hätten.« Sie griff zum Telefon. »Wir bestellen Robin und Lydia ein. Und dann sollen sie uns sagen, ob die Möglichkeit besteht, dass Denise davon erfahren haben könnte.«

»Einverstanden.« Jonas stemmte sich gegen die Frustration, die an ihm nagte. Er sah aus dem Fenster und stellte fest, dass der Regen aufgehört hatte. Und dass sein Magen knurrte.

»Ich gehe schnell rüber zum Sylt Entrée und besorge mir ein Schokocroissant«, entschied er. »Soll ich dir was mitbringen?«

»Eine Rosinenschnecke«, sagte Hannah, die zum Glück nicht nachtragend war. »Und einen Cappuccino mit viel Schaum.«

»Kommt sofort, Madame.« Jonas deutete eine Verbeugung an, und Hannah lächelte. Zumindest zwischen ihnen war die Welt wieder in Ordnung.

▪ ▪ ▪

Kari Blom stöhnte, als sie das Tablett mit den leeren Tellern auf die blankpolierte Edelstahlfläche neben der großen Spülmaschine stellte. Am liebsten hätte sie sich die Pumps von den Füßen geschleudert. Die Absätze waren zwar nicht besonders hoch, doch wenn man stundenlang in den Schuhen lief, war es, als würden kleine Hämmer rhythmisch gegen die Hacken schlagen. Sie würde heute Abend ein ausgiebiges Fußbad nehmen müssen, um sich zu entspannen. Zeit hatte sie ja. An eine Joggingrunde war mit den lädierten Füßen ohnehin nicht zu denken.

Am frühen Nachmittag war ein Reisebus eingetroffen und hatte eine halbe Hundertschaft agiler Ruheständler vor dem Hotel-Restaurant abgesetzt. Nicht unangekündigt, aber Kari hatte sich dennoch überfahren gefühlt. Sie hatten zwar bereits seit Mittag die Tische im großen Saal eingedeckt und dekoriert, doch als die Gruppe hereindrängte, hatte sie unwillkürlich das Bild einer Elefantenherde vor Augen. Sie war den Umgang mit so vielen Menschen einfach nicht gewöhnt. Die meisten Undercover-Ermittlungen spielten sich in kleinen, ausgesuchten Kreisen ab, das lag in der Natur der Sache. Der Job als Kellnerin stellte ganz neue Anforderungen an sie.

Aber es war nicht ihre Art zu kneifen. Also lächelte sie, führte die Gäste zu den Tischen, nahm Bestellungen auf, trug gefüllte Teller, Tassen und Gläser in den Saal und räumte das benutzte Geschirr wieder ab. Aus den Augenwinkeln hatte sie beobachtet, wie die Häkeldamen gekommen und von Ilse Pohl in den kleinen Saal geleitet worden waren. Später hatte sie die Wirtin zusammen mit Marijke Meenken in der Küche gesehen, jedoch keine Zeit gehabt, darüber nachzudenken, was die beiden besprechen mochten. Sie hatte gewusst, dass die Arbeit im Service anstrengend war, doch die Wirklichkeit war noch viel härter, als sie es sich vorgestellt hatte.

Oder war es nur eine Frage der Übung?

Lydia kam mit einem Tablett in die Küche, auf dem die Teller doppelt so hoch gestapelt waren wie bei Kari. Sie stellte es mit einer Mühelosigkeit auf die Spüle, zu der Kari nicht in der Lage gewesen wäre, und sie lächelte auch jetzt. Anders als Kari, die ihr Lächeln beim Betreten der Küche ausknipste und erst wieder einschaltete, wenn sie in den Saal zurückkehrte.

Lydia räumte das Geschirr rasch in die Spülmaschine und setzte sie in Betrieb. Dann wandte sie sich wieder zur Tür, weil jemand aus dem Saal nach einer Bedienung rief. Im Vorbeigehen strich sie Kari kurz über den Arm.

»Man gewöhnt sich daran. Am Anfang dachte ich auch, ich breche zusammen. Aber mit der Zeit ist es gar nicht mehr so schwer.«

»Hm.« Mehr als diesen Seufzer konnte Kari sich nicht abringen.

Lydia blieb stehen und drehte sich zu ihr um.

»Wollen wir heute Abend etwas trinken gehen?«, fragte sie. »Nur wir beide, ohne Sarah? Nicht in so einem Luxusschuppen wie gestern, sondern in einem von den Lokalen hier in List am Hafen? Oder einfach an den Strand, oben am Ellenbogen, wo es schön ruhig ist?« Ihre Miene verdüsterte sich. »Mich macht das alles fertig, der Mord an Adrian und diese alte Geschichte«, gestand sie. »Es wäre schön, wenn wir ein bisschen reden könnten.«

»Ja, gerne.«

Kari, die sonst eher distanziert war, trat spontan auf Lydia zu und nahm sie in den Arm. Sie fühlte sich der zehn Jahre jüngeren Frau wirklich verbunden. Daran hatte auch Lydias Geständnis nichts geändert, was sie Denise angetan hatte. Es war roh gewesen und dumm, doch Lydia bereute die Tat offensichtlich zutiefst. Kari wollte einfach daran glauben, dass die Sache damals der Situation geschuldet gewesen war und nicht auf eine grundsätzliche Charakterschwäche hinwies. Sie wusste nicht, ob ihre Mutter das genauso sehen würde, aber sagte sie nicht immer, Kari solle lernen, ihren Gefühlen zu vertrauen? Nun, das tat sie jetzt.

Lydia löste sich von ihr.

»Ich muss wieder rein«, erklärte sie mit einem Nicken in Richtung Saal. »Ach ja.« Sie presste die Finger an die Schläfen. »Das hätte ich fast vergessen. Hendrik hat einen Geschäftstermin. Er hat mich gebeten, Geschirr und Getränke für sechs Personen ins Clubhaus hinüberzubringen.« Die Kellnerin schaute Kari bittend an. »Könntest du das erledigen? Ich komme hier nicht weg. Diese Reisegruppe ist unersättlich.«

»Ja, natürlich.« Kari graute bei dem Gedanken, mit ihren wunden Füßen den ganzen Weg vom Hotel-Restaurant über den geschotterten Parkplatz zum Clubhaus laufen zu müssen, aber sie konnte Lydia die Bitte nicht abschlagen.

»Danke.« Die Kellnerin lächelte und verschwand in den großen Saal. Kari nahm sich ein Tablett und bestückte es mit den gewünschten Dingen. Zu Kaffee und Wasser fügte sie noch ein paar kleine Flaschen Orangensaft und eine Schale mit Keksen hinzu.

Das Laufen mit dem vollbeladenen Tablett gelang ihr auf ebenem Boden mittlerweile recht gut, doch der Schotter auf dem Parkplatz war eine neue Herausforderung. Mehrmals rutsche sie mit den schmalen Absätzen zwischen die Steine und hatte Mühe, das Gleichgewicht zu wahren. Es glich einem Wunder, dass sich immer noch alles auf dem Tablett befand, als sie endlich das Clubhaus erreichte.

Die zweiflügelige Eingangstür stand einladend offen, doch im Foyer war niemand zu entdecken. Kari schaute sich neugierig um. Bisher hatte sie keine Gelegenheit gehabt, den Club zu betreten.

Der Eingangsbereich war eine luftige Halle mit zahlreichen hohen Fenstern, die einen herrlichen Ausblick auf das Grün des Golfplatzes gewährten. Auf der rechten Seite war der Pavillon zu sehen, in dem sich der Golf-Shop befand. Eine Tür auf dieser Seite ermöglichte es, auf kurzem Weg dorthin zu gelangen.

Vor der Fensterfront befand sich eine lange Theke, auf der einige Aufsteller das Angebot des Golfclubs präsentierten. Eine Preisliste, ein Korb mit Aufnahmeanträgen und Flyer verschiedener anderer Anbieter von Freizeitaktivitäten, die man auf Sylt unternehmen konnte, komplettierten das Ganze. An den Seiten des Raums waren Sitzgruppen aus Lounge-Möbeln in einem hellen Beige aufgebaut, in der Mitte stand ein hölzerner Wegweiser, wie man ihn von Wanderwegen in den Bergen kannte. Die Schilder darauf verwiesen auf den Bürotrakt, die Umkleideräume und Duschen, die integrierte Sauna und den Golf-Shop. Kari gefiel das frische und minimalistische Ambiente, das trotzdem nicht ungemütlich wirkte.

Sie folgte dem Schild zu den Büros und Konferenzräumen. Die Glastür vor dem Gang öffnete sich zum Glück nach innen, so dass Kari sie unter Zuhilfenahme von Ellenbogen und Schulter aufdrücken konnte, ohne das schwere Tablett absetzen zu müssen. In der Mitte des Gangs stand die Tür eines der Konferenzräume offen. Kari trat ein und stoppte abrupt.

An der Stirnseite des langen Tisches saßen sich zwei Personen gegenüber und hielten sich an den Händen. Das Gesicht des Mannes war ernst, das der Frau tränenüberströmt. Kari fühlte sich peinlich berührt, dass sie in diesen intimen Moment hineingeplatzt war. Sie wollte sich lautlos wieder entfernen, doch beim Schritt zurück klirrten die Gläser auf ihrem Tablett.

Sarah Jessen und Hendrik Hoffmann schauten auf.

»Entschuldigung. Ich wollte nicht stören«, sagte Kari. »Lydia ... Frau Cordes hat mich gebeten, Ihnen die Getränke für Ihre Besprechung zu bringen.«

»Stellen Sie das Tablett einfach auf den Tisch«, erwiderte Hoffmann schroff. »Wir bedienen uns dann schon.«

Sarah wandte sich ab. Sie zog ein Taschentuch aus ihrer Handtasche und schnäuzte sich. Hendrik sah zu, wie Kari entgegen seiner Anweisung die mitgebrachten Tassen und Gläser auf dem Tisch verteilte. Längst hatte ihr professionelles Selbst die Kontrolle übernommen und den Impuls verdrängt, die beiden in ihrer Trauer allein zu lassen. Die Gelegenheit, mehr über die Familie Hoffmann zu erfahren, war viel zu günstig.

Sie drapierte die Getränke in der Tischmitte, und Hoffmann nickte anerkennend. Seine Miene wurde weich.

»Nehmen Sie es bitte nicht persönlich. Wir sind zurzeit alle etwas angefasst. Sie haben ja mitbekommen, was passiert ist. Der Mord an meinem Bruder.«

Kari neigte den Kopf. »Ja. Mein Beileid.«

»Danke.« Hendrik schaute kurz zu Sarah. »Das ist ein schwerer Schicksalsschlag für meine Schwägerin. Ausgerechnet am Hochzeitstag. Dem schönsten Tag im Leben. Und dann ist es auf einmal der schwärzeste. Niemand sollte so etwas erleben müssen, meinen Sie nicht auch?« Er wartete Karis Antwort nicht ab. »Von mir selbst will ich gar nicht reden. Mein Bruder war nur drei Jahre jünger als ich. Wir haben uns immer sehr nah gestanden.«

Kari hatte Mühe, ihr Pokerface aufrechtzuerhalten. Die Hochzeit lag erst zwei Tage zurück. Hans-Peter Hoffmann hatte verkündet, dass er die Geschäfte nicht dem älteren, sondern dem jüngeren Sohn übergeben würde. Hendrik hatte regelrecht verstört über diese Eröffnung gewirkt. Aber nicht nur das. Kari hatte noch mehr in seinem Blick gelesen. Neid. Verbitterung. Hass. Genau die Ingredienzien, aus denen sich der Cocktail Mordlust zusammensetzte. Deshalb war sie auch davon überzeugt, dass er derjenige war, der Adrian Hoffmann erschlagen hatte. Natürlich hätte auch Denise Pohl ein Motiv gehabt, doch diese Geschichte lag lange zurück. Hendriks Zorn dagegen war frisch.

Der ältere Hoffmann-Sohn fuhr sich durch die schütteren blonden Haare, die er mit reichlich Gel frisiert hatte.

»Und dann werden wir auch noch von der Polizei terrorisiert«, fuhr er fort. »Von der Presse gar nicht zu reden.«

Kari staunte. Zum einen über Hoffmanns plötzliche Offenheit. Eigentlich war er nicht der Typ dafür, und selbst wenn, besprach ein Mann in seiner Position solche Dinge normalerweise nicht mit einer Kellnerin. Zum anderen hatte sie nichts davon mitbekommen, dass sich die Journalisten auf den Fall gestürzt hatten. Im Golf-Resort waren jedenfalls keine Reporter aufgetaucht.

»Ach so? Ich habe niemanden gesehen. Keine Journalisten, meine ich.« Vielleicht hatte er ja auch Angst, dass das Personal mit jemandem gesprochen haben könnte?

»Sie wissen, dass sie hier keine Chance haben. Wenn sie sich unbefugt auf dem Gelände aufhalten, können wir sie vom Sicherheitsdienst des Golfclubs vor die Tür setzen lassen. Aber sie belagern unser Haus in Kampen«, grollte Hoffmann. »Dagegen kann man nichts tun. Es ist eine öffentliche Straße.«

»Das tut mir leid.« Kari befand, dass es an der Zeit war, ihren Auftritt zu beenden. Wenn sie zu neugierig war, würde ihr Hendrik Hoffmann die Rolle der blauäugigen Kellnerin nicht mehr abkaufen. Sie deutete einen Knicks an und nahm das Tablett wieder an sich. »Ich muss zurück ins Restaurant.«

Hoffmann deutete auf das Arrangement auf dem Tisch.

»Danke. Das haben Sie sehr hübsch gemacht.«

Kari knickste noch einmal und verließ rasch den Raum. Vor der Tür blieb sie stehen. Sie hörte Hendrik und Sarah miteinander flüstern, konnte aber kein Wort verstehen.

Durch die Glastür am Ende des Ganges sah sie, dass einige Personen in Businesskleidung das Foyer betraten. Die Geschäftspartner vermutlich, auf die Hendrik Hoffmann wartete. Kari lief an ihnen vorbei nach draußen.

Während sie zurück zum Hotel-Restaurant ging, dachte sie über die Sache mit den Reportern nach. Die Sonntagszeitungen hatten den Mord nicht aufgegriffen. Das würde vermutlich erst in der Tagespresse am Montag geschehen. Dafür gab es sicher schon Online-Meldungen. Sie selbst hatte noch keine Zeit gehabt, sich darum zu kümmern, aber hätte Ole Lund sie nicht darüber informieren müssen?

Auf der anderen Seite änderte es nichts. Die Presse konnte nur unbestätigte Gerüchte verbreiten. Damit war ihr nicht geholfen. Interessante Theorien, für die es keine Beweise gab, hatten Jonas und sie schon genug.

13.

Es wäre besser gewesen, die beiden getrennt zu vernehmen, das wurde Jonas Voss klar, als Robin Pohl und Lydia Cordes wie Hyänen aufeinander losgingen. Das Schokocroissant, das er mit Genuss gegessen hatte, lag ihm plötzlich als dicker Klumpen im Magen, und der starke Kaffee, den er dazu getrunken hatte, brannte ihm in der Kehle. Er warf Hannah einen schnellen Seitenblick zu und sah, dass sie sich ebenso unwohl fühlte wie er. Aber nachdem sie das Gespräch zu viert begonnen hatten, mussten sie es auch irgendwie zu Ende bringen.

Robin Pohl schnaubte.

»Du glaubst ernsthaft, dass sie es war? Deine eigene Schwester?« Er starrte Lydia Cordes an, die ihm gegenübersaß. Beide hatten sich vorgebeugt und die Hände auf die Tischplatte gelegt. Ihre Augen sprühten Blitze.

»Es hat sie kaputtgemacht«, sagte Lydia. »Diese Stunde, als sie hilflos in dem Loch feststeckte und das Wasser auf sich zukommen sah. Als sie dachte, dass sie sterben muss.«

Eine Ader an Pohls Hals schwoll an, und Jonas konnte das Blut darin pulsieren sehen.

»Du warst doch dafür, dass wir es durchziehen«, schimpfte der Gastwirt. »Wenn du nur ein Wort gesagt hättest ...«

»Was sollte ich denn tun?«, fragte Lydia bitter. »Ihr habt mich dafür verantwortlich gemacht, dass sie uns immer hinterhergelaufen ist. Nur weil sie meine kleine Schwester war. Dabei hatte ich überhaupt keinen Einfluss auf sie. Sie war rettungslos in dich verknallt. Du hättest ihr einfach nur klarmachen müssen, dass du nichts von ihr willst.«

»Das habe ich getan«, spuckte Robin. »Vielleicht erinnerst du dich? Hundertmal habe ich ihr gesagt, dass ich kein Interesse habe. Aber sie hat das überhaupt nicht zur Kenntnis genommen. Sie dachte, wenn sie mir nur lange genug nachläuft, begreife ich irgendwann, dass ich sie doch liebe.« Er zog die Augenbrauen zusammen. »Sie hat mich gestalkt, das ist es. Und ich habe es irgendwann nicht mehr ertragen.«

»Deswegen hast du Adrian aufgestachelt. Und er hat sich diesen Scheiß ausgedacht.«

»Er hatte schon immer Spaß daran, mit den Gefühlen von uns anderen zu spielen.«

Lydia lachte.

»Jetzt ist das also alles Adrians Schuld, ja? Du bist das arme Opfer, und er ist der Teufel, der dein Leben versaut hat.«

Jonas spürte, wie sich sein Puls beschleunigte. Wenn sich die Sache für Robin so darstellte, wie Lydia es andeutete, hätte er ein weiteres Motiv für den Mord an Adrian Hoffmann gehabt. Zusätzlich zu dem, dass Adrian ihn und seine Familie wegen des Verkaufs des Hotel-Restaurants unter Druck gesetzt hatte. Jedes Motiv für sich war vielleicht nicht stark genug. Doch wenn sie sich addierten ...

Er wandte sich dem Gastwirt zu.

»Inwiefern hat Herr Hoffmann mit Ihnen und Ihren Freunden gespielt?«, fragte er.

Robin legte den Kopf in den Nacken und fuhr sich mit beiden Händen durch die blonden Haare.

»Adrian hatte eine schräge Phantasie. Er hat sich immer verrücktes Zeug ausgedacht und uns herausgefordert. Mutproben. Er wollte Grenzen austesten. Ob man es aushält, wenn man eine halbe Stunde lang durchgekitzelt wird. Einen ganzen Tag mit verbundenen Augen herumzulaufen. Mitten im Winter mit Klamotten in die Nordsee zu springen. Solche Sachen.«

Jonas sah zu Hannah, die auf ihrem Tablet tippte. Sie wussten beide aus Erfahrung, dass derartige Rituale in Gruppen von Jugendlichen nicht ungewöhnlich waren. Die jungen Menschen wollten sich ausprobieren, und manchmal verloren sie dabei das rechte Maß.

»Du tust gerade so, als wäre er ein Sadist gewesen«, empörte sich Lydia. »Aber das war er nicht. Er hat nie jemanden zu etwas gezwungen. Und er hat den ganzen Blödsinn auch selbst mitgemacht.«

»Habe ich etwas anderes behauptet?« Robin Pohl ballte die Fäuste. »Aber Fakt ist, dass es seine Idee war. Und deiner Schwester hat er keine Wahl gelassen. Er hat sie nicht gefragt, ob sie mitten in der Nacht bis zum Hals im Sand stecken will, während das Wasser auf sie zukommt.«

Lydia schaute auf ihre Finger.

»Wir haben alle Schuld«, sagte sie leise.

»Sicher. Deswegen waren wir ja auch alle bereit, dieses Sühne-Ding mitzumachen«, stieß Robin hervor. »Was ebenfalls Adrians Idee war.«

Jonas Voss horchte auf. Davon hatte Kari ihm nichts erzählt. Weil sie es nicht wusste, oder weil es ihr nicht wichtig erschienen war? Oder weil sie in Streit geraten waren und sich getrennt hatten, ehe sie dazu gekommen war?

»Was meinen Sie damit?«, erkundigte er sich.

Der Gastwirt rieb sich mit beiden Händen über das Gesicht. Jonas sah, dass seine Augen gerötet waren.

»Wir haben uns alle total mies gefühlt«, erklärte Pohl. »Ich, weil ich die anderen aufgestachelt hatte. Adrian, weil er die Idee mit dem Eingraben hatte. Lydia, weil sie den Alkohol mitgebracht hatte, mit dem wir uns so zugeknallt haben, dass wir die Zeit vergessen haben. Und Sarah, weil sie nur zugesehen und uns nicht daran gehindert hat, obwohl sie dagegen war.« Seine Schultern sackten nach vorn. »Also haben wir beschlossen, unsere Tat zu sühnen. Indem jeder von uns auf das Wichtigste in seinem Leben verzichtet. Das haben wir geschworen, mit unserem Blut.«

Hannahs Finger flogen über die virtuelle Tastatur ihres Tablets.

»Auf was haben Sie verzichtet?«, fragte sie.

Robin knirschte mit den Zähnen.

»Auf meine Freiheit.« Ein Schleier legte sich über seine Augen. »Ich wollte nach dem Abi mit dem Rucksack um die Welt. Stattdessen bin ich auf Sylt geblieben und habe mich um Denise gekümmert.«

»Sie haben Sie geheiratet«, präzisierte Voss.

»Ja. Irgendwann habe ich gemerkt, dass ich sie wirklich mag.«

»Hätten Sie es auch getan, wenn Sie sich nicht schuldig gefühlt hätten?«

Pohl schaute in seine Richtung, doch sein Blick schien nach innen gerichtet zu sein.

»Ich weiß es nicht. Aber heute kann ich mir keine andere Frau an meiner Seite mehr vorstellen. Denise und ich sind ein gutes Team.«

Hannah schnaubte leise. Voss unterdrückte ein ungläubiges Lachen. Konnte aus einem solchen Sumpf tatsächlich etwas Gutes entstehen?

Auf der anderen Seite: Warum nicht? Denise hatte Robin schon damals geliebt, und am Ende hatte sie ihn bekommen. Trotzdem war der Preis, den sie dafür gezahlt hatte, hoch. Zu hoch? So wie Kari es ihm erklärt hatte, litt Denise seit damals an einer schweren posttraumatischen Belastungsstörung.

Und die Täter? Litten sie ebenfalls?

»Was war Ihre Sühne?«, fragte er Lydia. »Und was haben Adrian und Sarah geopfert?«

Lydia Cordes warf ihre langen dunklen Locken zurück.

»Sarah hat auf das Studium in Paris verzichtet, das ihre Mutter ihr finanzieren wollte. Und Adrian und ich … auf unsere Liebe.«

Voss hob die Augenbrauen. Langsam fügten sich die Teile in seinem Kopf zu einem Ganzen zusammen. Deshalb also hatte Adrian nicht Lydia geheiratet, sondern Sarah. Weil er sich die Liebe zu Lydia verboten hatte.

Machte das Jonas' Verdacht gegen Lydia weniger plausibel? Weil Adrian sie nicht zurückgewiesen hatte, sondern weil es der alte Schwur war, der ihn daran gehindert hatte, mit ihr zusammen zu sein? Oder war ihre Wut auf ihn nur umso größer, weil er derjenige war, der alles kaputtgemacht hatte? Seine Idee mit dem Eingraben, sein Vorschlag mit dem Sühneschwur?

»Dieser Tag damals hat Ihre Zukunftspläne zerstört. Das macht Sie beide zu Tatverdächtigen.«

Robin Pohl sprang auf.

»Warum, um alles in der Welt, hätte ich vierzehn Jahre lang mit meiner Rache warten sollen? Wenn ich Adrian deswegen ans Leder gewollt hätte, hätte ich es längst getan.«

Voss blieb äußerlich ruhig. Innerlich spannte er sich an und legte die Hand auf seine Dienstwaffe. Pohl war hochgradig erregt. Es war nicht auszuschließen, dass er im nächsten Moment auf einen von ihnen losging.

»Setzen Sie sich wieder hin«, sagte Hannah.

Pohl atmete heftig. Widerstrebend kam er der Aufforderung nach.

»In den letzten Wochen ist einiges geschehen«, konstatierte Voss. »Adrian hat Sie unter Druck gesetzt. Wegen des Hotel-Restaurants. Vielleicht hat er auch gedroht, Ihrer Frau die Wahrheit über damals zu erzählen, wenn Sie den Betrieb nicht an seinen Vater verkaufen?«

»Das ist doch dummes Zeug!«, fuhr Pohl auf.

Lydias Augen verengten sich.

»Tatsächlich?«, fragte sie kalt. »Oder war genau das der eine Nadelstich zu viel?«

Robin griff nach ihren Händen.

»Glaubst du etwa auch, dass ich es war?«, fragte er weinerlich.

Lydia entzog sich ihm. Voss dachte nach.

Pohl hatte seine Emotionen nicht gut unter Kontrolle, doch war er der Typ, der gewalttätig wurde? Er dachte an das, was ihm Kriminalrat Ole Lund am Morgen von Karis nächtlicher Observation berichtet hatte. Robin Pohl nahm einiges in Kauf, um den Betrieb seiner Eltern zu retten. Er ließ sich sogar öffentlich demütigen. Schlug ein Mann wie er einem anderen mit einem Golfschläger den Schädel ein?

»Du oder Denise«, sagte Lydia kalt. »Einer von euch beiden hat es getan, da bin ich mir sicher.«

Robin lachte, das Gesicht zu einer Fratze verzerrt.

»Und du? Spielst die Unschuld vom Lande, oder was? Dabei hat er dich doch am meisten verletzt. Die große Liebe, und dann heiratet er Sarah. Alles unter dem Deckmantel der Sühne, obwohl es in Wirklichkeit der pure Egoismus war. Er hätte die Firma bekommen und ein paar Anteile von Baustoff Jessen noch dazu. Von dem braven Mädchen gar nicht zu reden, das keine Ansprüche stellt und willig für ihn die Beine …« Pohl brach ab, und eine flammende Röte überzog seine Wangen. »Entschuldigung«, murmelte er in Hannahs Richtung.

»Danke. Wir haben Sie schon verstanden, Herr Pohl«, gab Jonas' Kollegin zurück. So leicht war sie nicht aus der Fassung zu bringen. Sie wandte sich an Lydia.

»Was sagen Sie dazu, Frau Cordes?«

Lydia hob das Kinn.

»Ich sage gar nichts mehr ohne einen Anwalt. Sie haben sich Ihre Meinung doch längst gebildet.«

»Wie Sie wollen.« Hannah schaltete das Diktiergerät auf dem Tisch aus.

Pohl stand so rasch auf, dass sein Stuhl nach hinten kippte und mit einem Poltern umfiel.

»Heißt das, wir können gehen?«

»Bitte.« Hannah wies zur Tür.

Robin Pohl war mit drei großen Schritten dort und riss sie auf. Er rannte fast davon, das Geräusch seiner Absätze ein Stakkato, das sich rasch entfernte und im Treppenhaus verlor.

Lydia erhob sich langsam.

»Auf Wiedersehen«, sagte sie steif, bevor sie den Raum verließ. An ihrer Miene war allerdings leicht abzulesen, dass sie nichts weniger wünschte als das.

Hannah verstaute ihr Tablet in der Hülle und steckte es in die Handtasche.

»Also nehmen wir uns als Nächstes Denise Pohl vor?«, fragte sie.

Jonas nickte. Es widerstrebte ihm, die psychisch angeschlagene Frau mit ihrem Verdacht zu konfrontieren, doch er hatte keine Wahl. Auch wenn er sich nicht vorstellen konnte, dass sie die Täterin war, selbst wenn sie herausgefunden haben sollte, dass nicht ihre Mitschüler, sondern die Clique ihrer Schwester für ihr Trauma verantwortlich war. Eine Frau mit einer tiefgreifenden Angst- und Panikstörung zog nicht los und schlug einem ihrer damaligen Peiniger den Schädel ein, davon war er überzeugt. Trotzdem würde er sich nicht auf eine Theorie festlegen, sondern jede Spur verfolgen.

■ ■ ■

»Setzen Sie sich doch zu uns«, sagte Ilse Pohl und wies einladend auf die freien Stühle am Tisch.

Die Reisegruppe war endlich aufgebrochen, und auch das Kaffeekränzchen im Gastraum hatte sich aufgelöst. Robins Eltern hatten die Küche aufgeräumt und sich dann selbst mit Kaffee und Kuchen an einem der Tische niedergelassen. Nachdem die Polizei nicht nur Lydia, sondern auch Robin zur Vernehmung abgeholt hatte, mussten sie die Arbeit allein mit Kari stemmen. Nun waren sie alle drei ausgelaugt, aber auch zufrieden, dass sie es geschafft hatten.

Günther Pohl klopfte auf das Sitzpolster des Stuhls neben sich.

»Komm schon, Mädchen. Du hast gute Arbeit geleistet. Auch wenn man merkt, dass du nicht aus der Branche bist.«

Kari lächelte verlegen. Sie hatte es Ole Lund gleich gesagt. Niemand würde ihr abkaufen, dass sie Erfahrungen in der Gastronomie hatte.

»Nein«, gab sie zu. »Das ist nur ein Job, um mich über Wasser zu halten.«

Pohl musterte sie unter zusammengezogenen Augenbrauen.

»Hast du denn keinen richtigen Beruf gelernt? Eine hübsche und kluge junge Frau wie du?«

Dieses Mal hoben sich Karis Mundwinkel von selbst. Mit ihren einundvierzig Jahren fühlte sie sich nicht mehr besonders jung. Dass sie von anderen dennoch so wahrgenommen wurde, freute sie.

»Ich habe studiert«, erklärte sie. »Deutsche Literatur und Philosophie.«

»Siehste?«, wandte Pohl sich an seine Frau. »Ich hab's dir doch gesagt. Das Mädchen hat was auf dem Kasten.«

Ilse Pohl schaute sie mit diesem mütterlichen Blick an, der Kari schon bei der ersten Begegnung das Herz gewärmt hatte.

»Aber eine Arbeitsstelle haben Sie damit nicht gefunden?«

Kari nahm sich ein Zitronenröllchen und stach mit der Gabel ein kleines Stück davon ab.

»Ich habe mich dafür entschieden, meinen Traum zu leben«, präsentierte sie ihre von Ole Lund erfundene Vita. »Ich bin Schriftstellerin geworden.«

»Tatsächlich?« Ilse Pohl sah beeindruckt aus. »Das ist ja großartig!«

»Nun ja.« Kari schnitt eine Grimasse. »Ich schreibe. Aber ich habe bisher keinen Verlag gefunden.«

»Das heißt, du verdienst kein Geld damit«, brachte Günther Pohl die Sache auf den Punkt. Er nahm ein Zigarettenpäckchen aus der Tasche und zündete sich eine an.

»Günther!«, rügte ihn seine Frau sanft. »Frau Blom isst noch.«

Pohl schaute unschlüssig auf die Zigarette, an der er erst einmal gezogen hatte.

»Stört es dich?«

»Nein«, behauptete Kari, obwohl sie es nicht leiden konnte, wenn während einer Mahlzeit geraucht wurde. Dabei war es weniger der Geruch, der ihr missfiel, als vielmehr die Unhöflichkeit. Jonas' Vater Redlef rauchte gelegentlich eine Pfeife nach dem Essen, und das empfand sie als gemütlich. Aber Pohl brauchte das Nikotin wohl dringend und schaffte es nicht, zu warten, bis sie ihren Kuchen verspeist hatte.

Der Koch belohnte sie mit einem Strahlen, und Ilse Pohl schob ihrem Mann seufzend eine leere Untertasse für die Asche hin.

»Ich komme jeden Sommer nach Sylt«, berichtete Kari. »Hier verdient man einfach besser als anderswo. Ich hatte schon alle möglichen Jobs. Zweimal hatte ich sogar den Auftrag, eine Biographie zu schreiben, aber die Bücher sind dann doch nicht zustande gekommen.«

»Trotzdem hältst du an deinem Traum fest«, lobte Günther Pohl. »Das ist wichtig. Wir haben das auch immer getan.«

Ilse Pohl seufzte.

»Vielleicht hätten wir doch von hier weggehen sollen, so wie du es wolltest.«

»Warum denn?«, tat Kari naiv. Sie wusste ja von den finanziellen Problemen der Familie und Robins heimlichem Nebenjob. Aber vielleicht gab es noch mehr? Dinge, von denen die Pohls ihrem Sohn nichts erzählt hatten?

»Das muss doch eine Goldgrube sein, ein Hotel-Restaurant auf Sylt in einem exklusiven Golf-Resort«, legte sie nach.

Günther Pohl lachte auf, und Kari wurde von einer dichten Rauchwolke eingehüllt.

»Schau dich doch mal um, Mädchen. Sieht das hier für dich wie eine In-Location der High Society aus?« Er breitete die Arme zu einer Geste aus, mit der er die gesamte Einrichtung des Raums einschloss, die dunklen Tische und Stühle, die in die Jahre gekommene Theke und die nicht wirklich zeitgemäße Dekoration.

»Na ja …« Kari lächelte schief.

»Wir waren bis vor zwei Jahren ein schlichter Landgasthof mit Restaurantbetrieb«, erklärte Pohl und ließ die Arme wieder sinken. »Unsere Gäste waren einfache Leute. Wanderer, die gern an der alten Bahntrasse oder am Ellenbogen entlanggelaufen sind. Familien mit Kindern, die sich die Unterkünfte im Zentrum nicht leisten konnten. Reisende, die Sylt lieben, aber nicht den Trubel, der in den letzten Jahrzehnten entstanden ist. Wir hatten bescheidene Zimmer und eine einfache Küche. Damit sind wir gut über die Runden gekommen.«

Er drückte die Zigarette auf der Untertasse aus.

»Aber vor zwei Jahren hat sich Hans-Peter Hoffmann ausgerechnet dieses Areal ausgesucht, um seinen neuen Golfplatz zu errichten. Seitdem kommen hier keine Wanderer und Familien mehr vorbei, sondern nur noch Bonzen mit dicken Autos und noch dickeren Brieftaschen. Wenn wir die zu uns locken wollen, müssen wir unser Lokal in ein Schickimicki-Restaurant verwandeln. Nur dass uns dafür das nötige Kleingeld fehlt.«

Kari wusste nicht recht, was sie darauf erwidern sollte, und schob sich rasch einen Happen Biskuit mit Zitronensahne in den Mund.

»Wir hatten überlegt wegzugehen, damals, als Ilses Eltern gestorben sind«, erzählte Pohl. Er zündete sich eine neue Zigarette an und nahm einen tiefen Zug. »Das Haus nebenan war Ilses Elternhaus, und dies hier war eine Pension für Handwerker und Handlungsreisende. Wir haben sie mit dem Geld aus Ilses Erbe zum Gasthaus mit Fremdenzimmern umgebaut.«

Er betrachtete nachdenklich die glühende Spitze seiner Zigarette.

»Ich hätte mir lieber anderswo etwas Neues aufgebaut«, fuhr er fort. »Ein richtiges Restaurant mit einer exquisiten Speisekarte. Dafür war die Lage hier damals einfach zu ungünstig. Man hätte ein Lokal in Westerland oder Kampen eröffnen müssen, doch dafür reichte das Geld nicht. Auf dem Festland hätten wir es schaffen können. Aber Ilse wollte nicht weg.« Er sah seine Frau zärtlich an. »Sie war ja auch gerade mit Robin schwanger. Endlich. Wir hatten schon so lange vergeblich auf ein Kind gehofft.« Er hob die Hände. »Also sind wir geblieben.«

Kari schaute zu Ilse, die ihrem Blick auswich und aufsprang.

»Ich brauche etwas zur Stärkung nach dem ganzen Stress«, erklärte sie. »Mögen Sie auch? Einen Obstler? Oder einen Kräuterschnaps?«

»Nein, danke. Ich mache mir nichts aus Alkohol.«

»Oha.« Pohl betrachtete sie mitleidig. »Du gönnst dir wohl gar nichts? Kein leckeres Essen«, er schaute bedeutungsvoll auf das Zitronenröllchen auf ihrem Teller, von dem sie nur zwei kleine Stücke genommen hatte, »kein Alkohol, keine Zigaretten. Ist das nicht zu viel Askese für eine Künstlerin?« Er hob den Zeigefinger in Richtung seiner Frau. »Ich nehme ein Gläschen von dem leckeren Bio-Himbeergeist. Bring mal die Flasche mit. Vielleicht möchte Frau Blom ja wenigstens nippen.«

Kari wollte abwehren, unterließ es aber. Sie hatte es geschafft, von Günther und Ilse Pohl quasi in die Familie aufgenommen zu werden. Die beiden zogen sie ins Vertrauen.

Diese Chance musste sie nutzen, auch wenn es dafür erforderlich war, über ihren Schatten zu springen.

Ilse Pohl kehrte mit einer bauchigen Glasflasche und drei Gläsern zurück. Zwei davon füllte sie bis zum Rand, eines nur zur Hälfte.

»Prost!« Günther Pohl hob sein Glas.

Kari hatte erwartet, dass er es in einem Zug leeren würde, doch er trank nur einen kleinen Schluck, genau wie seine Frau.

»Viel zu kostbar, um ihn einfach runterzukippen«, kommentierte er.

Kari nahm ihr Glas und schnupperte. Ein intensives Himbeeraroma stieg ihr in die Nase.

»Mhm.« Sie probierte und hob anerkennend die Augenbrauen. Der Himbeergeist war wirklich außergewöhnlich gut, mild und vollmundig im Aroma.

»Na also.« Günther Pohl zog zufrieden an seiner Zigarette.

»Sie müssten also renovieren«, kam Kari auf das eigentliche Thema zurück. »Aber Ihnen fehlt das Geld. Haben Sie denn keine Rücklagen gebildet?«

»Sag doch Du.« Pohl hob ihr das Schnapsglas entgegen. Kari stieß erst mit ihm, dann mit Ilse an.

»Danke.«

»Wir haben Geld zurückgelegt«, erklärte Ilse. »Aber es reicht nicht. Wir haben den Schwamm im Keller.«

»Oh.« Kari ließ das Glas betroffen sinken. Sie verstand nicht viel von Immobilien, aber dass Schwamm einen Hausbesitzer in den Ruin treiben oder das Todesurteil für ein Haus bedeuten konnte, war ihr bekannt. Aber musste das auch in diesem Fall so sein?

»Herr Hoffmann ist doch Bauunternehmer«, überlegte sie. »Könnte er euch nicht helfen?«

»Er hat kein Interesse daran. Er will das Gebäude mitsamt dem Grundstück kaufen«, sagte Günther. »Alles abreißen und einen schicken Neubau draufsetzen, den er dann an irgendeinen schnöseligen Starkoch verpachtet.«

Ilse kippte ihren Schnaps herunter.

»Das werden wir ja noch sehen.«

Sämtliche Wärme war plötzlich aus ihren braunen Augen gewichen. Kari lief ein Schauer über den Rücken. Hatte womöglich Ilse den jüngeren Hoffmann-Sohn erschlagen, weil er sie unter Druck gesetzt hatte? Aber das war Unsinn. Adrians Tod änderte nichts.

Kari wechselte rasch das Thema, weil sie plötzlich das Gefühl hatte, sich auf gefährlichem Terrain zu bewegen.

»Lydia hat mir erzählt, was damals mit ihrer Schwester Denise passiert ist. Schrecklich. Das arme Mädchen. Ein Glück, dass sie sich gefangen hat und dass Robin ihr Halt gibt. Man merkt es ihr gar nicht an. Sie wirkt so selbstbewusst. Und ihr Golf-Shop ist total schick.«

Die Miene von Ilse Pohl wurde sofort wieder weich.

»Ja. Unsere Schwiegertochter hat sich gut gemacht. Sie muss dem Schicksal wirklich dankbar sein, dass Robin und seine Freunde sie damals gefunden haben. Man muss sich das mal vorstellen! Von den eigenen Mitschülern im Sand eingegraben und dann im Stich gelassen. Es hätte sie das Leben kosten können. Dabei hat sie nie irgendjemandem etwas getan. Sie war einfach nur ein stilles, schüchternes Mädchen. Aber bei manchen bösartigen Jungen reicht das ja schon aus. Die suchen einfach nur nach Opfern, die sich nicht wehren.«

»Hat man die Schuldigen denn gefunden und bestraft?«, fragte Kari und fühlte sich schlecht dabei. Sie wusste ja nur zu gut, wer die Verantwortlichen waren.

»Nein.« Günther Pohl zündete sich die nächste Zigarette am Stummel der bis zum Filter heruntergebrannten an. »Alle, die für die Tat infrage kamen, hatten ein Alibi. Gelogen natürlich, aber man konnte ihnen nichts nachweisen.«

»Robin hat sich rührend um Denise gekümmert«, erzählte Ilse, und ein Lächeln legte sich auf ihre Lippen. »Wir waren eigentlich ganz froh darüber. Vor dieser Sache war er so vernarrt in Lydia, dabei konnte jeder sehen, dass sie nur mit ihm spielt. Sie hätte ihm das Herz gebrochen. Mit Denise dagegen ist er glücklich.«

Kari kontrollierte sorgsam ihre Mimik, um ihre Überraschung zu verbergen.

Lydia Cordes war ganz offensichtlich eine zentrale Figur, damals wie heute. Irgendwie hingen all diese Dinge zusammen, der böse Streich der Clique, die verwickelten Liebesbeziehungen und der Mord an Adrian. Aber wie?

Sie musste dringend mit Lydia darüber sprechen. Denn bei einer Sache war sie sich sicher: Wie auch immer die Lösung dieses verwirrenden Puzzles aussah – Lydia war keine Mörderin.

▪ ▪ ▪

Denise Pohl stand hinter dem Tresen des Golf-Shops und hatte ein professionelles Lächeln aufgesetzt.

»Kommissar Voss. Kommissarin Behrends. Wie kann ich Ihnen helfen?«

Jonas fing einen bedeutungsvollen Blick von Hannah auf und schaute in die Richtung, die ihre Augen ihm wiesen. Dort befand sich ein Regal, in dem Dutzende von Handschuhen aufgereiht waren. Weiß und schwarz waren die vorherrschenden Farben.

»Sind die aus Leder?«, erkundigte er sich. »Cabretta?«

»Ich führe ausschließlich Lederhandschuhe«, teilte ihm die Ladenbesitzerin mit. »Billigen Kunststoff können Sie online bestellen. In diesem Club würde niemand so etwas tragen. Wir haben dort drüben zwei Serien aus Känguru-Leder.« Sie wies zu einem Ständer auf der anderen Seite des Pavillons. »Das ist sozusagen die Königsklasse. Die Handschuhe in dem Regal vor Ihnen sind alle aus Leder vom südamerikanischen Haarschaf gefertigt. Cabretta also.«

»Tragen Sie die Handschuhe auch selbst?«, fragte Hannah.

Denise lachte.

»Nein. Ich spiele nicht.«

»Sie sind keine Golferin? Und trotzdem betreiben Sie einen Golf-Shop?«

»Ich wüsste nicht, was das eine mit dem anderen zu tun hat.«

»Bei den meisten Menschen wird die Berufswahl von persönlichen Interessen bestimmt.«

Denise strich die Ärmel ihres grauen Kostüms glatt.

»Es hat sich angeboten. Ich bin gelernte Einzelhandelskauffrau. Vorher habe ich als Angestellte in einem großen Bekleidungsgeschäft in Husum gearbeitet, aber die Fahrerei war anstrengend. Als Hans-Peter Hoffmann einen Pächter für seinen neugebauten Shop gesucht hat, habe ich habe mich beworben und den Zuschlag bekommen.«

»Weil jemand ein gutes Wort für Sie eingelegt hat? Jemand, der sich schuldig fühlte?«

Denise Pohl runzelte die Stirn. »Ich habe nicht die geringste Ahnung, wovon Sie sprechen.« Sie kam hinter ihrem Tresen hervor und begann, einen Stapel edel aussehender Pullover auseinanderzufalten und neu zusammenzulegen.

Jonas schob die Hände in die Taschen seiner Lederjacke. Er hasste es, anderen Menschen Leid zu verursachen, doch sein Beruf ließ ihm oft keine andere Wahl.

»Sie haben als junge Frau ein schweres Trauma erlitten.«

Er sah, wie Denises Blick flackerte und sich ihre langen Fingernägel in das weiche Mohair des Pullovers krallten.

»Woher wissen Sie davon?«

»Wir sind die Polizei«, sagte Hannah, die pragmatischer an die Dinge heranging. Sie konnte Mitgefühl empfinden, ohne sich davon in ihrem Handeln beeinflussen zu lassen.

Voss dagegen verspürte einen Stich, als er sah, dass sich in Denises Augen Tränen bildeten. Der Pullover glitt ihr aus den Fingern, doch sie achtete nicht darauf.

»Es tut uns leid, wenn wir in alten Wunden herumstochern müssen«, sagte Voss. »Aber die Ereignisse von damals stehen möglicherweise mit dem Mord an Adrian Hoffmann in Zusammenhang.«

Denise schaute zwischen ihm und Hannah hin und her. Sie zog ein Taschentuch hervor und tupfte sich die Augen trocken. Offenbar hatte sie sich wieder gefangen.

»Wie kommen Sie darauf? Das waren Mitschüler von mir, die schon seit Jahren nicht mehr auf Sylt leben. Was sollten die mit Adrian zu tun haben?«

»Sie haben nie erfahren, wer die wahren Täter waren?«, fragte Hannah.

Denise blinzelte und tupfte erneut an ihren Augen herum. »Ich verstehe nicht …«

»Die Freunde Ihrer Schwester«, fuhr Hannah unerbittlich fort. »Adrian, Robin und Sarah. Und Ihre Schwester Lydia. Die vier haben Ihnen das angetan.«

Denise schüttelte den Kopf.

»Nein. Die Clique meiner Schwester hat mich gerettet. Und Robin hat sich rührend um mich gekümmert.« Ihr Blick verklärte sich. »Wir haben uns ineinander verliebt.«

»Das waren Sie doch schon vorher«, bemerkte Hannah.

»Ich habe Robin geliebt, ja. Er hat seine Liebe zu mir erst später entdeckt.«

»Das war es, was Sie glaubten, als Sie ihn geheiratet haben. Aber dann hat Ihnen Adrian gesagt, dass es keine Liebesheirat war, sondern Robins Sühne.« Hannah machte einen Schritt auf Denise zu. »Ich kann mir vorstellen, dass Sie wütend waren. Sie wollten es nicht wahrhaben. Haben Sie Adrian deshalb den Schädel eingeschlagen?«

»Nein.« Denises Blick heftete sich flehentlich auf Jonas. Sie taumelte rückwärts und ließ sich auf einen Hocker sinken, der neben dem Tresen stand. »Bitte. Sagen Sie Ihrer Kollegin, dass sie sich täuscht. Lydias Freunde hatten nichts damit zu tun. Lydia hätte das niemals zugelassen.«

Neue Tränen drängten unter ihren Lidern hervor. Jonas fühlte sich grässlich.

»Es tut mir wirklich leid«, sagte er. »Aber es ist die Wahrheit.«

Er sah die Panik in ihrem Blick flackern. Ihr Gesicht wurde leichenblass. Voss trat einen Schritt auf sie zu.

»Frau Pohl.«

Denise hob die Hand und schloss die Augen. Jonas wusste nicht, was in ihrem Kopf vor sich ging, aber er konnte die Veränderung auf ihrem Gesicht ablesen. Der verkniffene Mund entspannte sich, die Falte auf ihrer Stirn verschwand. Als sie die Augen wieder öffnete, sah Denise Pohl vollkommen gelöst aus. Was immer man ihr in der Therapie zur Bewältigung von Panikattacken an die Hand gegeben hatte, schien zu funktionieren.

»Ich weiß nicht, wer Ihnen diesen Unsinn erzählt hat«, sagte sie ruhig. »Robin hat nichts mit dieser alten Geschichte zu tun. Er war nach dieser schrecklichen Nacht für mich da, das stimmt. Weil er ein guter Mensch ist. Wir haben uns verliebt und geheiratet. Adrian hat nie etwas anderes behauptet. Und ich habe ihm auch nichts angetan. Weil es überhaupt keinen Grund dafür gab.«

Jonas wechselte einen Blick mit Hannah. Denise Pohl hatte sich hinter ihren Schutzwall zurückgezogen. Sie würden sie nicht mehr erreichen. Davon abgesehen schien es auch nicht nötig. Natürlich konnte er nicht ausschließen, dass Denise eine grandiose Theatervorstellung abgeliefert hatte. Aber sein Gefühl sagte ihm, dass sie nicht log. Sie kannte die Wahrheit tatsächlich nicht.

■ ■ ■

Die Bäume auf dem Parkplatz warfen bereits lange Schatten, als Kari aus der Hintertür des Hotel-Restaurants trat. Die tiefstehende Sonne blendete sie, während sie auf ihren gemieteten roten Polo zulief, neben dem ein weiterer Wagen parkte. Ein dunkelblauer Passat, den sie erst mit Verzögerung als Jonas' neues Auto erkannte. Sie hatte sich noch nicht daran gewöhnt, dass er sich tatsächlich von dem rostroten Modell getrennt hatte.

Mit wem Hannah und er wohl dieses Mal sprachen? Hatte er begriffen, dass er die alte Geschichte nicht ignorieren durfte, oder verbiss er sich noch immer in seinen Verdacht gegen Lydia?

Die Antwort bekam sie keine Minute später. Als sie den Polo entriegelte und die Tür öffnen wollte, hörte sie hinter sich Schritte auf dem Kies.

»Frau Blom«, erklang Jonas' vertraute Stimme. Sein Tonfall hatte diese übertriebene Förmlichkeit, wie immer, wenn er versuchte, in ihrem Undercover-Theater mitzuspielen. Er war einfach nicht dafür geeignet.

Kari drehte sich um und lächelte zurückhaltend.

»Herr Voss. Frau Behrends. Kann ich noch etwas für Sie tun?«

»Sie könnten uns verraten, wo wir Frau Lydia Cordes finden«, sagte Hannah, der es im Gegensatz zu Voss problemlos gelang, zwischen den Rollen zu wechseln.

Kari verschränkte die Arme.

»Was wollen Sie denn noch von ihr? Sie hat mit dem Mord nichts zu tun.«

»Machen Sie Ihre Arbeit, und wir machen unsere, einverstanden?«, versetzte Jonas mit einer Schärfe in der Stimme, die sie an ihm nicht kannte. Anders als sonst schien sein Ärger über ihre Meinungsverschiedenheit noch lange nicht verflogen zu sein.

»Wie Sie meinen.« Kari wusste, dass sie unnahbar und kalt klang, aber sie konnte nicht anders.

»Also?« Jonas ließ nicht locker.

»Wir sind zu einem Spaziergang am Ellenbogen verabredet«, teilte Kari ihm mit.

Nach dem verspäteten Kaffeekränzchen mit den Pohls – Ilse und Günther! – hatte sie auf ihrem Smartphone eine Nachricht von Lydia gefunden. Bei der polizeilichen Vernehmung hatte es offenbar Streit mit Robin gegeben, deshalb wollte Lydia nicht ins Restaurant kommen. Stattdessen hatte sie ein Treffen am nördlichsten Leuchtturm Deutschlands vorgeschlagen.

»Schön. Dann begleiten wir Sie«, erklärte Jonas.

Das war Kari nun gar nicht recht.

»Ich nehme den Wagen«, erwiderte sie. »Was Sie tun, ist Ihre Sache. Sie können ja hinter mir herfahren.« Mit den Augen versuchte sie Jonas deutlich zu machen, dass er ihre Pläne durchkreuzte. Sie war mit Lydia auf einem guten Weg, privat ebenso wie in Bezug auf ihren Fall. Über die Kellnerin, die gut integriert war, könnte es ihr vielleicht gelingen, den Waffenhändlern und Möwenjägern auf die Spur zu kommen. Und ganz nebenbei auch den Mord an Adrian Hofmann aufzuklären.

Doch ihr zukünftiger Ehemann ignorierte die stumme Bitte.

»Das werden wir tun«, verkündete er und zog den Funkschlüssel für den Passat aus der Tasche seiner Lederjacke.

»Haben Sie nicht längst Dienstschluss?«, startete Kari einen letzten Versuch, ihn aufzuhalten.

»Bei Mord gibt es keinen Feierabend«, entgegnete er und öffnete die Wagentüren.

»Bitte sehr.« Kari sah ein, dass es nutzlos war, mit ihm zu diskutieren. Steif rutschte sie auf den Fahrersitz des roten Polos und startete den Motor. Sie spürte einen unangenehmen Druck im Magen, und in ihrer Kehle brannte die Magensäure. Symptome einer unterdrückten Wut, das hatte ihre Mutter ihr schon oft erklärt. Aber was sollte sie dagegen tun? Mit den Fäusten auf das Lenkrad trommeln oder sich mit einem Urschrei davon befreien? Das war nun wirklich nicht ihre Art!

Sie fuhr über das Gelände des Golf-Resorts zur Straße und dann auf der Listlandstraße in Richtung Westen. Kurz darauf bog sie erneut nach rechts ab, in die schmale Straße durch die Dünenlandschaft, die sich von hier bis zum nördlichsten Punkt der Insel erstreckte.

Es war jedes Mal wieder ein wunderbares Gefühl, diesen

Weg entlangzufahren. Die alltägliche Welt schien hinter ihr zurückzubleiben. Rechts und links ragten die Sandberge auf, bewachsen mit dürrem Strandhafer und Dünengras, das sie gegen Wind und Wetter zusammenhielt. Ruhe und Frieden strahlte die Landschaft mit ihren reduzierten Farben und den klaren Linien aus. Nichts lenkte die Gedanken ab. Alles war auf das Wesentliche fokussiert. Nur der blaue Passat, der an ihrer Stoßstange klebte, störte.

Im Rückspiegel sah Kari die Gesichter von Jonas und Hannah hinter der Windschutzscheibe. Sie waren zu unscharf, um etwas zu erkennen, doch sie hätte gewettet, dass Jonas grimmig die Lippen zusammenpresste, während Hannah gelassen lächelte.

Kari passierte den Parkplatz Strandsauna und die Abfahrt zum FKK-Strand Abessinien. Kurz darauf erreichte sie hinter Wonnemeyers Weststrandhalle die Zufahrt zum Ellenbogen. Das Kassenhäuschen, in dem man tagsüber die Gebühr entrichtete, war nicht mehr besetzt, so dass sie nicht stoppen musste. Sie fuhr auf der schmalen Privatstraße weiter, vorbei am Surferparkplatz bis zum Parkplatz Sylt Weststrand.

Dort entdeckte sie Lydias weiße Vespa.

Kari bog auf den Parkplatz, der bis auf den Motorroller leer war. Es war kurz vor halb neun. Die Sonne würde bald untergehen, und die abendliche Kühle war bereits deutlich zu spüren. Die Feriengäste, die während des Tages an den Ellenbogen kamen, saßen längst in List oder Westerland in einem Restaurant oder mit dicken Decken auf den Terrassen ihrer Ferienhäuser.

Kari zog den Reißverschluss ihrer Windjacke bis zum Hals hoch. Sie wandte sich nicht zu Jonas' blauem Passat um, der hinter ihr auf den Parkplatz rollte und stoppte. Die Türen wurden geöffnet und wieder zugeschlagen. Kari vernahm die Schritte von Jonas und Hannah und beschleunigte ihre eigenen.

Es war vollkommen albern. Sie würde die Sylter Kommissare weder abhängen, noch konnte sie verhindern, dass die beiden Lydia erneut bedrängten. Trotzdem wurde sie von einem Fluchtimpuls getrieben, den sie nicht unterdrücken konnte.

Sie lief durch den weichen Sand, an der Wasserkante entlang. Die Nordsee wirkte trüb in der Dämmerung, dunkel und Unheil verkündend. Der steife Wind trieb Wellen an den Strand, die sich überschlugen und weiße Gischt mitbrachten.

Der Leuchtturm List hob sich im letzten Abendlicht hell gegen den tiefblauen Himmel ab. Ein schlanker, weißer Metallturm, der sich nach oben hin verjüngte, mit einer roten Kuppel und einer umlaufenden Balustrade mit einem rot gestrichenen Geländer. Kari mochte diesen Turm, weil er so schlicht war. Wie ein stilisiertes weißes Streichholz mit rotem Kopf. Die untergehende Sonne verlieh dem Metall einen rötlichen Schimmer.

Während sie darauf zulief, suchte sie die Landschaft mit den Augen nach Lydia ab, konnte die Freundin jedoch nirgendwo entdecken.

Am Fuß des Leuchtturms blieb sie stehen und nahm ihr Smartphone aus der Handtasche. Sie wählte Lydias Nummer und versuchte, Jonas und Hannah zu ignorieren, die ein Stück entfernt stehen geblieben waren und zu ihr herübersahen.

Ein leiser Klingelton drang an ihr Ohr. Derselbe, den auch Lydia verwendete.

Kari blickte sich um. Aus dem Augenwinkel nahm sie eine Bewegung wahr. Irgendetwas flatterte an der Brüstung des Leuchtturms.

Sie hob den Kopf und presste im nächsten Moment die Hand vor den Mund, um nicht laut aufzuschreien.

Was sie dort erspäht hatte, war kein Vogel und auch keine vergessene Jacke. Es war ein Mensch, der an einem Seil am Geländer der Balustrade hing, den Kopf in der Schlinge. Eine Frau in einem roten Kleid, mit langen braunen Locken, die ihr über die Schultern fielen.

»Lydia!«

Kari starrte fassungslos nach oben, unfähig, sich zu rühren. Erst als Jonas zu ihr trat und ihren Arm berührte, löste sie sich aus ihrer Starre.

»Ich muss da rauf. Vielleicht lebt sie noch.«

Jonas hielt sie zurück.

»Hannah ist schon auf dem Weg.«

Tatsächlich erschien gleich darauf Hannahs blonder Bob über der Brüstung. Sie beugte sich zu Lydia und tastete nach ihrem Puls. Dann schüttelte sie den Kopf.

Kari spürte, wie sämtliche Kraft aus ihren Gliedern wich. Sie setzte sich auf den Boden, verbarg ihr Gesicht in den Händen und schluchzte.

14.

»Sie ist noch nicht lange tot.«

Prof. Dr. Susanne Lorenz von der Rechtsmedizin am Universitätsklinikum Schleswig-Holstein in Kiel schaute zu Kari, die keine zwei Meter von ihr entfernt auf einem Stein hockte. Die Sanitäter hatten ihr eine goldene Rettungsdecke umgehängt und ihr eine Beruhigungsspritze gegeben, obwohl sie sich dagegen gewehrt hatte. Jonas hatte sie gedrängt, nach Hause zu fahren, doch Kari war einfach auf dem Stein sitzen geblieben. Sie würde hier erst weggehen, wenn sie sie wusste, was mit Lydia passiert war.

»Todeszeitpunkt zwischen neunzehn und zwanzig Uhr«, fuhr die Rechtsmedizinerin fort.

»Hinweise auf Fremdeinwirkung?«, fragte Jonas und richtete den Blick unwillkürlich nach oben.

Man hatte den Leichnam bereits abgenommen, doch trotzdem war es ein verstörendes Bild. Die starken Scheinwerfer der Spurensicherung hoben den Leuchtturm wie einen Bühnenspot aus der sternenklaren Nacht, und das abgeschnittene Seil, das im Wind flatterte, rief Kari den Anblick der Toten immer wieder vor Augen.

Sie spürte das Mitgefühl von Susanne Lorenz, ihrer besten Freundin, doch sie konnte es nicht zeigen. Kari und sie waren beide in ihren Rollen gefangen. Ihre Professionalität erforderte, dass sie sich wie Fremde gaben, allem Schrecken zum Trotz.

»Bisher nicht«, entgegnete die Rechtsmedizinerin. »Es gibt keine Abwehrverletzungen, keine abgebrochenen Fingernägel oder dergleichen, keine Druckstellen oder Abschürfungen, wie sie entstehen, wenn jemand mit Gewalt über eine Brüstung gedrängt wird.«

»Sie ist also freiwillig gesprungen? Ein Suizid?«

»Davon gehe ich im Augenblick aus.«

Jonas wandte sich an Hannah.

»Sieht aus wie ein klares Schuldeingeständnis«, stellte er fest. »Sie hat Adrian Hoffmann aus Eifersucht getötet, aber dann konnte sie mit der Schuld nicht leben.«

Kari sprang auf und warf die Rettungsdecke beiseite. Die Spritze, die der Arzt ihr gegeben hatte, war offenbar sehr schwach gewesen. Jedenfalls fühlte sie sich kein bisschen ruhig. Im Gegenteil. Sie kochte vor Wut.

»Du begreifst es einfach nicht, oder?«, schleuderte sie ihm entgegen, ohne sich darum zu kümmern, dass sie aus ihrer Rolle fiel. Es war auch egal; außer Susanne und Hannah war niemand in der Nähe, der sie hören konnte. »Lydia hat Adrian nicht ermordet. Sie hat ihn geliebt.«

Das Gesicht ihres Verlobten war eine starre Maske.

»Wie viele Beweise brauchst du denn noch?«, fragte er und wies nach oben zu dem im Wind schwingenden Seilende.

»Sie hat sich nicht umgebracht«, beharrte Kari. »Das hat jemand anders getan. Derselbe, der Adrian erschlagen hat. Hendrik. Oder Robin.«

Hannah und Susanne Lorenz sahen unbehaglich zwischen Jonas und ihr hin und her. Voss griff nach ihrem Arm und zog sie von den beiden weg.

»Hör zu«, sagte er. »Ich mache diesen Job nicht erst seit gestern.«

Kari riss sich von ihm los.

»Aber du machst ihn nicht gut.«

Voss' Augen loderten.

»Nur weil du plötzlich deine Intuition entdeckt hast? Ausgerechnet du? Jahrelang gab es für dich immer nur Fakten und Vernunft. Bloß keine Gefühle zeigen. Immer alles kontrollieren. Und jetzt hängst du dich so rein für eine Frau, die du überhaupt nicht richtig kanntest?«

»Du redest nicht über den Fall. Du redest über uns«, konstatierte Kari bitter.

»Und wenn?«

»Dann ist es besser, wenn wir die Hochzeit vergessen.«

Kari wandte sich ab und rannte zurück zum Parkplatz. Die Scheinwerfer der Spurensicherung zeichneten einen Lichtkreis und beleuchteten das erste Stück des Weges, doch je weiter sie sich vom Leuchtturm entfernte, desto mehr nahm die Helligkeit ab, bis sie schließlich kaum noch die Hand vor Augen sah. Im Laufen fischte sie die Wagenschlüssel aus der Tasche und drückte auf die Funkfernbedienung. Die Blinklichter des Mietwagens leuchteten in der Dunkelheit auf.

Sie hörte, dass Jonas ihr folgte. Seine Schritte, die schwerer waren als ihre eigenen, seine Stimme, die immer wieder atemlos ihren Namen rief. Er hatte keine Chance, weil er nicht halb so gut trainiert war wie sie. Als er endlich den Parkplatz erreichte, saß sie bereits hinterm Steuer und hatte den Motor gestartet.

Kurz tauchte sein Gesicht an der Seitenscheibe auf. Große, flehende Augen. Hände, die hilflos gestikulierten. Doch Kari hatte ihr Herz fest verschlossen. Sie trat das Gaspedal durch und raste vom Parkplatz. Nur noch ein letzter Blick in den Rückspiegel auf die traurige, einsame Gestalt mit den hängenden Schultern. Dann war der Mann, den sie hatte heiraten wollen, in der Dunkelheit verschwunden.

15.

»Ach, Kindchen.« Marijke Meenken schlug die Hände über dem Kopf zusammen. »Sie haben ihm wirklich gesagt, dass Sie ihn nicht heiraten wollen?«

»Hat sie«, antwortete Grethe Aldag an Karis Stelle. Sie lümmelte neben Alma auf Marijkes Sofa, in der einen Hand eine angebissene Schillerlocke, in der anderen ein Schnapsglas.

»Richtig so. Besser ein Ende mit Schrecken als ein Schrecken ohne Ende«, bekräftigte Witta Claaßen und hob ihre Sektflöte. Im Gegensatz zu den anderen hatte sie den Schnaps abgelehnt und auf Champagner oder Prosecco bestanden. Da Marijke weder das eine noch das andere im Haus hatte, war es schließlich Sekt geworden.

Alma Grieger schüttelte den Kopf und betrachtete den Kuchen auf ihrem Teller mit so betrübter Miene, als sei ihr beim Backen Salz statt Zucker hineingeraten. »Aber Hauptkommissar Voss ist doch so ein netter Mann.«

»Er ist ein Ignorant.« Kari kippte den Küstennebel hinunter und hielt Marijke ihr Glas hin, damit sie es erneut füllte.

»Meinen Sie nicht, Sie hatten schon genug?«, erkundigte sich die Kapitänswitwe vorsichtig.

»Ich brauche das jetzt«, sagte Kari. Jedenfalls hatte sie es sagen wollen. Das, was aus ihrem Mund kam, klang weitaus verwaschener. Hatte Marijke sie überhaupt verstanden?

Die Kapitänswitwe drehte energisch den Schraubverschluss auf die Flasche und verschwand in der Küche. Gleich darauf erschien sie mit einem Becher und einer Kanne.

»Was Sie jetzt brauchen, ist ein starker Kaffee«, erklärte sie rigoros. »Damit Sie wieder einen klaren Kopf bekommen.«

Kari lehnte sich in dem bequemen Sessel in Marijkes Wohnzimmer zurück. Die alte Dame hatte recht. Sie war keinen Alkohol gewöhnt, und ihr brummte bereits der Schädel, obwohl sie nur drei oder vier Gläschen getrunken hatte.

Alma schob ihr fürsorglich einen Teller hin, auf dem sie einige Scheiben Baguette und ein paar kleine Frikadellen drapiert hatte.

»Essen Sie«, forderte sie Kari auf. »Etwas Deftiges wird Ihnen guttun. Das Fett neutralisiert den Alkohol.«

Kari wollte scherzhaft erwidern, dass sich die Häkeldamen damit sicher gut auskannten, doch das Formulieren des Satzes war ihr zu kompliziert. Deshalb tat sie einfach, was man von ihr erwartete.

Tatsächlich halfen das Essen und der Kaffee. Das Karussell in ihrem Kopf hörte auf, sich zu drehen, und sie bekam auch ihre Zunge wieder unter Kontrolle. Zugleich kehrte allerdings auch die Wut auf Jonas zurück.

»Er täuscht sich«, beharrte sie. »Lydia war keine Mörderin. Und sie hat sich nicht selbst erhängt.«

Die Häkeldamen rückten näher an den Tisch heran.

»Dann müssen Sie Kommissar Voss das beweisen«, befand Grethe. »Wenn Sie ihm den wahren Täter bringen, wird er aufhören, Ihre Freundin zu verdächtigen.«

Kari kaute auf ihrem Brot herum.

»Das ist nicht so einfach«, entgegnete sie.

Grethe blinzelte ihr zu.

»Vielleicht doch. Wir haben da etwas sehr Interessantes herausgefunden.«

»Aha?« Karis Enthusiasmus hielt sich in Grenzen. Jonas und Hannah hatten bereits mit allen Personen im Umfeld des Toten gesprochen. Was sollte die Häkelmafia erfahren haben, das ihnen verborgen geblieben war?

»Wir wissen jetzt, warum Hans-Peter Hoffmann die Pohls unbedingt aus dem Golf-Resort vertreiben will.«

Witta machte ein missbilligendes Gesicht.

»Du tust so, als sei er der Bösewicht. Dabei hat man doch ihn betrogen.«

»Das kann man so oder so sehen«, konterte Grethe.

Kari fasste sich an die Schläfen.

»Verzeihung. Verraten Sie mir, wovon Sie sprechen? Ich verstehe kein Wort.«

»Es geht um den Sohn von Hans-Peter Hoffmann.«

»Adrian? Oder Hendrik?«

»Nein. Um den dritten.«

Kari runzelte die Stirn. Ole Lund hatte sie vor ihrem

Einsatz gründlich über die Familienverhältnisse von Hans-Peter Hoffmann in Kenntnis gesetzt. Er war Witwer und hatte zwei erwachsene Söhne. Weitere Verwandte gab es nicht. Jedenfalls nicht offiziell.

»Der dritte Sohn?«

»Robin Pohl«, ließ Grethe die Bombe platzen.

»Moment.« Kari hob die Hand. »Robin ist der Sohn von Hans-Peter Hoffmann? Der Bruder von Hendrik und Adrian?«

»Halbbruder«, präzisierte Witta.

»Weiß Robin davon?«, fragte Kari.

Sie erinnerte sich daran, was ihr die Pohls am Nachmittag erzählt hatten. Der Umbau der Pension zum Landgasthof, genau zu dem Zeitpunkt, als Ilse Pohl schwanger war. Das angebliche Erbe ihrer Eltern. Hatte in Wirklichkeit Hans-Peter Hoffmann dafür gezahlt, dass er nicht mit diesem Kind in Verbindung gebracht wurde? Und was war mit Günther Pohl?

»Ilse Pohl hat es Robin nie gesagt«, berichtete Marijke. »Ihr Mann weiß auch nichts davon.«

»Aber Robin könnte es irgendwie erfahren haben«, ergänzte Alma.

Kari nickte. In ihrem Kopf lief bereits ein Film ab. Robin Pohl, dessen Familie vor dem Ruin stand. Auf der anderen Seite Adrian, einstmals sein Freund, und nun der Mann, der ihm das Wasser abgraben wollte. Sein eigener Bruder.

Robin war einer der Entführer gewesen. War er noch einmal zu der Laube bei Loch 18 zurückgekehrt? War es zum Streit zwischen den beiden Männern gekommen? Hatte Robin Pohl seinen Bruder erschlagen?

Das war zumindest eine plausible Theorie. Schlüssiger als die, dass Lydia Cordes den geliebten Mann getötet hatte.

»Ich muss noch mal los.« Kari sprang auf und kam dabei fast aus dem Gleichgewicht.

»Warten Sie.« Marijke Meenken war rasch auf den Beinen und stellte sich ihr in den Weg. »Sie können nicht mehr fahren.«

»Ich muss aber mit Robin reden.«

Marijke hob den Finger. »Dann nehmen wir ein Taxi.« Sie zog ihr Smartphone aus der Handtasche und schlüpfte in ihren Mantel, während sie das Gerät ans Ohr hielt.

Kari folgte ihr ergeben zur Haustür. Die anderen Damen schlossen sich ihnen an.

»Wir kommen natürlich mit«, erklärte Witta Claaßen.

Kari wollte protestieren, doch dann ließ sie es sein. Es hatte ja ohnehin keinen Zweck.

▪ ▪ ▪

Die Frau, die ihnen die Haustür öffnete, sah aus wie eine Kopie von Lydia Cordes, die man künstlich hatte altern lassen. Das pechschwarze Haar, das in dünnen Locken weit über die Schultern hing, war offensichtlich gefärbt. Das Gesicht war zerknittert, der Mund von tiefen Furchen umgeben. Die blassen braunen Augen wurden von Krähenfüßen geziert, die Lippen waren dünn und blutleer. Marion Cordes sah aus wie Mitte sechzig, doch Jonas wusste, dass sie in Wirklichkeit erst fünfundfünfzig war.

Das Haus war eines der Mittelhäuser in einer langen Reihenhausreihe im Zentrum von List. Jedes für sich allein winzig, aus rotem Backstein, mit Vorgärten, in die kaum eine Gartenbank hineinpasste. Trotzdem war Lydia Cordes hier gemeldet. Auf Sylt war Wohnraum so knapp und teuer, dass man auf persönliche Wünsche und Befindlichkeiten kaum

Rücksicht nehmen konnte. Wenn es schon Adrian Hoffmann vorzog, bei seinem Vater zu wohnen, warum sollte eine Kellnerin wie Lydia es anders handhaben?

Marion Cordes, das hatte Hannah während der Fahrt recherchiert, war früher eine bildschöne Frau gewesen. Alleinerziehende Mutter zweier Töchter, nachdem der Vater sich ins Ausland abgesetzt hatte. Er war unauffindbar, deshalb gab es auch keine Unterhaltszahlungen. Marion hatte sich allein um Lydia und Denise gekümmert. In früheren Jahren hatte sie für einen halbseidenen Escort-Service gearbeitet und gut verdient. Mittlerweile hielt sie sich mit Putzjobs über Wasser. Ein Leben, das sie gezeichnet hatte.

Sie bat die Kommissare höflich ins Wohnzimmer, das mit Couchtisch, Fernsehsessel und Zweisitzer-Sofa bereits überfüllt wirkte. Abgewohnt, aber sauber und aufgeräumt. An der Wand ein für den Raum völlig überdimensionierter Flachbildfernseher, dazu Bilder von den beiden Mädchen. Lydia, die Hübsche, die nach ihrer Mutter kam. Und Denise, die Unscheinbare. Immer ein bisschen weiter im Hintergrund, immer ein wenig verwaschen.

»Setzen Sie sich doch.« Marion Cordes wies auf das Sofa. »Möchten Sie etwas trinken?«

»Nein. Danke.« Jonas und Hannah nahmen Platz. Marion hockte sich auf die Kante des Fernsehsessels.

»Was kann ich für Sie tun?«

Hannah beugte sich zu ihr vor.

»Wir haben leider eine traurige Nachricht für Sie«, sagte sie sanft. »Wir haben Ihre Tochter Lydia tot aufgefunden. Es sieht alles danach aus, dass sie sich das Leben genommen hat.«

Marion Cordes reagierte nicht. Ihr ganzer Körper war starr, ihr Blick unverwandt auf Hannah gerichtet.

»Frau Cordes? Haben Sie verstanden, was ich gesagt habe?«

Der Schrei kam so unvermittelt, dass Jonas erschrocken zusammenzuckte. Marion Cordes brüllte ihren ganzen Schmerz heraus. Es klang kaum noch menschlich.

Hannah zog rasch ihr Smartphone aus der Handtasche.

»Ich rufe einen Notarzt.«

Jonas sprang auf. Er hockte sich neben Marion Cordes, griff nach ihrer Hand und strich ihr mit der anderen sacht über die Schulter.

»Frau Cordes«, versuchte er zu ihr durchzudringen.

Aus dem Schreien wurde ein Schluchzen. Tränen strömten über das Gesicht der Frau. Sie zog die Nase hoch und rang nach Luft.

»Nein«, stieß sie hervor. »Sie täuschen sich.«

Jonas verspürte einen Stich. Das war das Schwerste an seinem Job. Jemandem sagen zu müssen, dass ein geliebter Mensch gestorben war.

»Es tut mir wirklich leid. Aber wir sind uns sicher, dass es sich um Ihre Tochter handelt.«

»Aber sie hat sich nicht umgebracht«, keuchte ihre Mutter. »Das hätte sie mir niemals angetan.«

Jonas sah hilflos zu Hannah. Seine Kollegin hielt das Smartphone hoch.

»Der Notarzt kommt gleich.«

■ ■ ■

Marijke Meenken riss energisch die Haustür auf. Im nächsten Moment prallte sie zurück. Kari, die ihr gefolgt war, erblickte auf den Stufen vor dem Haus einen Mann in dunkler Uniform mit einer schwarzen Schirmmütze.

»Albert!« Die Kapitänswitwe fasste sich ans Herz. »Meine Güte, hast du mich erschreckt.«

Hoffmanns Chauffeur lächelte schief.

»Das tut mir leid. Ich wollte eben klingeln.« Er deutete auf den Knopf neben der Haustür. Dann registrierte er die Frauen, die hinter Marijke nach draußen drängten.

»Ich komme wohl gerade recht«, schloss er. »Ich wollte Alma abholen. Aber ich fahre auch die anderen Damen gerne nach Hause.«

»Nein, nein.« Witta wedelte mit den Händen. »Wir wollen nicht ins Bett. Wir müssen etwas erledigen.«

»Aha?« Der Chauffeur sah ratlos zwischen den Frauen hin und her.

Kari verstand seine Verwunderung. Es war bereits kurz vor zwölf. Eine kalte und finstere Nacht. Dunkle Wolken zogen über den Himmel. Nur ab und an zeigte sich der Halbmond und warf ein fahles Licht über die Insel.

»Ilse Pohl hat uns um Hilfe gebeten«, behauptete Marijke gedankenschnell.

»Im Restaurant?« Frankes Stirn kräuselte sich noch weiter.

»Nein. Es ist etwas Privates. Eine Frauensache.«

»Ah.« Der Chauffeur machte unwillkürlich einen Schritt zurück. Dann wies er einladend auf den Wagen, den er vor dem Grundstück abgestellt hatte. Es war eine langgezogene schwarze Limousine. Ein Fahrzeug, wie es Geschäftsleute benutzten, um während der Fahrt Besprechungen abzuhalten, mit zwei einander zugewandten Sitzbänken im Fonds und einem Tisch dazwischen. »Soll ich euch hinfahren?«

»Gerne.« Witta, ganz die Dame von Welt, stöckelte bereits auf ihren hohen Absätzen den Gartenweg entlang und richtete ihre Dauerwelle. Albert hielt ihr die Wagentür auf, und sie nahm auf der hinteren Sitzbank Platz.

»Willst du gar nicht vorne sitzen?«, stichelte Grethe. Wenn die Frauen in Marijkes Golf Plus unterwegs waren, bestand Witta auf dem Beifahrersitz, während sich die anderen auf der Rückbank drängten.

»Bei einer Stretchlimousine sind die besten Plätze hinten, nicht vorne«, näselte Witta. »Das weiß man doch.«

»Und du hast selbstverständlich ein Abonnement auf den besten Platz.«

Witta fingerte an ihren Ohrläppchen, als müsste sie sicherstellen, dass ihre Diamantstecker noch an Ort und Stelle waren.

»Steigst du jetzt ein?«, fragte sie. »Oder wollen wir die Nacht mit Diskutieren verbringen?«

Grethe verdrehte die Augen, rutschte aber auf den Sitz neben Witta. Kari und Marijke nahmen ihnen gegenüber Platz, mit dem Rücken zur Fahrtrichtung. Alma setzte sich neben Albert auf den Beifahrersitz.

»Also dann«, sagte der Chauffeur munter und startete.

Die Limousine rollte durch Braderup. Der Wagen war so gut gefedert, dass man kaum etwas davon bemerkte. Der Motor war fast nicht zu hören. Kari vernahm lediglich ein leises Sirren. Sie versank in den weich gepolsterten Ledersitzen, und ihr fielen unwillkürlich die Augen zu.

Bilder trieben vorbei. Adrian Hoffmann, der blutüberströmt neben Loch 18 lag. Sarah in ihrem Hochzeitskleid, die auf ihn zu flatterte und sich über ihn warf; ein großer, weißer Vogel, der seine Schwingen ausbreitete. Und der andere Vogel, blutrot, der an der Balustrade des Leuchtturms Sylt West hing. Lydia.

Kari zwang ihre Augen wieder auf und sah, dass sie sich bereits in unmittelbarer Nähe des Golf-Resorts befanden. Albert bog von der Listlandstraße auf die Zufahrt zum Clubhaus.

Die Fenster des Hotel-Restaurants waren noch erleuchtet. Die beiden anderen Gebäude, der Club und der Golf-Shop, lagen im Dunkeln. Kari wollte den Blick schon abwenden, als sie etwas aufblitzen sah.

»Stopp!«, rief sie und drehte sich auf der Sitzbank nach vorn. »Halten Sie an. Und löschen Sie das Licht.«

Albert Franke wirkte unschlüssig, doch Alma legte ihm die Hand auf den Arm.

»Tu es.«

Franke kam ihrer Bitte nach.

»Was ist denn los?«, wisperte Grethe.

Kari deutete durch die Windschutzscheibe zum Golf-Shop.

»Da war ein Licht. Eine Taschenlampe.«

Albert und die Häkeldamen starrten in die Dunkelheit.

»Ich sehe nichts«, verkündete Witta.

»Und das trotz deiner Adleraugen«, spottete Grethe.

Im selben Moment rissen die Wolken auf, und der Mond beleuchtete den Platz vor der Sportboutique. Seitlich neben dem Glaspavillon stand ein dunkler Lieferwagen ohne Aufschrift, den Kari zuvor nicht bemerkt hatte. Im Inneren des Shops tauchte ein Licht auf.

»Da!« Witta wies aufgeregt mit dem Finger darauf.

»Ja. Jetzt sehe ich es auch«, kommentierte Grethe trocken.

Im nächsten Moment traten zwei Personen ins Freie. Die eine, eine schlanke Frau, leuchtete mit der Taschenlampe, die andere, ein Mann, trug eine große und offenbar schwere Kiste zum Lieferwagen.

»Das ist Denise Pohl«, sagte Marijke.

»Und der Mann?«

»Den habe ich noch nie gesehen.«

Kari kniff die Augen zusammen und versuchte, das Kennzeichen zu entziffern. HRO, eine Rostocker Nummer. Rasch nahm sie ihr Smartphone zur Hand und tippte die Buchstaben und Zahlen ein. Anschließend schickte sie eine SMS an die Tag und Nacht besetzte Zentrale im LKA. Ohne weiteren Text. Kari schrieb nicht gern, und die Kollegen würden auch so wissen, dass sie um eine Halterabfrage bat.

Der Mann verstaute die Kiste im Laderaum des Transporters und setzte sich hinters Steuer. Denise Pohl entfernte sich in Richtung des Hauses, in dem sie mit ihrem Mann und ihren Schwiegereltern wohnte.

»Hoffentlich sieht er uns nicht.« Marijke Meenken kauerte sich zusammen, als könnte dadurch auch die Limousine unsichtbar werden.

»Alle runter«, kommandierte Albert. »Der Wagen steht oft hier, der fällt nicht auf. Solange niemand entdeckt, dass jemand darin sitzt …«

Sofort rutschten die Häkelfrauen auf ihren Sitzen nach unten. Albert duckte sich hinters Steuer. Kari kniete sich in den Fußraum und spähte vorsichtig durchs Seitenfenster nach draußen.

Der Transporter fuhr an ihnen vorbei, ohne abzubremsen.

»Los! Hinterher!«, kommandierte Grethe.

Albert tauchte wieder hinter dem Steuer auf.

»Weshalb denn? Ich dachte, er soll uns nicht entdecken?«

»Aber in der Kiste könnten die Waffen sein. Wir müssen ihn stellen, bevor er abhaut.«

Kari sah Albert trotz des schwachen Mondlichts deutlich an, dass er überfordert war.

»Hast du denn nichts davon mitbekommen?«, fragte Alma. »Die toten Möwen? Und der Schüler, der angeschossen wurde?«

»Doch, natürlich. Aber was habt ihr damit zu tun?«

»Wir suchen die Schuldigen. Denjenigen, der die Waffen in den Club liefert. Und die Schützen natürlich.«

»Ihr meint, die Schüsse kamen vom Golfplatz?«

»Woher denn sonst? Das musst du doch wissen. Die Polizei ermittelt deswegen.«

»Ja. Schon. Aber Herr Hoffmann sagt, die Beamten täuschen sich. Das müssen irgendwelche Verrückten gewesen sein. Nicht auf dem Golfplatz, sondern auf dem Gelände dahinter.«

»Da ist doch nur Dickicht«, widersprach Grethe. »Vollkommen überwuchert mit Brombeerranken. Da treibt sich niemand freiwillig herum.«

»Wir haben uns das angesehen«, ergänzte Alma.

»Warum tut ihr das?«

»Weil wir eine Verantwortung haben«, beschied ihm Witta. »Wir sind Mitglieder der Sylter Ornithologischen Gesellschaft SOG.«

»Okay.« Albert zog das Wort wie Kaugummi in die Länge. Sicher fragte er sich gerade, ob er mit Alma und ihren Freundinnen tatsächlich einen guten Fang gemacht hatte.

»Nu fahr schon«, drängte Grethe. »Sonst isser weg.«

Albert zögerte nur eine Sekunde. Dann entschied er offensichtlich, dass er helfen wollte, egal, ob er nun den Sinn hinter der Aktion verstand oder nicht.

Die schwarze Limousine schoss über die Zufahrt des Golf-Resorts auf die Listlandstraße in Richtung Kampen.

Witta klammerte sich an der breiten Armlehne in der Mitte der Sitzbank fest.

»Woher wissen wir, dass er nicht nach List gefahren ist? Zur Fähre?«

»Wenn er wirklich Waffen schmuggelt, nimmt er nicht den Weg über die Grenze«, erklärte Albert, der trotz des hohen Tempos vollkommen entspannt hinterm Steuer saß. »Auch wenn da so gut wie nie kontrolliert wird. Aber das Risiko besteht.«

»Dann nimmt er den Sylt Shuttle.«

»Zunächst verbringt er die Nacht auf der Insel«, sagte Marijke. »Jetzt fährt nichts mehr, weder die Fähre noch der Shuttle.«

»Also bringt er die Sachen in ein Versteck«, folgerte Grethe.

Die Limousine raste am Parkplatz der Vogelkoje vorbei. Vor ihnen tauchte die Ortseinfahrt von Kampen auf, hinter dem Ort die Norddörfer Halle. Kurz vor dem Kreisel waren rote Rücklichter auszumachen. Albert saugte sich an das vor ihm fahrende Fahrzeug heran. Es war ein schwarzer Transporter mit Rostocker Kennzeichen.

»Wir sollten ihn stellen und nachsehen, was in der Kiste ist«, schlug Grethe vor.

Albert wandte rasch den Kopf. Seine Augen blitzten.

»Klar. Soll ich?«

Er folgte dem Lieferwagen bis zum nächsten Kreisel, dann über die Ortsumgehung, die nach Tinnum führte. Die Straße war leer, Gegenverkehr war nicht zu entdecken. Albert trat das Gaspedal durch und schob sich neben den Lieferwagen. Der Mann am Steuer bemerkte ihn und gestikulierte.

Albert lenkte die Limousine stückweise weiter nach rechts. Der Mann im Lieferwagen befürchtete offensichtlich eine Kollision und wich ihm aus. Immer weiter gerieten die beiden Fahrzeuge in Richtung Böschung, bis der Transporter von der Straße abkam. Albert gab kurz Gas, setzte die Limousine quer vor den Lieferwagen und bremste scharf. Der Lieferwagenfahrer riss das Steuer herum. Der Transporter brach aus und rutschte die Böschung hinunter.

Ein Knall, als die Front des Wagens auf den Graben traf, ohrenbetäubendes Kreischen von Metall, Splittern von Glas. Dann standen beide Fahrzeuge, und eine gespenstische Stille breitete sich aus.

Kari sprang aus dem Wagen und lief zur Fahrertür des Transporters. Sie wollte nachsehen, ob dem Mann am Steuer etwas passiert war, doch ehe sie ihn erreicht hatte, wurde die Tür aufgestoßen, und der Fahrer zwängte sich heraus. In der Hand hielt er eine Pistole, die er auf Kari richtete.

Albert setzte ein Stück zurück, so dass die Scheinwerfer der Limousine die Szene beleuchteten. Kari hörte einen spitzen Aufschrei, der vermutlich von Witta kam, gefolgt von einem deftigen Fluch, der nur von Grethe stammen konnte. Gleich darauf kletterten die alten Damen aus dem Wagen und umringten Kari und den Lieferwagenfahrer, einen schmächtigen Mann in abgetragenen Jeans und grauem T-Shirt, mit schmutzig blonden Haaren und Dreitagebart. Ohne die Waffe hätte er nicht sonderlich furchteinflößend gewirkt.

»Wer sind Sie?«, fragte er und schwenkte den Lauf der Pistole von einer Frau zur nächsten. Es war nicht zu übersehen, dass er verwirrt war. Ganz offensichtlich hatte er geglaubt, eine staatliche Instanz hätte ihn gestellt. »Ich dachte …«

»Wir sind nicht die Polizei«, sagte Kari ruhig. »Aber wir rufen jetzt die Polizei.«

»Das tun Sie nicht.« Der Fahrer packte sie am Arm und hielt ihr die Pistole an den Kopf.

»Zu spät.« Alma Grieger schwenkte ihr Smartphone in der rosafarbenen Häkelhülle. »Die Beamten sind schon auf dem Weg.«

Der Fahrer fluchte. Seine Augen huschten umher und scannten die Szene. Dann stieß er Kari in Richtung der schwarzen Limousine.

»Ich muss hier weg. Sie fahren.«

Die Häkelmafia stellte sich ihm in den Weg.

»Stehen bleiben. Und die Pistole fallen lassen.«

Hätte die kalte Angst Kari nicht vollkommen im Griff gehabt, sie hätte laut gelacht. Der Anblick war einfach zu skurril. Jede der alten Damen hielt eine Waffe in der Hand, Marijke ein Paar Häkelnadeln, Grethe eine Fahrradpumpe, Alma eine Nagelfeile, Witta eine Dose Haarspray. Der Fahrer des Lieferwagens sah sie an, als hätten sie den Verstand verloren.

»Damit wollen Sie mich aufhalten?«

Witta richtete den Sprühkopf der Dose auf seine Augen und drückte auf den Knopf. Eine Wolke Haarspray schoss dem Mann ins Gesicht. Marijke stieß ihm im selben Moment die Häkelnadeln in die linke, Alma die Nagelfeile in die rechte Flanke, und Grethe hieb ihm mit Schwung die Fahrradpumpe auf den Schädel.

Der Lieferwagenfahrer heulte auf, die Waffe polterte auf den Asphalt. Kari griff nach seinem Arm, bog ihn auf den Rücken und zwang ihn auf die Knie. Im nächsten Augenblick lag er bäuchlings auf dem Straßenpflaster. Albert, der ausgestiegen und mit raschen Schritten zu ihnen geeilt war, zog den Gürtel aus der Hose und fesselte seine Hände. Anschließend stellten sie den Mann wieder auf die Füße.

Er wirkte fassungslos, dass er sich von einer Rentnergang hatte übertölpeln lassen.

»Was wollen Sie von mir?«, heulte er. Seine Augen tränten; sie waren gerötet und mussten fürchterlich brennen.

»Die Waffen.« Grethe deutete auf den Lieferwagen, der mit der Schnauze voran im Graben gelandet war. Gemeinsam mit Albert öffnete sie die Hintertüren und nahm die Kiste heraus. Sie klappten den Deckel auf, und Kari erblickte jede

Menge Pappschachteln mit Sportpistolen und Munition, zwei Dutzend mindestens, vielleicht sogar noch mehr.

»Sie haben also die Waffen von Denise Pohl gekauft«, sagte sie. »Wer sind die Leute, mit denen Sie Ihre Schießübungen machen?«

Der Fahrer schüttelte den Kopf.

»Ich habe sie nicht gekauft. Ich habe sie geliefert.«

»Ach so?«

»Frau Pohl hat mich angerufen und angefleht, dass ich sie wieder abhole. Weil die Polizei auf dem Golfplatz alles durchkämmt. Sie wollte, dass die Beweise verschwinden.«

»Warum erst heute? Die Polizei ermittelt seit zwei Tagen.«

»Sie hat mich nicht früher erreicht.« Der Mann blinzelte, und Tränen rollten über seine Wangen. »So eine Scheiße.«

Kari betrachtete die Pistole, die sie dem Mann abgenommen hatten. Es war ebenfalls eine Sportwaffe. Vermutlich betrieb er ein entsprechendes Geschäft und verdiente sich unter der Hand etwas mit den illegalen Verkäufen dazu. Das herauszufinden war nicht ihr Job; die Vernehmungen würde Ole Lund leiten. Was sie interessierte, war, wo die Waffen vom Golf-Shop aus hingegangen waren. Und das wusste nur eine Person. Denise Pohl.

▪ ▪ ▪

Das Zimmer von Lydia Cordes war so klein, dass man sich kaum vorstellen konnte, dass eine Frau von einunddreißig Jahren darin lebte. Jonas und Hannah waren über die schmale Treppe nach oben gegangen, nachdem der Notarzt eingetroffen war. Er hatte Marion Cordes eine Beruhigungsspritze verabreicht. Jetzt lag sie unter einer Decke auf dem Sofa im

Wohnzimmer, zusammengerollt wie ein Embryo. Die Halogenstrahler hatte Jonas ausgeschaltet, nur die Stehlampe verbreitete ein gedämpftes, behagliches Licht. Er hoffte, dass Lydias Mutter zur Ruhe kommen würde. Es gab noch ein paar Fragen zu klären, doch im Augenblick war Marion Cordes sicher nicht in der Lage, sie zu beantworten.

Hannah öffnete den Kleiderschrank, der zum Bersten gefüllt war. Modische Kleider, Hosen und Tops, nicht aus dem oberen Preissegment, aber geschmackvoll und gepflegt. Daneben hing die Kellnerinnen-Uniform des Hotel-Restaurants in dreifacher Ausfertigung. Auf dem Boden des Schranks reihten sich Schuhe, schwarze Pumps mit hohen Absätzen, die zur Uniform gehörten, daneben Sneakers, Turnschuhe und farbige Pumps mit flacheren Absätzen. In den oberen Fächern stapelten sich Unterwäsche, Socken und Handtücher.

»Eine modebewusste und ordentliche Frau«, befand Hannah und schloss den Schrank wieder.

Darüber hinaus gab es im Raum ein schmales Bett und einen Schreibschrank, vor dem ein einfacher Küchenstuhl stand. In den offenen Fächern reihten sich Liebesromane. Ein Blick hinter die geschlossenen Türen im unteren Drittel förderte Aktenordner zutage, die den Beschriftungen zufolge Zeugnisse und Steuerunterlagen enthielten. Auf der geöffneten Klappe des mittleren Fachs, die als Schreibtisch diente, lagen ein Tablet, ein Zeichenblock und ein paar bunte Kreidestifte. Das oberste Blatt zeigte das Gesicht einer Person, die Jonas sehr vertraut war.

Kari Blom.

Lydia hatte sie gut getroffen, die nachdenklich gerunzelte Stirn, die hochgezogenen Augenbrauen, das leichte Lächeln auf den Lippen. Die kurzen, modisch geschnittenen blonden Haare und den durchdringenden Blick aus den graublauen

Augen, dieselbe Farbe wie das Meer an einem schönen Sommertag.

Genau so sah Kari aus, wenn sie über irgendetwas intensiv nachdachte.

»Sie hatte Talent«, bemerkte Hannah. »Schade, dass sie nichts daraus gemacht hat.«

»Von Kunst kann man eben nicht leben«, entgegnete Jonas abwesend. Sein Blick war an etwas anderem hängengeblieben. Einem kleinen blauen Dreieck, das unter der gelbweiß gemusterten Bettdecke hervorsah. Jonas schlug sie zurück und enthüllte einen blauen Briefumschlag.

Hannah trat neben ihn und entnahm ihrer Handtasche ein Paar Latexhandschuhe, die sie ihm reichte. Voss streifte sie über und öffnete das Kuvert.

Im Inneren befand sich ein einzelner Briefbogen, hellblau, auf dem einige wenige Zeilen mit schwarzer Tinte in einer ausdrucksvollen Schrift geschrieben waren.

Es tut mir so schrecklich leid. Das alles hätte niemals passieren dürfen. Doch nun ist es zu spät. Es ist geschehen, und ich muss mit den Konsequenzen leben. Ich weiß nur nicht, ob ich es kann.

Adrian war meine große Liebe. Ohne ihn … ist das Leben sinnlos.

»Das ist ein Abschiedsbrief, oder was meinst du?«, sagte Hannah, die ihm über die Schulter sah. »Sie hat sich erhängt, weil sie nicht damit fertiggeworden ist, dass sie Adrian Hoffmann erschlagen hat.«

Jonas nickte. »Es sieht so aus.«

Auch wenn in den wenigen Zeilen weder das eine noch das andere konkret ausgesprochen war – unter den gegebenen

Umständen konnte man kaum eine andere Schlussfolgerung ziehen.

»Wir müssen die Mutter fragen, ob das Lydias Schrift ist«, sagte seine Kollegin und schoss mit ihrem Smartphone ein Foto des Dokuments.

Voss atmete tief ein. Er hatte das Gefühl, als läge ihm ein zentnerschwerer Brocken auf den Schultern.

»Ja«, erwiderte er. »Das müssen wir wohl.«

16.

Nach einigem Hin und Her hatte Kari die Häkeldamen und Hoffmanns Chauffeur am vergangenen Abend davon überzeugen können, die Vernehmung von Denise Pohl der Kriminalpolizei zu überlassen. Ohne rechtliche Handhabe würden sie nicht weit kommen, hatte sie argumentiert, und die Frauen hatten eingelenkt. Sie wussten, wie wichtig es war, Karis Undercover-Identität zu schützen. Wenn sie aufflog, war sie verbrannt. Nicht nur für den aktuellen Einsatz, sondern für alle weiteren Fälle auf Sylt. Dann wäre es vorbei mit den Abenteuern der Häkelmafia, und dieses Risiko wollten die Frauen auf keinen Fall eingehen.

Kari hatte Ole Lund über den Waffenhändler informiert, den sie gestellt und der Sylter Polizei übergeben hatten. Den Namen und die Adresse seines Geschäfts in Rostock hatte sie bereits von den Kollegen in der Zentrale erfahren, die für sie die Halterabfrage durchgeführt hatten. Lund hatte daraufhin zwei LKA-Beamte losgeschickt, die mit einem der ersten Sylt Shuttles des Tages eintrafen und sich sofort auf den Weg ins Golf-Resort nach List machten.

Kari, die bereits ihren Dienst im Hotel-Restaurant angetreten hatte, erkannte den Wagen, der aus dem Fuhrpark des Landeskriminalamtes stammte, nicht aber die beiden Beamten. Offensichtlich hatte Lund dafür gesorgt, dass zwei Kollegen den Fall übernahmen, die Karis Tarnung nicht gefährdeten.

Weil sie gerne erfahren wollte, was die beiden mit Denise Pohl besprachen, stellte sie rasch Tassen und eine Kanne Kaffee auf ein Tablett und machte sich auf den Weg zum Golf-Shop. Ilse Pohl blinzelte verwirrt, als sie an ihr vorbeimarschierte, gab aber mit einem Nicken ihre Zustimmung, als Kari erklärte, dass Denise soeben Besuch bekam, der nach solventen Geschäftskunden aussah. Ein klein wenig schämte sie sich, die Not der Frau und ihre Hoffnung auf einen Geldsegen, der ihr Hotel rettete, auszunutzen. Aber in diesem Fall heiligte der Zweck der Mittel.

Sie eilte über den geschotterten Parkplatz und stellte erfreut fest, dass ihr das Balancieren des schweren Tabletts mit den hochhackigen Schuhen auf dem rutschigen Untergrund bereits leichter fiel als am Tag zuvor. Offenbar bekam man mit der Zeit doch Routine. Schwungvoll trat sie durch die Tür des Glaspavillons, die sich automatisch vor ihr öffnete. Im nächsten Augenblick blieb sie so abrupt stehen, dass die Tassen und die Kanne auf dem Servierbrett nach vorn rutschten und beinahe hinuntergefallen wären, hätte Kari nicht im letzten Moment das Tablett zu sich gekippt, um sie aufzuhalten.

Was sie so aus der Fassung gebracht hatte, waren die vier Frauen, die vor einem Regal standen und über die angebotenen Cabretta-Handschuhe diskutierten. Dabei hätte sie sich nicht wundern sollen. Hatte sie wirklich geglaubt, die Häkelmafia würde darauf warten, dass Kari am Abend vorbeikam und die Auflösung des Falls präsentierte? Fehlte nur noch Albert, der Chauffeur. Kaum hatte sie den Gedanken zu Ende gedacht, tauchte er auch schon auf, einen gelben Pullover in den Händen, den er Alma hinstreckte.

»Wie findest du den?«, erkundigte er sich. »Würde mir der stehen?«

Kari fragte sich, ob Denise Pohl auf diese Farce hereinfiel. Sie würde doch wissen, dass sich ein Mann wie Albert Franke einen Pullover aus ihrem hochpreisigen Sortiment kaum leisten konnte. Es sei denn, Hans-Peter Hoffmann zahlte seinem Chauffeur ein fürstliches Gehalt. Aber Denise hatte gerade andere Sorgen.

Die LKA-Beamten standen vor ihrem Verkaufstresen und befragten sie offenbar eindringlich. Beide waren groß und schlank, der eine blond, der andere dunkelhaarig. Andernfalls hätten sie als Zwillinge durchgehen können, beide im anthrazitfarbenen Anzug mit schwarzen Businessschuhen, mit militärisch kurzen Haaren und glattrasiertem Kinn. Kari ging auf die kleine Gruppe zu und platzierte das Tablett zwischen den Männern und der Inhaberin des Golf-Shops.

»Einen wunderschönen guten Morgen«, flötete sie. »Möchten Sie vielleicht einen Kaffee?«

»Danke, Kari. Das ist nicht nötig«, wimmelte Denise sie ab. Kari sah ihr an, dass ihr Auftauchen ihr überhaupt nicht recht war.

»Also, ich nehme gern eine Tasse«, verkündete der dunkelhaarige Beamte, und der Blonde schloss sich ihm an.

»Haben Sie auch Milch und Zucker?«, fragte er.

»Oh.« Daran hatte Kari in der Eile nicht gedacht.

»In der Teeküche ist ein Kühlschrank«, erklärte Denise und wies auf die Tür hinter sich. »Da findest du Milch. Zucker ist im Fach über der Spüle.«

»Wunderbar.« Kari machte sich auf den Weg. Während sie die Kühlschranktür öffnete, spitzte sie die Ohren.

»Uns liegt eine eindeutige Aussage vor«, erklärte der eine der beiden Beamten. »Der Inhaber des Rostocker Sportwaffengeschäfts hat bestätigt, dass er Sie mit illegalen Waffen beliefert hat.«

Kari nahm den Zuckertopf aus dem Schrank und ging zur Tür, blieb aber dahinter stehen, so dass sie weder von Denise noch von den beiden Beamten bemerkt werden konnte. Die hatten sie offenbar längst wieder vergessen.

Sie spähte um die Ecke und sah, wie Denise den Kopf in den Nacken legte.

»Also gut.« Die Geschäftsfrau strich über den Stoff ihrer grauen Kostümjacke. »Leugnen hat wohl keinen Sinn.« Sie setzte ein weinerliches Gesicht auf. »Ich habe das für meinen Mann getan, das sollten Sie wissen. Wir stecken in finanziellen Schwierigkeiten. Deswegen habe ich diese Sache eingefädelt. Aber eigentlich war es die Idee von Herrn Hoffmann. Adrian Hoffmann.«

»Aha?« Der blonde LKA-Beamte setzte eine skeptische Miene auf.

»Adrian war so sauer wegen der Wildkaninchen«, erklärte Denise. »Die vermehren sich immer stärker und machen aus den Golfbunkern auf dem Platz Schweizer Käse, weil sie ihre Höhlen hineinbuddeln. Der Greenkeeper ist ständig damit beschäftigt, die Löcher zu stopfen, aber die Kaninchen graben einfach neue. Und jagen darf man sie seit 2014 nur noch drei Monate im Jahr, von Oktober bis Dezember.« Sie zuckte mit den Schultern. »Da hatte Adrian eben den Gedanken, dass man sich selbst bewaffnen und es heimlich tun müsste. Und ich habe ihm die Waffen besorgt.«

»Okay.« Der Beamte hob die Augenbrauen. Sein Verständnis hielt sich offensichtlich in Grenzen. »Um eine Anklage kommen Sie nicht herum. Aber wenn Sie uns eine Liste

Ihrer Kunden geben, wird sich das positiv auf ihr Strafmaß auswirken.«

»Ich hatte nur mit einer Person Kontakt. Mit Adrian Hoffmann. Er hat mir die Waffen abgekauft und sie dann an seine Geschäftspartner weitergegeben. Die Sache hatte sich herumgesprochen, und auf einmal wollten alle ihre schicken Gärten kaninchenfrei haben. Wem er die Waffen verkauft hat, weiß ich nicht. Ich weiß nur, dass Adrian ein richtiges Hobby daraus gemacht hat, heimlich herumzuballern. Das sei viel witziger, als nur Golfbälle über den Platz zu schlagen, hat er gesagt.«

Kari beugte sich weiter vor und stieß mit dem Ellenbogen gegen den Türrahmen. Der Deckel fiel vom Zuckertopf und hüpfte über den Boden. Die drei am Verkaufstresen fuhren zu ihr herum.

»Entschuldigung.« Kari bückte sich und hob den Deckel wieder auf, der zum Glück ganz geblieben war. Dann stellte sie Milch und Zucker auf die Theke. »Es hat etwas länger gedauert«, sagte sie. »Ich habe den Zucker nicht gleich gefunden.«

Sie konnte Denise ansehen, dass sie ihr nicht glaubte.

»Du hast gelauscht.«

Kari lächelte verlegen.

»Ja. Tut mir leid. Aber es war so spannend. Ich konnte nicht anders.«

Denise hob resigniert die Hände.

»Das ist ja nun auch schon egal. Es wird ohnehin jeder erfahren.«

Sofort waren sie von den vier alten Damen und Hoffmanns Chauffeur umringt.

»Wer hat denn nun auf die Möwen und auf den kleinen Lukas geschossen?«, fragte Witta Claaßen.

»Das war Adrian«, sagte Denise und schenkte den Beamten Kaffee ein. »Aber es war keine Absicht. Er wollte den Jungen nicht treffen. Kein Mensch konnte ahnen, dass sich die Jugendlichen da auf der Rückseite des Golfplatzes herumdrücken. Adrian und sein Vater wollten nur zusammen mit Frau Jessen ein paar Möwen jagen. Der älteren Frau Jessen, wohlgemerkt. Das mit dem Jungen war ein Unfall.«

»Schlimm genug«, sagte Witta böse. »Man darf nicht einfach auf Vögel schießen.«

»Davon gibt es doch nun weiß Gott genügend auf Sylt, genau wie von den verdammten Wildkaninchen«, schimpfte Denise und wies nach oben zur Kuppel des gläsernen Pavillons. »Wissen Sie, wie oft hier die Reinigungsfirma kommen muss, um den ganzen Möwendreck wegzumachen?«

»Dann hätten Sie eben ein anderes Dach wählen müssen«, beschied ihr Grethe. »Die Möwen folgen nur ihrer Natur.«

Die beiden LKA-Beamten bedankten sich und leerten ihre Tassen. »Sie bekommen dann Post von der Staatsanwaltschaft«, erklärten sie und verließen die Sportboutique.

Kari hatte den Disput zwischen Denise und den Häkeldamen nur mit halbem Ohr verfolgt. Sie versuchte, die neuen Informationen einzuordnen. Ihr Fall war gelöst. Sie hatte die Waffendealerin und die heimlichen Schützen gefunden. Doch was war mit dem Mord an Adrian Hoffmann? Sie wollte nicht glauben, dass Lydia die Täterin war, auch wenn Jonas ihren Selbstmord als Schuldeingeständnis wertete. Aber auch daran, dass es ein Suizid gewesen war, hatte sie nach wie vor Zweifel.

Denise Pohl allerdings konnte kein Interesse an Adrians Tod gehabt haben, wenn er derjenige war, der ihre Waffen kaufte. Es sei denn, ihre Rache war ihr wichtiger gewesen als die Rettung des Betriebs ihrer Schwiegereltern.

»Hat dich das nicht wütend gemacht?«, fragte sie die Inhaberin des Golf-Shops, die noch immer mit den Häkeldamen debattierte. »Dass du ausgerechnet auf den Mann angewiesen warst, der schuld an deinen Ängsten war?«

Denise blinzelte, und die alten Frauen verstummten und musterten sie gespannt.

»Woher weißt du …?« Denise winkte ab. »Lydia, stimmt's? Ihr wart ja so dicke, obwohl ihr euch erst ein paar Tage gekannt habt.« Sie schluckte, und ihre Augen wurden feucht. Man hatte sie noch in der Nacht über den Tod ihrer Schwester informiert, doch offensichtlich hatte sie es bis zu diesem Moment erfolgreich verdrängt.

»Mein Beileid«, brachte Kari hervor, die sofort wieder einen Kloß in der Kehle hatte. »Das wollte ich noch sagen.«

»Danke.« Denise zog ein Taschentuch hervor und tupfte sich die Tränen ab. »Aber das mit Adrian hast du falsch verstanden. Er kann nichts für meine Ängste.«

»Er war einer der vier, die dich eingegraben haben.«

»Ach. Dann hast du dem Kommissar diesen Blödsinn erzählt?« Denise schob das Taschentuch in die Tasche ihres Blazers. »Das ist Quatsch. Das waren Klassenkameraden von mir, die mich gemobbt haben. Adrian und die anderen aus der Clique haben mich gerettet.«

Kari musterte sie und kam zu dem Ergebnis, dass Denise offenbar wirklich nicht wusste, was ihre Schwester und deren Freunde ihr angetan hatten.

Sollte sie ihr verraten, dass Lydia ihr die Sache gestanden hatte? Aber Denise musste schon Lydias Tod verkraften. Sie entschied, es für sie nicht noch schwerer zu machen, als es ohnehin schon war. Die Waffendealerin hatte kein Mitgefühl verdient, aber die junge Frau, der man so übel mitgespielt hatte, tat ihr leid.

»Okay. Dann habe ich mich wohl getäuscht.« Kari stellte die benutzten Tassen und die Kaffeekanne auf das Tablett und machte sich auf den Weg zurück zum Hotel-Restaurant, während die Häkeldamen erneut auf Denise Pohl eindrangen. Anscheinend war die Spur zu Denise der falsche Weg. Den Mörder von Adrian Hoffmann musste sie anderswo suchen.

Sie hatte gerade die Hälfte des Wegs hinter sich gebracht, als das Smartphone in ihrer Tasche vibrierte. Im Gehen zog sie es hervor und entsperrte mit einer Hand das Display, während sie mit der anderen das Tablett balancierte.

Es war eine Nachricht von Hannah, und ihr erster Impuls war, sie zu ignorieren. Sicher ging es um ihren Streit mit Jonas, und darüber wollte sie nicht mit seiner Kollegin diskutieren. Aber wenn sie jetzt die Tür verschloss, war es vielleicht wirklich vorbei.

Widerstrebend tippte sie mit dem Daumen auf das Display.

Es war eine MMS, die Fotografie eines Briefs, zusammen mit der kurzen Notiz, dass Jonas und Hannah das Schriftstück in den Wohnräumen von Lydia Cordes sichergestellt hatten. Marion Cordes, Lydias Mutter, hatte die Handschrift eindeutig als die ihrer Tochter identifiziert.

Kari starrte auf die wenigen Zeilen. Es war ein Abschiedsbrief und, wenn auch etwas verklausuliert, ein Geständnis des Mordes an Adrian Hoffmann.

Jonas hatte recht gehabt.

Karis linker Arm senkte sich kraftlos. Die Kanne und die Tassen rutschten vom Tablett und zersprangen auf dem Kies. Kari kümmerte sich nicht darum. Sie ließ das leere Tablett fallen und presste sich die Faust vor den Mund.

Noch nie in ihrem Leben hatte sie sich dermaßen geschämt.

Einmal, ein einziges Mal seit Björns Tod hatte sie ihrer Intuition vertraut. Sie, die immer so kontrolliert und rational war. Sie hatte sich auf ihr Gefühl verlassen – und sich komplett in Lydia getäuscht. Die Frau, von der sie gedacht hatte, sie könnte eine enge Freundin werden, war eine Lügnerin und Mörderin.

Im Nachhinein begriff Kari es selbst nicht mehr. Wie hatte sie glauben können, dass Lydia ein guter Mensch war? Eine Frau, die zusah, wie man ihre eigene Schwester im Sand vergrub und Todesangst ausstehen ließ? Die sich vierzehn Jahre später immer noch nicht dazu bekannt und um Verzeihung gebeten hatte? Und die stattdessen ihre Schwester des Mordes beschuldigte. Einer Tat, die sie in Wirklichkeit selbst begangen hatte.

Kari ließ Tablett und Scherben liegen und eilte zum Hotelparkplatz. Sie musste sich bei Jonas entschuldigen. Persönlich, nicht am Telefon. Egal, ob sie damit ihren Undercover-Job aufs Spiel setzte oder nicht. Es ging um den Mann, den sie liebte. Diese Sache musste sie dringend in Ordnung bringen.

Im Laufen zog sie den Funkschlüssel aus der Tasche und entriegelte die Wagentüren des roten Polos. Hinter ihr öffnete sich das Fenster der Restaurantküche, und Ilse Pohl streckte den Kopf heraus.

»Kari! Wo willst du denn hin? Wir brauchen dich hier.«

Kari wischte sich die Tränen aus den Augen, die sie nicht hatte zurückhalten können.

»Ich muss weg. Eine dringende Familienangelegenheit. In einer Stunde bin ich zurück.«

»In Ordnung.« Ilse Pohl schenkte ihr ein mütterliches Lächeln, das Kari für einen Moment tröstete. Diese Frau war so voller Mitgefühl und Großzügigkeit. Kari hoffte, dass die

Pohls es schaffen würden, ihr Restaurant zu retten. Sie hatten es wirklich verdient.

Eilig rutschte sie hinters Steuer und startete den Motor. Wenn sie konnte, würde sie ihren Teil dazu beitragen. Aber erst musste der Streit mit Jonas aus der Welt geschafft werden.

▪ ▪ ▪

Die Tür des Büros in der Polizeistation Westerland stand offen. Jonas Voss saß an seinem Schreibtisch, der von Papieren übersät war, die braunen Locken zerzaust, die Hemdsärmel bis zu den Ellenbogen hochgeschoben. Er war vollkommen in seine Arbeit vertieft, die Stirn gerunzelt, die braunen Augen dunkel, weil ihm das Schicksal der Menschen naheging.

Eine Welle der Zuneigung durchströmte Kari. Dieser Mann war so gut, so klar, so geradlinig. Er spielte nicht und machte niemandem etwas vor. Wenn es einen Menschen gab, an dessen Seite ihr Schmerz über Björns Tod heilen könnte, war er es.

Auf dem Flur erklangen Schritte. Kari wandte den Kopf und erblickte Hannah, die auf sie zukam, in der einen Hand eine Bäckertüte, in der anderen einen Träger mit zwei Cappuccinobechern.

»Frau Blom!«, rief sie. »Kann ich Ihnen helfen?«

Jonas' Kopf ruckte hoch. Seine Augen weiteten sich, aber er bewegte sich nicht von der Stelle.

»Wenn ich nicht störe?« Kari schaute zu Jonas, doch es war Hannah, die ihre Frage beantwortete.

»Bitte.« Die Kommissarin ließ ihr den Vortritt, stellte den Pappträger und die Bäckertüte auf den Tisch und schloss die Tür.

Kari legte die Hand auf den Stuhl an der Seite der beiden Schreibtische. »Darf ich?«

»Sicher.« Hannah lächelte. »Soll ich euch allein lassen?« Sie deutete auf den Papptäger. »Du kannst meinen Kaffee haben und die Rosinenschnecke. Ich gehe einfach noch mal los.«

»Nein«, sagte Jonas, ehe Kari »Ja« sagen konnte.

»Bleib«, fügte Jonas hinzu. Kari verspürte einen Knoten im Magen. Sie schob Hannah den Pappträger hin.

»Ich habe schon gefrühstückt«, behauptete sie. Was nicht stimmte, doch sie würde jetzt keinen Bissen hinunterbekommen.

Ihr Blick fiel auf die Zeitungen, die vor Jonas auf dem Tisch lagen. Fette Schlagzeilen verkündeten den Tod von Adrian Hoffmann; ein Foto zeigte Hendrik Hoffmann vor der Villa in Kampen, der versuchte, die Reporter mit erhobener Hand abzuwehren. Noch waren die Texte neutral, doch das würde sich ändern, wenn die Presse von Lydias Selbstmord und ihrem Abschiedsbrief Wind bekam.

Jonas schob den Stapel beiseite und fixierte Kari wortlos. Hannah fühlte sich in der angespannten Situation sichtlich unwohl, versuchte aber, es sich nicht anmerken zu lassen. Sie nahm sich einen der Kaffeebecher und öffnete die Bäckertüte. Anschließend wandte sie sich demonstrativ zum Fenster und biss ein Stück von der Rosinenschnecke ab.

Jonas ignorierte Kaffee und Gebäck.

»Was willst du?«, fragte er. »Uns sagen, wie wir unsere Arbeit tun sollen? Weil wir allein nicht dazu in der Lage sind?« Seine Hände umklammerten die Lehnen seines Bürostuhls. »Und was ist mit deiner Tarnung? Gefährdest du sie nicht, wenn du hier auftauchst?«

Kari blinzelte. Jonas' Worte taten ihr weh, aber er hatte allen Grund, sauer auf sie zu sein.

»Hannah hat mir eine Nachricht geschickt«, erklärte sie. »Lydias Geständnis.« Sie hob die Hände. »Ich muss mich bei dir entschuldigen. Ich habe mich getäuscht.«

Hannah sprang von ihrem Stuhl. »Ich lasse euch doch besser allein.«

Aus dem Lautsprecher ihres Monitors erklang ein durchdringendes Piepen. Hannah zögerte.

»Geh lieber ran«, sagte Jonas. Offenbar kündigte das Signal einen Videoanruf an.

Hannah kehrte zum Schreibtisch zurück. Sie weckte den Bildschirm aus dem Ruhemodus und drehte ihn so, dass auch Jonas und Kari darauf sehen konnten.

Auf dem Monitor erschien eine Person, die Kari nur allzu vertraut war. Ein kurzer blonder Lockenkopf, darunter ein ernstes Gesicht. Wache blaue Augen, denen man die Intelligenz ansah.

»Hallo Jonas, hallo Frau Behrends«, sagte Susanne Lorenz, Kieler Rechtsmedizinerin und Karis beste Freundin. Dann stutzte sie. »Kari? Was tust du in Westerland in der Polizeistation? Bist du aufgeflogen?«

»Nein.« Kari lächelte schief. »Ich muss nur etwas Dringendes erledigen.« Sie schaute zu ihrem Verlobten. »Ein Gang nach Canossa, sozusagen. Jonas hat den Abschiedsbrief von Lydia Cordes gefunden.«

Susanne Lorenz fixierte sie.

»Du warst davon überzeugt, dass Lydia Cordes keinen Selbstmord begangen hat, richtig?«

»Ja. Ich konnte es einfach nicht glauben. Dass sie eine Mörderin ist. Dass sie sich deshalb das Leben genommen hat. Aber jetzt ...«

»Du hattest recht«, unterbrach die Rechtsmedizinerin ihre Selbstkasteiung.

»Was?« Jonas und Kari beugten sich gleichzeitig zum Monitor vor. Fast wären sie mit den Köpfen zusammengerasselt.

»Die Spuren am Hals der Toten lassen keinen Zweifel zu«, erklärte Susanne Lorenz. »Es gibt zwei Drosselmarken. Die eine verläuft fast horizontal, die andere vom Kehlkopf schräg nach oben hinter die Ohren. Die zweite Drosselmarke passt zur Auffindesituation, hängend an der Balustrade des Lichthauses. Sie überlagert die erste, die darunter liegt, und sie ist definitiv post mortem entstanden. Zu Deutsch: Lydia Cordes war bereits tot, als man sie an der Galerie des Leuchtturms aufgehängt hat. Irgendjemand hat sie vorher erdrosselt, mit einem weichen Tuch, einem Schal oder dergleichen.«

Jonas, Hannah und Kari waren so perplex, dass zunächst niemand etwas sagte. Dann schlug Voss mit der Faust auf den Tisch.

»Also doch ein Mord.«

»Aber was ist mit dem Abschiedsbrief?«, fragte Hannah.

»Sie hat es nicht wortwörtlich geschrieben«, sagte Jonas. »Weder das Schuldeingeständnis noch die Suizidabsicht. Man kann den Brief so lesen. Aber vielleicht hat sie auch etwas ganz anderes gemeint. Womöglich ging es um diese alte Geschichte.«

Kari zog ihr Smartphone aus der Tasche und ließ sich die MMS anzeigen, die Hannah ihr geschickt hatte.

Es tut mir so schrecklich leid. Das alles hätte niemals passieren dürfen. Doch nun ist es zu spät. Es ist geschehen, und ich muss mit den Konsequenzen leben. Ich weiß nur nicht, ob ich es kann.

Adrian war meine große Liebe. Ohne ihn … ist das Leben sinnlos.

»Dieser Sühneschwur«, sagte Hannah, die sich zu Kari herübergebeugt hatte und den Text mitlas. »Möglicherweise meint sie das. Es tut ihr leid, dass sie zugelassen hat, dass man ihre Schwester eingräbt. Und sie ist verzweifelt, weil ihre Sühne darin besteht, auf Adrian zu verzichten.«

»Das heißt, der Mörder kannte nicht nur die Geschichte, sondern auch diese Zeilen«, überlegte Kari laut. »Denise. Sie hat den Text bei ihrer Schwester gefunden und eins und eins zusammengezählt. Und nun rächt sie sich an den Personen, die sie damals eingegraben haben.« Das passte zwar nicht zu dem Eindruck, den Kari von der jüngeren Schwester gewonnen hatte, aber sie hatte sich bereits in Lydia getäuscht, also stimmte vielleicht auch ihre Einschätzung von Denises Glaubwürdigkeit nicht.

»Moment!« Susanne Lorenz hob die Hand. »Wie groß ist Denise Pohl? Und was wiegt sie ungefähr?«

»Circa eins siebzig«, sagte Hannah. »Um die sechzig Kilogramm, schätze ich.«

»Dann könnt ihr sie vergessen«, erklärte die Rechtsmedizinerin. »Lydia Cordes ist zwar kleiner, wiegt aber knapp siebzig Kilogramm.«

Jonas runzelte die Stirn. »Du meinst, Denise hätte es nicht geschafft, Lydia über die Brüstung zu hieven?«

»Das vielleicht schon. Aber der Fundort ist nicht der Tatort. Die Kollegen von der Spurensicherung haben Kampfspuren gefunden. Nicht oben auf der Galerie, sondern ein Stück vom Leuchtturm entfernt. Tiefe Abdrücke von Damenschuhen, die darauf hindeuten, dass die Frau versucht hat, sich einem Angreifer entgegenzustemmen. Die Abdrücke passen zu den Schuhen von Lydia Cordes.«

»Also hat der Täter sie den Leuchtturm hinaufgetragen, nachdem er sie erdrosselt hatte«, folgerte Jonas. »Jemand, der größer und kräftiger ist als Denise Pohl. Höchstwahrscheinlich ein Mann.«

»Davon würde ich ausgehen.« Die Rechtsmedizinerin winkte in die Kamera. »Ich lasse euch dann mal wieder allein.« Das Videofenster wurde schwarz.

Kari kaute auf ihren Lippen.

»Robin«, sagte sie. »Ihm könnte Lydia diesen Brief geschickt haben. Und er hatte ein Motiv, sich an Adrian zu rächen. Er musste damals auf seine Liebe zu Lydia verzichten. Auf die Reisen, die er unternehmen wollte. Stattdessen musste er sich um Denise kümmern. Am Ende hat er sie sogar geheiratet. Deswegen sitzt er jetzt im Restaurant seiner Eltern fest, mit der falschen Frau, einem Berg Schulden und keiner Chance auf das Leben, das er eigentlich hätte führen wollen.

»Er hat Lydia geliebt, aber sie ihn nicht«, warf Jonas Voss ein.

»Das spielt doch keine Rolle. Er musste all seine Träume begraben. Und wer war aus seiner Sicht schuld daran? Seine alten Freunde, aber vor allem Adrian Hoffmann. Adrian hatte die Idee mit dem Eingraben. Und er hat anschließend auf den Sühneschwur gedrängt.«

Jonas griff nach der Papiertüte auf dem Schreibtisch und zog das Schokocroissant heraus, das Hannah ihm mitgebracht hatte. Er biss herzhaft hinein und kaute.

»Warum jetzt?«, stellte er die naheliegende Frage.

»Weil alles um ihn herum zusammenbricht«, sagte Kari. »Das Restaurant seiner Eltern läuft nicht. Sie möchten sich zur Ruhe setzen, aber das können sie nur, wenn sie den Betrieb bei ihm in guten Händen wissen. Robin ist ein exzellenter Koch, aber er schafft es nicht, damit seinen Lebensunterhalt zu verdienen. Er muss sich als Partyclown verdingen und demütigen lassen, um das Geld für die Renovierung zusammenzubekommen. Und statt ihm zu helfen, macht ihm Adrian im Auftrag seines Vaters Druck. Ausgerechnet Adrian, der aus Robins Sicht an allem schuld ist. Er selbst setzt sich mit seiner Hochzeit mit Sarah bei der Familie Jessen ins gemachte Nest, und Robin hockt auf einem Trümmerhaufen. Ihm ist einfach der Kragen geplatzt. Vielleicht hat er Adrian um Geld gebeten, in der Hochzeitsnacht auf dem Golfplatz, und Adrian hat ihn ausgelacht. Robin hat die Nerven verloren und ihn erschlagen. Den Bruder, der all das hat, was ihm selbst verwehrt geblieben ist.«

Jonas kräuselte die Stirn.

»Bringst du da nicht etwas durcheinander? Hendrik Hoffmann ist der Bruder, der übergangen worden ist, nicht Robin Pohl.«

Kari verspürte einen kurzen Triumph.

»Robin ist der uneheliche Sohn von Hans-Peter Hoffmann.«

»Woher hast du das denn?«

»Von der Häkelmafia. Frau Meenken hat mit Ilse Pohl gesprochen, und die hat ihr das Geheimnis anvertraut.«

Hannah stieß einen Pfiff aus. Jonas fuhr sich mit beiden Händen durch die Haare. Kari sah ihm an, dass er Mühe hatte, die Informationen zu verarbeiten.

»Weiß Robin davon?«, erkundigte er sich.

»Keine Ahnung. Aber es könnte doch sein, dass er es herausgefunden hat. Das war dann vielleicht der Tropfen, der das Fass zum Überlaufen gebracht hat.«

»Hm.« Jonas schob sich den Rest seines Schokocroissants in den Mund. Er sah nicht überzeugt aus. »Das wäre eine Erklärung für den Mord an Adrian. Aber warum Lydia? Wenn er sie doch geliebt hat?«

»Denise war ihre Schwester«, erinnerte Kari ihn. »Vermutlich war Lydia in seinen Augen schuld an dem ganzen Drama. Weil sie es nicht geschafft hat, Denise davon abzuhalten, den Freunden überallhin nachzulaufen. Sonst wäre das alles nicht passiert.«

»Diese Sichtweise hat Lydia offensichtlich geteilt«, bemerkte Hannah und deutete auf den Brief, der auf Karis Smartphone geöffnet war. »Wenn sie diese alte Geschichte damit gemeint hat und nicht irgendetwas völlig anderes.«

Jonas erhob sich.

»Es könnte so gewesen sein. Aber wir haben nicht den geringsten Beweis.« Er griff nach der Lederjacke, die über der Rückenlehne seines Stuhls hing. »Bisher wissen wir nur, dass Lydia ermordet wurde. Das bedeutet aber nicht automatisch, dass sie im Mordfall Adrian Hoffmann unschuldig ist. Vielleicht hat sie Adrian getötet, und irgendjemand hat sich dafür gerächt.«

Seine Argumentation war nicht von der Hand zu weisen, doch Kari ärgerte sich trotzdem, dass er nicht auf ihre Theorie ansprang.

»Wer denn?«, fragte sie gereizt. »Hans-Peter Hoffmann, der Baulöwe? Oder Dorothea Jessen, die so hochfliegende Pläne mit ihrem Schwiegersohn hatte?«

»Wir können nichts ausschließen. Wir müssen noch einmal mit allen Personen im Umfeld von Adrian Hoffmann und Lydia Cordes sprechen und sehen, ob sich daraus konkrete Hinweise ergeben«, entgegnete Jonas geduldig. »Und darauf hoffen, dass die Spurensicherung weitere Dinge zutage fördert, die uns weiterhelfen.«

Kari steckte ihr Smartphone ein und stand auf.

»Dann wünsche ich euch viel Erfolg. Mein Job im Golf-Resort ist ja zum Glück beendet.«

Damit stürmte sie aus dem Büro, eilte die Treppe ins Erdgeschoss hinunter und stieß die Tür zum Kirchenweg auf. Sie überquerte die Straße und lief hinüber zum Bahnhof. Sie musste jetzt an den Strand, sich den Wind um die Nase wehen lassen und den Wellen zusehen, die auf den Sand liefen. Zur Ruhe kommen. Ihre Gedanken ordnen. Und sich darüber klar werden, ob Jonas Voss wirklich der Mann war, den sie heiraten wollte.

▪ ▪ ▪

»Ich weiß nicht, was mit ihr los ist.« Jonas Voss ließ sich zurück auf seinen Stuhl sinken und seufzte. »Wir sind auch sonst nicht immer einer Meinung, aber bei diesem Fall ... Seit sie diese Lydia kennengelernt hat, begreife ich sie nicht mehr.«

Hannah setzte sich ihm gegenüber und schob ihm den Kaffeebecher hin. Der Cappuccino war schon fast kalt, aber Jonas trank ihn trotzdem.

»Torschlusspanik«, sagte seine Kollegin. »Es sind keine zwei Wochen mehr bis zu eurer Hochzeit. Sie hat Angst. Die Kontrolle aufzugeben. Ihre Freiheit. Dich so nah an sich heranzulassen wie ihren verstorbenen Mann.« Sie zupfte ein Stück von ihrer Rosinenschnecke und schob es sich in den Mund. »Frag doch mal ihre Mutter. Ich glaube, das ist völlig normal.«

»Den Teufel werde ich tun!« Jonas nahm einen großen Schluck Kaffee. »Wenn Kari erfährt, dass ich mit ihrer Mutter über sie gesprochen habe, reißt sie mir den Kopf ab.«

Hannah hatte bereits wieder ihr Tablet in der Hand und scrollte durch ihre Notizen.

»Wie machen wir jetzt weiter? Befragen wir Robin Pohl?

Oder gehen wir noch einmal sämtliche Aussagen durch, die wir nach der Hochzeit aufgenommen haben, und warten, bis der Bericht von der Spurensicherung kommt?«

Jonas dachte darüber nach. Das Aktenstudium gehörte nicht zu seinen bevorzugten Tätigkeiten. Aber ehe sie Robin Pohl mit einem vagen Verdacht entgegentraten, war es besser, den gesamten Fall noch einmal gründlich zu analysieren.

▪ ▪ ▪

Kari ging über den Parkplatz auf den Bahnhof zu und überlegte, ob sie sich aus dem Entrée einen Kaffee mitnehmen sollte. Vorhin hatte ihr das schlechte Gewissen die Kehle zugeschnürt, doch jetzt könnte sie einen Koffeinschub gebrauchen.

Vom Bahnhofsgebäude aus kamen einige Personen auf sie zu. Kari beachtete sie nicht. Erst, als sie ihr den Weg versperrten, blickte sie auf.

Es waren Marijke und ihre Häkelfreundinnen.

»Hallo, Frau Blom.« Die alten Damen strahlten sie an.

Kari schoss die Frage durch den Kopf, ob die Häkelmafia ihr womöglich einen Peilsender untergeschoben oder eine App auf Almas Smartphone installiert hatte, mit der sich Karis Mobiltelefon orten ließ.

»Woher wissen Sie, dass ich hier bin?«

»Oh.« Zumindest Marijke schafft es, eine einigermaßen verlegene Miene aufzusetzen. »Um die Wahrheit zu sagen: Wir sind Ihnen gefolgt. Wir wollten wissen, wo Sie hinfahren. Weil wir uns Sorgen gemacht haben«, schob sie rasch nach.

Kari schüttelte den Kopf. Sie ärgerte sich über sich selbst. Ihre privaten Gefühle hatten derart ihr Handeln bestimmt, dass sie jegliche Professionalität vergessen hatte. Sie hätte merken müssen, dass sie verfolgt wurde. Einer Kriminalkommissarin durfte so etwas nicht passieren.

»Haben Sie sich mit Hauptkommissar Voss versöhnt?«, erkundigte sich Alma, die es nicht gut aushielt, wenn irgendwo Unfrieden herrschte.

»Ich habe es versucht. Aber er begreift einfach nicht, worum es geht.«

Grethe deutete auf die Sitzplätze vor dem Entrée.

»Wie wär's mit einem Kaffee? Es ist zwar noch ein bisschen frisch, aber wenn wir uns Wolldecken geben lassen, müsste es gehen.«

Kari zauderte. Wollte sie die Häkelmafia schon wieder involvieren?

»Ich wollte eigentlich an den Strand«, sagte sie ausweichend.

»Dann gehen wir ins Luzifer«, entschied Marijke und warf einen Blick auf die Uhr. »Da haben Sie einen schönen Blick aufs Meer. Und wir bekommen Kaffee und Kuchen und können uns das Kurkonzert anhören.«

Kari gab sich geschlagen. Wenn die Häkelmafia erst einmal einen Plan gefasst hatte, war es kaum möglich, sie davon abzubringen. Also überquerte sie gemeinsam mit den alten Damen die Kreuzung vor dem Bahnhof und lief mit ihnen durch die Fußgängerzone, vorbei an dem Brunnen mit der dicken Wilhelmine, die so gemütlich aussah, dann durch die Friedrichstraße mit den vielen kleinen Geschäften und Boutiquen.

Witta scannte rasch einen Ständer mit Sonderangeboten.

»Wir könnten auch mal wieder shoppen gehen.«

»Tu dir keinen Zwang an«, versetzte Grethe. »Aber ohne mich. Ich will jetzt ein Rührei essen.«

Witta warf noch einen letzten, bedauernden Blick auf die

preisreduzierte Mode, dann folgte sie den anderen. Die Diskussion über Karis Besuch bei Jonas Voss wollte sie sicher auf keinen Fall verpassen.

Von den Tischen auf der großen Terrasse des Luzifer waren nur wenige besetzt, obwohl die Sonne schien und es nicht besonders windig war. Es lag wohl an der Uhrzeit, zu spät für das Frühstück, zu früh für das Mittagessen.

Sie wählten einen Platz, der eine gute Sicht auf die Konzertmuschel bot, in der sich die Musiker und die Sängerin gerade auf das tägliche Kurkonzert vorbereiteten. Auf der Treppe, die als Tribüne diente, sammelte sich das Publikum.

Grethe und Alma setzten sich in den Strandkorb. Witta, Marijke und Kari nahmen auf den Stühlen Platz, die um den Tisch herumstanden. Ein Kellner mit schwarzer Hose und dunkelroter Schürze erschien und erkundigte sich nach ihren Wünschen.

Grethe bestellte ein Frühstück mit Rührei, gerade noch rechtzeitig, wie der Kellner bemerkte. Es war kurz vor elf; um elf endete die Frühstückszeit. Grethe nahm es gelassen zur Kenntnis.

Die anderen vier orderten Kaffee. Alma bestellte sich ein Stück Kuchen dazu. Kari überlegte, ob sie auch etwas essen sollte, entschied sich aber dagegen. Das Gespräch mit Jonas lag ihr immer noch schwer im Magen.

Der Kellner notierte ihre Bestellungen und verschwand. Der Chef des Kurorchesters begrüßte die Zuschauer, und die Musiker stimmten das erste Lied an, einen uralten Schlager, den Kari schon als Kind im Radio gehört hatte. Sie erinnerte sich sogar an den Text, den die Sängerin mit starkem osteuropäischem Akzent vortrug.

»Also.« Grethe beugte sich vor und legte die gefalteten Hände auf den Tisch. »Dann erzählen Sie mal.«

17. Eine knappe Stunde später beendete das Orchester das Konzert. Die Zuschauer applaudierten. Die Häkeldamen wickelten sich aus den Wolldecken, die sie sich hatten bringen lassen, und Marijke beglich die Rechnung für die ganze Gruppe. Anschließend machten sie sich auf den Weg zum Bahnhofsparkplatz, wo sie ihre Autos abgestellt hatten.

Kari fuhr mit ihrem roten Polo voraus, die Häkeldamen folgten ihr in Marijkes silbernem Golf Plus. Während sie Kampen durchquerten, befestigte Kari ihr Smartphone in der Halterung am Armaturenbrett, wählte die Nummer von Ole Lund und drückte auf die Freisprechtaste.

Der Kriminalrat nahm das Gespräch schon nach dem ersten Klingeln an.

»Kari.« Seine Stimme klang neutral, trotzdem schien ein Vorwurf darin mitzuschwingen. »Wo bist du?«

»Auf dem Weg zum Golf-Resort.«

»Aha?« Lund machte eine kurze, bedeutungsschwere Pause. »Darf ich fragen, wozu? Dein Auftrag ist beendet. Wir haben den Waffenhändler festgenommen. Wir kennen die Schützen, die auf die Möwen und Lukas geschossen haben. Die Sache liegt bereits bei der Staatsanwaltschaft. Es wird ein Strafverfahren geben. Du kannst zufrieden sein.«

»Das bin ich erst, wenn Lydias Mörder überführt worden ist.«

»Ich dachte, es war ein Suizid?«

»War es nicht«, triumphierte Kari. »Susanne hat zwei Drosselmarken gefunden. Lydia wurde stranguliert und erst danach an der Galerie des Leuchtturms aufgehängt.«

»Das tut mir leid. Aber du hast damit nichts zu tun. Das ist ein Fall für die Sylter Kriminalpolizei.«

Kari umklammerte das Lenkrad fester.

»Ich weiß, wer ihr das angetan hat. Derselbe, der auch Adrian Hoffmann getötet hat. Aber Jonas glaubt mir nicht. Er denkt immer noch, dass Lydia eine Mörderin ist. Er will Beweise.«

»Ist das nicht dein Credo?«, erkundigte sich Lund.

»Aber mein Bauchgefühl sagt mir etwas anderes.«

Am anderen Ende fing Lund an zu husten.

Kari biss die Zähne zusammen. Es war offensichtlich, dass der Kriminalrat sich nicht verschluckt hatte, sondern gegen einen Lachanfall kämpfte.

»Ich bin mir einfach sicher«, verteidigte sie ihren Standpunkt. »Jonas wird es schon begreifen, wenn ich ihm ein Geständnis bringe.«

»Kari.« Lunds Stimme war jetzt sehr ernst. »Überleg dir, was du tust. Du verhältst dich nicht professionell.«

»Ja, ich weiß.« Kari fühlte sich beschämt. Sie begriff selbst nicht, was mit ihr los war. Alles schien irgendwie in Unordnung geraten zu sein. »Aber die Häkelmafia hat sich schon in Marsch gesetzt. Selbst wenn ich wollte, ich könnte sie nicht mehr aufhalten.«

Auf der Gegenseite blieb es eine ganze Weile still, während Kari die Siedlungen Westerheide und Süderheidetal passierte und auf der Listlandstraße weiter in Richtung List fuhr.

»Ich nehme an, es hängt mit eurer Hochzeit zusammen«, sagte Ole Lund dann. »Du hast Angst, und das bringt dich aus dem Gleichgewicht. Lass dich nicht davon überrollen, ja? Und komm so schnell es geht zurück nach Kiel, damit wir reden können.«

Kari spürte die Wärme, die sie wie eine Decke einhüllte.

»Das mache ich, Ole. Sobald die Sache hier geklärt ist.«

Sie beendete die Verbindung, ehe der Kriminalrat etwas erwidern konnte.

Entschlossen steuerte sie den Polo in die Einfahrt des Golf-Resorts und stellte ihn auf dem Parkplatz hinter dem Restaurant ab. Die Häkeldamen parkten auf der Vorderseite des Hotels, damit man sie nicht gemeinsam sah. Der Plan, den sie ausgeheckt hatten, war nicht sonderlich ausgefeilt. Die Frauen wollten Robin Pohl mit ihrem Wissen konfrontieren und nervös machen. Kari sollte sich anschließend anbieten, wenn er das Bedürfnis hatte zu reden.

Die Sache scheiterte allerdings schon daran, dass Robin Pohl nicht aufzufinden war. Stattdessen kam Ilse Pohl ihr aufgeregt entgegen, als Kari durch die Hintertür in den Küchenbereich trat.

»Da bist du ja wieder!«, rief sie erleichtert. »Du musst den Saal eindecken, da kommt gleich eine Busgesellschaft.« Sie fuhr sich mit beiden Händen durch die Haare, die bereits reichlich zerwühlt aussahen. »Wenn ich nur wüsste, wo Robin steckt. Herr Hoffmann hat für heute Nachmittag eine kleine Feier im Clubhaus angekündigt, und er möchte ein paar Pasteten, Quiche Lorraine und Petits Fours reichen. Günther rotiert schon, er schafft das nicht allein.«

»Da können wir doch helfen«, meldete sich eine Stimme von der anderen Seite.

Es war Marijke Meenken, die ihren Kopf durch die Küchentür steckte, gefolgt von den anderen Häkeldamen.

»Ach. Frau Meenken!« Ilse Pohl sah aus, als hätte sie sich der alten Dame am liebsten in die Arme geworfen. »Das kann ich nicht annehmen.«

»Wir machen das gern.« Alma hatte bereits ihre Handtasche auf einem Stuhl platziert und krempelte die Ärmel ihrer rosafarbenen Rüschenbluse hoch. »Wo sind denn die Zutaten?«

»Das ist alles noch im Kühlhaus.« Ilse Pohl nahm einen Zettel von einem der Arbeitstische und reichte ihn Marijke. Dann beförderte sie ein Schlüsselbund aus der Tasche ihrer Kittelschürze hervor. »Der kleine Verschlag, wenn Sie hinten um das Hotelgebäude herumgehen, mit der blauen Tür.«

»Das finden wir.« Witta nahm die Schlüssel mit einer herrischen Geste an sich, und die vier alten Damen marschierten durch die Hintertür ins Freie.

Kari band ihre Schürze um und begann eilig, die Tische im Saal einzudecken.

▪ ▪ ▪

Marijke Meenken folgte ihren drei Freundinnen nachdenklich nach draußen. War es klug gewesen, Ilse Pohl ihre Hilfe anzubieten? Nun waren sie genau wie Kari im Hotel-Restaurant gebunden und konnten nicht nach Robin Pohl suchen. Was, wenn er die Gelegenheit nutzte und sich aus dem Staub machte? Hauptkommissar Voss verdächtigte ihn anscheinend nicht. Pohl könnte in aller Ruhe auf den Sylt Shuttle oder die Fähre nach Rømø fahren und sich ins Ausland absetzen.

Witta blieb vor der blauen Tür des Anbaus stehen und stocherte mit dem Schlüssel im Schloss herum.

»Brauchst du Hilfe?«, fragte Grethe. »Soll ich dir meine Brille leihen?«

»Ich sehe noch ausgezeichnet, danke«, gab Witta pikiert zurück. »Das habe ich dir schon hundertmal gesagt.«

»Ja, ja«, spottete Grethe.

»Es ist einfach nur der falsche Schlüssel.« Witta probierte erfolglos einige andere, bis sie den richtigen fand. »Na also.«

Sie drehte ihn und wollte die Tür aufziehen, doch diese bewegte sich nicht von der Stelle.

»Wahrscheinlich haben sich die Gummis festgesaugt«, vermutete Grethe und wollte ihre Freundin beiseiteschieben, doch Witta kämpfte immer noch mit dem Schlüssel.

»Jetzt lässt er sich nicht wieder herausziehen«, beklagte sie sich.

»Dann lass ihn eben stecken«, schlug Grethe ungeduldig vor.

»Wenn du meinst.« Witta machte einen Schritt zurück und richtete ihre Dauerwelle. Sie war ganz offensichtlich eingeschnappt.

Grethe kümmerte sich nicht darum. Sie zog kräftig an der Tür, die sich mit einem lauten Schmatzen öffnete.

»Siehste?« Grethe schlüpfte in das kleine Kühlhaus, und Marijke und die beiden anderen Frauen folgten ihr.

Im Inneren lag die Temperatur nur wenig über dem Gefrierpunkt. Zwei Leuchtstoffröhren an der Decke tauchten den Raum in ein Licht, das die eisige Atmosphäre noch verstärkte. Es gab riesige Gefriertruhen, dazu Regale, in denen eingeschweißte Lebensmittel in Folienverpackungen lagen. Von der Decke hingen an einer Reihe von Metallhaken Schinken und Würste, von dünnen Schichten Raureif überzogen. Alles wirkte ordentlich und gut sortiert.

Im hinteren Bereich standen einige Metallschränke, die zu einem Karree angeordnet waren. Grethe umrundete neugierig die Wand, die von den Schrankrückseiten gebildet wurde, und öffnete eine der Türen. Im Inneren befanden sich Kuchen und Torten, dazu mehrere Reihen von Glaspokalen, die mit einer karamellfarbenen Creme gefüllt waren. Alma nahm die Desserts neugierig in Augenschein.

»Das sieht lecker aus«, urteilte die Bäckerwitwe.

»Ja. Aber deswegen sind wir nicht hier«, brummte Grethe.

»Stimmt.« Alma blickte sich um und rieb sich die Hände. »Also. Was brauchen wir?«

Marijke trat einen Schritt auf den Durchgang zum vorderen Teil des Kühlhauses zu, um besseres Licht zu haben, und schaute auf den Zettel, den Ilse Pohl ihr gegeben hatte. Sie wollte gerade den ersten Posten vorlesen, als sie aus dem Augenwinkel einen Schatten bemerkte. Die Tür des Kühlhauses bewegte sich, erst langsam, wie in Zeitlupe, dann immer schneller. Marijke erhaschte gerade noch einen Blick auf einen blonden Haarschopf und eine große, schlanke Gestalt, dann fiel die Tür mit einem Knall zu. In der darauffolgenden Stille wirkte das Knirschen des Schlüssels, der im Schloss gedreht wurde, fast ohrenbetäubend.

»O mein Gott!«, rief Witta aus. »Nicht schon wieder.«

Grethe kniff die Augen zusammen.

»Was meinst du mit ›schon wieder‹?«, erkundigte sie sich. »Meines Wissens sind wir bisher noch nie in einem Kühlhaus eingesperrt worden.«

»Nein. Aber in der Sauna. Letztes Jahr.«

Marijke sah ihr an, dass sie einer Panikattacke nahe war. Kein Wunder. Für ein paar Tage hatte Wittas Leben am seidenen Faden gehangen.

»Mach dir keine Sorgen«, sagte Grethe pragmatisch. »Einen Hitzschlag erleiden wir hier drinnen nicht.«

»Nein.« Almas Stimme klang ganz dünn. »Aber wir werden erfrieren.«

»Unsinn.« Grethe war keine Frau, die sich unterkriegen ließ. »Ilse Pohl weiß, wo wir sind, und Frau Blom auch. Sie werden uns suchen, wenn wir nicht zurückkommen.«

»Sicher.« Marijke rieb sich über die Arme, die unter ihrer dünnen Häkeljacke bereits kalt zu werden schienen. »Die Frage ist nur, ob sie es rechtzeitig tun.«

Grethe bemühte sich, ihr Unbehagen nicht zu zeigen.

»Hast du gesehen, wer das getan hat?«, fragte sie.

»Ja. Robin Pohl.«

»Also hat Frau Blom recht«, überlegte Grethe. »Er ist der Mörder.«

»Dann hat er auch keine Skrupel, noch jemanden zu ermorden«, sagte Witta.

»Du meinst, er weiß, dass wir ihm auf die Spur gekommen sind?«, erkundigte sich Alma ängstlich. »Und jetzt will er uns aus dem Weg räumen, damit wir ihn nicht verraten können?«

»In diesem Fall wird er auch dafür sorgen, dass seine Mutter und Frau Blom uns nicht befreien«, argumentierte Witta mit bestechender Logik und tastete an ihrer Dauerwelle herum. »Er wird ihnen irgendein Märchen auftischen, dass wir uns davongemacht haben, weil uns die Arbeit zu viel war. Und seine Mutter und Frau Blom können nichts tun. Weil er den Schlüssel hat.«

Marijke, Alma und Grethe schwiegen betroffen. Wenn Wittas Theorie stimmte, war das hier das Ende.

■ ■ ■

Ilse Pohl lief hektisch von einer Seite der Küche auf die andere. Sie trennte Eier, schlug Eischnee auf, fügte in einer Schüssel Mehl, Butter und Zucker zusammen und verrührte alles mit einem großen Mixer. Zwischendurch warf sie immer wieder einen Blick zur Hintertür.

»Wo bleiben die Frauen denn bloß?«, fragte sie. »So schwer kann es doch nicht sein, die Zutaten zusammenzusuchen.«

Günther Pohl, der konzentriert am Herd stand und gleichzeitig Fleisch und Gemüse in mehreren Pfannen briet, sah kurz zu ihr hinüber.

»Sie werden sich heimlich, still und leise verdrückt haben, nachdem ihnen bewusst geworden ist, wie viel Mühsal da auf sie zukommt.«

Ilse blieb stehen und stemmte die Hände in die Hüften.

»Und der Schlüssel? Meinst du, den haben sie einfach mitgenommen?«

»Soll ich nachschauen?« Kari, die gerade mit dem Eindecken des Saals fertig geworden war, räumte ein paar benutzte Teller zusammen und stellte sie in die Spülmaschine.

Ilse Pohl sah auf die Uhr.

»Nein. Die Zeit reicht ohnehin nicht mehr für Pasteten, Quiche Lorraine und Petits Fours. Wir machen einfach belegte Brote für Hoffmanns Gäste. Wenn er so spät Bescheid sagt, darf er sich nicht beschweren, dass es nichts Besonderes gibt.« Sie ließ den Blick durch die Küche schweifen und deutete auf den großen Kühlschrank. »Du könntest schon mal den Champagner hinüberbringen, Kari. Sechs Flaschen mit Kühlern, das sollte fürs Erste reichen.«

Kari zauderte. Sollte sie nicht lieber zuerst nach den Häkeldamen sehen? Aber Marijke und ihre Freundinnen waren patent. Sie würden schon zurechtkommen. Also nahm sie die Sektkühler aus einem der Schränke unter der großen Arbeitsfläche, füllte sie mit Eiswürfeln und platzierte in jedem der Metalleimer eine Flasche Champagner. Anschließend faltete sie eine der großen Klappboxen auf, die neben der Spüle aufgereiht waren, und stellte die Sektkühler hinein. Obenauf kam ein Karton mit einem Dutzend Sektkelchen. Als sie die Kiste anhob, fuhr ihr ein stechender Schmerz durch die Arme. Die kostbare Fracht war schwerer, als sie gedacht hatte.

Sie musste höllisch aufpassen, wenn sie damit zum Clubhaus lief. Wenn ihr die Kiste aus den Händen glitt und die Flaschen zerbrachen, müsste das LKA tief in die Tasche greifen, um den Schaden zu ersetzen. Ole Lund wäre ganz sicher nicht erfreut.

Zum Glück war der Weg nicht weit, und das Laufen mit den hohen Absätzen über den Kies gelang ihr mittlerweile fast problemlos.

Wie am Tag zuvor stand die zweiflügelige Tür des Clubhauses offen. Die Rezeption war auch dieses Mal nicht besetzt. Arbeitete hier überhaupt jemand?

Kari schob den Gedanken beiseite und folgte wie gestern den Schildern zum Bürotrakt. Irgendwo dort würde sie die Gesellschaft von Hans-Peter Hoffmann sicher finden.

Es war derselbe Konferenzraum, und auch heute stand die Tür offen. Am langen Tisch saßen etwa zehn Personen, darunter Hendrik und Sarah. Die Gäste waren offenbar Geschäftspartner von Hans-Peter Hoffmann. Lauter Männer in schwarzen, grauen und anthrazitfarbenen Anzügen. Nur eine Frau war darunter. Es war Dorothea Jessen, bekleidet mit einem dunkelgrauen Businesskostüm. Ihr Gesicht war so stark geschminkt, dass es wie eine Maske aussah. Hans-Peter Hoffmann stand an der Stirnseite des Tisches.

Kari fragte sich, um was für eine Art von Veranstaltung es sich handelte. Ein Geschäftsessen? Eine improvisierte Trauerfeier?

»Ah! Sie kommen gerade recht«, rief Hoffmann, als er Kari entdeckte. »Bitte. Schenken Sie ein.«

Während Kari die Sektgläser verteilte, begann er bereits seine Rede.

»Liebe Freunde«, sagte er, »ihr wisst, dass ich einen schweren Verlust erlitten habe. Mein geliebter Sohn Adrian wurde erschlagen, und meine Schwiegertochter wurde bereits vor der Hochzeitsnacht zur Witwe.«

Die Männer am Tisch nickten ihm zu, nicht mehr als das absolut nötige Maß an Mitgefühl im Blick. Ihre Interessen waren ganz offensichtlich anderer Art. Die Miene von Dorothea Jessen blieb undurchdringlich. War sie so kalt, oder versteckte sie ihre Gefühle nur gut?

»Ihr fragt euch sicher, wie es nun weitergeht«, fuhr Hoffmann fort. »Mit unserer Familie, unserer Firma, aber auch mit der geplanten Fusion von Hoffmann und Jessen. Der geschäftlichen Fusion«, fügte er mit einem Augenzwinkern hinzu, und einige der Männer am Tisch lachten tatsächlich.

Kari öffnete die erste Champagnerflasche und begann, die Gläser zu füllen.

»Es mag ein wenig pietätlos erscheinen, aber ihr wisst, dass man in unserem Geschäft Entscheidungen nicht auf die lange Bank schieben darf. Daher betrachte ich es als eine Fügung des Schicksals, dass in dieser schweren Zeit eine alte Liebe wieder aufgeblüht ist. Mein älterer Sohn Hendrik hat Sarah nach dem schrecklichen Unglück seine Schulter zum Trost angeboten, und sie hat ihn ebenso über den Verlust seines Bruders hinwegtrösten wollen. Dabei haben die beiden erkannt, dass ihre tiefe Zuneigung zueinander immer noch besteht.« Hoffmann machte eine weit ausholende Geste. »Wie heißt es so schön? Wenn irgendwo eine Tür zufällt, öffnet sich anderswo eine neue. Deshalb habe ich auch nicht gezögert, dieser Verbindung meinen Segen zu geben.«

Er forderte Hendrik und Sarah mit einer knappen Geste auf, sich zu erheben.

»Ich verkünde hiermit die Verlobung meines Sohnes Hendrik mit Sarah Jessen«, erklärte er. »Er wird in naher

Zukunft die Geschäfte von mir übernehmen, und die Unternehmensgruppen Hoffmann und Jessen werden sich wie geplant verbinden.«

Kari wäre beinahe die Champagnerflasche aus der Hand geglitten. War das nur ein unternehmerischer Schachzug? Oder liebte Hendrik die Witwe seines Bruders wirklich?

Während sie einschenkte, versuchte sie, einen Blick auf sein Gesicht zu erhaschen. Als es schließlich gelang, wusste sie Bescheid. Die glänzenden Augen ließen keinen Zweifel. Hendrik fügte sich nicht nur den Wünschen seines Vaters. Er bekam endlich, was er schon immer ersehnt hatte.

Sie stopfte die leere Flasche achtlos zurück in den Sektkühler, nachdem sie das letzte Glas gefüllt hatte, und eilte durchs Foyer nach draußen. Im Laufen zog sie ihr Smartphone aus der Tasche und tippte auf Voss' Nummer.

»Jonas«, keuchte sie, als er sich mit hörbarer Zurückhaltung meldete. »Ich glaube, ich weiß, wer Adrian Hoffmann und Lydia Cordes ermordet hat.« Sie berichtete, was sie soeben erlebt hatte.

»Hendrik hat Sarah schon damals geliebt«, fasste sie ihre Überlegungen zusammen. »Aber nach der Geschichte mit Denise sind die Karten neu gemischt worden. Adrian musste auf seine Liebe zu Lydia verzichten und ist mit Sarah zusammengekommen. Die gemeinsame Schuld hat sie verbunden. Und Hendrik ist leer ausgegangen. Er hat das akzeptiert, weil man gegen die Liebe eben machtlos ist. Er kannte ja die Hintergründe nicht. Doch dass ihm sein Vater nun auch noch die Firma wegnehmen und Adrian übergeben wollte, war offenbar mehr, als er ertragen konnte. Der Kampf um die Unternehmensleitung allein hätte ihn nicht zum Mörder gemacht, aber zusammen mit seiner heftigen Eifersucht war es ein tödlicher Cocktail.«

Sie hörte, wie Jonas kurz mit jemandem im Hintergrund sprach. Hannah vermutlich.

»Bleib, wo du bist«, sagte er dann knapp. »Wir kommen.«

▪ ▪ ▪

Hannah Behrends stopfte im Laufen ihr Tablet in die Handtasche, während sie hinter Jonas hereilte. Er hatte bereits die Türen entriegelt und sich hinters Steuer geklemmt, als sie ihn eingeholt hatte.

»Warum auf einmal diese Eile?«, erkundigte sie sich, als sie neben ihm auf den Beifahrersitz rutschte. »Hast du Angst, dass er uns wegläuft?«

Voss startete den Motor und trat das Gaspedal durch. Der Passat schoss vom Hof in die erste freiwerdende Verkehrslücke. Jonas beschleunigte und ordnete sich in den Fahrzeugstrom in Richtung Norden ein.

»Ich weiß nicht«, sagte er. »Ich habe plötzlich ein ganz blödes Gefühl.«

»Glaubst du, Kari tut irgendetwas Leichtsinniges? Das ist doch gar nicht ihre Art.«

Voss stieß den Atem aus, den er angehalten hatte, während er den Fahrer des vor ihm fahrenden Wagens mit Blicken zum Gasgeben zu animieren versuchte. Was dieser natürlich nicht sehen konnte.

»Normalerweise nicht. Aber im Moment …« Er sprach nicht weiter, doch er wusste, dass Hannah ihn auch so verstand. Für gewöhnlich war Kari rational und absolut kontrolliert. Aber in den letzten Tagen schien eine fremde Macht von ihr Besitz ergriffen zu haben. Wer wusste schon, wie sie sich in dieser Verfassung verhalten würde?

Aus Hannahs Handtasche erklang ein Signalton. Seine Kollegin holte ihr Smartphone hervor und schaute auf die Nachricht, die man ihr geschickt hatte.

»Na also«, sagte sie. »Das kommt jetzt genau zur rechten Zeit.«

Voss warf ihr einen kurzen Blick zu.

»Was denn?«

Der Wagen vor ihm bog in Kampen zur Uwe-Düne ab, und die Straße war frei. Jonas drückte das Gaspedal durch.

»Die Spurensicherung«, sagte Hannah, die sich von seinem Fahrstil nicht aus der Ruhe bringen ließ. »Sie haben Schuhabdrücke auf dem Weg zum Leuchtturm sichergestellt. Die Spuren sind identisch mit einem Satz Abdrücke vom Tatort Adrian Hoffmann. Die Schuhe, von denen sie stammen, gehören seinem Bruder Hendrik.«

»Also hatte Kari recht«, stellte Jonas fest und beschleunigt weiter. »Adrian Hoffmann und Lydia Cordes sind vom selben Täter ermordet worden. Von Hendrik Hoffmann.«

»Darauf läuft es wohl hinaus«, sagte Hannah und verstaute ihr Smartphone wieder in der Tasche. Sie blinzelte ihrem Kollegen zu. »Du solltest dir das merken. Hör einfach auf deine Frau, dann machst du nichts verkehrt.«

18.

Karis Nerven vibrierten. Hoffmanns kleine Versammlung im Clubhaus löste sich bereits wieder auf, und Jonas und Hannah waren noch nicht eingetroffen. Auch die Häkelmafia war wie vom Erdboden verschluckt. Zunächst war Kari froh darüber gewesen, weil sie so nicht in die Schusslinie gerieten, doch mittlerweile machte sie sich Sorgen. Es passte nicht zu den alten Damen, ausgerechnet dann nach Hause zu gehen, wenn die Ereignisse sich zuspitzten.

Was, wenn ihnen etwas zugestoßen war? Sobald sie hier fertig war, würde Kari sich auf die Suche nach ihnen machen.

Der Champagner war getrunken, alles Wichtige gesagt. Die Männer hatten weitere Termine oder wollten zurück aufs Festland. Dorothea Jessen war schon gegangen, nach einigen ungeduldigen Blicken auf ihre filigrane Armbanduhr und einer gemurmelten Entschuldigung, sie habe eine dringende Verabredung. Kari, die den Tisch abräumte, hatte aufgeschnappt, wie Hoffmann Senior seinem Sohn das Wort »Nagelstudio« zugeflüstert hatte.

Die belegten Brote hatten keinen großen Anklang gefunden. Dabei sahen sie ausgesprochen appetitlich aus. Aber für die Sylter High Society waren bunte Schnittchen ganz offensichtlich nicht exklusiv genug. Kari stapelte die Tabletts übereinander und lud sie sich auf die Arme.

»Ich helfe Ihnen«, bot sich Hendrik Hoffmann unerwartet zuvorkommend an und griff nach dem Korb mit den leeren Flaschen. Er begleitete Kari durchs Foyer ins Freie, doch als sie weitergehen wollte, stellte er sich ihr in den Weg.

»Ich hoffe, Sie denken nicht schlecht von mir?«, fragte er. »Weil ich mich drei Tage nach dem Tod meines Bruders verlobe? Mit der Frau, die er heiraten wollte?«

»Geheiratet hat«, korrigierte Kari automatisch und biss sich auf die Zunge. Es war sicher nicht klug, Hendrik zu provozieren. Sofern ihre Theorie stimmte, war er ein Mörder und würde nicht zögern, sie anzugreifen, wenn er sich bedroht fühlte.

Doch Hoffmann nickte nur.

»Sie haben recht. Mein Bruder hat Sarah geheiratet. Aber die Ehe ist nicht vollzogen worden. Wir lassen sie annullieren.« Er stellte den Korb mit den leeren Flaschen ab »Wir haben beide das Wichtigste in unserem Leben verloren. Deshalb wollen wir sicherstellen, dass wir nicht auch noch uns verlieren.«

Kari bemühte sich um eine neutrale Miene.

»Sie können tun und lassen, was Sie wollen. Sie müssen mir nichts erklären.«

»Aber ich weiß doch, wie das ist«, brauste Hoffmann auf. Seine Augen loderten, und er strahlte plötzlich eine Präsenz aus, die gar nicht zu seinem blassen Äußeren zu passen schien. »Beim Personal wird geredet, und mir nichts, dir nichts, stehen irgendwelche Sachen in der Zeitung. Das schadet unserem Ruf, und es schadet auch unseren Geschäften, verstehen Sie?«

Kari stellte die Tabletts auf den Boden, um die Hände frei zu haben. Die Schnittchen mussten ohnehin weggeworfen oder von der Familie und den Angestellten verzehrt werden. Da kam es nicht darauf an, ob die Platten von unten staubig wurden.

»Ich verstehe, was Sie mir sagen. Aber ich weiß nicht, was Sie von mir wollen.«

Hoffmann hob den Zeigefinger.

»Dass Sie das, was Sie erfahren haben, für sich behalten.«

»Sie haben es doch selbst gerade öffentlich gemacht.«

»Wir haben unsere Geschäftspartner informiert. Das war eine strategische Entscheidung. Aber es ist viel zu früh, um mit dieser Information an die Öffentlichkeit zu gehen.«

»Oder zur Polizei?«, fragte Kari, obwohl sie wusste, dass es nicht klug war. Der Mann vor ihr hatte wahrscheinlich Lydia ermordet. Die Frau, zu der sie eine so tiefe Verbindung empfunden hatte wie zu kaum einer Freundin zuvor.

Hoffmanns Augen wurden schmal.

»Was wollen Sie der Polizei denn sagen?«

Kari spannte ihren Körper an. Sie trug keine Waffe, aber sie besaß den schwarzen Gürtel im Jiu Jitsu. Wenn es sein musste, konnte sie sich verteidigen.

»Sie haben Ihren Bruder getötet. Weil er Ihnen die Frau weggenommen hat, die Sie lieben, und dann auch noch die Firma Ihres Vaters.«

Hoffmanns Augen waren hart wie Stahl.

»Sie haben eine rege Phantasie. Ich rate Ihnen dringend, solche Spekulationen für sich zu behalten.«

»Sonst?«

Kari wusste, dass sie sich auf dünnem Eis bewegte, aber die Spurenlage an beiden Tatorten war dürftig. Es würde schwer werden, Hendrik seine Taten nachzuweisen. Wenn Hoffmann dagegen ein Geständnis ablegte, brauchte Jonas keine weiteren Beweise mehr.

»Sonst wird es Ihnen leidtun«, verkündete Hoffmann und machte einen drohenden Schritt auf Kari zu, die eilig zurückwich.

■ ■ ■

Sie hatten sich aneinandergedrängt wie Schafe in der kalten Jahreszeit, um sich gegenseitig zu wärmen. Grethe hatte die Arme um Alma und Witta gelegt, Marijke hielt ihre Hände. Sie spürte, wie ihr die Kälte in die Glieder kroch, durch die dünnen Sohlen ihrer Schuhe, die Arme und Beine hinauf bis in den Nacken. Längst zitterten sie alle vier. Witta, die dünner als ihre Häkelschwestern war, stärker als die anderen. Ihre Lippen waren bereits blau angelaufen, ihr Gesicht war leichenblass. Marijke befürchtete, dass sie über kurz oder lang umkippen würde.

Nicht schon wieder, lieber Gott, betete sie still. Nicht schon wieder Witta. Aber die Landarztwitwe war nun einmal die zerbrechlichste ihrer Freundinnen. Situationen, die eine gute körperliche Konstitution erforderten, setzten ihr stärker zu als den anderen.

»Was machen wir denn jetzt?«, jammerte Alma. Sie war zwar besser gepolstert als Witta, hatte dafür aber ein dünnes Nervenkostüm. Außerdem fühlte sie sich in besonderem Maße verantwortlich. Sie war die einzige der vier Frauen, die ihr Handy dabeigehabt hatte, doch sie hatte in ihrem Eifer, Ilse Pohl zu helfen, ihre Handtasche in der Restaurantküche abgestellt und nicht mit zum Kühlhaus genommen. Dass Grethe ihr mindestens hundertmal versichert hatte, dass es nicht ihre Schuld war – schließlich hätten auch Marijke oder Witta ihre Smartphones einstecken können – hatte nichts daran geändert.

»Marijkes Handy ist doch kaputt«, hatte sie jedes Mal erwidert. »Und Witta hat kein Guthaben.«

»Trotzdem könnte man damit den Notruf wählen«, hatte Grethe ihr entgegengehalten, während Witta eingeworfen hatte, dass sie beim besten Willen nicht damit hatte rechnen können, in eine solche Situation zu geraten. Und darüber hinaus könnte Grethe, wenn sie es wichtig fand, für Notfälle gerüstet zu sein, sich ja auch endlich ein Handy anschaffen.

Immerhin, die Debatte hatte sie innerlich gewärmt. Und Marijke war froh, dass zumindest Grethe ihren Optimismus nicht verlor.

»Wir halten durch«, kommandierte sie. »Es ist nur eine Frage der Zeit, bis uns jemand befreit.«

»Zeit, die wir nicht mehr haben«, unkte Witta.

»Papperlapapp«, fuhr Grethe ihr in die Parade. »So schnell stirbt man nicht. Sobald wir draußen sind, tauen wir ganz rasch wieder auf, du wirst sehen …« Sie hielt plötzlich inne. »Hört ihr das?«, wisperte sie aufgeregt.

Marijke spitzte die Ohren.

Tatsächlich! Da war ein Geräusch. Ein Schaben, dann ein Klirren und Knirschen.

Im nächsten Moment wurde die Tür aufgerissen.

»Um Himmels willen!« Robin Pohl stand im Türrahmen, so groß und breit, dass sie nicht die geringste Chance hatten, an ihm vorbeizukommen. Er stürzte auf sie zu und fasste nach Wittas und Almas Armen. »Schnell«, drängte er. »Kommen Sie hier raus.« Er zog die beiden Frauen zur Tür und kehrte zurück, um auch Marijke und Grethe zu helfen.

Die hatten sich mittlerweile von ihrem Schock erholt.

»Danke. Wir können selbst laufen«, erklärte Grethe und marschierte an Pohl vorbei nach draußen. Der Gastwirt nahm Marijkes Arm und drückte ihn, während er sie ins Freie begleitete.

»Es tut mir so unendlich leid«, sagte er. »Ich habe Sie nicht gesehen. Als ich am Kühlhaus vorbeikam und die Tür offen stand, dachte ich, meine Mutter hätte in der Eile mal wieder vergessen, sie zu schließen. Das passiert ihr in letzter Zeit öfter, müssen Sie wissen. Es war auch nicht das erste Mal, dass der Schlüssel steckte. Er hakt gelegentlich. Also habe ich die Tür einfach zugemacht und den Schlüssel abgezogen. Als ich dann eben in die Küche kam und erfuhr, dass meine Mutter Sie ins Kühlhaus geschickt hatte, um ein paar Sachen zu holen, ist mir fast das Herz stehengeblieben. Ich bin sofort losgelaufen, um Sie zu befreien.«

Er schaute Alma und Witta an, die im Hof des Restaurants standen und immer noch bibberten.

»Ist alles in Ordnung mit Ihnen?«, erkundigte er sich besorgt. »Soll ich einen Krankenwagen rufen?«

»Danke. Es geht schon«, wehrte Witta ab.

»Wie Sie meinen.« Pohls Blick blieb an Marijke hängen. »Kennen wir uns nicht?«, fragte er.

»Doch. Wir sind uns vorgestern Abend in Hörnum am Hafen begegnet. Sie waren so freundlich, mir ein Glas Wasser zu besorgen, weil mir ein wenig blümerant war.«

Pohl kratzte sich am Hinterkopf. Marijke sah ihm an, dass er nicht glauben konnte, dass das alles nur Zufall war, doch eine vernünftige Erklärung fiel ihm offenbar auch nicht ein.

»Okay. Aber wenn Sie sich nicht wohlfühlen, sagen Sie Bescheid. Dann bringe ich Sie zum Arzt oder ins Krankenhaus.«

Grethe fixierte ihn misstrauisch.

»Sie haben uns also nicht absichtlich eingeschlossen, um uns loszuwerden?«

Robin Pohl lachte. »Warum sollte ich das tun?«

»Weil Sie Adrian und Lydia umgebracht haben. Die beiden Menschen, die schuld an Ihrem verkorksten Leben sind. Wegen dieser alten Geschichte mit Ihrer Frau. Dass Ihre Freunde und Sie sie im Sand eingegraben haben und sie fast ertrunken wäre. Und dass Sie sie deshalb heiraten mussten.«

Pohl hob die Augenbrauen. »Ganz so war es ja nicht. Aber woher wissen Sie das alles?«

»Ach.« Witta, die sich offenbar wieder gefangen hatte, richtete ihre Frisur. »Man hört so dies und das auf dieser Insel.«

»Offensichtlich.« Robin schnitt eine Grimasse. »Aber ich habe niemanden ermordet.« Er grinste. »Sonst hätte ich Sie nicht befreit, oder? Wo Sie doch mindestens so bedrohlich sind wie Sherlock Holmes und Hercule Poirot zusammen.«

Grethe warf Pohl einen bösen Blick zu.

»Er nimmt uns nicht ernst.«

Marijke nickte. »Aber ich glaube, er sagt die Wahrheit.« Sie dachte an das, was sie von Kari über den Sühneschwur erfahren hatten, und auf einmal erschien ihr alles sonnenklar. »Er ist nicht derjenige, der alles verloren hat«, sagte sie und konnte an den Mienen ihrer Freundinnen ablesen, dass sie exakt dieselben Schlussfolgerungen gezogen hatten. »Der wirklich Betrogene war sein Bruder.«

Robin Pohl sah sie an, als vermute er eine beginnende Altersdemenz bei ihr.

»Ich habe keinen Bruder.«

Witta schenkte ihm ihr schönstes Lächeln.

»Da täuschen Sie sich«, beschied sie ihm. »Unterhalten Sie sich bei Gelegenheit mal mit Ihrer Mutter darüber.«

Pohl schüttelte den Kopf und bewegte sich rückwärts von ihnen weg.

»Schließen Sie einfach die Tür und ziehen den Schlüssel ab, ja?«, sagte er und wandte sich um. Dann ging er mit raschen Schritten davon.

Grethe schnalzte mit der Zunge.

»Musst du den armen Jungen so aus der Fassung bringen?«, tadelte sie ihre Freundin.

Witta hob die Hände. »Es ist nicht meine Schuld, wenn er die Wahrheit nicht verträgt.«

Marijke stellte erleichtert fest, dass offenbar keine ihrer Häkelschwestern bleibende Schäden von ihrem Aufenthalt im Kühlhaus davongetragen hatte. Trotzdem mussten sie sich dringend bewegen, um ihren Kreislauf in Schwung zu bringen und wieder warm zu werden. Aber vorher gab es noch etwas Wichtiges zu erledigen. Marijke deutete zum Restaurant hinüber.

»Wir müssen Frau Blom Bescheid sagen«, erklärte sie.

»Oder besser gleich Hauptkommissar Voss. Damit er den Täter festnimmt.«

Sie eilten in die Hotelküche. Marijke beruhigte Ilse Pohl, die sich tausendmal für ihren Sohn und ihre eigene Nachlässigkeit entschuldigte. Alma zog unterdessen ihr Smartphone mit der rosafarbenen Häkelhülle aus der Handtasche.

Das Telefonat dauerte nicht lange. Dann ließ Alma das Handy sinken.

Die anderen drei sahen sie an.

»Was ist los?«, drängte Grethe.

Alma steckte das Smartphone zurück in die Handtasche.

»Wir waren zu langsam«, sagte sie enttäuscht. »Frau Blom und Kommissar Voss sind schon selbst darauf gekommen, dass es Hendrik war.«

■ ■ ■

Jonas Voss jagte den dunkelblauen Passat über die Zufahrt zum Clubhaus. Vor dem Eingangsportal entdeckte er zwei Personen, eine Frau mit einer blonden Kurzhaarfrisur und einen schmalen Mann mit schütterem, nach hinten gekämmtem Haar. Kari Blom und Hendrik Hoffmann. Obwohl der ältere Hoffmann-Sohn ein eher unscheinbarer Typ war, wirkte er bedrohlich. Er bedrängte Kari, die sich rückwärts von ihm wegbewegte.

Was spielte sich zwischen den beiden ab?

Jonas stoppte und sprang aus dem Wagen. Auf der anderen Seite tat Hannah dasselbe.

»Herr Hoffmann!«, rief Voss streng. »Lassen Sie die Frau in Ruhe!«

Hendrik Hoffmann drehte sich wie in Zeitlupe zu ihm um. Für Kari wäre es die Chance gewesen, sich in Sicherheit zu bringen, doch auch sie blieb wie angewurzelt stehen. Obwohl sie doch Jonas' Eintreffen erwartet hatte, schien sie überrascht, dass er da war.

Hoffmann blinzelte.

»Was wollen Sie von mir?«, fragte er.

»Wir müssen Sie festnehmen. Sie stehen unter dringendem Mordverdacht.«

Hendrik Hoffmann schnaubte.

»Haben Sie der Polizei diesen Unsinn eingeflüstert?«, fuhr er Kari an.

»Wir wissen beide, dass es kein Unsinn ist.« Kari hob die Hände, wie sie es auch tat, wenn sie bei Jonas im Garten ihre Kampfkunsttechniken trainierte. Er wusste, dass sie unglaublich schnell und präzise agierte. In diesem Fall half es ihr allerdings nichts. Hendrik Hoffmann hatte plötzlich eine Waffe in der Hand und richtete sie auf Karis Kopf.

Es war eine Sportpistole, doch mit scharfer Munition war sie nicht weniger gefährlich als die Dienstwaffen, die Jonas und Hannah am Gürtel trugen.

»Ich gehe nicht ins Gefängnis«, fauchte Hendrik Hoffmann, der von einem Moment auf den anderen jegliche Kontrolle verloren hatte. Sein Gesicht war verzerrt, seine Züge hatten kaum noch etwas mit dem freundlichen Antlitz des Buchhalters gemein, das er der Welt bisher präsentiert hatte. »Adrian und Lydia haben nur bekommen, was sie verdient haben.«

Jonas hob beschwichtigend die Hand. Vor ihm stand ein geständiger Mörder, der nichts mehr zu verlieren hatte. Mit einem raschen Blick verständigte er sich mit Hannah. Beide hatten die Hände am Pistolenholster, verzichteten aber darauf, ihre Waffen zu ziehen, um Kari nicht in Gefahr zu bringen.

»Was wollen Sie?«, fragte Voss.

»Ihren Wagen. Und freies Geleit. Frau Blom wird mich fahren und bei mir bleiben, bis ich auf dem Festland bin. Sollten Sie mich verfolgen …« Er tat so, als würde er abdrücken, und beschrieb mit der Waffe die kurze Aufwärtsbewegung, wie der Rückstoß eines Schusses sie auslösen würde. Jonas lief ein eisiger Schauer über den Rücken. Er nahm die Hand vom Holster.

»Bitte. Tun Sie nichts Unüberlegtes.« Auch Hannah hob die Hände.

Hendrik stieß Kari vor sich her. »Geben Sie ihr die Wagenschlüssel.«

Voss griff in seine Hosentasche. Er wollte die Schlüssel hervorziehen, doch in diesem Moment bemerkte er die Gestalten, die sich um die Ecke des Clubhauses schoben und von hinten an Hendrik Hoffmann heranschlichen. Mit aufgeregten Gesten gaben sie ihm zu verstehen, dass er Hoffmann ablenken sollte. Voss schloss kurz die Augen, um zu signalisieren, dass er verstanden hatte. Er schenkte Hoffmann ein devotes Lächeln und tat so, als müsse er die Schlüssel suchen. Er probierte es in den Taschen seiner Lederjacke, dann wieder in der Hose. Schwer fiel ihm das Theater nicht. Schließlich war es die Regel, dass er Dinge selten auf Anhieb fand.

»Nun machen Sie schon.« Hoffmanns Stimme bebte.

Kari blickte ihn flehend an. »Bitte. Die Schlüssel.« Sie hatte Angst, das war nicht zu übersehen. Es zerriss ihm fast das Herz, aber er hatte keine Möglichkeit, ihr zu verstehen zu geben, dass Hilfe nahte, ohne Hendrik zu warnen.

Die Erste der Gestalten nahm eines der Tabletts, die vor der Treppe des Clubhauses am Boden standen, und kippte die belegten Brote achtlos herunter. Sie näherte sich Hendrik

Hoffmann lautlos, hob das Tablett mit beiden Händen und schlug es ihm mit aller Kraft auf den Schädel.

Hoffmann verdrehte die Augen und sackte zusammen.

Jonas war mit zwei Schritten bei ihm und entwand ihm die Pistole. Hannah kniete sich neben ihn, zog ihm die Arme auf den Rücken und legte ihm Handschellen an. Kari drehte sich um und schaute auf die kuriose Szene, die sich ihr bot.

Grethe Aldag stand neben Hoffmann, das Tablett noch in den Händen, umringt von den anderen Häkeldamen.

»Ein guter Schlag«, lobte Witta. »Das hätte ich auch nicht besser hinbekommen.«

»Manchmal muss man eben handeln«, erwiderte Grethe.

Hinter ihnen öffnete sich die Tür des Clubhauses, und Hans-Peter Hoffmann und Albert Franke traten heraus.

»Was ist denn hier los?«, fragte der Bauunternehmer, als er die kleine Gruppe erreicht hatte.

»Wir nehmen Herrn Hendrik Hoffmann fest«, erklärte Jonas förmlich. »Er steht im Verdacht, Lydia Cordes und seinen Bruder Adrian getötet zu haben.«

»Du?« Hoffmann starrte seinen Sohn an, den Hannah mittlerweile wieder auf die Beine gestellt hatte.

»Ja. Ich.« Hendrik lachte seinem Vater ins Gesicht, eindeutig irre, wie Jonas fand.

Hoffmanns Hand landete klatschend auf seiner Wange. Dann sah er zu den Häkeldamen.

»Und Sie? Was haben Sie damit zu tun?«

»Ihr Sohn wollte Frau Blom entführen, um sich abzusetzen«, erklärte Hannah. »Die Damen haben beherzt eingegriffen und ihn zur Strecke gebracht.«

»Meine Güte.« Albert Franke schüttelte den Kopf. Dann hielt er Alma die Hand hin. »Das muss ein Schock für dich gewesen sein. Darauf sollten wir etwas trinken gehen.«

»Gern.« Alma ergriff seine Hand.

»Albert.« Die Stimme von Hans-Peter Hoffmann schnarrte.

»Ja, Chef?«

»Vielleicht hättest du die Güte, zuerst Frau Claaßen und mich nach Kampen zu bringen?« Er wandte sich an Witta und bot ihr den Arm. »Für Sie war das sicher ebenfalls ein Schreck. Der verarbeitet sich am besten bei einem Glas Champagner in meinem Wintergarten.«

Witta setzte ihre Landarztgattinnen-Miene auf und hängte sich bei ihm ein.

»Das ist ein guter Gedanke. Umso mehr, wenn Sie den Kamin anheizen. Ich bin ein wenig durchgefroren. Und ich müsste kurz nach Hause und mich umziehen. Anschließend leiste ich Ihnen gerne Gesellschaft. Für Sie ist das ja auch eine schwere Stunde.«

»Allerdings.« Hoffmann schaute seinen Sohn an, als wolle er ihm ein paar weitere Ohrfeigen verabreichen oder ihm ins Gesicht spucken, doch dann beließ er es bei einem kalten »Mit dir bin ich fertig«. Jonas meinte, Eiswürfel in seiner Stimme klirren zu hören.

Gemeinsam mit Hannah führte er Hendrik Hoffmann zu seinem Wagen und bugsierte ihn auf die Rückbank. Dann blickte er noch einmal zu den beiden verbliebenen Häkeldamen und Kari.

»Sie kommen zurecht?«, fragte er.

Marijke winkte ihm zu. »Fahren Sie nur. Wir kümmern uns um Frau Blom.«

19.

Ilse Pohl kam aus dem Kopfschütteln gar nicht mehr heraus. Sie hatte Kari auf einen Stuhl in der Küche gedrückt und ihr und den beiden Häkelfreundinnen heißen Tee und warmen Apfelstrudel serviert.

»Er hat tatsächlich versucht, dich zu entführen?« Sie schlug die Hände über dem Kopf zusammen. »Wenn ich mir vorstelle, was da alles hätte passieren können!« Sie sah zu den Häkeldamen. »Ein Glück, dass Sie zur Stelle waren.« Ihr Blick wanderte weiter zu Robin, der am Herd stand und für das Abendessen vorkochte. »Und dass du die Damen rechtzeitig aus dem Kühlhaus befreit hast. Wenn ich geahnt hätte, was passiert ist ...«

»Es ist ja alles gutgegangen«, beruhigte Marijke die Wirtin.

»Das war wirklich keine Absicht«, erklärte Robin. »Ich habe Sie einfach nicht gesehen.«

»Wir glauben Ihnen«, sagte Marijke. »Wir dachten ja, Sie hätten Lydia und Adrian ermordet, um sich für ihr verpfuschtes Leben zu rächen. Aber nachdem wir wissen, dass Sie es gar nicht waren ...«

»Verpfuschtes Leben?« Ilse Pohl stemmte die Hände in die Hüften. »Was soll das denn heißen? Wir geben uns doch alle Mühe!«

»Es geht nicht um dich und Papa«, ging Robin dazwischen. »Es geht um eine Dummheit, die ich gemacht habe. Vor langer Zeit, zusammen mit Adrian und Lydia.«

Ilse Pohl war keine gebildete Frau, doch ihr Verstand arbeitete tadellos.

»Diese Sache mit Denise, nicht wahr? Ich habe immer geahnt, dass ihr etwas damit zu tun hattet. Hast du sie deshalb geheiratet?«

Pohl rieb sich den Hinterkopf.

»Ich habe geschworen, mich um sie zu kümmern. Wir haben alle einen Sühneschwur abgelegt.«

»Also ist es wahr?«, erklang eine belegte Stimme von der Tür her. Denise stand dort, ihr Gesicht so grau wie das Geschäftskostüm, das sie trug.

Robin straffte sich.

»Es ist wahr, dass wir dich eingegraben haben, ja. Es ist auch wahr, dass wir aus Sühne auf unsere Liebe zu Lydia verzichtet haben, Adrian und ich. Am Anfang war das der einzige Grund, weshalb ich mich um dich gekümmert habe. Aber dann habe ich dich besser kennengelernt und mich wirklich in dich verliebt.« Er trat auf Denise zu und nahm ihre Hände. »Glaubst du mir das?«

»Ich muss darüber nachdenken.«

»Klar.« Robin ließ seine Frau wieder los und ging auf Distanz. Sein Blick wanderte zu Marijke.

»Mama?«

»Ja?«

»Diese Frau da«, er zeigte mit dem Finger auf Marijke, »hat behauptet, ich hätte einen Bruder.«

Hinter ihm flog krachend die Tür auf, und Günther Pohl kam herein, eine große Kiste mit auf Eis gelegten Fischen in den Händen. An der Seite der Kiste prangte der Schriftzug *Fischhandlung Voss*.

»Was ist los?«, erkundigte er sich und knallte die Kiste auf eine der chromglänzenden Arbeitsflächen.

Ilse Pohl richtete die Augen zur Decke.

»Ich hatte es Ihnen doch im Vertrauen erzählt«, sagte sie mit leisem Vorwurf in der Stimme.

»Tut mir leid.« Marijke Meenken setzte eine zerknirschte Miene auf. »Ich konnte es nicht für mich behalten.«

»Also stimmt es?« Robin blinzelte.

»Was stimmt?«, fragte sein Vater.

»Dass er nicht dein Sohn ist«, sagte Ilse Pohl.

»Wie bitte? Was ist denn das für ein dummes Zeug?«

»Es ist die Wahrheit.« Sie trat zu ihrem Mann und nahm seine Hände. »Erinnerst du dich, wie lange wir versucht haben, ein Kind zu bekommen? Aber es hat einfach nicht funktioniert.«

»Ja.« Günther Pohl fummelte eine Zigarette aus seiner Hemdtasche und zündete sie an.

»Günther! Doch nicht in der Küche!«

»Das ist meine Küche. Hier tue ich, was ich will.«

Ilse Pohl kapitulierte. Es war einfach nicht der richtige Zeitpunkt für einen Nebenkriegsschauplatz. Kari sah ihr an, wie schwer es ihr fiel, ihrem Mann reinen Wein einzuschenken.

»Ich war damals bei einem Arzt«, erzählte sie. »Zuerst habe ich meine Eizellen untersuchen lassen, aber bei mir war alles in Ordnung. Also habe ich ihm eine Spermaprobe von dir mitgebracht.« Sie legte ihrem Mann eine Hand auf den Arm. »Du bist nicht zeugungsfähig.«

Pohl starrte sie an, als spräche sie Chinesisch. »Ich?«

»Ja, du. Aber das konnte ich dir nicht sagen, weil es dich so gekränkt hätte. Was sollte ich also tun? Wir wollten ein Kind, doch ich wusste, dass ich gemeinsam mit dir niemals eines bekommen würde.« Ein trauriges Lächeln huschte über ihr Gesicht. »Und dann war da dieser Abend mit Hans-Peter Hoffmann. Irgendein Firmenjubiläum, bei dem ich als Kellnerin gebucht war. Er war fürchterlich betrunken, und ich habe die Gelegenheit genutzt und ihn verführt.« Ein verschmitzter

Ausdruck stahl sich in ihre Augen. »Als ich ihm gesagt habe, dass ich schwanger bin, war er entsetzt. Er hatte überhaupt keine Erinnerung an den Abend. Und er wollte auf keinen Fall, dass seine Frau etwas davon erfährt. Er hat sie wirklich sehr geliebt, und sie war gerade zum zweiten Mal schwanger. Also haben wir einen Handel geschlossen.« Ilse Pohl hob die Schultern. »Ich behalte das Kind und lasse meinen Mann glauben, dass er der Vater ist. Und dafür gibt mir Hans-Peter das Geld, mit dem ich die Pension meiner Eltern zum Landgasthof mit Fremdenzimmern ausbauen kann.«

»Dein angebliches Erbe«, sagte Günther Pohl tonlos.

»Ja. In Wirklichkeit war da nichts«, gab Ilse zu. »Wir hätten alles verkaufen müssen. Aber das war nicht der Hauptgrund, warum ich mit ihm zusammen war. Ich wollte dir einfach den Sohn schenken, den du dir immer gewünscht hast.«

Günther Pohl zog an seiner Zigarette und stieß eine dichte Rauchwolke aus.

»Also hast du es aus Liebe getan.«

»Ja.«

Pohl hielt die Zigarette unter den Wasserhahn und warf den Stummel in den Müll. Dann nahm er seine Frau in die Arme.

»Danke«, sagte er und küsste sie auf den Mund. »Ein größeres Geschenk hättest du mir nicht machen können.«

Kari schluckte und wischte sich eine Träne aus dem Augenwinkel. Meine Güte! Das war ja schlimmer als die Sonntagabendschnulzen im Fernsehen, die Ole Lund sich so gerne ansah!

Robin kratzte sich nachdenklich am Kinn.

»Hans-Peter Hoffmann ist also mein leiblicher Vater?«, sagte er und seine Mundwinkel hoben sich. »Dann haben wir doch gute Chancen, dass er uns das Restaurant nicht wegnimmt. Jetzt, wo der eine Sohn tot ist und der andere als Mörder ins Gefängnis wandert. Da kann er doch froh sein, dass er noch ein Kuckuckskind hat.«

»Robin!« Ilse Pohl schüttelte den Kopf. »Du wirst ihn nicht damit erpressen. Wir hatten eine Abmachung, und er hat alle seine Zusagen eingehalten.«

Pohl lächelte.

»Wer sagt denn etwas von Erpressung? Irgendwo muss er doch hin mit seinem ganzen Geld, jetzt, wo er keinen anderen würdigen Erben mehr hat.«

Denise nickte langsam. »Da hat er recht.«

Günther Pohl ergriff die Hände seiner Frau und drehte sich mit ihr im Kreis.

»Du bist ein Goldstück«, verkündete er. »Nun wird doch noch alles gut.«

Kari sah zu Marijke und Alma, die ebenfalls Tränen der Rührung in den Augen hatten und auch keinen Hehl daraus machten.

Günther Pohl riss die Tür des großen Kühlschranks auf und nahm ein paar Flaschen Champagner heraus.

»Das müssen wir feiern!«, rief er.

Marijke und Alma nickten begeistert, doch dann runzelte Alma die Stirn. Sie zog ihr Mobiltelefon aus der Handtasche und drückte eine Taste. Mit dem Gerät am Ohr ging sie zur Tür.

»Warte mal. Ich verstehe dich nicht.« Sie lauschte. Ihr Gesicht wurde ernst, dann legte sich Enttäuschung darüber.

»Ja. Natürlich. Wir kommen.« Sie beendete das Gespräch und verstaute das Gerät in der Handtasche.

»Tut mir leid«, sagte sie zu Ilse Pohl. »Aber wir müssen los. Unsere Freundin braucht uns.«

Marijke war sofort bei ihr. »Was ist denn passiert?«

»Das weiß ich auch nicht so genau. Aber wir sollen Witta bei Hans-Peter Hoffmann abholen. Sofort.«

Kari sprang auf. »Ich komme mit«, verkündete sie. »Dann kann ich anschließend mit Ihnen nach Hause fahren. Wenn das in Ordnung ist«, wandte sie sich an Ilse Pohl.

Die Wirtin nickte. »Geh nur. Du hast heute genug durchgestanden. Mach dir einen schönen Abend und leg die Füße hoch. Wir sehen uns morgen.«

■ ■ ■

»Warum Lydia?«, fragte Hannah Behrends.

Sie saßen mit Hendrik Hoffmann in dem kleinen Raum mit dem Bücherregal und den bunten Vorhängen, in dem sie alle ihre Befragungen durchführten. Sie hatten gute Erfahrungen damit gemacht, eine angenehme Atmosphäre zu schaffen. Die meisten Straftäter hatten das Bedürfnis, sich ihre Schuld von der Seele zu reden. Nur wenige schwiegen auch dann noch, wenn sie längst überführt waren. Es war also nicht nötig, Verdächtige in kahlen, grell beleuchteten Zimmern unter Druck zu setzen. Trotzdem gab es auch bei ihnen einen solchen Raum, für den Fall, dass alle anderen Mittel scheiterten.

Aber Hendrik Hoffmann machte keinen Versuch, zu mauern. Anders als vor dem Clubhaus, als er Jonas fast irrsinnig vorgekommen war, gab er sich jetzt besonnen und bekannte sich offen zu seinen Taten.

»Lydia wusste, was ich getan habe«, erklärte er und beugte sich zu dem Mikrofon auf dem Tisch vor. Jonas Voss versicherte sich mit einem kurzen Blick, dass das Aufnahmegerät ordnungsgemäß aufzeichnete. Hannah protokollierte zusätzlich alles auf ihrem Tablet.

»Sie hat Sie erpresst?«

»Ja.«

»Was genau ist in der Hochzeitsnacht passiert? Und wie hat Lydia davon erfahren?«

»Das wissen Sie doch. Sie waren dabei. Robin, Denise und ich haben Adrian entführt. Anschließend bin ich mit den beiden zurück zum Clubhaus gefahren. Ich wollte mich eigentlich in die Laube zurückziehen, aber dann habe ich Sarah gesehen. Ich bin ihr gefolgt.« Er biss sich auf die Lippen. »Die beiden haben es da draußen getrieben. Im Freien. Das war mehr, als ich ertragen konnte. Mein Bruder und die Frau, die ich über alles liebe. Als Sarah gegangen ist, um die Farce aufrechtzuerhalten – dass sie keine Ahnung hat, wo wir Adrian hingebracht haben – bin ich zu ihm gegangen. Wir haben gestritten, und dann habe ich zugeschlagen.«

Jonas tippte mit dem Kugelschreiber auf seinen Block, auf dem er noch kein einziges Wort notiert hatte.

»Wie sind Sie an den Schläger gekommen?«

»Ich habe ihn aus der Tasche genommen, die wir in die Hütte gestellt hatten. Sarahs Hochzeitsgeschenk. Das wissen Sie doch.«

Voss seufzte. Makabrer ging es wohl kaum. Den eigenen Bruder mit seinem Hochzeitsgeschenk zu erschlagen – aus Eifersucht.

Hannah tippte auf ihrem Tablet.

»Wie kommt es, dass wir keine Fingerabdrücke von ihnen auf dem Schläger gefunden haben?«

»Ich habe Handschuhe getragen.«

»Also war es keine Tat im Affekt, sondern ein geplanter Mord«, sagte Hannah. »Sie haben sich die Handschuhe übergezogen, sind in die Hütte gegangen, um den Schläger zu holen, und dann haben Sie zugeschlagen.«

»Was? Nein.« Auf Hendriks Stirn erschienen Schweißperlen, und er zupfte nervös an seiner Hose herum. »Die Handschuhe hatte ich an, weil ich mit Adrian ein paar Bälle schlagen wollte.«

»Ich dachte, Sie wollten ihn zur Rede stellen?«

»Ja. Aber Adrian wollte nicht reden. Er hat den Schläger und ein paar Bälle aus der Hütte geholt und mich aufgefordert, eine Runde mit ihm zu spielen.«

»Ihr Bruder hatte nur einen Ball dabei.«

»Dann war es eben nur einer. Was spielt denn das für eine Rolle?«, fuhr Hendrik auf.

»Wir müssen ein exaktes Protokoll anfertigen«, erklärte Hannah ruhig.

»Okay. Er hat einen Ball und einen Schläger aus der Hütte geholt. Dann hat er mir den Schläger gegeben, und ich habe zugeschlagen.«

»Einfach so?«

»Ich war außer mir vor Zorn.«

»Der Golfball steckte in der Hosentasche Ihres Bruders. Wie ist er dorthin gekommen?«

»Was haben Sie denn immer mit diesem blöden Ball?« Hoffmanns Gesicht war hochrot. »Er hat ihn eben eingesteckt, als er gemerkt hat, dass ich nicht spielen, sondern reden wollte.«

»Hm.« Hannah tippte auf ihrem Tablet. »Eben sagten Sie, Sie hätten sofort zugeschlagen. Jetzt behaupten Sie, Ihr Bruder hätte zuerst den Golfball in die Tasche gesteckt.«

Hoffmanns Lider flatterten.

»Er hat den Ball eingesteckt. Er hat mich verhöhnt. Und ich habe zugeschlagen.«

»Sehen Sie? Das ist präzise.« Hannah lächelte. »Was haben Sie mit den Handschuhen gemacht?«

»Verbrannt. In dem Grill in der Hütte, in der ich mich anschließend betrunken habe.«

Letzteres hatte die Spurensicherung bestätigt. Von Rückständen verbrannter Lederhandschuhe war allerdings keine Rede gewesen. Jonas warf Hannah einen fragenden Blick zu, doch sie schüttelte den Kopf.

»Wir haben keine Spuren gefunden, die darauf hindeuten, dass auf dem Grill etwas gebrannt hat. Weder Lederhandschuhe noch irgendetwas anderes.«

Hoffmann stützte die Hände auf den Tisch.

»Das war ja das Problem. Ich wollte die Handschuhe verbrennen«, fauchte er. »Aber dann ist Lydia dazugekommen. Sie hat mir die Handschuhe weggenommen. Sie hat gesagt, sie hätte gesehen, was ich getan habe. Und dass auf den Handschuhen sicherlich Blutspuren seien. Deshalb hat sie sie eingesteckt. Als Druckmittel.«

»Hm«, machte Hannah erneut. »Was für Handschuhe waren es denn?«

Hoffmann sah aus, als stünde er kurz vor der Explosion.

»Handschuhe eben.«

»Farbe? Material? Fahrradhandschuhe? Golfhandschuhe? Oder Handschuhe zum Cabriofahren?«

»Golfhandschuhe. Weiß.«

»Aus Kunststoff oder aus Leder?«

»Ich. Weiß. Es. Nicht.« Hoffmanns Finger umklammerten die Tischplatte. »Die Dinger steckten in der Golftasche.«

»Also waren Sie ebenfalls in der Hütte? Eben sagten Sie, Adrian sei allein hineingegangen und hätte den Schläger und den Ball geholt.«

Hoffmann atmete tief ein.

»Er hat auch die Handschuhe mitgebracht.« Seine Augen

funkelten wütend. »Was wollen Sie eigentlich? Ich habe Ihnen gesagt, dass ich es getan habe. Vielleicht kann ich mich nicht mehr an jedes Detail erinnern. Ich habe mir anschließend fast eine ganze Flasche Mirabellenbrand hinter die Binde gekippt. Kann sein, dass meine Erinnerung ein bisschen darunter gelitten hat.«

»Okay.« Hannah wischte über das Display ihres Tablets. »Dann reden wir über Lydia. Waren Sie danach auch betrunken?«

»Nein.« Hoffmann lehnte sich auf seinem Stuhl zurück und verschränkte die Arme. »Da war ich vollkommen nüchtern.«

»Was ist genau passiert?«

»Wie gesagt. Lydia hat mich erpresst, mit den blutigen Handschuhen.«

»Was wollte sie?«, fragte Jonas.

»Was schon? Geld.«

»Wie viel?«

»Zweihundertfünfzigtausend.«

Jonas hob die Augenbrauen. »Das ist nicht wenig.«

»Deshalb wollte ich ja auch nicht zahlen. Eine solche Summe kann ich auf die Schnelle nicht beschaffen, ohne dass mein Vater etwas davon mitbekommt. Auch wenn ich als Buchhalter der Firma Prokura habe. Aber die Bank hätte sich auf jeden Fall bei ihm rückversichert, wenn ich einen derart hohen Betrag angewiesen hätte.«

»Also haben Sie geplant, Lydia zu töten.«

»Nein. Ich wollte mit ihr reden. Deshalb habe ich mich mit ihr am Leuchtturm verabredet.«

»Und dann?«

»Sie wollte nicht einlenken. Nicht warten. Sie hat damit gedroht, zur Polizei zu gehen.« Sein Gesicht verlor plötzlich sämtliche Spannung, und seine Augen wurden feucht. »Ich wollte das nicht. Aber ich war so verzweifelt. Lydia hatte diesen Schal um den Hals. Einen blauen Seidenschal. Ich habe danach gegriffen und ihn zugezogen. Ich wollte nur, dass sie ruhig ist. Und dann sind plötzlich ihre Beine eingeknickt, und sie ist zu Boden gestürzt.« Er hob hilflos die Hände. »Sie war tot.« In seinen Augen stand das blanke Entsetzen, das er in diesem Augenblick empfunden haben musste.

Hannahs Finger huschten über die virtuelle Tastatur des Tablets.

»Was haben Sie danach getan?«

»Ich bin zurück zu meinem Wagen gelaufen und habe das Seil aus dem Kofferraum geholt. Eigentlich wollte ich damit den großen Sonnenschirm bei uns im Garten sichern.« Für einen Moment schienen seine Gedanken abzuschweifen, dann konzentrierte er sich wieder. »Ich dachte, wenn ich sie da oben ans Geländer hänge, geht es vielleicht als Selbstmord durch. Ich habe ihr das Tuch abgenommen und sie die Treppen hinaufgeschleppt. Als ich oben war, habe ich ihr die Schlinge um den Hals gelegt, das andere Ende an der Brüstung festgeknotet und sie über die Balustrade geworfen.«

»Hm. Und der Abschiedsbrief?«

»Den hat Lydia damals geschrieben, nach dieser Sache mit Denise. Lydia hat anschließend versucht, sich das Leben zu nehmen, mit Schlaftabletten und Alkohol. Zum Glück habe ich sie rechtzeitig gefunden. Ich habe einen Krankenwagen gerufen und den Brief eingesteckt. Keine Ahnung, warum ich ihn nicht weggeworfen habe. Wahrscheinlich, weil es mir gefallen hat, etwas gegen Adrian in der Hand zu haben. Ich habe immer geahnt, dass er etwas damit zu tun hatte. So ganz eindeutig steht es ja nicht in dem Brief, aber man kann es sich zusammenreimen, nicht wahr?« Hendrik Hoffmann setzte eine bittere Miene auf. »Nachdem ich vom Leuchtturm zurück war, habe ich den Brief geholt und in Lydias Zimmer platziert. Diese Häuserreihe in List, in der sie mit ihrer Mutter wohnt, gehört meinem Vater. Wir haben für jedes davon einen Schlüssel. Ich musste nur warten, bis Marion zu einem ihrer Putzjobs aufbricht. Danach konnte ich alles herrichten.«

»Bei einer solch minutiösen Planung dürfte es schwer werden, den Richter davon zu überzeugen, dass es eine Tat im Affekt war«, bemerkte Hannah.

»Aber das habe ich mir erst hinterher überlegt«, jammerte Hendrik. »Nachdem sie tot war. Da habe ich einen Plan entwickelt, wie ich verschleiern könnte, was ich getan hatte. Das müssen Sie mir glauben.«

»Zunächst einmal müssen wir den Wahrheitsgehalt Ihrer Aussage prüfen«, sagte Jonas Voss und erhob sich. Er bedeutete Hannah, dass er unter vier Augen mit ihr sprechen wollte.

Hannah klemmte sich ihr Tablet unter den Arm und lächelte Hoffmann an.

»Einen Moment bitte. Wir sind gleich wieder da.«

■ ■ ■

Marijke hatte den Wagen gerade erst auf dem Bordstein geparkt, da kam Witta auch schon aus der Einfahrt gestürmt. Sie riss die Tür auf und warf sich auf den Beifahrersitz, den Grethe und Kari vorsorglich freigehalten hatten.

»Fahr los«, schnaufte sie und umklammerte ihre Handtasche, die sie auf den Knien platziert hatte. Sie saß kerzengerade, die Lippen schmal, das Kinn so weit gehoben, dass ihr Nacken schmerzen musste. Die sonst so akribisch geordneten Locken sahen aus, als sei ein Sturm hindurchgefegt. Durchaus apart, fand Kari, doch Witta würde diese Einschätzung vermutlich nicht teilen.

Sie hatte sich hübsch gemacht; mit einem knielangen hellgelben Kleid mit orangefarbenen Perlenstickereien und einer passenden Seidenstrumpfhose, kombiniert mit einem Seidenschal im selben Pastellton und zartgelben Pumps. Mit dem Outfit machte sie ihrem Idol Marlene Dietrich alle Ehre. Nur ihre erboste Miene passte nicht dazu.

»Schnallst du dich bitte an?«, forderte Marijke Meenken sie auf, völlig unbeeindruckt von Wittas zur Schau gestellter Empörung. Kein Wunder; die beiden kannten sich seit der gemeinsamen Schulzeit. Da machte keine der anderen noch etwas vor.

Witta grummelte irgendetwas Unverständliches und ließ den Gurt einrasten. Anschließend nahm sie wieder die Pose der beleidigten Diva ein.

Marijke gab Gas und ließ den Golf Plus auf die Straße rollen.

»Was ist denn passiert?«, erkundigte sie sich, während sie in einen höheren Gang schaltete und den Wagen durch das Kampener Villenviertel in Richtung des etwas weniger mondänen älteren Teils des Orts lenkte. Kari, die noch nicht oft in dieser Ecke von Sylt gewesen war, betrachtete die imposanten Reetdachhäuser, die größtenteils hinter hohen Hecken verborgen waren. Die High Society legte Wert darauf, ungestört und vor allem unbeobachtet zu sein. So wie die meisten anderen Menschen auch, nur dass die Schönen und Reichen sich dieses Privileg leisten konnten.

»Er hat versucht, mich zu küssen«, verkündete Witta schrill.

Grethe, die ebenfalls die Zweitwohnsitze der Prominenz betrachtet hatte, wandte ihren Kopf nach vorn.

»Na und?«

»Ich bin doch kein leichtes Mädchen«, entrüstete sich die Landarztwitwe.

»Du meinst, er wollte mit dir ins Bett?«

»Grethe!«

Kari konnte im Rückspiegel sehen, wie Witta das Gesicht verzog, als hätte sie in eine Zitrone gebissen.

»Aber wenn er dich nur küssen wollte, was ist so schlimm daran? Ihr trefft euch doch schon ein paar Tage.« Grethe grinste. »Meinst du, Alma küsst ihren Albert nicht?«

Witta wedelte mit der Hand, die, wie Kari erst jetzt bemerkte, in einem zartgelben Handschuh steckte. Es war exakt derselbe Farbton wie bei der Strumpfhose.

»Das ist etwas anderes.«

»Ach so?« Grethe warf Kari einen ratlosen Blick zu.

»In den gehobenen Kreisen verhält man sich nicht so primitiv wie in der gewöhnlichen Bevölkerung«, erläuterte Witta schmallippig.

»Dein Wilhelm hat dich also nicht geküsst?«, erkundigte sich Grethe. Wenn sie sich von Wittas herablassender Bemerkung getroffen fühlte, zeigte sie es nicht. Aber auch sie kannte Witta ja seit der Schulzeit und war an ihre Art gewöhnt. Entweder registrierte sie den Hochmut der Freundin gar nicht mehr, oder sie hatte sich zumindest damit arrangiert. An der tiefen Zuneigung, die trotz der ständigen Kabbeleien zwischen den beiden bestand, änderte es jedenfalls nichts, das hatte Kari im letzten Jahr eindrücklich erleben dürfen.

Witta richtete die Augen zum Wagenhimmel.

»Natürlich hat er mich geküsst. Wir hatten sogar Sex, stell dir vor.«

»Und ich dachte schon, Sören sei das Ergebnis einer unbefleckten Empfängnis«, murmelte Grethe in Karis Richtung. Kari biss sich auf die Lippen, um nicht laut zu lachen.

»Aber nicht nach zwei Tagen«, führte Witta aus. »Man macht einer Frau zunächst den Hof und wartet, bis sie bereit ist. Und erst dann küsst man sie.«

»Vielleicht dachte Herr Hoffmann, in unserem Alter ergibt es Sinn, die Sache ein wenig abzukürzen«, gab Marijke zu bedenken und stoppte vor Wittas Grundstück.

Witta runzelte die Stirn.

»Warum hältst du an?«

»Ich dachte, du wolltest nach Hause.«

»Dafür hätte ich euch nicht anrufen müssen. Die paar Schritte hätte ich auch zu Fuß gehen können«, versetzte die Landarztwitwe. »Nach diesem Erlebnis brauche ich Gesellschaft.«

»Wir kommen gerne mit rein«, verkündete Grethe.

Witta fuchtelte mit den behandschuhten Händen.

»Ich habe nichts im Haus. Und für Herrn Hoffmann wären es auch nur ein paar Schritte. Ich will nicht, dass er mich hier antrifft.«

Marijke lächelte fein.

»Du möchtest also, dass wir uns zu mir ins Wohnzimmer setzen? Einen Kaffee trinken und ein Stück Kuchen essen?«

»Natürlich. Was denn sonst? Das tun wir doch immer.«

Marijke legte mit einem leichten Kopfschütteln den Gang wieder ein.

»Ach ja.« Witta, die den Tadel großzügig übersah, hob den Zeigefinger. »Einen Schnaps könntest du auch noch anbieten. Auf diesen Schock.«

Kari bemerkte, wie sich Marijke und Grethe im Rückspiegel anschauten. Einen Kommentar sparten sie sich. Stattdessen gab Marijke Gas und steuerte auf die Hauptstraße zu. Sie passierten die Ladenzeile mit den exklusiven Geschäften und erreichten den Wenningstedter Kreisel. Gleich darauf befanden sie sich auf der holprigen Landstraße nach Osten und fuhren an den Pferdekoppeln vorbei ins beschauliche Braderup, wo sich Marijkes Haus befand.

Kari war froh über diese Entscheidung. So konnte sie kurz in ihr Gartenhaus gehen und sich umziehen oder womöglich sogar noch rasch eine Runde durch die Braderuper Heide joggen, ehe die Häkeldamen sie für den Rest des Abends mit Beschlag belegten, um über das verkorkste Seelenleben von Hendrik Hoffmann zu diskutieren.

▪ ▪ ▪

Jonas Voss lehnte sich an den Türrahmen und schaute durch das kleine Fenster zu Hendrik Hoffmann, der auf seinem Stuhl zusammengesunken war. Der Kopf hing müde herunter, die Hände hatte er auf die Knie gelegt und zu Fäusten geballt. Ein Mann, der unter massiver Anspannung stand und darum kämpfte, seine letzten Kräfte zu mobilisieren.

»Seltsam«, sagte Jonas und wies mit dem Kinn in Richtung des Beschuldigten. »Findest du nicht?«

Hannah hielt ihr Tablet in der Hand und scrollte durch ihre Notizen.

»Was meinst du?«

»Den Mord an Lydia kann er präzise schildern, aber bei seinem Bruder verwickelt er sich in Widersprüche.«

»Weil er aufgeregt war. Und weil er hinterher getrunken hat.«

»Du glaubst ihm also?«

Hannah schüttelte ihren blonden Bob in Form.

»Was wäre, wenn nicht?«

»Dann hätten wir vielleicht nur den Mörder von Lydia Cordes, aber nicht den von Adrian Hoffmann.«

Hannah runzelte die Stirn.

»Du glaubst immer noch, dass es Lydia war, die Adrian erschlagen hat?«

»Nein. Lydia ist tot. Hendrik hat keinen Grund, einen Mord zu gestehen, den in Wirklichkeit sie begangen hat.«

Hannah kräuselte skeptisch die Lippen.

»Du meinst, er schützt den wahren Täter?«

Voss hob die Schultern.

»Wer sollte es denn sein?«, fragte Hannah. »Robin Pohl haben wir ausgeschlossen, oder nicht? Also doch Denise, wegen dieser alten Geschichte? Aber welchen Grund hätte Hendrik Hoffmann, sie zu schützen?«

Jonas gestikulierte ratlos. »Ich weiß es nicht. Es ist nur so ein Bauchgefühl.«

»Hm.« Hannahs Finger schwebten über dem Display. »Ich könnte Kari unsere Aufzeichnungen schicken. Vielleicht fällt ihr etwas dazu ein.«

Im ersten Moment wollte Jonas protestieren, doch dann nickte er stattdessen. Auch wenn Kari in diesem Fall kratzbürstig und launenhaft war wie nie zuvor, sie hatte den richtigen Riecher gehabt. Von Anfang an hatte sie darauf beharrt, dass Hendrik Hoffmann etwas mit dem Tod seines Bruders zu tun hatte. Aus gekränktem Stolz auf ihre Hilfe zu verzichten, wäre dumm. Und Vorwürfe, dass er ihre Tarnung gefährdete, konnte sie ihm nicht mehr machen. Ihr eigener Fall war abgeschlossen. Sie war mittlerweile bei Marijke Meenken im Gartenhaus und packte ihre Sachen, um zurück nach Kiel zu fahren. Wenn er sie jetzt in die Mordermittlung einbezog, würde sie möglicherweise noch ein paar Tage bleiben. Dann ergab sich vielleicht auch noch eine Gelegenheit, sich zu treffen und ein paar Dinge zu klären, über die sie vor der Hochzeit dringend reden mussten. Unter anderem die Frage, ob die Trauung überhaupt stattfinden sollte.

■ ■ ■

Die Häkeldamen saßen im Kreis um Kari herum und hörten gespannt zu. Man hätte an eine Märchenerzählerin denken können; doch das, was Kari vorlas, war keine erfundene Geschichte, sondern ein polizeiliches Vernehmungsprotokoll. Ein Dokument, das eigentlich nicht für die Augen und Ohren von Zivilisten bestimmt war. Aber nachdem die Freundinnen herausgefunden hatten, was Hannah ihr aufs Smartphone geschickt hatte, war sie praktisch chancenlos gewesen. Und hatten Jonas und Hannah nicht auch einkalkuliert, dass die Häkelmafia sich am Rätselraten beteiligten würde? Korrekt war das nicht, aber die aufgeregt glänzenden Augen der Frauen machten Kari solche Freude, dass sie ihre moralischen Bedenken beiseiteschob.

»So, so«, pickte Grethe den pikantesten Punkt von Hendriks Aussage heraus. »Adrian und Sarah hatten also keine Lust, zu warten, bis die Hochzeitsnacht eingeläutet worden war. Sie haben sich schon vorher im Gebüsch miteinander amüsiert.« Sie sah aus, als würde ihr die Vorstellung Vergnügen bereiten.

»Unmöglich«, kommentierte Witta, die, wie Kari spätestens seit diesem Nachmittag wusste, eine gänzlich andere Einstellung zu diesen Dingen hatte.

Alma dagegen lächelte so versonnen, als wären das Küssen und die intime Zweisamkeit nicht nur eine ferne Erinnerung, sondern in greifbarer Nähe. Was vermutlich den Tatsachen entsprach. Albert hatte Alma eine halbe Stunde zuvor bei

Marijke abgesetzt, und die Blicke der beiden hatten sehr verliebt gewirkt.

»Adrian und Sarah waren doch schon verheiratet«, sagte Marijke pragmatisch. »Da spielt der Zeitpunkt keine Rolle. Ganz abgesehen davon, dass heutzutage ohnehin ganz andere Regeln gelten.«

»Ja.« Witta hob ihr Sektglas und trank daraus. »Sodom und Gomorrha. Respekt, Rücksicht und gute Sitten zählen nicht mehr.«

»Ach.« Grethe winkte ab und kippte ihren Küstennebel hinunter. »Du bist einfach bloß verklemmt.«

Kari lauschte der Debatte nur mit halbem Ohr. Sie beschäftigte etwas anderes.

»Hendrik hat gesagt, sie würden die Ehe annullieren lassen, weil sie nicht vollzogen worden sei«, überlegte sie laut. »Aber wenn die beiden schon vor dem Mord Verkehr hatten, war das eine Lüge.«

Sie griff nach ihrem Smartphone und tippte Hannahs Nummer an.

»Hannah, hallo«, sagte sie, als die Kommissarin sich meldete, und schilderte ihre Gedanken.

Hannah hörte aufmerksam zu.

»Wir fragen Hendrik Hoffmann. Ich melde mich.«

Die Häkeldamen nutzten die Gelegenheit, um das Buffet für das Abendessen aufzubauen und weitere alkoholische Getränke aufzufahren. Kari sah ihre Chancen schwinden, später noch mit klarem Kopf eine Runde durch die Braderuper Heide zu joggen.

Grethe hatte gerade die Teller verteilt, als sich Karis Handy wieder meldete.

»Hoffmann sagt, es zählt nicht, weil es kein Beischlaf war, nur Fellatio«, berichtete Hannah. »Eine einseitige Angelegenheit also. Adrian hatte seinen Spaß. Seine Braut hat er auf später vertröstet. Typisch für seinen Bruder, meint Hendrik.«

Kari bedankte sich für die Information und beendete das Gespräch. Sie hatte keine Ahnung, ob es ihnen weiterhalf, aber interessant war es allemal.

»So einer war das also«, sagte Grethe und nahm sich ein Fleischbällchen, das sie in die Knoblauchsoße auf ihrem Teller tunkte.

Kari knabberte an einem Stück Baguette und versuchte, sich zu konzentrieren. Sie hatte das Gefühl, dass die Lösung genau vor ihren Augen lag, aber sie sah sie nicht. An irgendeinem Punkt war die Geschichte nicht stimmig. Irgendjemand musste gelogen haben.

Ein Gedanke formte sich in ihrem Hinterkopf und versuchte, sich Gehör zu verschaffen. War das wirklich möglich? Oder war es nur ihre eigene Verzweiflung, die sie dazu brachte, völlig abstruse Theorien zu konstruieren?

Aber wenn Hendrik Hoffmann tatsächlich jemanden zu schützen versuchte, gab es dafür eigentlich nur eine naheliegende Erklärung.

»Sarah Jessen!« Die Häkeldamen vergaßen auf der Stelle ihr Abendbuffet und warfen sich in ihre Mäntel.

»Worauf warten Sie denn?«, drängte Grethe. »Sie müssen mit der Braut sprechen!«

Kari hob ihr Smartphone.

»Wir sollten das Kommissar Voss überlassen.«

»Papperlapapp«, winkte Grethe ab. »Wenn die Polizei bei ihr vor der Tür steht, wird sie alles leugnen. Schließlich weiß sie, dass Hendrik bereit ist, für sie ins Gefängnis zu gehen. Aber wenn eine besorgte Bekannte vorbeischaut, um sie in ihrem Kummer zu trösten, redet sie vielleicht.«

Kari verbiss sich ein Lachen. Die Häkelfreundinnen hatten wirklich auf alles eine Antwort.

»Also gut. Wir versuchen es«, stimmte sie zu. »Aber Sie warten im Wagen. Und wenn sich auch nur ein Hauch von Gefahr ergibt, machen wir uns aus dem Staub.«

Die vier alten Damen hoben sofort die Finger zum Schwur.

»Versprochen.«

20.

Der Sylter Wohnsitz von Dorothea Jessen befand sich erwartungsgemäß in Kampen. Am Ende einer Stichstraße, in einer Reihe mit anderen Anwesen auf riesigen Grundstücken, gesäumt von Hecken, die bestenfalls einen Blick auf das Reetdach des jeweiligen Luxusdomizils erlaubten. Das bronzefarbene Tor, vor dem Kari und die Häkeldamen standen, war zwei Meter hoch und vermutlich komplett aus Metall gefertigt, auch wenn die Bronze nur die Oberfläche bildete. Am Torpfosten daneben befand sich eine Gegensprechanlage mit einem beweglichen Kameraauge.

Kari schob die Häkeldamen in den Bereich, der von der Kamera nicht abgedeckt wurde, ehe sie auf den Klingelknopf drückte.

»Sie haben versprochen, draußen zu warten. Sarah macht sicher nicht auf, wenn wir hier in Mannschaftsstärke aufkreuzen.«

Witta murmelte irgendetwas, das Kari nicht verstand, und richtete ihre Dauerwelle. Die anderen drei, einsichtiger und weniger egozentrisch als die Landarztwitwe, zogen sie mit sich hinter die Hecke.

Aus der Sprechanlage ertönte eine dumpfe Frauenstimme. »Ja, bitte?«

»Guten Abend«, sagte Kari höflich. »Mein Name ist Kari Blom. Ich war vorgestern mit Sarah und einer Freundin von ihr im Club Royale etwas trinken. Sarah hat versehentlich ihr Notizbuch dort liegen lassen.« Sie hielt ein in einen mattblauen Einband gehülltes DIN-A5-Buch in die Kamera, das natürlich nicht Sarah gehörte. Aber das würde die Person auf der anderen Seite nicht wissen, solange es nicht Sarah selbst war. Es war der einzige Gegenstand, den Kari und die Häkeldamen auf die Schnelle gefunden hatten, der ihnen als Türöffner dienen könnte.

Offenbar funktionierte es.

»Einen Moment«, sagte die Stimme auf der anderen Seite. »Ich mache Ihnen auf.«

Ein elektronisches Piepen ertönte, dann fuhr das schwere Metalltor wie von Geisterhand bewegt beiseite. Dahinter eröffnete sich ein prachtvoller Garten mit üppig blühenden Blumen und Büschen, alle sorgsam gestutzt und zu kunstvollen Formen gestaltet.

»Oh, wie schön!«, rief Marijke aus. Kari versuchte, sie mit einer schnellen Geste davon abzuhalten, doch die Häkeldamen drängten bereits hinter ihr auf das Grundstück.

Kari seufzte. Wie, bitte schön, sollte sie die Anwesenheit der vier alten Frauen erklären? Doch nun war es zu spät, um umzukehren. Also ging sie mit möglichst selbstbewussten Schritten über den Kieselsteinweg auf das eindrucksvolle Friesenhaus zu. Die Fassade war in einem dezenten Gelb gestrichen, das Reetdach war hell und sauber. Anscheinend war es erst kürzlich neu gedeckt worden. Nun, Dorothea Jessen fehlte es als Baustoffhändlerin wohl weder an Material noch an den finanziellen Mitteln.

Die Haustür schwang auf, ehe Kari und die Häkelmafia den langen Weg vom Eingangstor hinter sich gebracht hatten. Die Frau, die im Türrahmen stand, war weder Dorothea Jessen noch ihre Tochter Sarah. Es war kleine, rundliche Gestalt in einem kurzen schwarzen Kleid mit dunklen Haaren, in denen kaum eine graue Strähne zu entdecken war, obwohl die Frau die Sechzig bereits erreicht haben musste.

Marijke Meenken stieß einen begeisterten Ruf aus.

»Estefania!«

»Marijke!« Die Frau in der Tür lief mit ausgebreiteten Armen auf Marijke zu. Im nächsten Moment standen sie engumschlungen und lachten sich an. »Was für eine Freude, dich zu sehen.«

Marijke Meenken trat einen Schritt zurück.

»Estefania ist eine alte Freundin«, erklärte sie, an Kari gewandt. »Wir kennen uns vom jährlichen Wohltätigkeitsbasar der SOG.«

Die Sylter Ornithologischen Gesellschaft, in der alle vier Häkeldamen engagiert waren, wie Kari wusste.

»Estefania macht die hübschesten Häkeldeckchen, die man sich vorstellen kann! Sie räumt immer alle Preise ab. Sie häkelt diese traditionellen Muster. Estefania stammt ursprünglich aus Portugal, müssen Sie wissen.« Marijke wandte sich wieder an die Frau im schwarzen Kleid. »Meine Freundinnen kennst du ja.« Sie zeigte auf Alma, Witta und Grethe. »Und das«, der Finger wanderte weiter zu Kari, »ist Kari Blom, die junge Schriftstellerin, die jedes Jahr im Sommer bei mir wohnt.«

»Wie schön, Sie kennenzulernen«, sagte Estefania herzlich. »Und Sie sind mit Sarah befreundet?«

»Nun ja. Befreundet wäre vielleicht zu viel gesagt. Wir sind uns eher zufällig begegnet und waren auf ein Glas zusammen im Club.«

»Umso freundlicher von Ihnen, dass Sie sich extra hierherbemühen, um ihr das Notizbuch zurückzubringen.« Estefania machte eine einladende Geste. »Wollt ihr nicht hereinkommen? Ich koche schnell einen Kaffee. Oder ist es euch dafür schon zu spät? Kein Koffein am Abend?«

»Für einen Kaffee ist es nie zu spät«, erklärte Grethe und marschierte resolut auf die Haustür zu.

»Ich hätte lieber einen Tee«, wandte Witta ein. »Sonst kann ich nicht schlafen.«

»Ist Sarah denn zu Hause?«, erkundigte sich Kari.

»Nein. Leider nicht. Sie ist vor einer halben Stunde weggefahren.«

»Und ihre Mutter?«

»Frau Jessen?« Estefania kicherte. »Die ist heute Abend zurück aufs Festland gefahren. Andernfalls würde ich es nicht wagen, euch hereinzulassen.«

Kari erkannte ihre Chance.

»Dann lege ich Sarah das Notizbuch einfach in ihr Zimmer, ja?«

Estefania deutete die Treppe neben dem Eingang hinauf.

»Oben, die zweite Tür auf der linken Seite.«

»Danke.« Kari erklomm eilig die Stufen, ehe die Haushälterin, denn das musste Estefania wohl sein, es sich anders überlegen konnte oder die Häkeldamen auf die Idee kamen, sie zu begleiten.

Neugierig ging sie den oberen Flur entlang und öffnete die benannte Tür.

Das Zimmer dahinter war schlichter, als sie vermutet hatte. Geschmackvolle, auf Leinwand gedruckte Landschaftsaufnahmen aus den verschiedensten Regionen der Welt an den Wänden, eine mit Büchern gefüllte Regalwand, ein aufgeräumter Schreibtisch, ein gemütlich aussehender Lesesessel. Auf der anderen Seite ein großer Kleiderschrank neben dem Bett, dessen gelber Überwurf ordentlich über Kissen und Decke gebreitet war. Und, mitten darauf, ein knallroter Briefumschlag.

Kari legte das Notizbuch auf den Schreibtisch und nahm das Kuvert vom Bett. Die Lasche war nur eingesteckt, nicht festgeklebt. Kari zog den Briefbogen heraus. Er war zartgelb wie der Überwurf, auf dem der Umschlag gelegen hatte, beschrieben mit blauer Tinte in einer runden, fast kindlich wirkenden Schrift.

Die Worte, die Kari las, waren im Grunde keine Überraschung; schließlich hatten die Häkeldamen und sie längst die entsprechenden Schlüsse gezogen. Trotzdem war es ein Schock.

Kari sank auf den Lesesessel und musste einmal tief durchatmen, ehe sie es schaffte, ihr Mobiltelefon aus der Handtasche zu ziehen und Jonas' Nummer zu wählen.

»Es war Sarah«, keuchte sie, als er das Gespräch entgegennahm. »Sie hat Adrian Hoffmann erschlagen. Ich habe gerade einen Brief von ihr gefunden. Ein schriftliches Geständnis.

»Sarah Jessen? Die Braut?« Jonas' Stimme klang mehr als skeptisch, und sie konnte es ihm nicht verdenken. »Sie hatte Adrian doch ein paar Stunden zuvor erst geheiratet. Warum sollte sie ihn töten?«

»Weil er sie betrogen hat. In der Hochzeitsnacht.« Kari schluckte den Kloß, der sich in ihrer Kehle gebildet hatte, hinunter. »Es war nicht Sarah, mit der sich Adrian bei Loch 18 vergnügt hat. Es war Lydia. Sarah hat die beiden beobachtet. Sie hat gewartet, bis Lydia weg war. Dann ist sie in die Hütte gegangen. Sie hat einen von den Schlägern genommen und ihn ihrem untreuen Gemahl über den Schädel gezogen.«

Jonas pfiff durch die Zähne.

»Donnerlüttchen. Das ist starker Tobak.«

»In dem Brief steht noch mehr«, sagte Kari. »Sie schreibt, dass sie mit dieser Schuld nicht fertig wird. Sie kündigt ihren Suizid an.«

»Verdammt. Hast du eine Ahnung, wo sie sein könnte?«

»Nein.«

»Okay. Ich gebe eine Fahndung raus.« Eine kurze Pause, dann sagte er: »Danke, Kari«, ehe er das Gespräch beendete.

»Da nich für, wie der Friese sagen würde«, murmelte Kari. Sie überflog noch einmal Sarahs Zeilen. Dann steckte sie den Brief in die Tasche und eilte hinunter in die Küche, wo die Häkeldamen gemeinsam mit Haushälterin Estefania an einer in der Mitte des Raums platzierten Kochinsel saßen und Kaffee und Tee tranken.

»Frau Blom. Ist etwas passiert?«, fragte Marijke, die sofort bemerkte, wie verstört Kari war.

»Ich habe einen Abschiedsbrief gefunden«, sagte sie und wandte sich an die Haushälterin. »Haben Sie eine Idee, wo wir Sarah finden können? Ich fürchte, sie will sich das Leben nehmen.«

»Um Gottes willen«, hauchte die dunkelhaarige Frau. »Warum denn nur?«

»Sie hat ihren Bräutigam umgebracht«, erklärte Grethe ohne jedes Zartgefühl. »Stimmt doch, oder?« Sie schaute Kari fragend an.

»Ja. Leider.«

»Meu Deus«, stieß die Haushälterin hervor. »Das kann doch nur ein Irrtum sein. Sarah hat Adrian geliebt.«

»Er hat sie betrogen«, erklärte Kari. »In der Hochzeitsnacht.«

»Isso é verdade? Que bastardo!«

»Wir müssen Sie suchen!«, rief Marijke.

»Aber wo?«

Alma hob schüchtern die Hand. »Ich hätte da vielleicht eine Idee.«

»Dann spuck sie aus!«, forderte Grethe.

»Also, wenn ich sie wäre ...«, begann Alma.

»Ja?«

»Dann würde ich den Ort wählen, an dem ihre Freundin gestorben ist.«

»Natürlich.« Grethe schlug mit der Faust auf den Tisch. »Der Leuchtturm.«

»List-West«, ergänzte Witta.

Kari hatte bereits das Smartphone in der Hand, um Jonas zu informieren.

■ ■ ■

Die alten Damen eilten im Rekordtempo zu Marijkes Golf Plus, und die Kapitänswitwe holte das Letzte aus dem Wagen heraus. Sie fegte mit überhöhter Geschwindigkeit vom Braderuper Weg auf die Hauptstraße und trat das Gaspedal voll durch. Kari, Alma und Grethe, die auf der Rückbank saßen, wurden nach links gedrückt. Zum Glück war wenig Platz, so dass sich das Verletzungsrisiko in Grenzen hielt. Grethe war stabil gebaut, Alma gut gepolstert, und Kari, die rechts außen saß, wurde weich aufgefangen.

Hinter Kampen wurde die Hauptstraße zur Lister Straße, hinter der Vogelkoje zur Listlandstraße. Marijke überholte einige Wagen, und sie passierten bereits die Siedlungen Westerheide und Süderheidetal, als Kari eine Nachricht von Jonas erhielt, dass er mit Hannah ebenfalls auf dem Weg nach List war.

Jetzt konnten sie nur noch hoffen, dass Alma mit ihrer Idee richtiglag.

Gleich darauf waren sie an der Kurve nach List. Marijke verließ die Listlandstraße und raste den schmalen Weg durch die Dünen entlang. Nur gut, dachte Kari, dass zu dieser Stunde und in dieser Jahreszeit kaum jemand hier unterwegs war.

Tatsächlich erreichten sie die Privatstraße zum Ellenbogen, ohne dass ihnen ein anderes Fahrzeug begegnete. Das Kassenhäuschen war auch dieses Mal nicht besetzt; Marijke konnte einfach durchfahren. Die Kapitänswitwe kniff die Augen zusammen, weil die Straße noch schmaler wurde, drosselte aber das Tempo nicht. Knapp zwei Minuten später fuhr sie auf den Parkplatz am Leuchtturm, der sich hell von der einbrechenden Abenddämmerung abhob.

Kari und die alten Damen kletterten rasch aus dem Wagen. Grethe, die schneller als die anderen war, deutete nach oben.

»Da!«

Kari folgte mit den Augen ihrer ausgestreckten Hand und sah etwas Weißes am Geländer der roten Kuppel des Leuchtturms. Wie ein großer Vogel, dachte sie, und erinnerte sich, dass sie diese Assoziation schon einmal gehabt hatte. In der Hochzeitsnacht, als Sarah Jessen auf den Leichnam ihres Bräutigams zugestürzt war und sich über ihn geworfen hatte. Kari hatte das blutbesudelte weiße Kleid noch vor Augen, mit dem die verstörte Braut anschließend an ihr vorbei getaumelt war. Tiefes Mitleid hatte Kari empfunden, dabei war es in Wirklichkeit der geniale Schachzug einer Mörderin gewesen. Sarah musste sich nicht für das Blut auf ihrem Kleid rechtfertigen, denn niemand war auf die Idee gekommen, dass es nicht in diesem Moment völliger Verzweiflung, sondern bereits zuvor beim Mord an ihrem Bräutigam dorthin gelangt sein könnte.

Gemeinsam mit den Häkeldamen lief sie auf den Leuchtturm zu, den Blick nach oben gerichtet.

»Sie will springen«, hauchte Alma, und Kari sah, dass sie recht hatte. Sarah balancierte auf der Brüstung der Galerie, mit ausgebreiteten Armen. Nur die Finger der rechten Hand, mit denen sie sich an der Glaskuppel festhielt, verhinderten, dass sie das Gleichgewicht verlor.

»Ich versuche, sie aufzuhalten«, keuchte Kari und lief den Frauen voraus, auf die Tür am Fuße des Leuchtturms zu. Sie war nicht verriegelt und ließ sich problemlos öffnen. Immerhin. Kari erklomm die in einer Spirale nach oben führenden Stufen und betete, dass sie nicht zu spät kam. Ein wenig außer Atem erreichte sie das Lichthaus und kletterte durch die Luke auf die Balustrade.

»Sarah!«

Sarah Jessen wandte ihr den Kopf zu und kniff die Augen zusammen.

»Kari? Was tust du hier?«

»Dich davon abhalten, eine schreckliche Dummheit zu begehen.«

»Ach ja?« Sarah lachte bitter. »Und welche sollte das sein?«

Kari bewegte sich langsam auf sie zu. »Dein Leben wegzuwerfen.«

Sarahs Gesicht verzog sich.

»Das habe ich längst getan. In meiner Hochzeitsnacht. Kannst du dir das vorstellen?« Ein Windstoß hob den Rock ihres Brautkleids an und ließ ihn flattern. Von den Blutspritzern war nichts mehr zu sehen. Das Kleid war offensichtlich professionell gereinigt worden.

»Ja«, sagte Kari. »Du musst dich fürchterlich gefühlt haben, als du Adrian und Lydia entdeckt hast.«

Sarah hob die freie Hand und geriet ins Wanken.

»Bleib stehen«, fuhr sie Kari an. Dann, leiser: »Woher weißt du das?«

»Ich habe deinen Abschiedsbrief gelesen.«

»Wie kommst du dazu …«

»Ich wollte mit dir reden. Eure Haushälterin hat uns hereingelassen. Sie ist eine Bekannte meiner Vermieterin …«

»Bitte.« Sarah streckte die Hand aus. »Sei still. Ich will das nicht hören. Ich möchte einfach nur noch einen Moment diesen Blick genießen, bevor ich gehe.«

»Tu das nicht.«

»Es hat doch keinen Sinn. Ich habe alles falsch gemacht in meinem Leben. Damals, die Sache mit Denise. Dieser dumme Sühneschwur. Meine Beziehung mit Adrian. Ich habe ihn so geliebt, dabei wusste ich immer, dass es ihm nicht um mich geht, sondern nur um das Geld meiner Mutter.« Sie strich sich eine Haarsträhne aus der Stirn, die der Wind ihr ins Gesicht geweht hatte. »Wenn ich nur einmal richtig hingesehen hätte, hätte ich gemerkt, dass Hendrik der Mann ist, der mich wirklich liebt.«

»So sehr, dass er für dich zum Mörder geworden ist.«

»Ja. Ich musste mit jemandem reden. Ich habe ihm gestanden, was ich getan hatte. Er war sich sicher, dass Lydia früher oder später die Wahrheit begreifen würde. Schließlich war sie in der Nacht mit Adrian zusammen. Wenn sie erfahren hätte, dass ich bei der Polizei behauptet habe, ich sei vor dem Mord mit Adrian in den Büschen gewesen, hätte sie gewusst, dass ich gelogen habe.«

»Deshalb musste sie sterben.«

»Nein. Hendrik wollte das nicht. Er wollte ihr Geld anbieten. Aber sie hat ihn ausgelacht. Da hat er die Kontrolle verloren. Er ist auf sie losgegangen, weil sie eine Gefahr für mich war.« Sie lachte hohl. »Er dachte, er hätte sich besser im Griff als ich. Deswegen hat er darauf bestanden, dass er sich mit ihr trifft. Er dachte, ich tue ihr etwas an, weil sie mir Adrian weggenommen hat. So, wie ich Adrian erschlagen habe, weil ich so unfassbar verletzt war. Und dann hat er es selbst getan.«

Kari nickte. Wenn man die Wahrheit kannte, schien plötzlich alles ganz logisch und klar.

»Man wird vor Gericht berücksichtigen, dass du in einer Ausnahmesituation warst«, sagte sie. »Du wirst mildernde Umstände bekommen.«

»Und Hendrik?«

»Er auch«, behauptete Kari, obwohl sie sich diesbezüglich alles andere als sicher war. Natürlich, er hatte aus Liebe gehandelt. Aber das allein rechtfertigte keinen Mord.

»Selbst wenn. Wir haben alles verloren. Unsere Familien. Unsere Freunde. Uns. Wenn wir aus dem Gefängnis kommen, wird von unserer Liebe nichts mehr übrig sein. Wir haben die besten Jahre unseres Lebens verschenkt.«

»Mit Mitte vierzig ist man noch nicht zu alt, um etwas aus seinem Leben zu machen.«

Sarah sah sie böse an.

»Wenn das so einfach ist, warum tust du es nicht? Du bist nicht dumm, und du siehst gut aus. Warum arbeitest du als ungelernte Kraft für einen Hungerlohn in einem heruntergekommenen Restaurant?«

»Ich …« Kari wusste nicht recht, was sie darauf erwidern sollte. »Ich bin eigentlich Schriftstellerin«, brachte sie hervor.

»Dann schreib ein Buch über diese Geschichte«, sagte Sarah. »Das ist bestimmt ein guter Stoff.«

Auf der schmalen Straße zum Leuchtturm tauchte ein Paar

Scheinwerfer auf. Im Dämmerlicht meinte Kari, einen dunkelblauen Wagen auszumachen. Jonas Voss.

Sarah erkannte das Fahrzeug offenbar auch.

»Da kommt die Polizei«, sagte sie. »Ich muss jetzt gehen.«

Damit stieß sie sich von der Lichtkuppel ab und sprang in die Tiefe.

»Nein!«

Karis langgezogener Schrei musste über die halbe Insel zu hören gewesen sein. Sie beugte sich über das Geländer und schaute hinab, sicher, Sarahs zerschmetterten Körper am Fuße des Leuchtturms zu sehen.

Was sie stattdessen erblickte, zauberte ihr ein Lächeln auf die Lippen. Die Häkeldamen hatten ein Karree gebildet und zwischen sich ein Tuch aufgespannt, das sie offensichtlich auf die Schnelle aus ein paar Häkeldecken zusammengeheftet hatten.

Zum Glück war Sarah Jessen nicht besonders groß und schwer und der Leuchtturm mit gut elf Metern nicht besonders hoch. Das improvisierte Sprungtuch hatte gehalten, und auch die alten Damen waren nicht zu Schaden gekommen. Sarah war ein wenig lädiert, weil sie trotz des Tuchs auf den Boden geprallt war. Die Häkeldamen hatten den Fall bremsen, aber nicht komplett aufhalten können. Sarahs Knie hatten blutige Schrammen, und sie hielt sich den linken Arm, der wohl eine Prellung davongetragen hatte, doch nichts davon war lebensbedrohlich. Jonas und Hannah halfen der Braut auf die Beine, und Jonas legte ihr Handschellen an.

Kurz winkte er nach oben. Dann ging er mit Hannah und der Mörderin zurück zu seinem Wagen.

21. Sie hatte erwartet, dass sie auf dem Weg zum Standesamt von einer Welle der Panik überrollt werden würde. Dass ihr Bilder von Björn durch den Kopf gehen würden, von den Beamten, die ihr die Nachricht seines Todes überbrachten, und von dem schlichten Grabstein auf dem Kieler Südfriedhof. Doch nichts dergleichen geschah. Sie empfand keine Angst, keine Zweifel, keinen Widerstand. Da war einfach nur ein tiefes Glücksgefühl, so unverfälscht und klar, wie sie es sich lange Jahre nicht mehr hatte vorstellen können. Sie nahm Jonas' Hand und schaute in seine warmen braunen Augen.

»Ja. Ich will«, sagte sie, und es kam von Herzen.

Als Jonas ihr den Ring auf den Finger steckte, lief ihr ein Schauer über den Rücken, und als er sie küsste, traten ihr Tränen in die Augen.

Was danach kam, lief wie ein Film an ihr vorbei. Die Gruppe feierlich gekleideter Personen auf dem Rathausplatz, die ein großes Stofftuch hochhielten, mit einem aufgemalten Herzen in der Mitte, in dem *Kari + Jonas* stand. Wie von einer fremden Macht gesteuert nahm sie die Schere, die man ihr reichte, und schnitt das Herz zusammen mit Jonas aus. Der erste Akt ihres gemeinsamen Weges.

Die kleine Gruppe applaudierte, und ein paar der Gäste warfen Reiskörner, die auf das frischvermählte Paar herabregneten. Man begleitete sie zu Jonas' dunkelblauem Passat, der vor dem alten Rathaus wartete. Auf der Motorhaube befand sich ein üppiger Blumenstrauß, an der Stoßstange war eine Kette aus leeren Blechdosen befestigt.

Während Ole Lund den Wagen am Westufer der Förde

entlang steuerte, schmiegte sich Kari an Jonas und schaute über das Wasser. Die anderen Gäste folgten ihnen mit lautem Gehupe in ihren eigenen Fahrzeugen.

Sie überquerten die Brücke über den Nord-Ostsee-Kanal, passierten die Abfahrten nach Schilksee und Strande und bogen schließlich auf die Straße nach Dänisch-Nienhof ab. Das Lokal an der Steilküste war der Ort, den Karis Eltern für die Feier ausgesucht hatten. Der Blick über den Strand und die Ostsee war herrlich, und wenn es drinnen zu warm wurde, konnte man auf die Terrasse gehen, von der aus man später eine wunderbare Sicht auf den Sonnenuntergang über dem Meer haben würde.

Erst, als das Essen bereits vorüber war, hatte Kari das Gefühl, dass sie die Dinge um sich herum wieder richtig wahrnahm. Die Stunden davor schienen ihr schon jetzt unwirklich, wie ein bunter Traum, der beim Aufwachen wie eine Luftblase platzte. Doch dies hier war kein Traum. Sie saß wirklich mit Jonas am Tisch, Braut und Bräutigam, zusammen mit all den wunderbaren Menschen, die zum engsten Kreis in ihrem Leben gehörten. Da waren ihre Eltern, Christian und Margarete Arnold, und Jonas' Kinder Jasper und Finja sowie sein Vater Redlef, außerdem Karis bester Freund und Vorgesetzter Ole Lund und ihre beste Freundin, die Rechtsmedizinerin Susanne Lorenz. Jonas' Kollegin Hannah Behrends und ihr Lebensgefährte Maximilian Kirschstein – und natürlich Marijke Meenken, Alma Grieger, Grethe Aldag und Witta Claaßen – die Häkelmafia.

Kari blickte in all die freundlichen Gesichter und fühlte sich von einer warmen Welle der Zuneigung getragen. Plötzlich begriff sie nicht mehr, warum sie sich in den letzten Jahren so sehr dagegen gesträubt hatte, Nähe zuzulassen. War es nicht wunderbar, nicht allein zu sein, sondern verankert in einer Familie, die ihr Geborgenheit gab? Es bedeutete ja nicht, ihre Freiheit aufzugeben. Sie würde weiterhin in Kiel wohnen und als Undercover-Ermittlerin für das LKA arbeiten. Das war ihre Bedingung gewesen. Jonas würde auf Sylt bleiben und seinen Job in der Polizeistation Westerland machen. Und wie sich die Dinge dann weiterentwickelten, würde man sehen. Wichtig war nur, dass sie jetzt offiziell zusammengehörten.

Der DJ, den ihre Mutter engagiert hatte, legte einen langsamen Walzer auf, und Jonas erhob sich und bot ihr den Arm. Es war Zeit für den Hochzeitstanz.

»Bist du glücklich?«, fragte er, während er sie im Takt über die Tanzfläche führte. Redlef hatte lange mit ihm geübt, das wusste Kari, und es hatte sich gelohnt. Sie hatte beinahe das Gefühl zu schweben.

»Ja«, sagte sie und fühlte sich so leicht, wie sie es seit Björns Tod nicht mehr erlebt hatte.

Jonas lächelte, und in seinen Augen sah sie all seine Liebe und Zärtlichkeit.

»Das ist schön«, murmelte er. »Das wollte ich.«

▪ ▪ ▪

Kari hatte mit jedem der anwesenden Männer getanzt, und nun taten ihr die Füße weh. Sie zog die eleganten hellen Pumps aus und schlüpfte in ihre Joggingschuhe, die sie zum Glück mitgebracht hatte. Zum cremefarbenen Hochzeitskleid sahen sie zwar ein wenig albern aus, doch das war ihr in diesem Moment egal. Hauptsache, sie konnte zumindest ohne Schmerzen in den Waschraum gehen.

Sie schloss sich in der Kabine ein und saß eine ganze Weile unschlüssig auf dem Toilettendeckel. Den ganzen Tag über hatte sie immer wieder an das Objekt in ihrer Handtasche gedacht. Nun nahm sie es heraus und betrachtete es.

Es war ja keine große Sache.

Fünf Minuten später stand sie am Waschbecken und starrte in den Spiegel. Sie sah aus wie immer, oder nicht? Nur die Tränen in den Augen passten nicht ins Bild.

Die Tür des Waschraums öffnete sich, und Susanne Lorenz trat neben sie.

»Kari?« Ihre beste Freundin legte ihr sanft die Hand auf die Schulter. »Ist alles in Ordnung?«

Kari schob ihr das Objekt hin, das neben ihr auf dem Waschtisch lag. Geformt wie ein Fieberthermometer, nur dass man keine Temperatur damit maß.

»Kari!« Susannes Augen strahlten. »Ist das wahr?«

»Sieht so aus, oder?« Kari verspürte einen unguten Druck im Magen.

Susannes Blick wurde besorgt. »Willst du es nicht?«

Kari hob hilflos die Arme.

»Ich habe keine Ahnung.« Wieder schaute sie in den Spiegel. Jahrelang hatte sie geglaubt, ihr Leben verlaufe in geordneten Bahnen. Keine großen Schwankungen. Dann hatte Jonas ihr den Antrag gemacht. Heute hatte sie ihn geheiratet. Und nun war da dieser Test.

Nichts würde mehr so sein wie vorher. Wie sollte das überhaupt gehen? Kari undercover oder in Kiel, Jonas auf Sylt.

»Sag ihm nichts, okay? Ich muss erst in Ruhe darüber nachdenken.«

»Natürlich.« Susanne strich ihr beruhigend über den Arm.

Die Tür zum Waschraum flog auf, und vier alte Damen strömten herein. Sie entdeckten sofort das weiße Objekt auf dem Waschtisch, und sie hatten auch keine Mühe, es zu deuten.

»Frau Blom!«, rief Marijke Meenken. »Wie schön! Sie werden Mutter!«

»Meinen herzlichen Glückwunsch«, sagte Grethe gerührt.

»Darauf müssen wir anstoßen«, erklärte Witta, wedelte den Vorschlag aber gleich wieder beiseite. »Ach nein. Sie dürfen ja jetzt keinen Alkohol mehr.«

»Dafür können Sie ein Stück von meiner Hochzeitstorte probieren«, schlug Alma vor. »Es ist die schönste, die ich jemals gebacken habe. Und um Ihre Figur brauchen Sie sich keine Sorgen zu machen. Sie müssen ja jetzt für zwei essen.«

DANKSAGUNG

Ich danke meiner Frau, mit der das Leben so viel leichter und schöner ist, für die gemeinsame Zeit und die Dinge, die wir zusammen erleben, sowie auch für die Freiheit, die wir uns lassen, damit sich jeder ganz in seine Arbeit versenken kann.

Außerdem danke ich Constanze Bichlmaier vom Aufbau Verlag für das liebevolle Lektorat, und Ihnen, liebe Leserinnen und Leser, dafür, dass Sie Kari, Jonas und der Häkelmafia nun schon über so viele Jahre die Treue halten. Ich hoffe, dass Ihnen auch dieser Band gefallen hat und Sie ebenso neugierig sind wie ich, wie es mit Kari und Jonas weitergeht.

Katharina Peters
Ufermord
Ein Rügen-Krimi
368 Seiten. Broschur
ISBN 978-3-7466-3774-7
Auch als E-Book lieferbar

Der geheimnisvolle Tote von Sellin

Romy Beccare wird an das Ufer des Selliner Sees gerufen, weil man eine männliche Leiche entdeckt hat. Der Tierarzt Michael Bautner wurde dort erstochen. Schnell hat man auch einen Verdächtigen: einen abgeschottet lebenden Mann, dessen Hund Bautner angeblich falsch behandelte und der deshalb starb. Doch Romy kommen Zweifel. Die Ermittlungen laufen ihr viel zu glatt. Dann wird bei Bauarbeiten in Sellin das Skelett eines seit fast drei Jahrzehnten vermissten Mannes gefunden, der offenbar kurz vor seinem Verschwinden mit Bautner zu tun hatte.

Der neue Rügen-Bestseller von einer der erfolgreichsten Krimi-Autorinnen der letzten Jahre

Regelmäßige Informationen erhalten Sie über unseren Newsletter.
Jetzt anmelden unter: www.aufbau-verlage.de/newsletter

atb aufbau taschenbuch